जीने के लिए

जीने के लिए

राहुल सांकृत्यायन

राधाकृष्ण प्रकाशन

पहली बार 1940 में किताब महल, इलाहाबाद से प्रकाशित

ISBN : 978-81-19989-40-9

जीने के लिये

पहला राधाकृष्ण संस्करण : 2024

मूल्य : ₹895

प्रकाशक

राधाकृष्ण प्रकाशन प्राइवेट लिमिटेड
जी-17, जगतपुरी, दिल्ली-110 051
शाखाएँ : अशोक राजपथ, साइंस कॉलेज के सामने, पटना-800 006
पहली मंज़िल, दरबारी बिल्डिंग, महात्मा गांधी मार्ग, प्रयागराज-211 001
1, अनमोल सोराबजी सनतुक लेन, धोबी तलाव, मरीन लाइंस, मुम्बई-400 002
वेबसाइट : www.radhakrishnaprakashan.com
ई-मेल : info@radhakrishnaprakashan.com

मुद्रक

बी.के. ऑफसेट
नवीन शाहदरा, दिल्ली-110 032

JEENE KE LIYE
by Rahul Sankrityayan

लोला के करो में
प्रेमोपहार

प्राक्कथन

डेढ़ साल हुए, जबकि 'जीने के लिए' के लिखने का खयाल आया था, लेकिन शायद अब भी वह कागज पर न आता, यदि छपरा जेल में ढाई मास रहने का अवसर न मिलता। यह मेरा पहला उपन्यास है, यदि 'बाईसवीं सदी' को उस श्रेणी से हटा दें। कितने ही मित्रों को ताज्जुब होगा, कितने मेरे नौसिखियापन तथा दूसरे दोषों के कारण हँसेंगे; तो भी कलम को रोकना आसान न था, इसलिए इस अनधिकार चेष्टा के लिए पाठक क्षमा करेंगे।

—**राहुल सांकृत्यायन**

जामो, सारन
1939

क्रम

बाल्य स्मृति

"चाचा; पालागी; चाची, पालागी"—सुचित सिंह ने लौटू सिंह और उनकी स्त्री का पैर छूकर कहा।

"खुश रहो बच्चा सुचित, कहो, कुशल-आनन्द से तो रहे?"—लौटू सिंह ने स्नेहभरी दृष्टि से देखते हुए अपने भतीजे को आशीर्वाद दिया।

"सब आनन्द है, चाचा!"

"कलकत्ता का हाल-चाल क्या है? रोजी-रोजगार तो ठीक है न? तुम्हारी कुछ तरक्की हुई भैया?"

"हाँ, तीन साल बाद अबकी एक रुपया बढ़ा। चावल-दाल महँगा है; इसलिए महँगाई का दो रुपया और मिलता है। क्या पूछते हैं, चाचा, यहाँ रामपुर में क्या दुनिया-जहान की खबर मिलती है। कलकत्ता में रोज संसार-भर की खबर आती है और कागज छप-छप कर दो-दो, चार-चार पैसे में बिकता है। आजकल दो बादशाहतों में कचवाबध लड़ाई हो रही है। रूस, जापान दो बड़े-बड़े बादशाह आपस में जूझ रहे हैं।"

"कहो बाबू, यह कहाँ से दो नई बादशाहतें पैदा हुई हैं? आज तक हमने उनका नाम भी नहीं सुना। हम तो जानते थे कि उदय से अस्त तक अंग्रेज-बहादुर का ही राज है।"

"नहीं, चाचा; दुनिया में और भी बादशाहतें हैं। रूम-सूम, चीन-बिल्लाइत, जर्मनी-फ्रांस—कुल अठारह बादशाहतें। कलकत्ता में सब बादशाहतों के आदमी रहते हैं। जापान और रूस की बड़ी बादशाहतें हैं। और क्या कहें, चाचा, मुझको तो जानते ही हो, घर में पढ़ने-लिखने का बेशी मौका नहीं मिला। पुलिस में भरती होकर भी अधिक नहीं सीखा। लेकिन मेरी ड्यूटी चौरस्ते पर रहती है। पास में एक तमोली की दूकान है। है तो तमोली, लेकिन रोज दो पैसे का कागज मँगाता है। मैं कहता हूँ, 'कहो सुमंगल! क्या खबर है?' वह रोज रूस-जापान की खबर सुनाता है। सुन-सुनकर अचरज होता है।"

"ऐसा! क्या खबर सुनाता है?"

"बन्दूक की लड़ाई, तोप की लड़ाई, यह सुनते ही आ रहे हैं। वहाँ समुन्दर की लड़ाई भी बड़े जोर से हो रही है। समुन्दर में जहाज नाव की तरह लकड़ी का नहीं होता, सब लोहे का होता है। उस पर बड़ी-बड़ी तोपें लगी रहती हैं। बाहर का लोहा चार अंगुल मोटा होता है, मजाल है, तोप के गोले का असर हो। तोप का गोला! यदि एक गोला रामपुर पर पड़े, तो डेढ़ सौ घर में से किसी घर के ऊपर न एक खपड़ा बचे, न एक प्राणी।"

"उसका लोहा बड़ा जबर्दस्त है न बाबू, और कितनी अकिल! अकिल का तो सब खेल है।"

"हाँ, चाचा, समुन्दर में पानी के ऊपर-ऊपर दोनों ओर जहाजों की तोपें चलती हैं। समुन्दर के भीतर भी लड़ाई होती है। जापान बड़ा हुसियार है। हुसियारी में तो वह अंग्रेज, रूस सबका कान काटता है। उसने एक पनडुब्बी जहाज निकाला है और पानी के भीतर चलनेवाली बारूद भी। जहाँ रूस के दो-चार जहाजों को देखा कि वह अपनी पनडुब्बी छोड़ देता है। उसमें सिर्फ पाँच आदमी बैठते हैं और वह पानी के भीतर-भीतर जाती है। ऊपर-ऊपर चले तब न दिखाई पड़े! बस यही समझो कि दस कोस से पानी के भीतर-ही-भीतर चली आती है, और जहाँ रूस के पाँच-छै जहाज खड़े मिले, वहीं आकर ऊपर उतरा आती है। फिर लगते हैं आगे-पीछे, दाहिने-बाएँ गोले छूटने। क्या किसी को सँभलने का मौका मिलता है? चुटकी बजाते-बजाते सब डूब जाते हैं।"

"ऐसा युद्ध तो कथा-पुरान कहीं पर नहीं सुना। और वह पाँच जने जो पनडुब्बी के भीतर रहते हैं?"

"वे तो जीव संकल्प करके आते ही हैं। जापान की एक पनडुब्बी और रूस के पाँच जहाज—और हरेक जहाज में हजार-हजार सिपाही!"

"एक-एक जहाज में हजार-हजार सिपाही!"

"अरे, वह जहाज क्या नाव है? एक-एक जहाज में दो-दो गाँव बस सकते हैं! कलकत्ता में, खिदिरपुर में बड़े-बड़े जहाज हैं। मैंने देखा है, चाचा, वह देखने ही से बनता है; यहाँ कहने से कौन विश्वास करेगा?"

"तो बाबू, कौन जीतता है?"

"जापान। समुन्दर में उसने रूस को हरा दिया, अब तो धरती पर लड़ाई है। वहाँ भी रूस भागता जा रहा है और जापान खदेड़ रहा है। कलकत्ता में लोग जापान की जीत से बड़े खुश हैं।"

"काहे बाबू?"

"जापान भी हिन्दुस्तानियों की ही तरह काला आदमी है, और रूस है गोरा; इसीलिए हिन्दुस्तानी लोग बड़े खुश हैं। कहते हैं—देखा, गोरे लोग समझते थे कि काले आदमी कायर होते हैं। कायर तो नहीं होते, किन्तु क्या करें। अंग्रेजों के

आधीन हैं; अब वे जो कहें, सो ही न सच! लेकिन, शाबाश जापान! उसने काले लोगों की लाज रख ली।"

"अच्छा तो बाबू, जापान काला आदमी है?"

"हाँ, कलकत्ता में मैंने देखा है। जापानी ठीक नेपाली लोगों की तरह होते हैं। तुम तो चाचा, बाबा पशुपतिनाथ का दर्शन कर आए हो न?"

"हाँ, बाबू, नेपाली हम लोगों से थोड़ा नाटे होते हैं और मुँह पर उनके मूँछ-दाढ़ी कुछ कम होती है।"

"ठीक वैसे ही। लड़ाई खतम होने को है। कलकत्ता से जब मैं चला, तब वह आखीर पर पहुँची हुई थी। अंग्रेज और दूसरे लोग सुलह करवाने में लगे हैं।"

लौटू सिंह ने सुचित सिंह की बातों को बड़े गौर से सुना। सुचित लौटू सिंह के बड़े भाई के चार लड़कों में से सबसे छोटे थे।

लौटू सिंह के बाप के पास चार एकड़ खेत था। बाप के मरने पर जब दोनों भाई अलग हो गए, तो एक-एक के हिस्से में दो-दो एकड़ खेत आया। बड़े भाई, दुक्खी सिंह का परिवार बड़ा था—चार लड़के और चार लड़कियाँ। बड़ी गरीबी थी। लेकिन, अब चारों-के-चारों लड़के कलकत्ता में नौकरी करते हैं। तीन पुलिस में, एक पैटमैन। अब दो कौर अन्न के लिए उनको कोई तकलीफ नहीं। पहिले बाप की गरीबी के कारण मुश्किल से बड़े लड़के की शादी हो पाई थी; और वह भी न हो पाती यदि एक बहन को देकर ब्याह का इन्तिजाम न किया गया होता। लौटू सिंह की शादी न कोई करने आया और न बाप की ओर से कोई उतनी कोशिश ही हुई। लौटू सिंह अलग हो गए। उसके पास दो एकड़ खेत था, बेचने पर दो सौ रुपया मिलता। उतने खेत से उनका अपना काम भी नहीं चलता। वह एक साहू के पास प्यादा का काम करते थे। खाना, साल में दो जोड़ा कपड़ा और रुपया महीना—यही तनखाह थी। सूद के तकाजा के लिये लोगों के पास उन्हें जाना पड़ता था और शील-संकोच दिखलाने के लिए महीने में एक-डेढ़ और उन्हें ऊपर से मिल जाते थे। लौटू सिंह नकद रुपये में से एक पैसा भी खर्च नहीं करते थे। साहू के वहाँ सूद की दर बड़ी कड़ी थी। डेढ़-दो रुपया सैकड़ा (माहवार) से कम पर वह कर्ज देते न थे। साहू उधार वसूल करने में बड़े कड़े थे। जहाँ वादा से बेवादा हुआ कि झट नालिश हुई। दस-बारह साल नौकरी करने के बाद, चालीस साल की उम्र में तीन सौ रुपया दे, लौटू सिंह ने आठ साल की लड़की राधा को मोल लेकर शादी की।

अट्ठारह बरस के हो जाने पर भी जब घर में लड़का नहीं हुआ, तो उन्हें बड़ी चिन्ता हुई—निर्वंश हो जाने की चिन्ता उतनी नहीं जितना कि यह खयाल करके कि बुढ़ापे में नाव कौन खेवेगा। दोनों प्राणियों ने बड़ी-बड़ी मिन्नतें मानीं। गाजी मियाँ को मलीदा और मसानी माई को सूअर का छौना माना गया। तब जाकर, इक्यावन बरस की उम्र में लौटू सिंह के लड़का पैदा हुआ। नाम रक्खा गया देवराज। लौटू सिंह के

वंश में पढ़ने-लिखने का रिवाज नहीं था, लेकिन साहू के लड़कों को पढ़ते-लिखते देखकर उनका भी मन ललचाया।

देवराज इस समय पाठशाला की दूसरी श्रेणी में पढ़ता था, और सदा अपने दर्जे में अव्वल रहा करता था। जापान और रूस का नाम भी सुन रक्खा था, लेकिन उसके लिए युद्ध का समाचार उड़ती खबर थी। अध्यापकों की प्रथम तो तनखाह ही सात-आठ रुपये होती थी जिससे तीन रुपये का अखबार लेना उनके लिए आसान काम न था। फिर उनको अखबार पढ़ने का कोई शौक भी न था। अपने पिता की बगल में बैठा देवराज सुचित सिंह की बातों को बड़े गौर से सुन रहा था। लेकिन, इसका यह मतलब नहीं कि वह रूस-जापान के युद्ध के सम्बन्ध में बाप-माँ से अधिक जान सकता था।

सुचित सिंह का कायदा था कि जब घर आते, तो चाचा के लिए भी कोई-न-कोई भेंट की चीज लेते आते। अबकी बार उन्होंने दो नारियल भेंट किये। बातचीत के बाद सुचित सिंह चले गए; लौटू सिंह ने गँड़ासे से नारियल को काटा। ताजी गरी थी। एक टुकड़ा देवराज की तरफ बढ़ाते हुए कहा, "बचवा, देखो ज्यादा न खाना, नहीं तो पेट में दर्द होगा।"

पार्वती खेलने गई थी। उसके लिए एक टुकड़ा रखकर लौटू सिंह ने बाकी नारियल राधा को देकर कह दिया कि बच्चों को ज्यादा मत देना।

माँ-बाप

रामपुर एक छोटा-सा गाँव था। उसके डेढ़ सौ घरों में अधिकांश राजपूतों के थे। खेती लायक भूमि मुश्किल से सौ एकड़ थी। गाँव के जमींदार राजपूत थे, यद्यपि जमींदारी बँट-बँटकर आध एकड़, पाव एकड़ रह गई थी। जमीन बलुआ और बहुत उपजाऊ न थी। लोग जिस ढंग से खेती करने के आदी थे, उससे अधिक उपज होना सम्भव न था: सत्तर घर राजपूतों में से बहुत कम ऐसे थे जिनका कोई व्यक्ति बाहर नौकरी करने न गया हो—पल्टन और पुलिस में उनके बहुत से जवान थे। रामपुर के खाते-पीते घर वस्तुत: गाँव की खेती के भरोसे नहीं, नौकरी के सहारे गुजर-बसर करते थे। आसपास के इलाके में रामपुर के जवान दो बातों के लिए मशहूर थे, एक अपनी शारीरिक शक्ति, लम्बे-चौड़े डील-डौल और तन्दुरुस्ती के लिए, दूसरे मार-पीट और लाठी चलाने में। इन बातों में उनका मुकाबला दूसरा कोई न कर सकता था।

दो-ढाई रुपये महीने की आमदनी और डेढ़-दो एकड़ बालू-बंजर के खेत से लौटू सिंह के घर का गुजारा चलना मुश्किल था। राधा ने आमदनी के दो और रास्ते निकाल लिये थे। लौटू सिंह के घर बैल न था और न बैल रखने की उन्हें जरूरत ही थी। बरसात में काम करके या मोल के हल से वह अपने खोत को जोत-बो लेते थे। हाँ, राधा के पास बराबर चार बकरियाँ रहती थीं। हर बकरी साल में दो बार बच्चे जनती थी। प्रति बकरी के साल में पाँच-छै बच्चे होते थे जिन्हें सात-आठ महीना पालकर वह दो-दो रुपये में आसानी से बेच लिया करती। राधा को बकरियों से हर साल तीस-चालीस रुपये की आमदनी हो जाती थी। उसे सीने-पिरोने का काम भी अच्छा आता था। उसकी सिलाई ही अच्छी नहीं होती थी, बल्कि लाल-पीले कपड़ों की जोड़ से बेल-बूटा निकालकर वह बच्चों और स्त्रियों के कुर्ते-कुर्तियाँ, टोपी, तकिया के खोल—कई तरह की चीजें बनाती थी। दाम भी ज्यादा न चाहती थी, दो-तीन आने रोज मिल गए तो उसी से सन्तुष्ट। फेरीवाले बिसाती घर पर आकर उसकी चीजें मोल ले जाते थे।

राधा चटाई पर बैठी अपनी सिलाई में लगी थी। बगल में लड़की पार्वती कपड़े का टुकड़ा लेकर गुड़िया बना देने के लिए जिद्द कर रही थी। राधा को आज ही

सीकर कुछ कपड़े देने थे, इसलिए वह पार्वती को बहलाने और बात में फँसाने की कोशिश कर रही थी। चटाई से कुछ हटकर एक खाँचे के नीचे बकरी के चार छोटे-छोटे बच्चे दबे हुए थे। एक जगह बकरियाँ बँधी थीं जिनके सामने पीपल के हरे हरे पत्ते पड़े हुए थे। जाड़े का दिन छोटा होता है, इसलिए राधा को रसोई की चिन्ता थी। इसी से उसकी सूई और भी तेजी से चल रही थी।

राधा की उम्र अट्ठाईस बरस की होगी। कहने के लिए अभी वह युवती थी और उसके सिर्फ दो बच्चे हुए थे, लेकिन गरीबी और संसार के जीवन-संघर्ष ने उसे बहुत गम्भीर और चिन्ताकुल बना दिया था। उसके चेहरे पर जवानी की बेपरवाही और प्रफुल्लता की जगह संजीदगी अधिक दिखाई पड़ती थी। तो भी राधा उन स्त्रियों में न थी जो चिन्ता की आग को खुद कई गुना बढ़ाकर रात-दिन उसमें सुलगा करती हैं। राधा के मिजाज में चिड़चिड़ापन छू नहीं गया था। किसी से बोलते वक्त वह सदा हँसमुख रहा करती थी। कोई दो बात कहे भी, तो उसे बर्दाश्त कर लेती थी। किसी से झगड़ा करते उसे कभी किसी ने नहीं देखा। उसकी मधुर-भाषिता का ही यह जादू था कि टोले की सभी स्त्रियाँ उसकी सखी और मित्र थीं। इतना सब होते हुए भी राधा में एक विशेष गुण था। वह अपनी सहेलियों की इतनी विश्वासपात्र थी कि सभी उसकी बात को बिना आनाकानी के मानने के लिए तैयार रहती थीं। स्त्रियों के आपसी झगड़ों को निपटाने के लिए वह बनी-बनाई पंच थी। ब्याह, उत्सव और पर्व में राधा की बहुत पूछ थी। गीत गाने में, गाँव में क्या—अगर मुकाबला किया जाता तो—आसपास के गाँवों में भी उसकी बराबरी करनेवाली कोई स्त्री न मिलती। उसका कंठ मधुर, आवाज ठोस और तर्ज बड़ा सुन्दर था। कितने गीत उसे याद हैं, इसका भी उसे छोड़ दूसरे को पता न था। वह गीत गाने में ही गाँव की स्त्रियों की अगुवा न थी, बल्कि डोमकच में तो वह कमाल करती थी। डोमकच के अभिनय और नाच को सिर्फ स्त्रियाँ ही देख सकती हैं और पुरुष क्या, छोटे-छोटे बच्चे भी भीतर जाने नहीं पाते; लेकिन स्त्रियाँ कहती थीं कि राधा नाचने में बड़ी प्रवीण है। नकल करने में तो इतनी सफल कि एक बार होली के समय राधा ने साहब का कपड़ा पहिन, एक दूसरी स्त्री को अर्दली बना, चाँदनी रात में लोगों के दरवाजों का निरीक्षण शुरू किया। उस समय जाड़ों में अक्सर प्लेग आ जाया करता था और सरकार की ओर से सफाई की बड़ी ताकीद थी। बूढ़े देवकुमार सिंह अपने ओसारे में चारपाई पर सोए थे। साहब बहादुर ने एकाएक वहाँ पहुँचकर छड़ी को दो-तीन बार चारपाई के पावे पर पटकते हुए कहा—

"वेल् डेवकुमार; टुम सोटा है। ठुमारा डरवाजा बहुट गंडा। उट्टो-उट्टो।"

देवकुमार सिंह को अभी पहली नींद आई थी। घबराकर उठे और जब सामने टोपधारी साहब को देखा, तो उनके होश उड़ गए। वह बोलने के लिए कुछ सोच भी न पाए थे कि अर्दली चिल्ला उठा—

"कलट्टर साहब बहादुर को तू नहीं पहचानता? कैसा बेवकूफ है। साहब को सलाम नहीं करता?"

देवकुमार सिंह—"हु-हु-हुजूर, माई-बाप सलाम! माफ कीजिए।"

"माफ नहीं होटा। टुम नहीं जानटा, गाँव-गाँव में प्लेग फैला हाय; टुमारा डरवाजा पर नाबडान है।" छड़ी से धमकाते हुए 'अभी नाबडान साफ करो, साफ करना माँगटा?"

"हुजूर, अभी साफ करता हूँ"—देवकुमार सिंह की नींद तो न जाने कहाँ चली गई थी। वह घर में फावड़ा लाने घुसे। साहब बहादुर और अरदली बाहर टहल रहे थे और आसपास की दीवारों की आड़ में कितने ही लोगों को हँसी का रोकना मुश्किल हो रहा था।

देवकुमार सिंह बाहर आए तो साहब बोल उठे—"सौ रुपया जुर्माना। बहुत गंडा।"

"हुजूर, गरीब आदमी हूँ, बाल-बच्चे मर जाएँगे। अभी साफ कर देता हूँ। फिर गन्दा नहीं रक्खेंगे। जुर्माना माफ कर दें। दोहाई हुजूर की?"—देवकुमार सिंह साहब का पैर पकड़ना चाहते थे।

"हटो-हटो, नहीं माफ होगा। पुलिस का नौकरी किया हाय, टुम छै रुपया पेंशन पाटा है; जुर्माना डेना होगा।"

"सरकार, गरीब परवर, अब कसूर नहीं होगा। एक कसूर माफ।"

"अच्चा, एक बार छोड़ डेटा हाय। नाबडान अभी साफ करो।"

देवकुमार सिंह फावड़ा लेकर नाबदान की नाँद की ओर बढ़े। उसमें गन्दा पानी भरा था। सोच रहे थे—क्या करें। इतने में 'साहब' बोले—

"क्या डेखटा, मट्टी डालो। टोकरी में बरो। क्या माँगटा? सिर पर उठाओ। जाओ, गाँव से बाहर डूर।"

रात चाँदनी जरूर थी, लेकिन आधी रात को गाँव से बाहर अकेले जाना देवकुमार सिंह के लिए आसान बात न थी। सबसे मुश्किल यह थी कि जिस ओर जाने के लिए 'साहब' बहादुर ने उन्हें इशारा किया, उधर रास्ते ही में, पीपल के पेड़ पर एक नट रहता था। यही वक्त है, जब कि वह ताल ठोंका करता था। बड़े-बड़े ओझा और सयाने भी उस नट से परास्त रहते थे। देवकुमार सिंह का पैर आगे की अपेक्षा पीछे ही ज्यादा पड़ता था। लेकिन 'कलट्टर' साहब, उनकी छड़ी और जुर्माना उन्हें खूब याद था। उस वक्त उनके मन ने यही कहा कि 'कलट्टर' साहब से जान बचाना जरूरी है, चाहे नट उसे मुफ्त ही में ले ले। पीपल के नीचे कुछ पत्तों का मर्मर शब्द हुआ। देवकुमार सिंह ने समझा कि नट तैयार है; तो भी वह जान पर खेलकर आगे बढ़े। देखा, काला साँड़ खड़ा है।

टोकरी फेंककर सोचते आ रहे थे—कहाँ से यह कसाई 'कलट्टर' आया। अभी दो-तीन टोकरी फेंकनी होगी। आज प्राण जरूर जाएँगे।

दरवाजे पर आकर देखते हैं, तो वहाँ स्त्रियों की भीड़ लगी है। सभी ठहाका मारकर हँस रही हैं—"राधा बहिनी ने खूब छकाया।"

देवकुमार सिंह ने जब सुना तो उन्हें बड़ी लज्जा आई। बोले—"अच्छा, भौजी, अब की बार तुम्हारी बारी रही; हमारा भी मौका आएगा।"

दो बजे दिन का समय था। लौटू सिंह अपनी नौकरी पर साहू के घर गए हुए थे। इतवार का दिन होने से देवराज भी द्वार पर, अध्यापक के दिये हुए सवालों को लगा रहा था। उसकी माँ, राधा, घर का काम खतम करके चटाई पर बैठी कपड़े सी रही थी।

पार्वती ने जिद्द करके माँ को गुड़िया सीने के लिए मजबूर किया। इसी समय सुचित सिंह आ गए। उन्होंने चार गज मलमल का कपड़ा सामने रख, चाची का पैर छूकर प्रणाम किया। राधा उठकर सुचित सिंह के बैठने का इन्तिजाम करना चाहती थी, लेकिन सुचित सिंह देवराज की चटाई पर बैठकर बोले—"नहीं चाची, रहने दो। यहीं बैठता हूँ। चाची, यह कपड़ा तुम्हारे और देवराज के लिए है।"

"काहे तकलीफ किया, सुचित बबुआ? हम लोगों के पास देख नहीं रहे हो, कुर्ता-कुर्ती सब है।"

"हाँ, है तो। लेकिन, चाची, हमारा भी तो कुछ धरम है।"

"अच्छा बबुआ तुम ही न हमारे हो। तुम न देखोगे तो कौन देखेगा?"

कुछ इधर-उधर की बातों के बाद चाची ने कहा—

"बबुआ सुचित, एक बात तुमसे कहनी थी, उस बार भी कहने का खयाल था, लेकिन याद नहीं पड़ी। बेटा देखो, वहाँ कलकत्ता में अपना ही न हाथ जलाते होगे? लछमिनियाँ को ले जाओ न? पकी-पकाई रोटी तो मिल जाया करेगी।"

लछमिनियाँ, सुचित की स्त्री, राधा के चचेरे भाई की लड़की थी। उसका ब्याह कराने में राधा का खास हाथ था। लछमिनियाँ का अपनी बुआ से बहुत प्रेम था और वह भी उसे पार्वती की तरह ही मानती थी। सुचित को इधर-उधर करते देख राधा ने फिर कहा—

"बहू को साथ रखने में क्या हरज है? बाहर जाने में लाज की बात क्या? पति के साथ रहने में शरम! देखते नहीं, सूरज सिंह अपने बाल-बच्चों के साथ रहते हैं, छुट्टी में उनके साथ ही घर आते हैं और सबसे मिल-मिलाकर फिर चले जाते हैं।"

"सो तो ठीक। लेकिन चाची सूरज सिंह स्टेशन मास्टर हैं। चालीस रुपया और उससे दूनी ऊपर की आमदनी। रहने के लिए क्वार्टर। मुझे तेरह रुपया मिलता है। अकेले रहने के लिए तो घर मुफ्त है, लेकिन स्त्री को रखने के लिए किराये का मकान लेना पड़ेगा। पाँच-छै रुपये महीने तो उसी में लग जाएँगे। फिर, दो प्राणी का खाना-कपड़ा!"

"तो बबुआ, तुम्हारी ही बात ठीक है। मुझे नहीं मालूम था। लेकिन, चारों भाई तो कलकत्ते में ही रहते हो। सबकी बहुएँ नहीं। अगर बड़ी बहू साथ रहे तो, खाने-पीने की तकलीफ नहीं होगी।"

हाँ, चारों कलकत्ता में तो रहते हैं; लेकिन, कलकत्ता रामपुर की तरह छोटा-सा गाँव नहीं है। बड़े भैया ललुआ में, मझले भैया अलीपुर, मैं सियालदह में और छोटकन भैया और भी दूर बजबज में—चार-चार, पाँच-पाँच कोस पर हम लोग रहते हैं। एक बार के आने ही जाने में सारा दिन चला जाएगा।"

"स्त्री-जाति, मुझे क्या मालूम! लछमिनियाँ से मैंने कह दिया था कि अब की जो सुचित बबुआ आवेंगे, तो तुझे साथ ले जाने को कहूँगी। वह 'नहीं-नहीं' कह रही थी, लेकिन जाती क्यों न।"

"सो तो जो कुछ तुम कहती, उससे कौन इनकार करता? लेकिन चाची, यदि सूरज सिंह की तरह भी मैं रहता, तो भी तुम्हारी बहू को साथ न ले जाता। मझले भैया जमादार हैं, भौजी की भी बात चल जाती। मैं भी घूर-लँगोटा चढ़ाता हूँ; इसीलिए अफसर लोग खुश रहते हैं। उन लोगों की मेहरबानी है, जब कभी असामी (कैदी) वहाँ से इधर को भेजना होता है, तो मेरा खयाल रखते हैं और इसी बहाने साल में दो बार जरूर एक-दो दिन घर रहने का मौका मिल जाता है।"

"सो तो देखती हूँ बाबू, तुम्हारे मझले भैया को दो-दो, तीन-तीन बरस हो जाते हैं घर आए।"

"कैदी ले आने का तो काम बहुत जोखिम का है। चाची, बड़े भारी-भारी चोर होते हैं। रेल से कूदकर यदि कोई कैदी भाग गया, या शहर ही में चकमा देकर चला गया, तो सिपाही राम को ही सरकार जेल भेजती है। हमारे जान-पहिचानियों में से दो इसी कसूर में जेल भेजे जा चुके हैं, नौकरी तो उनकी गई ही। चोर ने कह दिया, 'बाबू पास ही में घर है, एक साँझ के लिए ले चलें। पाँच सौ रुपया देंगे।' लालच के मारे सिपाही ले गए। हथकड़ी खोलकर घर में जाने दिया और बैठे दरवाजा अगोर रहे हैं। पूछते हैं तो मालूम होता है कि घर में कोई नहीं। एक चोर ने कहा, 'सिपाही जी, गंगा जी में थोड़े ही पानी में एक घड़ा रुपया और अशर्फी, चोरी का, मैंने छिपा रक्खा है। बरसात के बाद फिर उसका पता नहीं लगेगा, किसी के काम नहीं आवेगा। थोड़ी देर के लिए वहाँ ले चलें तो घड़ा निकालकर मैं आपके सुपुर्द कर दूँ। दया-धरम का खयाल हो तो कुछ मेरे बाल-बच्चों को दे देना, नहीं तो व्यर्थ बरबाद होने से आपके काम आ जाए तो वह भी अच्छा।' मूर्ख सिपाही धन के लोभ में चोर को वहाँ ले गए। हथकड़ी खोलकर जहाँ उसे पानी में जाने का मौका मिला कि दो डुबकियों में वह धार के बीच में पहुँच गया। सिपाही लोग मुँह ताकते रह गए। पीछे हरेक को दो-दो साल की सजा। देखा न चाची, कितना जोखिम का काम है?"

हाँ बाबू, सुनकर मेरा तो रोआँ खड़ा हो गया। मन तो कहता है कि कह दूँ, ऐसा जोखिम मत उठाओ। लेकिन फिर तो मुझे और लछमिनियाँ को साल में दो बार तुम्हारा मुँह देखने का मौका नहीं मिलेगा।"

कुछ इधर-उधर की बात होने के बाद दूसरे भाइयों की चर्चा चली। सुचित सिंह ने कहा—

"सुक्खू भैया तो देवता है, चाची, हमारे घर के सरदार हैं। और, लक्ष्मी उन्हीं की भाग्य से है। मैं, और दोनों भाई भी, चार-पाँच रुपया काटकर बाकी सब तनखाह और ऊपर की आमदनी हर महीने सुक्खू भैया के हाथ में दे आते हैं। पाँच साल हो गया; उस वक्त मुझे ग्यारह रुपये मिलते थे। पाँच रुपये खर्च के लिए रखकर छै रुपये मैंने उनके सामने रक्खे। उन्होंने दो रुपये मेरे हाथ में रखकर बड़ी करुणा के साथ कहा, 'बबुआ, इसे ले जाओ। तुम अखाड़ा में लड़ते हो। घी नहीं खाओगे तो जोर करते नहीं बनेगा।' मेरे आनाकानी करने पर बोले, 'बबुआ सुचित, मैं जानता हूँ कि कैसे पेट काट-काटकर हमारे भाई रुपया देते हैं। परिवार का बोझ, माँ, चार स्त्रियाँ और सात-आठ बच्चे। सबका खाना और इज्जत ढाँकना। रुपया लिये बिना काम नहीं चल सकता। लेकिन, क्या मेरे आँख नहीं है। हमारे शेर के-पे तीनों भाई। अच्छी तरह खाने और कसरत करने का मौका मिलता तो सारे कलकत्ता में कितने माँ के लाल हैं, जो उनकी पीठ में धूल लगा पाते। मैं जानता हूँ, सोने के शरीर को माटी करके यह रुपया मुझे मिलता है। बाप के मरने पर बड़ा भाई उसकी जगह होता है। मैं बड़ा भाई और अपना धरम समझता हूँ। भूख और गरीब से क्षुब्ध हो अट्ठारह बरस की उम्र में मैं कलकत्ता भाग आया और उसी उम्र में पहुँचते-पहुँचते तुम लोगों को भी लाकर भाड़ में झोंकना पड़ा। कलकत्ता का पानी, कितना कमजोर! मैं तो तमाम जिन्दगी पैटमैन रह गया। लेकिन, पढ़ने-लिखनेवाले कितने सुख और इज्जत से रहते हैं—यह बात मुझसे छिपी नहीं है। मेरी बड़ी लालसा थी कि तुम पढ़ते। एक भाई न भी कमाता तो भी हम उसके लिए तैयार थे। लेकिन, तुम्हारी रुचि न देखकर—और कुछ अपनी गरीबी का भी खयाल करके पाँच रुपये की लालच में तुम्हें भर्ती कर दिया। अब घर में दस बीघा खेत हो गया है। पन्द्रह रुपया महीना चला जाए, तो घर का काम निबह जाएगा। बबुआ सुचित, हम तीन भाई हैं। तुम घर की फिक्र मत करो। खूब देह बनाओ। उसी दिन पंजाबी पहलवान को तुमने पछाड़ा था, उसे सुनकर मेरी गज-भर की छाती हो गई थी। मुझे लज्जा है कि जितना तुम्हारे लिए करना चाहिए, उतना मैंने नहीं किया...' भैया की आँख डबडबा आई। चाची, सुक्खू भैया देवता हैं।"

"ठीक कहा बाबू, सुक्खू भैया जैसा भाई, राम करें, सबको मिले। घर में अपने-पराये का उनको कुछ खयाल नहीं। बड़ी बहू ने पहले एकाध बार कहा भी, "किसके लिए मर रहे हो, तुम्हारे न लड़का है, न लड़की। घर-भर के लिए

कितने दिन तक कलकत्ता में सत्ती होगे?" तो सुक्खू भैया ने ऐसा जवाब दिया कि बहू का तब से फिर मुँह नहीं खुला। कहा, "चुप रह डाइन, ये किसके लड़के हैं? क्या हम चारों भाई एक माँ की कोख से नहीं निकले हैं? क्या हमने उसी माँ का दूध नहीं पिया? लड़का-लड़की से क्या सहोदर भाई कम है? और लड़के-लड़की ही कितनों को जग जिता देते हैं? कितने माँ-बाप तो बुढ़ा उनके नाम पर रोते हैं। मेरे भाइयों जैसे भाई तूने कहीं देखे हैं? मुँह खोलकर जवाब देने की तो बात क्या, कभी किसी ने मेरी बात को भी नहीं टाला? मेरे कहने पर वे हाथ बाँधे चौबीसों घंटा तैयार रहते हैं। मेरे भाई ऐसे हैं, जहाँ मालूम हुआ कि भैया का सिर दर्द कर रहा है, तीनों में जो जहाँ है, वह वहीं से आ पहुँचता है। फिर कभी ऐसी बात मुँह से न निकालना। और तब से बहू ने कुछ नहीं कहा।"

"हाँ चाची, आजकल ऐसा भाई मिलना मुश्किल है। हम तीनों भाइयों ने कई बार कहा कि भौजी को बुला लो। क्वाटर मिला ही है। लेकिन कहते हैं—"नहीं, बेवकूफ हो। यहाँ रखने से खरच बढ़ेगा। इतना ही नहीं, सिवाय रोटी पकाने के तुम्हारी भावज के लिए यहाँ कोई काम भी तो नहीं रहेगा। वहाँ, गाँव में, उस पाँच रुपये का बड़ा मूल्य है जिसे कि हम यहाँ खर्च कर देंगे। गाँव में रहने पर घर का कामकाज, लड़कों की देखभाल—पचास काम हैं। मैं तो खुद पेंशन लेनेवाला हूँ। रामप्रसाद जहाँ इंट्रेंस पास हुआ कि थानेदारी में भर्ती कराया। और फिर यहाँ जिन्दगी-भर थोड़े ही रहना है; रामपुर चलकर घर देखना है कि? चाची, अब उनकी यही धुन है कि रामप्रसाद को दरोगा बनवा कर गाँव चले आवें। रामप्रसाद घर का बड़ा लड़का है। उसके लिए वह जान देते हैं। रामप्रसाद क्या जानता है कि मझले भैया उसके बाप हैं?"

राधा और सुचित को बात-ही-बात में शाम होने का पता नहीं चला। देवराज भी हिसाब लगाना भूल गया। अबेर होते देख सुचित सिंह ने खुद बिदाई माँगी।

अनाथ लड़का

क्वार का अँधेरा पक्ष था। वर्षा हफ्ते से रुकी थी। लेकिन, रामपुर के ताल, पोखरे भरे हुए थे। मक्का कट चुका था और खेतों में बँधे मचान सूने पड़ गए थे। अब की साल रामपुर में सभी फसल अच्छी रही। धान तो और भी अच्छा। लोग कह रहे थे—बारह साल के बाद ऐसा धान आया है। आसमान बिलकुल साफ था और तारे दुगुनी जोत से चमक रहे थे। बाग के दरख्तों की सूरत में छिपा अन्धकार, काली स्याही पुती-सी मालूम होती थी। वृक्षों पर नीचे से ऊपर तक लाखों जुगनू चमक रहे थे। बस्ती में चारों ओर सन्नाटा था। लेकिन बाहर की ओर, जब-तब उल्लू की आवाज सुनाई देती और बड़ी भयावनी मालूम होती थी।

लौटू सिंह का घर गाँव के छोर पर था। दो कोठरियाँ, सामने फूस का ओसारा और बाहर खुला आँगन। ओसारे की एक तरफ बकरियाँ बाँधी जाती थीं। गर्मियों में लोग बाहर सोते थे, बरसात में ओसारे में, जाड़ों में घर के भीतर। एक कोठरी में सामान रक्खा रहता था और दूसरी में चूल्हा, जाड़ों में सोने का भी इन्तिजाम उसी में रहता।

पहर-भर रात रह गई थी, अब भी लौटू सिंह के घर की एक कोठरी से दीये की धीमी रोशनी दिखलाई पड़ रही थी। भीतर जमीन पर एक तरफ दो लड़के पुआल पर लेटे हुए थे। दूसरी तरफ चारपाई पर राधा पड़ी थी। उसके कंठ से 'घर-घर' की आवाज आ रही थी और लौटू सिंह बड़े शंकित हृदय से गौंखे पर रक्खे दीपक के क्षीण प्रकाश से उसके मुँह की ओर देख रहे थे। राधा के खून से भरे सुन्दर-गोरे उस हँसमुख चेहरे का कहीं पता न था। उसके गाल भीतर धँस गए थे और आँखें कुएँ में डूबी-सी मालूम पड़ती थीं। उसके पतले ओठ सूख गए थे और चेहरे पर झुर्रियाँ पड़ रही थीं। उसके सर के काले केश बहुत कम बच रहे थे। राधा असाढ़ से ही बीमार पड़ी थी—बुखार आने लगा था; लेकिन, कितने दिनों तक लौटू सिंह को उसने इसका पता भी नहीं लगने दिया। शरीर को गरम देखकर जब कभी लौटू सिंह ने पूछा तो कह दिया कि जरंस है। शरीर में शक्ति कायम रखने के लिए वह जबर्दस्ती कुछ खा लिया करती थी। राधा ने घर का काम-काज तब तक नहीं छोड़ा, जब तक बीमारी ने उसे चारपाई पर पटक नहीं दिया।

वैद्य ने बतलाया कि पांडुरोग है और लौटू सिंह ने अपनी सारी शक्ति राधा की चिकित्सा में लगाई। दस-बारह मील के भीतर कोई अस्पताल न था और दूर के सरकारी अस्पताल में राधा की भर्ती हो जाती, इसमें भी सन्देह था; क्योंकि लौटू सिंह को किसी प्रभावशाली पुरुष की न सिफारिश मिलती और न उसके पास उतना रुपये का ही बल था। लेकिन दो-चार कोस के भीतर जितने भी वैद्य-हकीम थे, सबके ही दरवाजों की उन्होंने खाक छान डाली। सिलाई और बकरी से राधा ने जितने रुपये जमा किये थे, सब खर्च हो गए। बकरियाँ भी बिक गईं। दस-दस, बीस-बीस करके लौटू सिंह ने डेढ़ सौ रुपये साहू से उधार ले लिये। साहू ने नौकर जानकर बड़ी मेहरबानी की थी और उसके दो एकड़ खेत को मकफूल रखकर रुपया सैकड़े पर कर्ज दिया था। लौटू सिंह खूब समझते थे कि वह कैसी आर्थिक कठिनाइयों में अपने को डाल रहे हैं, लेकिन वह अपनी शरीर और बच्चों को बेचकर भी स्त्री की प्राण-भिक्षा पाने के लिए तैयार थे। महीनों राधा जीवन और मरण के बीच झूलती रही। वैद्य निराश हो रहे थे। जोतिषियों ने भी कुंडली देखकर बतला दिया कि साढ़े साती शनीचर का कोप है, बचना सम्भव नहीं। लौटू सिंह का ओझों और सयानों पर विश्वास था। यद्यपि सभी सयाने सभी बातों में एक राय नहीं रखते थे। कोई कहता—ब्रह्म-पिशाच लगा है, कोई कहता—जिन, कोई कहता—मुड़कटा और कोई तेलियामसान—किन्तु यह मानने को सभी राजी थे कि कारण बहुत जबर्दस्त है, लौंग, भभूत कुछ नहीं सुनता। राधा गाँव की एक अनपढ़ स्त्री थी; लेकिन, तो भी इन बातों पर उसका उतना विश्वास न था। कितने ही दिनों तक वह बेहोश रही और किसी को उसके जीवन की आशा नहीं रह गई थी। लौटू सिंह बच्चों के भय से खुलकर रोते न थे लेकिन, उनकी आँखें अक्सर डबडबाई रहती थीं। पार्वती अपने चचेरे भाई के लड़कों के साथ खेलती थी। लछमिनियाँ उस पर बहुत ध्यान रखती थी।

देवराज अभी दस साल का बच्चा था। लेकिन, गरीबी के कारण दुनिया के भले-बुरे थपेड़ों को सहने का मौका उसे मिला था, जिन्होंने उसे अधिक चिन्तनशील बना दिया था। माँ की बीमारी की गम्भीरता उससे छिपी न थी, चाहे उससे छिपाने की कितनी ही कोशिश की जाती रही। वह खयाल करता था—माँ मर जाएगी, तो इस घर का, बाबू का, पार्वती का और मेरा क्या होगा? स्कूल और गाँव के लोगों की भर्त्सनाओं—जिनका कि कारण दरिद्रता और जरूरत से अधिक आत्म-सम्मान होता—को सुनने के बाद जब उसका कलेजा विह्वल हो जाता, तो माँ की गोद ही थी जिसमें एक क्षण बैठकर वह सब कुछ भुला देता। उसका मन माँ के एक-एक काम की ओर घूमने लगता था। सोए देवराज को माँ सबेरे कहती, "बेटा देवराज, उठो, पाठशाला जाओ, मुँह धो लो, कलेऊ करके चले जाओ।" धूप में आने से मुँह को सूखा देख, वह व्यग्र हो जाती और देवराज के मुँह को आँचल से पोंछती हुई कितने ही प्रश्न कर डालती। देवराज का मुँह, आँख, नाक ठीक वैसी ही थी जैसी

की राधा की। रंग भी गोरा और बाल तो करीब-करीब भूरे। देवराज सोचते-सोचते चिन्ता में डूबकर इतना कातर हो जाता कि उसका मन उसे यह कहकर समझाना चाहता—नहीं सब झूठ है, माँ मरेगी नहीं।

इधर एक सप्ताह से राधा की अवस्था सुधर चली थी। उसे हल्का-सा पथ्य भी दिया जाने लगा था, और अब वह मृत्यु के पंजे से बाहर थी। आज, इस रात को 'घर-घर' की आवाज सुनकर लौटू सिंह उठ पड़े और साथ ही उनकी चिन्ता भी बड़े वेग से जग पड़ी। वह दीया बालकर बड़ी गम्भीरता से राधा का मुँह देख रहे थे, उनके मन में तरह-तरह की शंकाएँ उत्पन्न हो रही थीं—बीमारी का सुधार कहीं दिखावटी तो नहीं है, अक्सर ऐसे सुधार धोखा देने के लिए होते हैं। 'घर-घर' की आवाज उन्हें और चिन्ताकुल कर रही थी। लेकिन, वह देख रहे थे कि राधा गम्भीर निद्रा में उतान सो रही है। लौटू सिंह ने और नजदीक से देखने के लिए चिराग उठाया। उसकी रोशनी या पैर की आवाज के कारण राधा की नींद टूट गई। आँख खोलकर देखा तो पास में लौटू सिंह का चेहरा और चिराग था। निर्बलता के कारण बड़े क्षीण स्वर में उसने कहा,

"तुम जाग रहे हो, सोए नहीं? मैं तो खूब सो गई थी। चिराग से क्या देख रहे हो?"

"नहीं ऐसे ही देख रहा था। तुम्हारे कंठ से 'घर-घर' की आवाज आ रही थी।"

"कुछ नहीं, मैं बिलकुल ठीक हूँ। अब खाली कमजोरी है। मैंने कितनी बार कहा कि तुम अपने खाने-सोने की ओर ध्यान रक्खो। महीनों हो गए रात-रात जागते! क्वार का महीना है, जर-जूड़ी तो ऐसे ही आ जाती है। जो तुम भी बीमार पड़ गए तो घर का क्या होगा? बच्चों का क्या होगा? चार महीने की बीमारी के बाद शरीर में शक्ति आने में कुछ समय जरूर लगेगा; लेकिन, मुझे मालूम है, बीमारी चली गई। हाथ जोड़ती हूँ, तुम्हारे पैरों पड़ती हूँ, मेरे लिए और दोनों नन्हें बच्चों के लिए तुम अपने शरीर पर दया करो।"

राधा की धीमी आवाज में निर्बलता थी और इतनी बात करने से उसे कितनी ही बार सुस्ताना पड़ा, लेकिन, उससे एक बात स्पष्ट थी—अब वह प्रकृतिस्थ है।

लौटू सिंह जाकर सो रहे।

राधा की बात ठीक निकली। अति-जागरण और खाने-पीने की लापरवाही के कारण लौटू सिंह का शरीर बहुत दुर्बल हो ही गया था, क्वार के उतरते-उतरते उन्हें जूड़ी आने लगी। राधा ने अभी-अभी चारपाई छोड़ी थी, अभी वह कोई काम करने लायक न थी। दीवाली आई, लेकिन लौटू सिंह को जूड़ी ने न छोड़ा। उस वक्त माँ-बाप के पथ्य और दूसरे काम का भार अधिकतर देवराज के ऊपर था। सुचित सिंह की स्त्री

भी उसे मदद देती थी और चचेरे भाइयों का परिवार भी खयाल रखता था। दीवाली के बाद तिजारी होकर जूड़ी जारी रही। राधा जितनी तेजी से बल प्राप्त नहीं कर रही थी, उससे अधिक तेजी से लौटू सिंह कमजोर होते जा रहे थे। भोजन उन्हें रुचता न था और पेट की तिल्ली बढ़ रही थी। धीरे-धीरे अवस्था भयानक रूप धारण करने लगी। कार्तिक की पूर्णमासी तक यद्यपि राधा का शरीर बहुत कुछ पूर्ववत हो गया था—हाँ, उसके बाल सब गिर गए थे—लेकिन अब लौटू सिंह ने चारपाई पकड़ ली। भाई-बन्दों ने कार्तिक में खेत तो किसी तरह बोआ दिया, लेकिन दवा-दारू और घर का खर्च एक बड़ी समस्या थी। न लौटू सिंह की तनख्वाह और ऊपर की आमदनी का सहारा था और न राधा की बकरियाँ और उसकी सूई ही काम दे रही थी। अपने प्यादे के लिए, और उससे भी ज्यादा, दो एकड़ खेतों के लिए साहू ने डेढ़ सौ रुपये कर्ज दे दिये थे। अब वह एक रुपया भी अधिक देने को तैयार न थे। बहुत कहने-सुनने और गिड़गिड़ाने पर उन्होंने पच्चीस रुपया और दिया।

दवा-दारू का कोई असर न हुआ। बीमारी बढ़ती ही गई और अगहन के मध्य तक लौटू सिंह चल बसे। पति की बीमारी में लगी होने के कारण राधा को सीने-पिरोने का मौका कहाँ था? अब सवाल था श्राद्ध और क्रिया-कर्म का। इसके लिए रुपया कहाँ से आए? यह मामूली प्रश्न नहीं था। राधा ने अपने बचे-खुचे जेवरों को गिरवी रख उधार-बाढ़ करके पति का श्राद्ध किया।

राधा के लिए संसार सूना था। यहाँ प्रेमी और प्रेमिका के भावुकतापूर्ण हृदयों के बिछोह मात्र की बात न थी, सबसे बड़ा प्रश्न था आश्रयविहीन होना। दोनों की बीमारी और श्राद्ध में ढाई सौ रुपये कर्ज हो गए और ढाई रुपया महीना सूद बढ़ रहा था। उस पर राधा को अपने और दो बच्चों का पेट चलाना था। घर में एक अच्छत भी अनाज न था और सूई-धागा छोड़कर राधा के पास जीवन-यात्रा का कोई सम्बल नहीं रह गया था। राधा का दिल भारी बोझ से दबा हुआ था। जीविका के लिए वह अपनी सिलाई पर भरोसा कर सकती थी लेकिन, जब वह ढाई रुपये महीने सूद और अपने खेत का खयाल करती, तो उसके सिर में चक्कर आने लगता। उसको चारों ओर अँधेरा-ही-अँधेरा नजर आता।

गाँव का त्याग

माँ-बाप की बीमारी के कारण देवराज पिछले तीन मास अपनी पाठशाला से अनुपस्थित रहा। लेकिन, अध्यापक उसकी योग्यता को जानते थे और उसके स्वभाव के कारण बहुत सहानुभूति रखते थे। उन्होंने उसे तीसरे दर्जे से चौथे में तरक्की दे दी।

पाठशाला रामपुर से आधे कोस पर थी। वार्षिक परीक्षा के बाद की पन्द्रह दिन की छुट्टी तथा एक महीना और बीत गया। अब भी देवराज पाठशाला नहीं जाता था। अध्यापक स्वयं देवराज के घर आए। उसकी विपत्ति को देखकर उन्होंने हार्दिक सहानुभूति प्रकट की। आगे की पढ़ाई का जिक्र छिड़ने पर मालूम हुआ, अब वह देवराज के लिए असम्भव है। उसे अपनी खेती देखनी होगी। ढाई रुपये महीने सूद को यदि भविष्य पर छोड़ भी दिया जाए, तो भी घर के कपड़े-लत्ते और दूसरे खर्च का इन्तिजाम करना होगा। अध्यापक स्वयं ग्रामीण थे और नॉर्मल स्कूल में पढ़ने के वक्त सिर्फ दो साल शहर में रहे थे। उस समय दूसरे हिन्दी-अध्यापकों की तरह उनका भी ज्ञान परिमित था। लेकिन वह एक बात जानते थे—यदि देवराज एक साल और पढ़ जाए तो दर्जा चार पास करने पर वह छात्रवृत्ति जरूर लेकर रहेगा; और फिर मिडिल पास करके कहीं अध्यापकी पा जाएगा। लेकिन वह समझते थे कि एक वर्ष की पढ़ाई के लिए देवराज के सामने जो कठिनाइयाँ हैं, उनका उनके पास कोई हल नहीं है। अधिक-से-अधिक वह देवराज की फीस का इन्तिजाम अपने पास से कर सकते थे। लेकिन, दो-तीन रुपये की किताबें? और ऊपर से घर की आफत? अध्यापक के लिए समाज और राजशासन, भगवान और भाग्य की बनाई वस्तुएँ थीं, इसलिए वह उनकी कुछ नुक्ताचीनी नहीं कर सकते थे। देवराज की प्रतिभा के बारे में भी वह सिर्फ इतना ही जानते थे कि गणित में वह सौ में सौ नम्बर लेता है। इतिहास और भूगोल एक बार सुनने मात्र से उसे याद हो जाते हैं। नक्शा के स्थानों को वह आँख मूँदकर बतला सकता है और गद्य-पद्य पाठ-सम्बन्धी प्रश्नों में शायद ही उसने कभी भूल की हो। अभी अगले साल देवराज को जिले-भर के विद्यार्थियों में अपना जौहर दिखलाने का मौका मिलता। अब तक वह उसके बारे में इतना ही जानते थे कि वह दर्जे में सबसे तेज लड़का है।

अध्यापक ने देवराज से बातचीत की। वह पढ़ने के लिए अधीर हो रहा था, लेकिन, वह अपनी बेबसी को भी अच्छी तरह जानता था। हसरत-भरी निगाह से वह पाठशाला जानेवाले रास्ते को देखने के सिवाय और कोई क्षमता नहीं रखता था। उसने आँखों में आँसू भरकर पाठशाला और मकान की ओर खींचनेवाले मार्ग की चिन्ताओं को प्रकट किया। अध्यापक भी अपनी दोनों आँखें तर करने के सिवाय उसकी कोई सहायता न कर सकते थे।

राधा के पास बकरियाँ न थीं, लेकिन उसकी सूई अविरत चल रही थी। ढाई-तीन आने रोज वह उससे कमा लेती और जहाँ तक तीनों प्राणियों के पेट का सवाल था, उसकी उसे फिक्र न थी। लेकिन, कर्ज का खयाल आते ही उसका कलेजा दहल उठता—अगर खेत भी महाजन ने ले लिया, तो बच्चों का भविष्य अन्धकारपूर्ण है। उसने दिमाग पर बहुत जोर दिया, कितना ही सोचा, लेकिन, कर्ज अदा करने की तो बात ही अलग, सूद देने की भी कोई तरकीब न सूझ पड़ी।

देवराज का काम था खेत की रखवाली करना। अभी पुर चलाना या जोर का दूसरा काम वह कर नहीं सकता था। पड़ोसी राम सिंह ने प्रस्ताव किया कि हमारे बैलों की सानी-पानी कर दो तो हम तुम्हारे खेत को सींच देंगे। उसने उसे कबूल किया और उसका काम था राम सिंह के बैलों की नाँदों को शाम को साफ करना, फिर पोखरे के पानी से भरना और बैलों को खिलाना। सबेरे भी गौशाला को साफ करने में उसे मदद देनी पड़ती थी। अब उसकी गणित और इतिहास की सारी प्रतिभा सिर्फ यह सोचने में लगी रहती थी, कि औकात से भारी घड़े को उठाने के कारण होनेवाला उसके जोड़ों का दर्द कैसे कम होगा? रात को माँ ने खाना दिया और जैसे ही पुआल पर लेटा उसे गम्भीर निद्रा आ गई। माँ जानती थी कि उसका ग्यारह बरस का देवराज जिस मेहनत में पड़ा है, वह उसकी क्षमता से बाहर की बात है। लेकिन, वह असमर्थ थी। वह जानती थी कि अपने पिता की तरह देवराज को भी हाथ-पैर चलाकर ही गुजारा करना होगा। दिन महीने और महीने बरस के रूप में स्वयं परिणत होते जाएँगे और मशक्कत का काम करते-करते देवराज समय पाकर अपने पिता ही की तरह मजबूत हाथ-पैरोंवाला हो जाएगा। उसका दिमाग यहीं तक जाता था कि बड़ा होने पर शायद बाजितपुर के साहू देवराज को भी एक रुपये महीने पर नौकर रख लें, प्यादागीरी में देवराज को शायद डेढ़-दो रुपये की ऊपर की आमदनी हो; लेकिन, ढाई रुपये तो हर महीने सूद ही के निकल जाएँगे। तो, क्या ढाई सौ रुपयों के वास्ते देवराज को हमेशा के लिए बिक जाना होगा?

माघ में सुचित सिंह फिर असामी (कैदी) को बनारस पहुँचाने आए। चाचा की मौत की खबर उन्हें चिट्ठी से मिल चुकी थी और उन्होंने देवराज और चाची को सान्त्वना

का पत्र भी भेजा था। वह बनारस से लौटते वक्त एक दिन रामपुर रहने का मौका निकाल पाए। चाची सुचित सिंह को देखकर रोईं। पर उनको ढाढ़स बँधाने के लिए सुचित सिंह सिर्फ आँसू बहा सकते थे। अपनी स्त्री से उन्होंने चाची की आर्थिक अवस्था का पता पा लिया था। बात चलने पर राधा ने कहा, "खाने के लिए तो मैं सीकर काम चला सकती हूँ, लेकिन कर्ज का सवाल बेढब है। दो एकड़ खेत है, यदि वह भी निकल गया तो मेरा देवराज किसके घर जाएगा?"

सुचित सिंह ने इस पर बहुत सोचा- विचारा। उनको यह मालूम था कि खेत की सिंचाई के लिए देवराज राम सिंह के यहाँ सानी-पानी कर रहा है। उनको भी और कोई रास्ता न दिखाई पड़ा। हिचकिचाते हुए उन्होंने चाची के सामने एक प्रस्ताव रक्खा, "चाची, जो बात हो गई, उसके बारे में तो हम लोगों का बस ही क्या? लेकिन, संसार में जब तक जीना है, तब तक कुछ करना है। मैं जानता हूँ, तुम सिलाई करके अपने खाने का काम चला लोगी। लेकिन, सवाल है कर्ज और ढाई रुपये महीने सूद का, इतना ही नहीं, देवराज के आगम का भी खयाल करना है। क्या चाचा की तरह इसे भी एक रुपये का प्यादा बनाओगी? तुमसे कहने में मुझे बड़ा संकोच होता है। लेकिन, क्या यह अच्छा नहीं होगा कि देवराज मेरे साथ कलकत्ता चला चले। मेरे साथ रहेगा और किसी आफिस में चिट्ठी-पत्री ले जाने का काम मिल जाएगा। सात-आठ रुपया भी मिल गया तो चार रुपया घर भेज सकेगा। होशियार लड़का है, सयाना होते और अच्छा काम मिल सकता है। पुलिस में भर्ती हो सकता है।"

कलकत्ता का नाम सुनकर राधा के चेहरे पर उदासी छा गई, लेकिन वह भली प्रकार जानती थी कि सुचित का उस पर और देवराज पर बड़ा स्नेह है और वह उसी की भलाई के लिए कह रहा है। उसने कहा,

"सुचित बबुआ, मैं जानती हूँ, तुम देवराज की भलाई के लिए कह रहे हो और तुम्हें छोड़ संसार में उसका और है ही कौन? लेकिन मेरा माँ का हृदय है। साँझ को उसे घर में न देखकर अधीर हो जाती हूँ। कलकत्ता चले जाने पर, बरस-बरस, दो-दो बरस फिर अपने देवराज को न देख सकूँगी, मैं कैसे धीरज धरूँगी?" —कहते-कहते राधा के नेत्रों से आँसू की धार बह निकली और उसका गला रुँध गया। राधा बड़ी धीर प्रकृति की स्त्री थी और आगे-पीछे खूब समझ सकती थी। महीनों से अपनी पारिवारिक समस्याओं पर वह सोच रही थी और कहीं से कोई रास्ता अब तक उसे दीख नहीं पड़ा था। सुचित के ऊपर जितना उसका विश्वास था और जिस तरह का प्रस्ताव उसके सामने रक्खा गया था, उसे एकदम अस्वीकृत नहीं कर देना चाहती थी—

"भैया सुचित, तुम अपने छोटे भाई के हित की बात कह रहे हो, यह मैं जानती हूँ। लेकिन, पुत्र-स्नेह उसमें बाधक हो रहा है। तो भी, कल सबेरे

तक मुझे अपने दिल को समझाने दो। देवराज का आगम मुझे अपने प्राणों से बढ़कर प्रिय है।"

सुचित सिंह चले गए। सभी बातें देवराज के सामने हुई थीं। उसके सामने अभी तक पाठशाला और घर की विपत्तियों का द्वन्द्व चल रहा था। पाठशाला को वह छोड़ चुका था। तो भी घर की विपत्ति से निस्तार का कोई रास्ता उसे दिखाई नहीं पड़ता था। सुचित सिंह के प्रस्ताव में आशा की झलक थी और उससे भी बढ़कर आकर्षण उसकी ओर उसके बाल-हृदय में इसलिए हो रहा था कि वह हिन्दुस्तान के सबसे बड़े शहर—कलकत्ता—को देखेगा, वहाँ रहेगा और सम्भवत: कभी-कभी उसे किताब पढ़ने का भी मौका मिलेगा। उसने माँ से उस दिन शाम और रात को कई बार आग्रह से कहा,

"माँ, मुझे सुचित भैया के साथ जाने दो। यहाँ सानी-पानी करते मेरी कमर टूट जाएगी और पढ़ा-लिखा सब भूल जाएगा। मैं बराबर चिट्ठी लिखूँगा और रेल का टिकट तो मेरा आधा ही लगेगा। जैसे सुचित भैया साल में दो-एक बार घर आ जाया करते हैं, वैसे मैं भी आऊँगा।"

आँसू बहाते हुए भी माँ ने अपने वचन से आशा की कुछ सूचना न दी, तो देवराज ने कहा,

"माँ, मेरे जाने से तुम्हें दुख होगा, किन्तु तुम्हें छोड़कर मेरा दिल भी टूक-टूक हो जाएगा। तुम रोओगी। मैं भी क्या वहाँ, अकेले में आँसुओं को रोक सकूँगा? लेकिन यहाँ भविष्य अन्धकारमय है। वहाँ कुछ आशा की झलक दिखाई पड़ती है। माँ, तुम मुझे सुचित भैया के साथ जाने दो।"

सुचित सिंह के जाने के बाद राधा की आँखें सूखने न पाईं। वह उसके प्रस्ताव पर बराबर सोचती और आँसू बहाती रही। लेकिन सोने से पहले माँ-बेटे ने तय कर लिया कि देवराज का सुचित सिंह के साथ कलकत्ता जाना ही अच्छा है।

सुचित सिंह को घंटा-भर दिन चढ़े रामपुर से रवाना होना था। राधा ने देवराज के रास्ते के लिए गुड़ के लड्डू और कुछ खाने की चीजें तैयार कीं। माँ-बेटे ने पार्वती से इस बात को छिपा रखने का पूरा प्रयत्न किया और तड़के ही खबर देने पर लछमिनियाँ पार्वती को अपने साथ ले गई।

रात में सुचित सिंह ने कई बार विचार किया और अपने प्रस्ताव के औचित्य पर उनका विश्वास और भी दृढ़ हो गया। चाची की दूरदर्शिता पर उनका विश्वास था; लेकिन पुत्र-स्नेह के बल को वह समझते थे। उनको कम विश्वास था कि चाची देवराज को कलकत्ता जाने देंगी। सबेरे जब लछमिनियाँ ने राधा के निर्णय को सुनाया तो उन्हें बड़ी प्रसन्नता हुई।

राधा के पास लड़के को नया कपड़ा बनाने के लिए न पैसा था और न समय। धोबी से धुलाने का वक्त भी कहाँ था? देवराज ने अब तक कभी जूता नहीं पहना

था, इसलिए नंगे पैर चलना उसके लिए कोई नई बात न थी। उसकी धोती कई जगह फट चुकी थी, लेकिन राधा ने उसे अच्छी तरह सी दिया था। यही हालत कुर्ते की भी थी। एक फटी गमछी और एक मैली टोपी—यही उसकी पोशाक थी। साथ में उसके पाथेय की एक पोटली। जब सुचित सिंह उसे लेने आए, तो देवराज तैयार था।

घंटा-भर दिन चढ़े, दोनों ने रामपुर से प्रस्थान किया।

कलकत्ता में

सबसे नजदीक का स्टेशन—जखिनिया—देवराज के गाँव से आठ मील पर था। गाड़ी के समय से एक घंटा पहले ही दोनों वहाँ पहुँच गए। देवराज को दुनिया में आए यद्यपि ग्यारह साल हो रहे थे, तथापि न उसने अब तक कोई शहर देखा था और न रेलगाड़ी ही। उसने एकाध बार स्कूल के अफसर को टोप लगाए जरूर देखा था, लेकिन किसी अंग्रेज स्त्री-पुरुष को देखने का उसे मौका नहीं मिला था। माघ का महीना था, इसलिए बहुत-से लोग प्रयाग-मेले में जा रहे थे। गाड़ी में काफी भीड़ थी। वस्तुतः यदि सुचित की लाल पगड़ी ने मदद न दी होती, तो वहाँ उन्हें जगह न मिलती।

पहले-पहल रेल का देखना देवराज के लिए एक कौतूहलजनक घटना थी। रेल के बारे में सुनकर उसका जो चित्र देवराज के सामने खिंचा था, वह यह नहीं था, जिसे कि वह अब देख रहा था। धुआँ फेंकते हुए इंजन को उस जल्दी में उसने एक बार बड़े गौर से देखा। यद्यपि उसे रेल के बारे में कई प्रश्न करने थे, लेकिन जिस तरह लोग डिब्बे में ठसाठस भरे हुए थे, वहाँ बातचीत करने का मौका नहीं था। देवराज को बैठने की जगह एक किनारे मिली थी। गाड़ी रवाना हुई। बाहर तार के खम्भे और जमीन भागे जा रहे थे, इसे वह बड़े आश्चर्य से देख रहा था, डब्बे के भीतर स्त्री-पुरुष, बूढ़े-जवान, सभी तरह के लोग थे। बीच-बीच में 'गंगा माई' और 'अछयवट बाबा' की जय होती जा रही थी। चार बजे शाम से पहले ही गाड़ी सारनाथ पार हुई। धमेख के स्तूपों को देखकर यात्रियों ने स्वयं उनके इतिहास को कहना शुरू किया—"यही धमाख है। लोरिक की धमाख। लोरिक को नहीं जानते? वही बहादुर अहीर, समरू का भाई। वह दूध से भरे घड़ों को दोनों हाथों में लेकर एक धमाख से दूसरे धमाख पर कूद जाता था। कैसा जवान, क्या पूछ रहे हो? वह सतयुग का आदमी था। उस वक्त उनचास हाथ का शरीर होता था। भैंस की सींग पकड़कर वह ऐसे उठा लेता था, जैसे चार दिन के बकरी के बच्चे को कान पकड़कर हम-तुम। यहाँ, बर्मा-जापान के भी लोग आते हैं। वह समझते हैं कि यह उनके देवता का स्थान है। पंडे, जानते नहीं, कितना झूठ बोलते हैं। किसी ने झूठ

ही उनसे कह दिया होगा, यह तुम्हारे देवता का स्थान है। देखो तो कैसे चालाक हैं। इन्होंने लोरिक की धमाख को चीन-जापानवालों का देवता बना दिया!...हाँ, आप ठीक कह रहे हैं, पंडे बड़े चंट होते हैं। हमारे गाँव के एक संस्कृत पढ़े-लिखे ब्राह्मण आए काशी जी। मणिकर्णिका-स्नान और अन्नपूर्णा-विश्वनाथ का दर्शन करने में पंडों ने सब पैसा चढ़वा लिया। बेचारे गली से जा रहे थे, देखने में भले मानुस-सा एक पंडा मिला। पूछा, "यजमान, कहाँ जल्दी-जल्दी जा रहे हो? काशी-करवट में करवट नहीं लोगे? काशी-करवट? तुम नहीं जानते? जिसने काशी-करवट में करवट न ली, उसकी काशी-यात्रा सफल कहाँ?...बेचारा ब्राह्मण भीतर गया। एक कुआँ है जिसके ऊपर लोहे के छड़ों का चचरा पड़ा है। पास ले जाकर पंडे ने कहा—उतान लेट जाओ। लेट जाने पर कहा—दोनों कानों, दोनों आँखों, नाक और मुँह पर चाँदी का सिक्का रक्खो। यहाँ चाँदी ही चढ़ती है। तामा चढ़ाने से पाप लगता है...। ब्राह्मण के पास सिर्फ एक चौवन्नी रह गई थी और उसी को उसने मुँह पर रखकर करवट ले ली। पंडे ने चौवन्नी लेकर पीठ ठोंक दी।...देखा, कैसे होशियार हैं। ठीक कह रहो हो—पहले तो करवट बदलने में ही कितने कुएँ में चले जाते थे। इसीलिए सरकार बहादुर ने लोहे का चचरा लगा रक्खा है।

"और, क्या इसमें भी कोई सन्देह है? काशी के ठग मशहूर हैं। एक साधू बाबा आपबीती बतला रहे थे। हाथ में उनके दो-ढाई रुपये का बड़ा अच्छा लोटा था। किसी भलेमानुस ने आकर अभिवादनपूर्वक पूछा, "महाराज, भोजन करेंगे? एक महात्मा को भोजन कराने की श्रद्धा है। हाँ भगत, क्यों नहीं—साधू ने बहुत प्रसन्न हो उत्तर दिया। आइए यहाँ, हलुवाई की दूकान पर। क्या खाएँगे, पूड़ी? कचौड़ी? मिठाई? पाव-पाव-भर? तीनों? अच्छा भैया हलुवाई बाबा जी को तीनों चीजें पाव-पाव-भर देना तो। और, महाराज, दूध तो नहीं पिएँगे?—बच्चा, जो तेरी श्रद्धा। एक सेर।—तो ले आइए न, इसी लोटे में ला दूँ। श्रद्धालु भगत लोटा ले दूध लेने गया। बाबा ने पत्तल साफ कर दी, लेकिन दूध का कहीं पता नहीं! आध घंटा बीता, एक घंटा, डेढ़ घंटा, बाबा चारों ओर देख रहे हैं। हलुवाई ने पूछा—और कुछ चाहिए? नहीं तो। हाथ धोइए न। और, वह भगत? कौन-सा भगत? वही जिसने पूड़ी दिलवाई। दिलवाई क्या, मैंने आपको पूड़ी दी। वह तो निमंत्रण देकर लाया था। सच? तो, कुछ ले तो नहीं गया? हाँ, दूध लाने के लिए लोटा ले गया। अच्छा तो लोटा और दूध उससे लेते रहिएगा। छै आना पैसा निकालिए।"

देवराज को शहर के भीतर जाने का मौका नहीं था, किन्तु जब सड़क की बगल में उसे बहुत-से बड़े-बड़े मकान देखने को मिले। दूध से धुले, ऊँचे-ऊँचे मकान, पक्की-चौड़ी सड़कें सर्वप्रथम उसने आज ही देखीं। बनारस छावनी के प्लेटफार्म पर लोगों की भीड़ को देखकर उसे जान पड़ा—मेला लगा हुआ है। यहाँ से बड़ी लाइन पकड़नी थी। दोनों जने एक डब्बे में जाकर बैठ गए। मुसाफिर कम थे,

जगह बहुत खाली थी। राजघाट के पुल को पार करते सुचित सिंह ने भी 'गंगा माई की जय' बोली और जेब से निकालकर एक पैसा बहुत जोर से फेंका। लेकिन वह पुल के खम्भे से टकराकर 'झन' से गिर पड़ा। सुचित सिंह ने बतलाया, गंगा माई को अपनी कमाई में से कुछ चढ़ाना चाहिए। गाड़ी बहुत धीमी चाल से पुल पार कर रही थी। देवराज ने देखा, गंगा की हरी धार धनुषाकार बह रही है और उसी के बाएँ तट पर बड़े-बड़े सफेद महलों और पक्के घाटों से सुसज्जित काशीनगरी बसी हुई है। पहला दर्शन, और समय भी कम, इसलिए वह विशेषतौर से किसी चीज को नहीं देख सका, लेकिन यह अनुभव जरूर कर रहा था कि मैं एक विचित्र, सुन्दर स्वप्नपुरी को देख रहा हूँ। पुल पार कर गाड़ी की गति तीव्र हुई और कुछ मिनटों में वह भुगलसराय पहुँच गई।

यहाँ से उन्हें कलकत्ते की डाक पकड़नी थी जिसके आने में दो घंटे की देर थी। देवराज और सुचित गाड़ी से उतरकर पुल पार हो उस प्लेटफार्म पर गए जहाँ पर डाक आनेवाली थी। अब तक देवराज ने एक ही तरह के स्त्री-पुरुष, एक ही भाषा और एक ही वेश देखे थे। यहाँ उसने पहले-पहल अंग्रेजी स्त्री-पुरुष देखे। ऊपर की तरफ सिमटे बाल, सिर पर परदार टोप और पट्टी से कसी मुट्ठी-भर की कमर—देखकर उसे मालूम होता था, यह किसी दूसरे लोक के प्राणी हैं। उनके गोरे रंग को देखकर पहले उसे भ्रम हुआ कि कोई रंग पुता है। वह यह भी देख रहा था कि कैसे इन गौरांग स्त्री-पुरुषों को सामने से आते देख लोग भयभीत हो अगल-बगल हट जाते थे। धोती की तरह लाँग बाँधकर साड़ी पहनी हुई महिला को देखकर वह सन्देह में पड़ गया कि वह स्त्री है या पुरुष; और उसके सन्देह का निवारण तब तक नहीं हुआ जब तक कि पूछने पर सुचित सिंह ने बतला नहीं दिया कि ये मद्रास की स्त्रियाँ हैं। जवान स्त्रियों को सिर खोले घूमते देखकर भी उसे कम कौतूहल नहीं हुआ। सलवार पहने पंजाबी स्त्रियों को वह बड़ी देर तक एकटक देखता रह गया।

देवराज को एक जगह बैठाकर सुचित सिंह पूड़ी लाने गए। खाना खाने के बाद उन्होंने एक काम यह किया कि देवराज के फटे अँगोछे और मैली-कुचैली टोपी को हटाकर उसे चारखाने का अँगोछा और नई टोपी खरीद दी। अब भी उसके बदन पर वही फटा कुर्ता और धोती थी, जिन्हें कि कुछ ही महीनों बाद वह हमेशा के लिए भूल जाएगा। वह कितने ही लोगों को सुन्दर, साफ और एक-से-एक तड़क-भड़कवाली पोशाक में देख रहा था—यह भी जीवन है।

चिराग जल गए थे जब कलकत्ते की गाड़ी आई। वह भी भरी थी। लेकिन सुचित सिंह की पुलिस की वर्दी ने बैठने का स्थान बिना दिक्कत के दिला दिया। बड़ी-बड़ी दाढ़ी-मूँछवाले पगड़ीधारी सिक्ख-जवानों को देखकर उनके बारे में उसने सुचित सिंह से कई प्रश्न किये। सुचित सिंह खुद भी बड़े डील-डौल के आदमी थे

और उनका कसरती शरीर, खासकर गर्दन छिपी रहनेवाली चीज नहीं थी। सिक्खों में भी एक पहलवान था और थोड़ी देर में दोनों घुल-मिलकर बात करने लगे। देवराज गाँव की भाषा ही बोलना जानता था। किताबें उसने हिन्दी में पढ़ी जरूर थीं, लेकिन उसे बोलने का मौका कभी नहीं पड़ा था। सिक्खों को आपस में उसने ऐसी भाषा बोलते सुना जिसको समझना उसके बस के बाहर की बात थी। गाड़ी चलती गई और एक-पर-एक स्टेशन गुजरते गए। आरा और पटना तक वह किसी तरह जागता रहा, उसके बाद बेंच पर बैठे-बैठे ऊँघने लगा। एक-दो बार मुँह के बल गिरने से बचा। सुचित सिंह पुलिस के सिपाही थे, शरीर से भी पहलवान, लेकिन उनमें बड़ी नम्रता थी जो कि आसपास के लोगों पर अपना प्रभाव डाले बिना नहीं रह सकती थी। उनकी प्रार्थना पर देवराज को पैर समेटकर लेटने की जगह मिल गई।

रात को पाँच बजे गाड़ी हबड़ा स्टेशन पर पहुँची। सुचित सिंह ने बैठे-ही-बैठे एकाध झपकी ली। उन्होंने देवराज को जगाया और उसे हाथ पकड़कर गाड़ी से नीचे उतारा। हजारों बिजली की रोशनी से जगमगाता मुसाफिरखाना और ऊँचे-ऊँचे लोहे के खम्भों पर टँगी उसकी छत तथा खड़े, चलते, बैठे, सोए हजारों आदमियों की भीड़ देवराज की अर्धनिद्रित आँखों को भी चमत्कृत किये बिना नहीं रह सकती थी। स्टेशन से बाहर आने पर मालूम हुआ, पुल टूटा है और गंगा को स्टीमर से पार करना होगा। देवराज ने अभी तक डोंगी का भी दर्शन नहीं किया था। उसके लिए गंगा का छोटा-सा स्टीमर चलता-फिरता महल-सा मालूम पड़ा। आज के सारे सफर में उसको एक बात का अनुभव हुआ—गाँव के जीवन की गति बड़ी मन्द है जबकि यहाँ हर जगह जनता आहिस्ता चलना जानती ही नहीं। स्टीमर से उतरकर हरिसन रोड की मोड़ से सुचित सिंह ने ट्राम पकड़ी। देवराज ने समझा—यह शहर के भीतर की रेल है। लेकिन, इंजिन के बिना दो डिब्बों को चलते देखकर उसे कुछ कौतूहल हुआ। उसने मन को समझा लिया—बैल-घोड़े का काम जिस तरह इंजिन ने ले लिया, उसी तरह इंजिन का काम इन डब्बों ने ले लिया होगा। उस वक्त सड़क सूनसान थी। दोनों तरफ ताड़ों, ऊँचे मकानों की पंक्तियाँ चली गई थीं! सिवाय रास्ते भर जलती बिजली-बत्तियों के और कोई रोशनी नहीं थी। बीच-बीच में क्षण-भर के लिए मन्द हुई ट्राम से कोई-कोई आदमी उतर जाते थे। स्यालदह उतरकर जब सुचित सिंह पुलिस के वासे पर पहुँचे तो अभी भी सूर्य उगे न थे।

सेठ का नौकर

मुँह-हाथ धोकर सुचित सिंह ने थानेदार के यहाँ हाजिरी दी और उनके कहने पर ड्यूटी शाम को मिली। खाने-पीने से निवृत्त हो पहला काम उन्हें करना था देवराज के लिए एक नया कुर्ता-धोती ला देना और फिर कुछ साथियों से मिलना, तथा हो सके तो देवराज के लिए कोई काम तलाश करना। रास्ते में वह जा रहे थे कि सेठ रामगोपाल के दरबान मैकू सिंह पहलवान मिले। साहेब-सलामी हुई। कुशल-प्रश्न पूछा गया। लड़के के बारे में पूछने पर अपने चचेरे भाई की विपत्ति और नौकरी की तलाश के बारे में भी कह दिया। मैकू सिंह सुचित सिंह के बड़े कृतज्ञ थे। जब पंजाबी पहलवान जसौंधा सिंह को सुचित सिंह ने पछाड़ा था, तो सारे कलकत्ता में सुचित सिंह की धूम मच गई थी। सेठ रामगोपाल ने बहुत कोशिश की, कि सुचित सिंह उनके यहाँ दरबान रहे। वह वेतन भी अधिक देना चाहते थे। लेकिन यह बात मालूम होने पर सुक्खू सिंह ने साफ इनकार कर दिया, "भैया, सेठ हों चाहे साहूकार, उनकी नौकरी मैं तुम्हारे लिए कभी भी पसन्द नहीं करूँगा। एक-दो महीने तक पहलवान दरबान की आवभगत होगी और उसके बाद तुम्हें खरीदा गुलाम समझा जाएगा। किसी दिन भी नाराज होकर नौकरी से हटा देंगे। पुलिस की नौकरी में चौबीस घंटा हाथ बाँधकर खड़ा रहने को तुम्हें कोई नहीं कहेगा, न मनमानी फर्माइश करेगा। नौकरी से निकालना भी आसान नहीं है। तनखाह कम है, लेकिन बुढ़ापे में पेंशन भी तो मिलती है।"

सुचित सिंह के कहने ही पर सेठ रामगोपाल ने मैकू सिंह को अपने यहाँ रक्खा था, इसलिए वह उनके कृतज्ञ थे। मैकू सिंह ने कहा,

"तो हमारे सेठ के यहाँ लड़के को काम मिल जाएगा। सेठ जी के दोनों लड़कों—राम लाल और श्याम लाल—पर एक नौकर था, जो कुछ दिन हुए, चला गया। काम मुश्किल नहीं है। लड़कों के साथ रहना और उनके पुस्तक-पत्रे को ढोना?"

सुचित सिंह ने मौके को अनुकूल समझा और वह सीधे सेठ रामगोपाल की कोठी में जा पहुँचे। सेठ ने पूछने पर कहा,

"हाँ, बच्चों को नौकर चाहिए तो। लेकिन यह लड़का बहुत छोटा है। हमारा रामू तेरह साल का है और यह?"

"बारह बरस का। और कुछ पढ़ना-लिखना भी जानता है।"

"पढ़ने-लिखने से तो कोई मतलब नहीं, हाँ, यह लड़कों का काम तो ठीक से कर सकेगा? काम यही कि लड़कों के साथ बराबर रहना। उनके लिए पानी देना, दूसरे काम करना। दस बजे लड़के विशुद्धानन्द सरस्वती विद्यालय पढ़ने जाते हैं। गाड़ी पर उनको वहाँ पहुँचा आना और एक बजे उनके लिए जलपान ले जाना। चार बजे उनके साथ लौट आना, फिर उनके साथ रहना। कहो, इतना काम इससे हो सकेगा?"

"हाँ"—देवराज की राय लेकर सुचित सिंह ने कहा। तनखाह की बात पूछने पर सेठ जी ने खाना और दो रुपया महीना बतलाया। बहुत कहने-सुनने पर चार रुपया कबूल किया, लेकिन इस शर्त के साथ कि यदि काम में कुछ कच्चा निकलेगा तो तनखाह तीन ही रुपये रहेगी।

कल से ही देवराज का काम पर आना तय हुआ।

सुचित सिंह को इस सफलता पर बड़ी प्रसन्नता हुई और वही बात देवराज के लिए भी थी। इतनी जल्दी नौकरी लग जाने की उम्मीद सुचित सिंह को न थी। शाम तक सुचित सिंह ने देवराज को काम के बारे में कई बार शिक्षा दी। देवराज को अब सेठ जी के घर पर ही रहना था। कहीं वह अकेलापन अनुभव न करे, इसके लिए उन्होंने हर दूसरे-तीसरे दिन आने का वचन दिया।

दूसरे दिन आठ बजे सुचित सिंह देवराज को सेठ जी की कोठी पर पहुँचा आए। कल रामू-शामू स्कूल गए हुए थे, इसलिए देवराज से उनकी भेंट नहीं हुई थी। देवराज के नाबालिग मालिकों को अपने नये नौकर के बारे में कल ही मालूम हो चुका था और वे उसकी बड़ी उत्सुकता के साथ प्रतीक्षा कर रहे थे। देवराज ने देखा—रामू आयु में उससे एक बरस भले ही बड़ा हो, लेकिन ऐसे दो रामुओं को वह एक साथ जमीन दिखला सकता था। रामू का मुँह लम्बा, ओठ मोटे और नीचे का जबड़ा हमेशा गिरा रहता था। उसकी दोनों आँखें दो दिशाओं को देखती थीं। सूरत देखने ही से मालूम होता था कि उसके पास दो माशा भी बुद्धि नहीं। शामू (श्यामलाल) की उमर सत्रह-अट्ठारह साल की थी। यद्यपि शरीर और कद में वह भी निर्बल और छोटा था तो भी वह रामू की तरह कुरूप न था। अभी दोनों ही पतले थे लेकिन, कौन जानता है, आगे चलकर वे सेठ रामगोपाल का अनुकरण न करेंगे?

देवराज का काम था—जैसा कि सेठ जी ने कहा था—रामू-शामू के साथ रहना और उनका काम। लेकिन, साढ़े दस बजे उन्हें स्कूल पहुँचाकर जब देवराज लौटता, तो खाने के समय को छोड़कर, बाकी दो घंटे उसे सेठानी जी की ताबेदारी करनी पड़ती थी। देवराज बहुत सुन्दर-स्वस्थ लड़का था। नागरिक शिष्टाचार से अब तक

उसको वास्ता न पड़ा था, तो भी बहुत दिनों तक वह अपने गँवारूपन को कायम नहीं रख सकता था। कुछ दिनों में दोनों लड़के उससे हिलमिल गए और रामू के दिये पुराने, किन्तु साफ कपड़े पहनकर जब वह निकलता, तो कोई कह नहीं सकता था यह रामू-श्यामू का नौकर है। न जानने पर किसी काम में एक बार देवराज भले ही गलती कर डाले, लेकिन एक बार बतला देने पर फिर कभी वह भूल नहीं सकता था। रामू-शामू की बैठक में उनके बिस्तरे, कुर्सी मेज, पुस्तक-पत्रे, सभी चीजों को वह बाकायदे सजा देता था। हरेक चीज को सुव्यवस्थित रखना उसकी आदत थी। काम में फुर्ती और सावधानी के साथ वह हमेशा इस बात का बड़ा खयाल रखता था कि किसी को कुछ कहने का मौका न मिले। दो हफ्ते के भीतर ही रामू-शामू ही नहीं, सेठ जी भी देवराज को बहुत मानने लगे। लेकिन, न जाने क्यों, दो घंटे हाथ जोड़कर सेवा में रहने पर भी सेठानी जी उसको उतना न चाहती थीं। उनकी भौंहें तनी और स्वर में रुक्षता देखकर बहुत सोचने पर भी देवराज को यह समझ में नहीं आता था कि उसने क्या भूल की है। वस्तुतः देवराज की भूल इसका कारण न थी और सेठानी जी स्वभाव से क्रोधी भी न थीं; लेकिन, जिस वक्त रामू के साथ वह देवराज को देखतीं, उनके मन में बड़ी ठेस लगती—क्यों मेरा रामू ऐसा नहीं हुआ? लेकिन, इसमें बेचारे देवराज का क्या अपराध, इतना होने पर भी सेठानी देवराज का अनिष्ट न चाहती थीं और बाज वक्त अपने व्यवहार पर उन्हें खुद पछतावा होता था।

रामू और शामू को घर पर पढ़ाने के लिए दो-दो शिक्षक रक्खे गए थे। शामू तो खैर किसी तरह चल भी सकता था, लेकिन रामू को तो जबर्दस्ती ठोंक-पीटकर पंडितराज बनाने की कोशिश की जा रही थी। एक तो बेचारे के दिमाग में ही गोबर भरा हुआ था, दूसरे पढ़ने में उसका मन बिलकुल न लगता था। पहले एक-दो सप्ताह तक रामू-शामू को पढ़ते देख देवराज, मनमारे चाह भरी आँखों से देखता रहता था। उसकी बड़ी इच्छा थी कि वह भी कुछ पढ़े। लेकिन वह भली प्रकार जानता था कि वह वहाँ पढ़ने के लिए नहीं रक्खा गया है। धीरे-धीरे संकोच दूर हुआ और रामू-शामू से देवराज की घनिष्ठता ज्यादा बढ़ गई, समय पाकर वह उनकी हिन्दी किताबों को लेकर पढ़ने लगा। एक बार छिपकर ए, बी, सीखने का प्रयास करते देख शामू ने उसके लिए अक्षर लिख दिये और अंग्रेज़ी की पहली पुस्तक ला दी। देवराज मौका निकालकर घर पर कुछ पढ़ता रहता था, लेकिन सबसे निश्चिन्त मौका उसे स्कूल में डेढ़ बजे से चार बजे तक मिलता था। जलपान ले जाने के बाद स्कूल की छुट्टी तक वह वहीं रह जाता। शामू को बहुत आश्चर्य होता जब वह देखता कि देवराज इतनी तेजी से पुस्तकों को समाप्त करता जा रहा है। लेकिन, उसके मन में ईर्ष्या न होकर और सहानुभूति होती थी। वह हर तरह से देवराज को सहायता और प्रोत्साहन देता था। देवराज को कुछ कहने पर, दूसरे नौकरों से ही नहीं, माँ से भी वह कभी-कभी लड़ जाता था। रामू किसी तरह घसीटा जा रहा था,

लेकिन देवराज ने छै महीने के भीतर रामू के क्लास की सभी पुस्तकें पढ़ डालीं। लड़कों के पढ़ने और सोने के कमरे में ही देवराज को फर्श पर सोने की आज्ञा थी। उनके सो जाने पर भी वह बड़ी देर तक पढ़ता रहता था। रामू नवें क्लास का साधारण विद्यार्थी था। लेकिन उसकी हिन्दी की ओर विशेष रुचि थी। वह दैनिक 'भारत मित्र', 'सरस्वती' तथा कुछ दूसरे पत्र मँगाया करता था। देवराज को पहले-पहल यहीं इन पत्रों के पढ़ने की चाह लगी।

यह सौभाग्य की बात थी कि रामू-शामू का कमरा बिलकुल अलग था और सेठ-सेठानी वहाँ कम आया करते थे, नहीं तो देवराज को तीसरे विद्यार्थी का पार्ट अदा करते देख वे कभी प्रसन्न न होते। देवराज के प्रति शामू के भाव के बारे में कहा जा चुका है। शामू देवराज के बारे में समझता था, वह हमेशा उसकी सहायता के लिए तैयार रहता है। रामू की पलक पर हर वक्त मन-भर नींद बैठी रहती थी। देवराज का काम होता कि कोई उसकी नींद में खलल न डाले। रामू को खेलने का बहुत कम शौक था और देवराज खेल में उसका समर्थक बनने को तैयार था।

तनखाह पाते ही देवराज साढ़े तीन रुपया सुचित सिंह को दे आता। खाना सेठ जी के यहाँ मिलता ही था और शामू की कृपा से वह अच्छा था। रामू के पुराने कपड़ों के कारण उसे कपड़ों पर एक पैसा खर्च करने की जरूरत नहीं थी। आठ आना प्रति माह जो वह रख छोड़ता था, उसका भी अधिक मतलब यही था कि वह खाली हाथ न रहे और आवश्यकता पड़ने पर रामू-शामू को रुपये-आठ आने के लिए तरद्दुद करने की जरूरत न पड़े।

पुस्तकालय का चपरासी

"देवराज, जब मैं तुम्हें और रामू को देखता हूँ तो मुझे खयाल आता है कि क्यों रामू के ऊपर दो-दो शिक्षक रक्खे गए हैं? इतना पैसा उस पर खर्च किया जा रहा है, क्या यह धन और समय का अपव्यय नहीं है? उसकी जगह यदि तुमको स्कूल में पढ़ने-भर की छुट्टी मिलती, तो तुम अपनी योग्यता से समाज की कितनी सेवा कर सकते थे? मुझे बराबर तुम्हारा खयाल आता है। लेकिन, समझता हूँ, तुम्हारे साथ इस विषय में अधिक पक्षपात-प्रदर्शन का मतलब है पिताजी तुम्हें नौकरी के अयोग्य समझ लें। उस वक्त मेरा ऐसा करना तुम्हारे हित की बात न होकर अनिष्ट की बात होगी।"

देवराज ने लज्जा से सिर को अवनत करके कृतज्ञता प्रकाशित करते हुए कहा, "श्याम बाबू मैं आपका कितना कृतज्ञ हूँ! आपकी कृपा से जो अवसर मुझे मिल रहा है और मेरे लिए जो कष्ट आप उठा रहे हैं, वही क्या कम है? मैं आजीवन आपके ऋण से उऋण नहीं हो सकूँगा। दुख का मारा मैं कलकत्ता आया। पेट की आग बुझाना और माँ की कुछ सहायता करना—बस इतना ही मेरे लिए सब कुछ था। रामपुर छोड़ते वक्त मुझे कभी खयाल नहीं आया था कि मुझे आप जैसा मालिक मिलेगा।"

"देवराज, मालिक मत कहो। कम-से-कम जब हम अकेले रहें। मुझे बड़ी लज्जा मालूम होती है। मुझे किसी व्यक्ति पर चिढ़ नहीं आती। व्यक्ति तो समाज के हाथ की कठपुतली है। मेरा माथा तो इसलिए गरम होता है कि तुम्हारे ऐसे होनहार लड़के को इस प्रकार उपेक्षित करके रामू की वह आवभगत क्या अन्याय नहीं है? इसे तुम अपने ही लिए मत समझो। भारत में कितने देवराज अभिशापित माता-पिताओं के घर जन्म लेने के कारण प्रतिभा रहते भी जीते कब्र में दफना दिये गए हैं; और, उनकी जगह कितने रामुओं पर सब कुछ वारा जा रहा है?"

"लेकिन, भाग्य भी तो कोई चीज है? भगवान ने हमें यह दंड दिया और दूसरों को वह सुख। इसमें ईर्ष्या करने का हमें हक क्या है?"

भगवान और भाग्य का अर्थ मुझे स्पष्ट मालूम नहीं होता। हमारे मास्टर महेन्द्र सिंह तो इनका मजाक उड़ाया करते हैं। कुछ भी हो, अभी मास्टर महेन्द्र तक हमारी समझ

नहीं पहुँची है। लेकिन इतना तो मैं जरूर जानता हूँ कि यह समाज का घोर अन्याय है। जिससे जितना अधिक लाभ पाने की आशा हो, उस पर उतना ही धन, श्रम खर्च किया जाए—बनियापन के इस सिद्धान्त को लेकर भी समाज के लिए तो यही उचित था कि राम की अपेक्षा तुम पर ज्यादा ध्यान देता। मुझे तो समाज की बुनियाद ही सड़ी मालूम होती है। कुछ भी हो, इतना तुम खयाल रखना कि मैं तुम्हें नौकर नहीं समझता। गरीब घर में पैदा होने से तुम्हारा आगे बढ़ने का मार्ग कंटकाकीर्ण है। लेकिन, जहाँ संकल्प है, वहाँ रास्ता खुद निकल आता है। यहाँ, कलकत्ता में भी कोई रास्ता निकल ही आया। यदि तुम हमारी अवस्था में होते तो तुम्हारा अधिक समय पढ़ने में लगता। लेकिन, हो सकता था कि फजूल के खेल-तमाशों में भी उतना समय बिता देते। इस वक्त के पाँच-छै घंटे उस वक्त के पन्द्रह-सोलह घंटों से ज्यादा काम के हैं। मुझे आशा है, तुम इस रास्ते को छोड़ोगे नहीं।"

"नहीं श्याम बाबू, जब मैं रामपुर से चला था, तब आगे-पीछे चारों ओर मुझे अँधेरा-ही-अँधेरा मालूम होता था। मैं समझता था कि यदि माँ के लिए चार पैसे कमाकर भेज सकूँ तो वही बहुत है। आपकी दया से मैं अँधेरे से सूर्य के प्रकाश में आ गया। चाहे कितनी ही निराशाओं से घिरा रहूँगा, लेकिन ज्ञान की प्राप्ति से मैं कभी मुँह न मोड़ूँगा।"

देवराज को कलकत्ता आए डेढ़ बरस हो रहे थे। माँ के लिए वह सूद-भर के लिए रुपया भेज सकता था, लेकिन उसका अपना पढ़ने का काम बड़ी तेजी से चल रहा था। देवराज ने पहला पत्र पहले महीने की तनखाह के साथ भेजा। राधा ने उत्तर दिया—

"सोस्ति सिरी बच्चा देवराज को लिखा हमारा शुभ आसिरबाद। इहाँ कुसल-मंगल है। तुमारा कुसल-मंगल सदा गंगामाई से मनाया करती हूँ। यह सुनकर बड़ी खुसी हुई कि तुम्हें नौकरी मिल गई और मालिक तुम्हें मानते हैं। अब सूद के बढ़ने की चिन्ता जाती रही। मेरा सिलाई का काम भी ज्यादा हो रहा है। कुछ पैसे बचाकर एक बकरी मोल ले ली है। पारवती रोज उसे चराने जाती है। उमेद है कि बकरियों से भी कुछ आमदनी होने लगेगी। खा-पीकर सिलाई से भी कुछ बच जाएगा। तुम मेरी चिन्ता मत करना। दो बातों के लिये खासतौर पर तुम्हें कहना चाहती हूँ। कलकत्ता का पानी बहुत नरम है। तुम अपने शरीर का बहुत खयाल रखना। दूसरी बात उससे भी ज्यादा भयानक है। बंगला में बड़ा जादू है। मन्तर से मारकर बिरिछ सुखा देनेवाली डायनें वहाँ रहती हैं। तुम बहुत हुसियार रहना। किसी के हाथ की दी हुई चीज को न खाना। सुचित भैया वहाँ हैं ही। वह जैसा कहें, उसी तरह चलना। मिति चैत सुदी तेरस संवत 1964।"

शामू का बर्ताव देवराज के साथ बराबर अच्छा रहा, लेकिन घर के नौकर उससे बहुत चिढ़ा करते थे। वे जलते थे कि देवराज नौकर की तरह क्यों नहीं रक्खा जाता। लेकिन, शामू के रहते किसी की कुछ चलनेवाली न थी। इधर कुछ महीनों से शामू को हलका बुखार रहने लगा था। अन्त में डॉक्टरों ने तपेदिक का सन्देह प्रकट किया और उसे अलमोड़ा जाने की सलाह दी। सेठानी उसके साथ गईं। शामू का हाथ उसके सिर पर नहीं रहा। अब देवराज को एक क्षण की भी छुट्टी नहीं मिलती थी। रामू का काम तो उतना न था। लेकिन, सेठ जी ही नहीं, मुनीम जी, रसोइया जी और घर के नौकर भी उस पर हुकूमत चलाते थे। पढ़ने के लिए समय निकालना उसके लिए मुश्किल था। चिन्ता के मारे उसका चेहरा पीला पड़ता जा रहा था। सिर्फ वही दो घंटे उसके अच्छे कटते थे जब मास्टर महेन्द्र रामू को पढ़ाने आया करते थे।

मास्टर महेन्द्र खुद स्वनिर्मित आदमी थे। उनका घर इलाहाबाद जिले के किसी गाँव में था। मिडिल पास करके घर से भाग आए थे और तब से ट्यूशन करके पढ़ रहे थे। इस वक्त एम. ए. के अन्तिम वर्ष में थे। देवराज की प्रतिभा से वे पूरे परिचित थे और इसके लिए बहुत उत्सुक थे कि उसे आगे बढ़ने का मौका मिले। इधर देवराज के साथ जैसा बर्ताव हो रहा था, उसे वह अपने आँखों से देख रहे थे। वह वातावरण उसके शारीरिक और मानसिक—दोनों प्रकार के स्वास्थ्य के लिए बिलकुल प्रतिकूल था। वह रास्ते की तलाश में थे। इसी वक्त उन्हें मालूम हुआ कि उनके बी. ए. के साथी मोहनलाल खन्ना ने—जिसने स्वास्थ्य के खराब हो जाने के कारण ग्रेजुएट हो जाने के बाद पढ़ाई छोड़ दी—एक पुस्तकालय खोला है। वह उससे मिलने गए। मोहनलाल को अपने 'हितैषी पुस्तकालय' के लिए एक चपरासी की जरूरत थी। मोहनलाल महेन्द्र की बड़ी कद्र करते थे। और, जब महेन्द्र ने उनसे देवराज के बारे में बतलाया तो उन्होंने बड़ा हर्ष प्रकट करते हुए कहा, "भाई महेन्द्र, तुम जानते ही हो। मेरे दिल में छात्र-जीवन से ही देश-सेवा की कितनी उमंगें हैं। तुम यह भी जानते हो कि देश की स्वतंत्रता के लिए मेरा चित्त कितना उत्तेजित हो जाता है। और, यदि एक्के-दुक्के बम और पिस्तौल चलने पर मुझे विश्वास होता तो मैं कब का न उसमें लग गया होता। अनकूल बोस, निवारण मित्र, देखो, फाँसी पर झूल गए। मुझे उन पर ईर्ष्या आती हैं। निःस्वार्थ हो मातृभूमि की बलिदेवी पर अपने प्राणों को न्योछावर कर उन्होंने दूसरों को कुर्बानी का रास्ता दिखलाया। मैं उनकी कुर्बानी का कायल हूँ। लेकिन, एक्की-दुक्की हत्याओं पर मेरा विश्वास नहीं। मैं शस्त्र को स्वतंत्रता के लिए अनावश्यक नहीं समझता, लेकिन उसके पीछे जनता की क्रियात्मक सहानुभूति जरूरी है। खैर, मैं कर क्या रहा हूँ कि प्राणों की बाजी लगानेवाले नौजवानों के कामों पर टिप्पणी कर सकूँ। मैंने 'हितैषी पुस्तकालय' इसीलिए खोला है कि इसके द्वारा राष्ट्रीय स्वतंत्रता में सहायक साहित्य का प्रचार

हो। मैंने एक छोटी-सी ग्रन्थमाला भी शुरू की है। 'हमारे पतन का कारण'—हितैषी ग्रन्थमाला की पहली पुस्तक—प्रेस में है। देवराज के बारे में तुमसे जो मुझे मालूम हुआ, उससे मैं उसे चपरासी नहीं समझूँगा।"

मोहनलाल खन्ना के घर में उनके अतिरिक्त वृद्धा माता थीं। अपना मकान था, जिससे सवा सौ रुपया महीना किराया आ जाता था। माँ मोहनलाल पर शादी करने के लिए पहले बहुत जोर देती रहीं, लेकिन जब मोहनलाल ने भागकर साधू हो जाने की धमकी दी तो फिर उन्होंने इसका नाम न लिया। उनका मकान तुलापट्टी में अफीम-चौरस्ते के पास था। नीचे दुकानें थीं और ऊपर दुतल्ले, तीन तल्ले पर खुद और किरायेदार रहते थे। इन्हीं में दो कमरे उन्होंने पुस्तकालय के लिए अलग कर रक्खे थे। पचास रुपये में वह अपना घर का काम चलाते थे और बाकी पुस्तकालय और ग्रन्थमाला के लिए अर्पित थे। देशवासियों और मारवाड़ियों में शिक्षा का ऐसे ही अभाव था और राष्ट्रीय जागृति तो अभी उनमें छू न पाई थी। मोहनलाल निराश न थे।

सितम्बर (1908) से देवराज मोहनलाल के पास चला आया। पहले वह उसे ध्यान से परखते रहे, लेकिन महीना बीतते-बीतते उन्हें मालूम हो गया कि महेन्द्र ने देवराज के बारे में जो कुछ कहा था, देवराज उससे कहीं बढ़-चढ़कर है। उसके स्वभाव ने माता जी को भी बहुत अनुरक्त कर लिया।

देवराज नियमपूर्वक अपने वेतन के चार रुपयों को हर महीने सुचित सिंह को दे आया करता था।

सत्संग और शिक्षा

'हितैषी पुस्तकालय' के खुलने का समय प्रातः 7 से 10 और सायं 5 से 8 बजे था। सोमवार को छुट्टी रहती। बाकी समय में मोहनलाल देवराज को पढ़ाते थे। सोमवार के दिन वह घूमने निलकते थे, देवराज उनके साथ रहता था। अधिकांश लोग देवराज को उनका भाई या सम्बन्धी समझते थे। कुर्ता, धोती, जूता दोनों के एक-से होते और ढाई बरस बाद अब वह वही देवराज नहीं था जो उस दिन रामपुर से कलकत्ता आया था। बहुत दिनों तक साथ रहने से मोहनलाल को देवराज की सब बातें मालूम हो गई थीं, लेकिन उन्हें इसका पता नहीं था कि देवराज के ऊपर कर्ज है। एक दिन सुचित सिंह देवराज के पास आए। उन्होंने बातचीत करते वक्त कहा कि पार्वती आठ बरस की हो गई है। एक-दो बरस में उसकी शादी करनी ही होगी। हमारे ही जिले के एक सिपाही हैं। घर पर उनके कुछ जमीन भी है; और यहाँ भी अच्छी नौकरी है। कहो तो चाची को लिख दें कि इन्हीं से ब्याह किया जाए। चलते वक्त अलग ले जाकर सुचित सिंह ने यह भी कहा कि यदि यह ब्याह ठीक हो जाएगा तो तुम्हारे कर्ज के ढाई सौ रुपये भी वह बेबाक कर देंगे। रुपये की बात सुनकर देवराज का चेहरा बिलकुल फक-सा हो गया। उसने उस वक्त कोई जवाब न दिया। मोहनलाल के सामने आते वक्त यद्यपि देवराज ने अपने भीतरी भाव को छिपाने की बड़ी कोशिश की, तथापि मोहनलाल ने चेहरे का रंग बदलते देख लिया था। पूछने पर देवराज ने इधर-उधर की बातें कहकर टालना चाहा। पर, उसने उसमें अपने को असफल होते देखा, और साथ ही, मोहनलाल से कोई बात छिपाना—वह अपने लिए अक्षम्य अपराध समझता था। उसने सारी बातों को प्रकट करते हुए कहा, "क्या रुपया लेना बहन को बेचना नहीं होगा?"

"देवराज, मैं तुम्हें इसके लिए दोषी नहीं ठहराता। मैं तुम्हारे संकोच को जानता हूँ। खेद यह है कि मैंने यह बात पहले क्यों न मालूम कर ली। प्रतिमास अपने वेतन को तुम सुचित सिंह के पास पहुँचा आते थे, इससे भी मुझे मालूम हो जाना चाहिए था। पार्वती तुम्हारी ही बहन नहीं है। तुम इन रुपयों की चिन्ता मत करो। महाजन का नाम बतला दो, मैं उसके पास कल रुपये भेजे देता हूँ।"

देवराज अब उस अवस्था से पार हो चुका था, जबकि उसे मोहनलाल को रुपया न देने के लिए आग्रह करने की आवश्यकता होती। तो भी कितने ही दिनों तक उसके मन में एक तरह की बेचैनी जरूर रही। माँ को पत्र में देवराज ने लिखा कि मोहन भैया ने कर्ज का रुपया चुका दिया, अब सूद देने की जरूरत नहीं। यदि रुपयों की आवश्यकता हो तो मैं जब-तब भेजा करूँगा। नहीं तो सबसे अच्छा यही है कि मैं मोहन भैया से तनखाह न लूँ। माँ ने उत्तर दिया,

"...बाबू मोहनलाल के उपकार को सुनकर मेरे आँसू नहीं रुकते। संसार में ऐसे भी पुरुष हैं। मैं किन शब्दों में उसके लिए कृतज्ञता प्रकट करूँ। उन्होंने ऋण से तुम्हारा उद्धार कर दिया। लेकिन, उनके ऋण से तुम्हारा उद्धार नहीं हुआ है। मेरे और पार्वती के लिए एक पैसे की भी जरूरत नहीं। चार बकरियाँ हैं। खाने-भर से अधिक अनाज खेत में पैदा हो जाता है और तीन-चार आने पैसे रोज सिलाई से निकल आते हैं।"

यह वह समय था जबकि बंग-भंग के बाद सारे देश में और खासकर बंगाल में जबर्दस्त आन्दोलन उठ खड़ा हुआ था और उसने सिर्फ वाचनिक रूप न धारण कर दूसरे भयंकर आकार धारण किये थे। बड़े-बड़े अंग्रेज अफसर खुलकर बाहर निकलने की हिम्मत न करते थे। चारों ओर खुफिया पुलिस का दौर-दौरा था। हर हफ्ते कहीं-न-कहीं बम पकड़े जाने या गोली चलने की खबर आती थी। देश के सोचनेवाले दिमाग उस वक्त पक्ष या विपक्ष में कुछ-न-कुछ सोचने के लिए मजबूर थे। मोहनलाल देवराज की पढ़ाई में बड़े दत्तचित्त थे। उनका खयाल था कि प्राइवेट तौर से पढ़कर देवराज इस साल (1910 में) इंट्रेन्स में बैठ जाए। किताबें भी समाप्त हो गई थीं और उन्हें पूरा विश्वास था कि देवराज को बैठने दिया जाए तो इसी साल आई. ए. (एफ. ए.) को अच्छे नम्बरों में पास कर सकता है। लेकिन इस सारे समय में देवराज के साथ वह कोर्स की किताबों के ही बारे में बातचीत नहीं करते थे, खासकर सोमवार का दिन तो सिर्फ राजनीतिक वार्तालाप के लिए छोड़ रक्खा गया था। देश की परतंत्रता का कारण वह सिर्फ विदेशियों को ही नहीं बतलाते थे। उनका कहना था,

मुट्ठी-भर विदेशी हिन्दुस्तान जैसे बड़े देश को गुलाम नहीं बना सकते, इसका सारा दोष हमारे समाज की बनावट के मत्थे है। इस देश के सभी निवासी अपने को देश की स्वतंत्रता का जिम्मेदार नहीं समझते। बुद्ध के एक-दो शताब्दी बाद ही जनसत्तात्मकता शासन-प्रणाली इस देश से बिलकुल लुप्त हो गई। यूरोप में एथेन्स और स्पार्टा के प्रजातंत्र और उनके स्वातंत्र्य-प्रेम रोमन साम्राज्य के साथ बिलकुल बिलुप्त नहीं हुए। इटली और दूसरे देशों के कितने ही नगर एथेन्स की आत्मा को कामय रक्खे हुए थे; और सबसे बड़ी बात यह थी कि अफलातून का

'प्रजातंत्र' तथा कितने ही प्रजासत्ता-प्रतिपादक यूनानी नाटक और दर्शन-सम्बन्धी ग्रन्थ वहाँ मौजूद रहे। जनता भी राजा की कभी अनन्य भक्त नहीं हुई। एकेश्वरवाद राजसत्ता का बहुत पोषक है। उसका भी खयाल ईसाई धर्म के साथ यूरोप के सारे हिस्सों में बहुत पीछे फैला। इस प्रकार पुनर्जागरण के समय नये यूरोप को पुराने एथेन्स से सम्बन्ध जोड़ने का बड़ा अच्छा मौका मिला। भारत के लिच्छवि और यौधेय जैसे गणतन्त्र न जाने कब के लुप्त हो गए। जाति-पाँत के झगड़े ने जातीय एकता को नष्ट कर दिया और इस प्रकार राजा को पूर्णतया निरंकुश होने का मौका मिला। प्रजासत्ता-सम्बन्धी साहित्य, जैसे भी हो, नष्ट हो गया। वैशाली की आत्मा को जीवित रखनेवाला कोई नगर यहाँ नहीं रह गया। पुनर्जागरण यहाँ होने ही नहीं पाया। यहाँ तो देश के बड़े-बड़े दिमागों को धर्म ने बन्धक रख लिया और दार्शनिक लोग अपनी सारी शक्ति संसार को 'माया' सिद्ध करने में खर्च करने लगे। मौर्यों के बाद कब सारा देश एक होकर आत्मरक्षा के लिए तैयार हुआ? हमारी स्वतंत्रता की जिम्मेदारी तो शासक वंश के ऊपर रही और उसी की योग्यता और अयोग्यता पर राष्ट्र का हित-अहित निर्भर रहा।

जाति-भेद ने सामाजिक विद्रोह की आग भड़काई। किसी ने खुशी से अपने को नीच जाति मानना स्वीकार नहीं किया और इसके परिणामस्वरूप हमने देखा कि जब-जब देश की स्वतंत्रता का सवाल आया तो देश-रक्षा का भार इने-गिने वंशों पर पड़ा। इसी कमजोरी के कारण शकों से हम परास्त हुए। तुर्कों ने हमें जीता। मुगलों का शासन हमें स्वीकार करना पड़ा। और, आज हम अंग्रेजों के गुलाम हैं।

हम एक और भी भारी गलती करते चले आ रहे हैं, कम-से-कम पिछले हजार वर्षों से। धर्म बदलने से हम अपने भाई को अपना भाई नहीं समझते। खून के रिश्ते को हम भुला देना चाहते हैं। जिसकी खुशी हो जो मजहब रक्खे—ईसाई या मुसलमान हो जाने से किसी का खून नहीं बदलता। इस बेवकूफी के कारण हमने न जाने कितने अपनों को अपना दुश्मन बनाया। पठान हमारे अपने रक्त-सम्बन्धी थे। मुगल जब एक बार हमारे देश में बस गए, नाता-रिश्ता करके अपने को हमारे भीतर विलीन कर देने के लिए तैयार हो गए और उनकी रगों के भीतर बारह आना खून हमारा हो गया, तो वे क्यों हमसे अलग माने गए?

राष्ट्र की एकता मंचों पर लम्बे-लम्बे भाषण से नहीं होगी। इसके लिए हमें ठोस काम करना होगा। वह ठोस काम यही है कि देश के भीतर धर्म और जाति-भेद ने जितनी दीवारें खड़ी की हैं, उन्हें गिरा देना। हाँ, हिन्दू, मुसलमान, ईसाई या लामजहब होने से हमारे खान-पान, शादी-ब्याह में कोई रुकावट नहीं होनी चाहिए। जरूरत पड़ने पर इसके लिए हमें मजहब से भी लोहा लेने के लिए तैयार रहना चाहिए।

सन सत्तावन के युद्ध में हम क्यों अपनी स्वतंत्रता नहीं पा सके? इसी एकता के अभाव के कारण। इसमें शक नहीं कि धनिकों और राजाओं ने अपने स्वार्थ

के कारण स्वतंत्रता के सैनिकों का विरोध किया और पराजय का वह भारी कारण हुआ। तो भी, यदि राष्ट्रीय एकता होती तो उससे बड़े तूफान के सामने ये क्षुद्र स्वार्थी जीव टिक न सकते।

1885 से देश के कुछ नेता कांग्रेस के मंच से आजादी की आवाज निकालने की कोशिश कर रहे हैं। लेकिन, यह आवाज कितनी क्षीण है? इन नेताओं में हिम्मत कहाँ है? इनका तो सब चिल्लाना सरकारी पदों और नौकरियों के लिए हो रहा है। हर्ष का विषय है कि अब और अधिक दिन तक इस तूफान को रोका नहीं जा सकेगा। अब भाषण-मंच की जगह, फाँसी के तख्ते ने ले ली है।

देवराज भी काफी समझता था। मोहनलाल और उनके साथियों के सत्संग से उसका मानसिक जगत अब माँ और पार्वती तक ही सीमित नहीं था। वह समझने लगा था कि उसका कर्तव्य उससे किस बात की आशा रखता है। कितनी ही बार मोहनलाल से उसकी गरमागरम बहस हो जाती थी, जबकि वह आतंकवाद की निरर्थकता सिद्ध करने लगते थे। कितने ही समय तक तो देवराज को यह परस्पर विरोधी बात जँचती न थी। मोहनलाल शस्त्र की उपयोगिता को मानते हुए भी आतंकवाद को व्यर्थ समझते थे। आखिर शस्त्र का उपयोग और दूसरी तरह होगा ही कैसे? मोहनलाल का कहना था—शस्त्र-प्रयोग का एक विज्ञान है। उसकी एक खास व्यवस्था है। उसके प्रयोग में देश की जनता की सहानुभूति और सहायता भी आवश्यक है; और यह तभी हो सकता है जबकि जनता समझे कि इस सफलता से उसे कुछ मिलेगा; उसके जीवन की कटुता कुछ कम होगी; उसके सामने का निविड़ अन्धकार कुछ क्षीण होगा। हमने आतंकवादियों की गुप्त समितियाँ सफलतापूर्वक संगठित की हैं; लेकिन, जनता के उद्बोधन के लिए हमने क्या किया? आर्थिक परवशताओं और सूक्ष्म बन्धनों को दरसाने के लिए हमने कितना साहित्य तैयार किया; और, हममें से कितने इस काम के लिए लोगों में खप जाने को तैयार हुए?

इन बहसों का एक नतीजा हुआ। दोनों दोस्त इस बात पर सहमत हुए कि सैनिक विज्ञान की देश को बड़ी जरूरत है। अन्तरराष्ट्रीय परिस्थितियाँ हमें स्वतंत्रता के लिए युद्ध छेड़ने का अवसर देंगी। लेकिन, उससे हम तब तक फायदा न उठा सकेंगे, जब तक कि हममें सेना-संचालन की योग्यता न हो। सैनिक-शिक्षा के महत्त्व को समझने पर देवराज ने अपनी इच्छा उधर जाने के लिए प्रकट की। लेकिन, भारत में यह आसान थोड़े ही है? अन्त में तय पाया कि देवराज के लिए अच्छा यही होगा कि वह एक साधारण सिपाही के तौर पर सेना में भर्ती हो जाए। यूनिवर्सिटी की डिग्री इसमें बाधक और सन्देह पैदा करने का कारण हो सकती है, इसलिए बिना परीक्षा के ही उसे अपनी पढ़ाई जारी रखनी होगी।

आतंकवाद से असहमत

हवा रुकी हुई थी। गर्मी के मारे लोग पसीने-पसीने हो रहे थे। बूँदाबाँदी शुरू थी जबकि रामेश्वर, प्रमोद और करीम 'हितैषी पुस्तकालय' के जीने की ओर घुसते दिखाई दिये। शायद उन लोगों को यह मालूम नहीं कि सामने के कोठे से एक जोड़ी आँखें बराबर उन्हीं सीढ़ियों पर लगी रहती हैं। मोहनलाल ने मुस्कराते हुए उनका स्वागत किया। जिस वक्त वे लोग बैठकर बात शुरू कर रहे थे, उस वक्त बाहर मूसलाधार वर्षा हो रही थी।

प्रमोद ने बात आरम्भ करते हुए कहा, "आप तो मोहन दा, हमारे दल के उद्देश्य को पसन्द नहीं करते।"

"उद्देश्य नहीं, ढंग को पसन्द नहीं करता। देश की आजादी को कौन नहीं पसन्द करेगा? लेकिन, एक-दो पिस्तौल या बम चला लुक-छिपकर किसी को मार देना—जिसमें कभी-कभी निरपराध व्यक्ति भी निहत होते हैं—मेरी दृष्टि में उतना लाभदायक नहीं है।"

"तो क्या आजादी की लड़ाई में शस्त्र का कोई उपयोग ही नहीं?"

"नहीं! शस्त्र का बहुत उपयोग है। शस्त्र की निर्बलता से जातियाँ परतंत्र होती हैं और शस्त्र की ही शक्ति से खोई आजादी को फिर से प्राप्त करती हैं। मैं शस्त्र के उपयोग की निरर्थकता को स्वीकार नहीं करता; लेकिन भाई, अब धनुष-बाण, तेग-तलवार का जमाना नहीं है। अब शस्त्र और शस्त्र-विज्ञान दूसरे विज्ञानों की तरह बहुत उन्नत हो चुके हैं। दस-पाँच के छोटे-मोटे दल के द्वारा एक-दो डाके और दो-चार हत्याएँ भले ही की जा सकती हैं; लेकिन, दुनिया की एक सबसे बड़ी जबर्दस्त सैनिक शक्ति को हटाया नहीं जा सकता।"

"लेकिन, क्या बड़े पैमाने पर शस्त्र का प्रयोग आसान है?"

"मैं यह नहीं कहता कि इस वक्त आसान है। लेकिन समय मिलने पर तुरन्त तो हम वैसा नहीं कर सकेंगे, रिवाल्वर की प्रैक्टिस से उस वक्त काम नहीं चलेगा। आपने कितने सेना-संचालक तैयार किये हैं?"

"आप यह न समझें कि हम लोग उस तरफ से बिलकुल उदासीन हैं। हम जिस परिस्थिति में हैं, उनमें जो कुछ कर रहे हैं, उससे अधिक करना मुश्किल है; इसीलिए हमारा कार्य इतना संकुचित आपको दीख पड़ता है। लेकिन मोहन दा, इसे तो आप स्वीकार करेंगे कि स्वतंत्रता के युद्ध को बड़े पैमाने पर लड़ने के पहले हमें मरना सीखना पड़ेगा। सदियों से हम अकाल और महामारी से मरने के आदी हो गए हैं; इसलिए चारपाई पर पड़े-पड़े मरने के सिवाय हम मरने का और कोई दूसरा तरीका जानते ही नहीं। यह तो आप मानेंगे कि हमारे दल ने मरने की शिक्षा दी है?"

"हाँ, इसकी मैं तारीफ करूँगा। दुनिया-भर के दार्शनिक ऊँची उड़ानों का ठेकेदार हमारा देश है। यहाँ ब्रह्म और आत्मा के अमरत्व से छोटी बात कोई करता ही नहीं; लेकिन, मरने से डरनेवाले कायर जितने यहाँ पर हैं, उतने और कहीं नहीं हैं। सदियों की गुलामी के कारण स्वेच्छापूर्वक मरने की बात हमने बिलकुल भुला दी है।"

"तो इसका मतलब यह हुआ कि आप हमारे काम को बिलकुल व्यर्थ नहीं समझते?"

"बिलकुल और थोड़े का सवाल नहीं है। असल तो देखना है कि काम का रूप और फल कितना व्यापक है; और कैसी मनोवृत्ति उसके भीतर काम कर रही है। मैं जब इन बातों पर ध्यान देता हूँ, तो तुम्हारा काम बिलकुल असन्तोषजनक मालूम पड़ता है...।"

अच्छा, असन्तोषजनक ही तो आप कहते हैं? उसे तो हम भी स्वीकार करते हैं।"

"यदि इस तरह से शब्दों के अर्थ को हल्का करके तुम्हें सन्तोष हो सकता है, तो अच्छी बात, वैसा ही समझ लो। मैं कह रहा था कि तुम्हारे कार्य का रूप और फल उतना व्यापक नहीं है। पढ़े-लिखे निम्न-मध्यवित्त के लोग तुम्हारे काम में शामिल हैं। अंग्रेजों के अभिमानपूर्ण बर्ताव को असह्य समझकर कुछ तो भावुकता के कारण इधर आकृष्ट हुए हैं और कुछ समझते हैं कि इस तरह से हम अंग्रेजी सरकार को भयभीत कर सकेंगे और बड़ी-बड़ी नौकरियों तथा पदों का रास्ता हमारे लिए खुल जाएगा। 'आजादी', 'आजादी' चिल्लाते हो, लेकिन बतलाओ तो उस आजादी में गरीबों की दरिद्रता को हटाने के लिए कितना स्थान है? और उन्हें यह समझाने के लिए तुमने कितना काम किया? साधारण जनता तक तो पहुँचने का विचार भी अभी तुम्हारे मन में पैदा नहीं हुआ। जब तक वह जनता तुम्हारे कार्य के साथ मानसिक या शारीरिक सहयोग नहीं देती, तब तक कार्य का रूप और परिणाम व्यापक हो ही नहीं सकता।"

"खैर, आपकी इस बात को मैं कुछ हद तक स्वीकार करता हूँ।"

"कुछ हद तक नहीं, बहुत हद तक स्वीकार करो। व्यापक बनाए बिना हम अपने उद्देश्य में सफल नहीं हो सकते। हमारा हर एक शिक्षित तरुण अपनी हस्ती को भुलाकर साधारण जन-समुद्र में डूबने से हिचकिचाता है। हममें से कितने हैं

जो तड़क-भड़क की पोशाक, नफीसखाने और नागरिक जीवन को लात मारकर रानीगंज की कोयले की खान में मजदूर बनने को तैयार हैं? कितने हैं जो अपनी शिक्षा और संस्कृति को पूरी तौर पर छिपाकर बर्न कम्पनी के कारखाने में हथौड़ा चला सकते हैं? कितने हैं जो अपने को शकल में ही नहीं, काम में भी पक्के किसान के रूप में परिणत कर सकते हैं? मेरी ओर इशारा मत करो, यदि मैं बीमारी का शिकार न होता तो आप कभी मुझे तुलापट्टी में न देखते। आप रूस के आतंकवाद को अपने लिए आदर्श रखते हैं? लेकिन, आपको मालूम होना चाहिए कि आज जिस आतंकवाद की आप नकल कर रहे हैं, उसे रूस ने 1890 से पहले ही छोड़ दिया। अब उनके काम के आधार कुछ थोड़े-से तरुण मस्तिष्क नहीं हैं, बल्कि वे साधारण मजदूर-किसान जनता को अपना आधार बना रहे हैं। शिक्षित तरुण अब भी वहाँ कार्यकर्ता हैं और आन्दोलन के नेता भी अधिकांश वे ही हैं; लेकिन अब उसका आधार अस्थिर नींव पर नहीं सुदृढ़ नींव पर है...।"

"तो आप, हम लोगों को अस्थिर नींव कहते हैं?"

"मुझे आशा है, तुम इसे इनकार नहीं करोगे। लेकिन साथ ही मैं यह भी कह देना चाहता हूँ कि मैं तरुण मस्तिष्क की निर्बलता को स्वीकार नहीं करता। मेरा विश्लेषण कुछ दूसरा ही है। एक तरुण का दिमाग अधिक आजाद होता है। आदर्श के बारे में स्पष्ट सोचने की शक्ति शायद पीछे भी बनी रहे; लेकिन आदर्श को कार्यरूप में परिणत करने के लिए जितनी कुर्बानियों की आवश्यकता है, तरुण मस्तिष्क ही उनके लिए निर्भय होकर तैयार हो सकता है। मुश्किल यह है कि तरुणाई को बहुत दिनों के लिए रोका नहीं जा सकता। खासकर हिन्दुस्तान में जहाँ कि हर एक नौजवान के लिए विवाह करना फर्ज है; और बहुतों के विवाह तो होश सँभालने से पहले हो चुके रहते हैं। आप अपनी स्त्री को छोड़ नहीं सकते, तलाक है नहीं कि वह कोई दूसरा रास्ता ले। सन्तान पैदा करना आप रोक नहीं सकते। आपके माँ-बाप आपके बढ़ते परिवार की परवरिश हमेशा नहीं कर सकते। आखिर कितने दिनों तक आप उनकी उपेक्षा करेंगे? उपेक्षा न करने का मतलब है उनके भरण-पोषण की चिन्ता। और फिर, आपके पास समय और शक्ति बाकी कहाँ रह जाती है कि क्रान्ति के लिए भी कुछ दे सकें। दुनिया के और देशों में भी जवानी के क्रान्तिकारी पीछे अपने पथ से विचलित होते देखे जाते हैं; लेकिन, तो भी वहाँ बहुत काफी संख्या अपने कार्य पर दृढ़ रहती है। मैं कह रहा था कि मध्यमवर्ग के शिक्षित तरुण को स्थायी क्रान्ति का आधार नहीं बनाया जा सकता। क्रान्ति उसके मुँह के चारों ओर प्रभामंडल बनाती है, प्रसिद्ध और सम्मान प्रदान करती है और अक्सर पीछे दुनिया में उसे 'सफल' पुरुष बनने का अवसर दिलाती है। इस प्रकार वह आराम की जिन्दगी की ओर झुक जाता है। पहले वह क्रान्ति को आध्यात्मिक विषय कहकर मन को समझाना चाहता है और पीछे उसे उसकी भी जरूरत नहीं रह जाती।"

"आपकी इस राय से किसी को इनकार नहीं हो सकता। लेकिन आखिर इलाज? एक बार कार्यकर्ताओं को पाकर हम सचमुच ही कुछ सालों के लिए भी निश्चिन्त नहीं हो पाते। मैं यह नहीं कहता कि वे हमारा साथ छोड़कर विश्वासघात करने को तैयार हो जाते हैं। नहीं, किन्तु उनका क्रियात्मक सहयोग हमसे दूर हटने लगता है।"

"इस बात में यूरोप के क्रान्तिकारी अधिक अच्छी अवस्था में हैं। हमारे तरुणों के सामने दो कठिनाइयाँ आती हैं जिनमें से एक है स्थायी तौर से काम करने के लिए अपने शारीरिक खर्च के प्रबन्ध का अभाव। मैं यह मानता हूँ कि यह भी आसान काम नहीं है; तो भी एक योग्य उत्साही कार्यकर्ता के लिए अपने व्यक्तिगत साधारण खर्च का इन्तिजाम करना उतना कठिन नहीं है। खासकर हमारे देश में, जहाँ साधू के नाम पर लाखों आदमी ऐसे ही गुजारा कर रहे हैं। लेकिन दूसरी समस्या ज्यादा कठिन है। पुरुष में स्त्री की इच्छा और स्त्री में पुरुष की इच्छा स्वाभाविक बात है। हमारे देश में संयम और ब्रह्मचर्य का बहुत हल्ला है, लेकिन उनका पालन कितना होता है, इसे हम खूब जानते हैं। अधिक-से-अधिक सिवाय एक-दूसरे को धोखा देने के, इस बारे में हम और कुछ नहीं करते। हाँ, तो हमारे तरुणों में भी कभी-कभी इस काम-बुभुक्षा का होना स्वाभाविक है। और इसके लिए सिवाय ब्याह करने के कोई सम्मानजनक रास्ता नहीं। ब्याह का मतलब है सन्तान, सन्तान का मतलब है पारिवारिक बोझ का पड़ना। उसका मतलब है कि क्रान्ति के लिए समय और शक्ति का दारिद्रय। पश्चिम के क्रान्तिकारियों के सामने आर्थिक कठिनाई ही ज्यादा है। दूसरी कठिनाई उनके सामने उतनी नहीं है। इसका मतलब यह न समझें कि संयम की मैं बिलकुल आवश्यकता समझता ही नहीं। क्रान्तिकारियों को तो शौक, स्वाद, सब पर संयम रखना होगा। हाँ, यदि तरुणों की भाँति तरुणियों की संख्या भी काफी भाग ले, तो मानसिक सदाचार कायम रखते हुए कोई रास्ता निकाला जा सकता है।"

"आप कैसी बात कर रहे हैं? मालूम होता है—पता ही नहीं कि आप किस देश में बैठे हैं?

"यही तो मैं कहने जा रहा था। मनोवृत्ति का सवाल जो मैंने उठाया था, उसी को मैं लेना चाहता था। हमारे क्रान्तिकारी एक तरफ तो आजादी, जनसत्ता, सबके लिए उन्नति का खुला मार्ग चाहते हैं; दूसरी ओर अपने कार्य की सफलता में कृष्ण, काली, गीता और धर्म की सहायता की अनिवार्य आवश्यकता समझते हैं। हम चाहते हैं कि क्रान्ति को आध्यात्मिक रूप देना। इस मनोवृत्ति से मुझे सबसे ज्यादा चिढ़ है। क्रान्ति सार्वत्रिक उथल-पुथल है। उसे राजनीतिक क्षेत्र तक सीमित नहीं रक्खा जा सकता। सार्वत्रिक न करने पर वह कभी सफल नहीं हो सकती। इसका हमको पहले ही निर्णय कर लेना है कि हमारे क्रान्ति-पथ का प्रदीप विज्ञान होने जा रहा है या धर्म। धर्म को मानने पर निश्चय ही हम सारे देश में एक क्रान्तिकारी दल कायम नहीं कर सकते। मुसलमान को क्या पड़ी है तुम्हारी काली और गीता से

यदि वे कुरान और रसूल की दुहाई देने लगें तो तुम्हें उससे क्या मतलब? क्रान्ति के ऊपर धर्म की छाया भी पड़ी तो समझ लीजिए, आप अपने हाथों उसकी शक्ति छिन्न-भिन्न कर रहे हैं। इस बारे में मेरे विचार आप लोगों को मालूम हैं। भारत की राष्ट्रीय एकता जात-पाँत और मजहबों की चिता पर होगी।"

"लेकिन क्रान्ति के लिए क्या लामजहब होना जरूरी है?"

"जरूरी मैं नहीं कहता। मेरा तो कहना यह है कि क्रान्ति के भीतर मजहब को लाना नहीं चाहिए। मैं समझता हूँ कि मजहब के बन्धन से मुक्त होना सच्चे क्रान्तिकारी के लिए बड़े फायदे की चीज है, लेकिन हर एक के लिए मैं इसे शर्त के तौर पर नहीं पेश करता। आवश्यकता यही है कि मजहब को वैयक्तिक विचार से अधिक महत्त्व नहीं मिलना चाहिए। देश की संस्कृति, सभ्यता, इतिहास की मौके-बे-मौके जिस प्रकार दुहाई दी जाती है, वह भी हमारे कार्य में बाधा डालनेवाली है। मनुष्य लाखों बरस के विकास के बाद आज यहाँ पहुँचा है। पहले उसके विकास की गति मन्द रही, लेकिन इधर वह तीव्र होती गई। मनुष्य के इतिहास के किन्हीं भी दो समयों में एक सी परिस्थिति नहीं रही। हमेशा समस्याएँ नई उठीं और उनके हल भी नये निकालने पड़े। अपने भूत के प्रति गौरव और आवश्यकता से अधिक अनुराग हमारे लिए बड़ी खतरनाक चीज है। वह हमारी पुरानी बेवकूफियों के प्रति आदर का भाव पैदा कर देता है। आज जिन सामाजिक और धार्मिक खराबियों को हम देख रहे हैं, उनकी जड़ उसी भूत की श्रद्धा में निहित है।"

"तो आपका क्या मतलब है—क्या हम अतीत से बिलकुल सम्बन्ध-विच्छेद कर लें? क्या यह सम्भव है?"

"बिलकुल सम्बन्ध-विच्छेद की बात मैंने कब कही? अतीत का प्रवाह तो वर्तमान में जारी रहेगा ही। हाँ, भूत की पूजा को मैं बहुत हानिकारक समझता हूँ। जहाँ हमने वह पूजा शुरू की कि साथ ही हमने क्रान्ति के एक पंख को तोड़ दिया। ऐसी स्थिति में चिरकाल से चले आते धार्मिक और सामाजिक बोझ को लादे हुए हमें क्रान्ति के मार्ग पर अग्रसर होना पड़ेगा।"

"और भी कुछ?"

"सबसे जरूरी बात यह है कि हमारी क्रान्ति को किसी आर्थिक भित्ति पर अवलम्बित होना चाहिए। यदि क्रान्ति को जनता के लिए करना चाहते हैं तो बतावें कि जनता को आर्थिक स्वतंत्रता किस प्रकार मिलेगी? क्या आप चाहते हैं कि जिस परिणाम में आज अंग्रेज हमारा शासन और शोषण कर रहे हैं, वह हिन्दुस्तानियों के हाथ में आ जाए, या सबके शासन और शोषण को आप बिलकुल बन्द करना चाहते हैं? जनता को आप अपनी ओर मिला नहीं सकते जब तक क्रान्ति उनके लिए न हो। हमारी क्रान्ति का ध्येय होना चाहिए—हर तरह के शोषण को रोकना। आप सब लोग तो समाजवाद से घबराते हैं। आप उसे पश्चिम की चीज समझते

हैं। उसका नाम लेना धर्मप्राण भारत की शान के खिलाफ समझते हैं। क्रान्ति में भी योगियों और महात्माओं का वरदहस्त चाहते हैं।"

"मोहन दा, आपका हमसे मतभेद है; लेकिन आप पर हमारा कितना विश्वास है, यह भी आप जानते हैं।"

"क्योंकि मैं तुम्हारी निःस्वार्थ कुर्बानियों को बड़े ही सम्मान की वस्तु समझता हूँ। तुम्हारे एक-एक शहीद की चरण-धूलि को सिर पर चढ़ाकर मैं अपने को धन्य-धन्य समझता हूँ। तुम हमारे देश को मरना सिखला रहे हो और यह बहुत भारी चीज है।"

वर्षा बन्द हो गई थी, जबकि बैठक बरखास्त हुई।

मित्र का अन्त

चीतपुर-हरिसन रोड के मोड़ पर सदा ही बड़ी भीड़ रहा करती है। शाम के वक्त तो भीड़ का और भी ठिकाना नहीं रहता। कितनी ही बार ट्रामों के लिए रास्ता रुक जाता है और भीड़ ज्यादा बढ़ जाती है। सोमवार के दिन चार बजे का वक्त था जबकि भीड़ में से किसी का हाथ उठा और सड़क के ऊपर खड़ी एक मोटर पर कोई गोल गेंद पड़ता दिखाई दिया। फेंकनेवाले हाथ और गेंद को तो भीड़ में शायद ही किसी ने देखा हो, लेकिन जो भयंकर आवाज उस वक्त पैदा हुई, उसे सुनकर एक बार सारी भीड़ स्तब्ध होकर उधर देखने लगी। मोटर चूर-चूर हो गई थी और उसके बिखरे हुए टुकड़ों ने आसपास के कितने ही आदमियों को हत और आहत किया था। मोटर के आरोहियों की देह चिथड़े-चिथड़े उड़ गई थी। पास की भीड़ एक बार 'बम', 'बम' कहकर तितर-बितर हुई, लेकिन उसके बाद ही फिर तमाशा देखने के लिए इकट्ठी हो गई। चौरस्ते की पुलिस ने सीटी बजाई। कुछ सवार और कान्स्टेबुल जमा हो गए। उन्होंने भीड़ को जबर्दस्ती हटाया और अपराध के गुरुत्व को समझकर लोग भी खिसकने लगे।

कुछ मिनटों में सशस्त्र पुलिस का भारी दल अफसरों और खुफिया पुलिस वालों के साथ आ धमका। मोटर के आरोहियों के अतिरिक्त लोगों में से पाँच मृत और पचीस घायल निकले। एम्बुलेन्स ने उन्हें अस्पताल पहुँचाया और घटना-स्थल को घेरकर पुलिस ने जाँच शुरू कर दी।

"खुफिया विभाग के बड़े अफसर मिस्टर नेविल्सन तथा उनके सहकारी रायबहादुर हरिपद मुकर्जी, खाँ बहादुर, अब्दुल करीम और ड्राइवर उसी मोटर में थे। इस दुर्घटना से गवर्नमेंट हलके में बहुत तहलका मचा हुआ है, क्योंकि तीनों ही अफसर भारत सरकार के खुफिया विभाग के दिमाग समझे जाते थे। बम बहुत भयानक था, यह तो इसी से मालूम है कि मोटर तक के उसने कई टुकड़े कर दिये। घटना-स्थल पर सिर्फ एक रूमाल मिली, और पुलिस को ऐसा विश्वास करने का कारण है कि रूमाल उसी व्यक्ति की है, जिसने बम फेंका..."

—दूसरे दिन 'भारतमित्र' में यह खबर छपी थी।

कलकत्ता के और आदमियों की तरह हितैषी पुस्तकालय में मोहनलाल और देवराज ने भी इन पंक्तियों को पढ़ा; लेकिन औरों की तरह वे भी उस दुर्घटना के बारे में अधिक नहीं जानते थे। मोहनलाल आतंकवादी दल में शामिल न थे लेकिन दल के आदमियों से भी अधिक उन्हें विश्वासपात्र समझा जाता था। किसी रहस्य के बारे में वह न कुछ पूछना चाहते थे और न उसके लिए उनमें कोई उत्सुकता ही थी।

3 मार्च, 1911 को उक्त दुर्घटना हुई थी। बड़ा बाजार के सभी धोबियों के पास भेजकर रूमाल के मार्के का पता लगाया गया और तीसरे दिन मालूम हो सका कि रूमाल तुलापट्टी के रहनेवाले बाबू मोहनलाल खन्ना की है। पाँच बजे का वक्त था जबकि सशस्त्र पुलिस का एक बड़ा दस्ता 'हितैषी पुस्तकालय' में पहुँचा। सड़क के सभी रास्ते रोक दिये गए थे। और सभी जगह बन्दूक लिये सिपाही और पिस्तौल लिये सार्जेंट खड़े थे। तुलापट्टी के रहनेवाले बनियों में से कितनों की साँस टँग गई थी और उनके चेहरों पर हवाइयाँ उड़ रही थीं। एक अंग्रेज अफसर कुछ हिन्दुस्तानी अफसरों के साथ पुस्तकालय के कमरे में पहुँचा। देवराज वहाँ मौजूद था, मोहनलाल कहीं बाहर गए हुए थे। अफसर ने देवराज से अंग्रेजी में पूछा, "क्या तुम्हारा नाम मोहनलाल खन्ना है?"

"कृपया हिन्दी में बोलिए। मैं पुस्तकालय का चपरासी हूँ।"

"तुम्हारे मालिक का नाम मोहनलाल खन्ना है?"

"हाँ।"

"वह कहाँ हैं?"

"बाहर गए हुए हैं, आना ही चाहते हैं।"

इसके बाद मोहनलाल के सारे कमरों में ताला लगा दिया गया और हर दरवाजे पर सिपाही तैनात कर दिये गए। पुलिस एक-एक कमरे की तलाशी करना चाहती थी। उधर यह खबर मोहनलाल को लगी। लोग उन्हें परामर्श देते थे कि इस वक्त छिप जाना ही अच्छा है। बम का मामला है, नौ-नौ आदमी मरे हैं—जिनमें तीन तो पुलिस के बड़े अफसर हैं।

मोहनलाल ने कहा, "रोपोश होना फजूल है। मैं जानता हूँ कि पुलिस असली अपराधी को पकड़ न पाएगी; लेकिन किसी को भी फाँसी की सजा न दिलवाकर वह अपने को अयोग्य नहीं सिद्ध करेगी। मेरे ऊपर चाहे कुछ भी बीते, लेकिन मैं एक बात तो कर सकता हूँ कि अपराध को अस्वीकार न करके मैं एक तरुण की जान को तो बचा सकता हूँ।"

मोहनलाल जल्दी से घर की तरफ चल पड़े। खबर पाकर यद्यपि वह कुछ सेकेंड के लिए गम्भीर हो गए थे, लेकिन, उस वक्त भी उनके चेहरे पर किसी प्रकार की ग्लानि का चिह्न नहीं था और पीछे तो उनका चेहरा और भी खिल गया—मालूम होता था कि कोई खुशखबरी उन्हें मिली है।

अफीम-चौरस्ते से आगे बढ़ते ही पुलिस ने उन्हें रोका। इस पर उन्होंने कहा कि मुझे ही पकड़ने के लिए आप लोग आए हुए हैं? सिपाही को मालूम हुआ, बिजली का तार छू गया। उसके मुँह की आकृति विकृत हो गई और वह अ-प्रयास चार कदम पीछे हट गया। मोहनलाल ने बड़े शान्त भाव से कहा, "डरिए मत, मेरे पास पेन्सिल बनाने की छुरी भी नहीं है।"

इसी बीच एक दूसरा सिपाही आ गया और पहले सिपाही से सब बातें जान कर मोहनलाल को साथ लिवाए पुस्तकालय की ओर बढ़ा। उन दो सौ सशस्त्र सिपाहियों की कतार के बीच से जिस शान्ति और गम्भीरता के साथ मोहनलाल चल रहे थे, उससे मालूम होता था कि वे सभी गॉर्ड-ऑफ-ऑनर दे रहे हैं। पकड़ने के लिए आई पुलिस भी दिल से इस बहादुर—दरअसल उसकी समझ में बम इन्होंने ही फेंका था—का सम्मान कर रही थी। पुलिस अफसरों ने बड़ी नम्रता से उन्हें ऊपर पहुँचाया। अंग्रेज अफसर ने पूछा, "आपका नाम मोहनलाल खन्ना है?"

"हाँ, मेरा ही नाम है।"

"आपके नाम वारंट है। क्षमा कीजिए, इस अप्रिय कर्तव्य-पालन के लिए। मुझे हथकड़ी देने की इजाजत दीजिए।"

"हाथ हाजिर हैं। क्षमा की कोई आवश्यकता नहीं, क्योंकि आप मेरा कोई अपराध नहीं कर रहे हैं।"

इसके बाद पुलिस ने सारे मकान की एक-एक चीज की तलाशी ली, और जिस किसी भी राजनीतिक पुस्तक या नोटबुक पर सन्देह हुआ, ले लिया। मोहनलाल को अपनी माँ से मिलने की इजाजत बड़ी मुश्किल से मिली। देवराज का चेहरा मुर्झा गया था, लेकिन वह समझता था कि उसके मित्र उससे क्या आशा रखते हैं। देवराज से उन्होंने इतना ही कहा, "पार्वती के ब्याह के लिए पाँच सौ रुपये मैंने अलग रख दिये हैं, वह तुम्हें मिल जाएँगे। फिर तुम जीविका का कोई दूसरा रास्ता ढूँढ़ना।"

'जीविका का दूसरा रास्ता' क्या था, इसे मोहनलाल और देवराज कितने ही समय पहले तय कर चुके थे।

मोहनलाल को हवालात में रक्खा गया। पुलिस ने तरह-तरह के भय और प्रलोभन देकर उनसे रहस्य का पता लगाना चाहा। मोहनलाल का बराबर उत्तर यही था कि मैं कुछ नहीं कहना चाहता। अपराध के बारे में भी वह 'हाँ', 'नहीं' कुछ नहीं कहते थे। किसी राजनीतिक षड्यंत्र के मामले में जहाँ, पुलिस तुली हुई हो, सबूत तैयार करना कोई मुश्किल बात थोड़े ही है? मोहनलाल के सहकारी भी पैदा किये गए। उनमें से एक ने सरकारी गवाह बनकर बयान दिया कि मोहनलाल बहुत अच्छे बम बनानेवाले हैं। उनके हाथ के बनाए कुछ बम एक सुनसान तहखाने से बरामद किये गए और उनमें से एक का विश्लेषण करके विशेषज्ञों ने बतलाया—"हबड़ा पुल को उड़ा देने के लिए यह एक बम काफी है।" सरकारी गवाह ने यह भी

बतलाया कि जिस वक्त मोहनलाल ने बम फेंका, उस वक्त मैं भी उनके साथ भीड़ में मौजूद था। खुफिया की पुरानी रिपोर्टों को निकालकर पुलिस ने यह सिद्ध कर दिया कि अलीपुर बम-केस में फाँसी पाए अनुकूल और निवारण की मोहनलाल से बड़ी घनिष्ठता थी। कई गवाहों ने यह भी बतलाया कि हमने अभियुक्त को भीड़ से भागते हुए देखा था। गवाहियों को सुनते वक्त मोहनलाल अक्सर मुस्करा दिया करते थे। जज ने जब कभी वकील रखने या जिरह करने के लिए कहा तो मोहनलाल का उत्तर था, "धन्यवाद, मुझे जरूरत नहीं।"

सफाई के वक्त उन्होंने एक छोटा-सा भाषण दिया, जिसका कुछ अंश था—

"हरेक देश को अपनी स्वतंत्रता प्राप्त करने के लिए चाहे जो भी रास्ता स्वीकार करने का अधिकार है। मेरी तरह के हजारों नवयुवक देश की आजादी के लिए बेकरार हैं। हमारे लिए इससे बढ़कर अच्छी बात नहीं हो सकती कि अपनी मातृभूमि के लिए मरें। अपनी सफाई के बारे में कुछ भी कहना मैं फजूल समझता हूँ, क्योंकि मेरा फैसला बहुत पहले इस इजलास से बाहर हो चुका है। हाँ, यदि मेरी आवाज क्रान्तिकारी तरुणों तक पहुँच सके, तो उनसे मैं यह कहना चाहता हूँ कि जिस तरह का आतंकवाद तुम फैलाना चाहते हो, वह देश को आजाद करने के लिए काफी नहीं है।"

जूरी ने अपराधी होने की राय दी और जज ने मोहनलाल को फाँसी की सजा सुनाई।

देवराज माताजी के साथ कितनी बार जेल में मोहनलाल से मिलने जाता था। देवराज को समझाने के लिए वह वर्षों से बहुत कुछ कह चुके थे, लेकिन माँ को धैर्य देना उनके बस की बात न थी। वह कहते थे, "माँ, तुम अफसोस यदि मेरे लिए करना चाहती हो तो उसकी जरूरत नहीं। मैं बराबर प्रसन्न रहता हूँ। मेरी प्रसन्नता तो उसी वक्त भंग होती है जब मैं तुम्हारी आँखों में दो बूँदें देखता हूँ। जितने दिन मुझे इस धरती पर रहने हैं, माँ, तुम कोशिश करो कि मैं बराबर हँसता रहूँ। यह तुम्हारे हाथ की बात है। तुम्हारे चेहरे को यदि मैं व्याकुल न देखूँगा तो मेरा चेहरा कभी न मुरझाएगा, और यह भी खयाल करना कि एक बार तो तपेदिक के चंगुल में फँस भी गया था, यदि उसी वक्त मर गया होता तो क्या वह मौत इस मौत से अच्छी होती? उस वक्त तो भी तुम्हें सन्तोष करना ही पड़ता। तुम्हें यह खयाल करके अपने लिए भी अफसोस नहीं करना चाहिए। जिन्दगी-भर के लिए तुम्हारे पास काफी धन है। यदि हमारे दोस्तों में कोई काम को सँभालना चाहे, तो पुस्तकालय और पचहत्तर रुपये महीने उसे दे देना।"

देवराज से उन्होंने कहा, "तुम्हें जो कुछ कहना था, उसे मैं पिछले चार-पाँच साल से कहता आ रहा हूँ। तुमने अपने लिए जो कर्तव्य चुना है, उसी में लग जाना। तुम्हारी स्मृति तो मेरे साथ खतम हो जाएगी; लेकिन मेरी स्मृति तुम अपने साथ

तक रखना। स्मृति को चिरस्थायी रखने का प्रयास मुझे बेवकूफी-सी मालूम होती है। आदमी आया, उसने अपने कर्तव्य का पालन किया और चला गया। उसके कर्तव्य-पालन से यदि कुछ लोगों को प्रेरणा मिली और कार्य आगे चला तो यह उसके जीवन-संघर्ष का काफी पारितोषिक है। पृथ्वी विशाल है, और काल की सीमा नहीं, यदि हर शताब्दी में प्रत्येक देश पच्चीस-पच्चीस महापुरुषों की स्मृति को भी चिरस्थायी करने का प्रयत्न करना चाहे, तो हजार बरस बाद क्या उनके नाम को भी संसार बचा रखने में सफल हो सकेगा? कर्तव्य और उसका अगली पीढ़ी पर पड़नेवाला सुप्रभाव बस, यही असल चीज है।"

12 जून, 1912 को मोहनलाल को फाँसी हुई। देवराज को माता जी को सान्त्वना देने के लिए अभी कुछ दिन और रहने की आवश्यकता थी। उसी बीच बड़ा बाजार के नवयुवकों ने 'हितैषी पुस्तकालय' के संचालन का भार अपने ऊपर ले लिया। पुलिस से बचने के लिए उन्होंने उस स्थान को हरिसन रोड पर परिवर्तित कर दिया।

देवराज अब आगे के लिए स्वतंत्र था।

फिर गाँव में

पाँच साल पहले देवराज ने रामपुर छोड़ा था। घर छोड़ते वक्त उसे यह खयाल नहीं था कि पाँच बरस तक फिर वह रामपुर की गलियों को न देख सकेगा। उसकी माँ को यदि यह मालूम होता तो वह कभी उसे घर छोड़ने की इजाजत न देती। वस्तुतः, पहले तीन सालों तक देवराज भी हर साल घर आने का संकल्प किया करता था, किन्तु फिर जब पढ़ने और काम की अधिकता में फँसता तो उसे भूल जाता था। माँ को भी पहले तीन साल के पत्र में पुत्र के मुँह न देखने की बेचैनी रहती थी, लेकिन पीछे देवराज के पत्रों और सुचित सिंह की बातों से उसे सन्तोष हो जाता था। सुचित सिंह ने बतलाया था कि देवराज खूब पढ़ रहा है। बड़े-बड़े लोगों के साथ उसका उठना-बैठना है। और वह एक बड़ा आदमी होगा। माँ को अब कर्ज की चिन्ता न थी। देवराज ने यह भी लिख दिया था कि भैया मोहनलाल ने पार्वती के ब्याह के लिए पाँच सौ रुपया निकाल रक्खा है। अपनी सूई और बकरी के बल से उसने चार सौ रुपये जमा कर लिये। और देवराज जब घर आया तो यद्यपि पहले वाले ही दो घर थे, तथापि थे बहुत साफ-सुथरे, लिपे-पुते। हँड़िया की जगह पीतल की बटली में खाना बनता था। साधारण किसान के आराम के कुछ सामान—चारपाई, मचिया, रजाई—भी मौजूद थे।

पार्वती अब तेरहवें बरस में जा रही थी। रामपुर के रिवाज के मुताबिक अब ब्याह करने में देर हो रही थी। देवराज इसके प्रबन्ध के लिए अपने को अयोग्य समझता था। कलकत्ता में, अपने दोस्त के घरों में सुशिक्षित लड़कियों को उसने देखा था। यह बात नहीं कि पार्वती के लिए कभी उसके दिल में वैसा खयाल न आया हो; लेकिन वह क्षमता की सीमाओं को जानता था। वह जिस आदर्श के लिए अपने को तैयार कर रहा था, उसमें बाधा पड़ती यदि पार्वती के लिए कुछ करना चाहता। मोहनलाल की माँ बड़ी खुशी से पार्वती को रखती और वह उनके काम में मदद भी देती; लेकिन पार्वती को यदि फिर गाँव के एक किसान-गृहस्थ का जीवन स्वीकार करना था, तो कलकत्ते की तैयारी घाटे का सौदा होती। मनुष्य के जीवन का मोल देवराज अच्छी तरह जानता था; लेकिन साथ-ही-साथ यह भी

समझता था कि उस जीवन के मोल को अदा करना एक आदमी के बस की बात नहीं है। सुचित सिंह ने फिर अपने साथी के साथ पार्वती के ब्याह करने की बात न उठाई, लेकिन साथ ही देवराज और उनकी माँ ने योग्य वर तलाश करने का भार उन्हीं के मत्थे सौंपा। वह ठीक भी हो चुका था और राधा ने देवराज पर बहुत दबाव डाला कि वह फागुन तक ब्याह कराकर जाए; लेकिन सितम्बर से फरवरी तक—छै महीने—रामपुर में रुकना देवराज के लिए सम्भव नहीं था। माँ का एक और भी आग्रह था कि देवराज का भी ब्याह इसी साल हो जाए। राधा ने अपने प्रस्ताव की पुष्टि करते हुए कहा—

"बेटा, जिन्दगी का कोई ठिकाना नहीं। मेरी साध है कि बहू को देखकर मरूँ। मेरे ननिहाल के परिवार में एक बड़ी सुन्दर लड़की है। मैंने उसे अपनी आँखों देखा है। भोजन बनाना, सीना-पिरोना बहुत अच्छा जानती है। लड़की के पिता मेरे सगे होते हैं। उनकी बड़ी इच्छा है कि ब्याह तुम्हारे साथ हो। कहते हैं—'खर्च की कोई परवाह नहीं, वह सब हमारे जिम्मे रहेगा।' ब्याह तो कहीं होगा ही, लेकिन ऐसी लड़की नहीं मिलेगी।"

"माँ, तुम्हें मेरे ब्याह की कैसी सूझी? कर्ज का रुपया मैंने अपनी कमाई से अदा नहीं किया। वह तो मोहन भैया की कृपा थी। पार्वती के ब्याह के लिए भी इन्तिजाम उन्हीं का किया हुआ है। मैं तो सिर्फ पढ़ता रहा हूँ। ब्याह करके एक और आदमी का बोझ अपने सिर पर लादना क्या अच्छा होगा?"

"बोझ क्या है बच्चा? ब्याह हो जाने पर पार्वती चली ही जाएगी, उसकी जगह बहू रहा करेगी।"

"तो क्या घर में रखने के लिए ही बहू चाहिए?"

"नहीं, तुम्हारा ब्याह भी तो करना है।"

"ब्याह मेरा नहीं हो सकता। माँ, तुम जानती हो कि भैया मोहनलाल का मेरे ऊपर कितना उपकार है। तुम उन रुपयों का खयाल मत करो। उनको तो मोहन भैया ठीकरे के बराबर भी नहीं समझते थे। उन्होंने ही मुझे जीवन का रास्ता दिखलाया। तुमसे कह ही चुका हूँ कि उन्हें झूठ-मूठ में फँसाकर फाँसी दे दी गई। उन्होंने मेरे ऊपर जो कुछ काम सौंपा है, उसे हर हालत में मुझे पूरा करना होगा। ब्याह करने में उस काम में बाधा होगी। इसीलिए माँ, चाहे; तुम्हें दुख भी हो, लेकिन मुझे मोहन भैया की आज्ञा का पालन करने दो। पार्वती का ब्याह अब के फागुन में हो जाना चाहिए। भाई सुचित सिंह दो महीने की छुट्टी लेकर उस वक्त गाँव में ही रहेंगे। ब्याह की सब बात पक्की हो गई है। मैं उन्हें पाँच सौ रुपया दे भी आया हूँ।"

राधा ने फिर बेटे से आग्रह नहीं किया। संयोग से सूबेदार मातबर सिंह उस वक्त छुट्टी लेकर घर आए हुए थे। उन्हें अपनी छावनी नसीराबाद जाने में अभी तीन हफ्ते की देरी थी। मातबर सिंह का गाँव रामपुर से चार मील पर था। देवराज

का पल्टन में भर्ती होना पहले ही तय हो चुका था, इसलिए जब से उसे मालूम हुआ कि सत्रह राजपूत रेजिमेंट के सूबेदार मातबर सिंह—जो दूर के उसके रिश्तेदार भी लगते थे—अपने घर मित्तूपुर आए हुए हैं तो वह उनके पास पहुँचा। देवराज के अभिप्राय को सुनकर मातबर सिंह बहुत प्रसन्न हुए। पढ़ाई-लिखाई के बारे में उन्हें मालूम हुआ कि देवराज हिन्दुई पढ़ लेता है। पिछले दो साल से देवराज नियम से अखाड़े जाता और कसरत करता था। देखने में वह अठारह नहीं, चौबीस बरस का जवान मालूम पड़ता था—लम्बा, गोरा शरीर, चौड़ी छाती, मोटी गर्दन, मजबूत मांसल भुजाएँ देखकर आसानी से समझा जा सकता था कि देवराज एक अच्छा पहलवान है। देवराज अखाड़े में अपने उस्ताद को छोड़कर और किसी से कभी नहीं लड़ा था। उस्ताद ने उसके बल, फुर्ती और लड़ने के कौशल को देखकर कई बार कलकत्ता के दंगल में चलने को कहा था; लेकिन वह तो एक दूसरे ही दंगल के लिए अपने को तैयार कर रहा था।

मातबर सिंह ने कहा, "तुम्हारे ऐसे राजपूत नौजवान के लिए पल्टन में भर्ती होना कोई मुश्किल काम नहीं है। और, फिर वहाँ तो सूबेदार मैं हूँ। कर्नल साहब मुझे बहुत मानते हैं। बहादुर जवानों के लिए पल्टन की नौकरी से बढ़कर और दूसरी कौन हो सकती है? रुपया भले ही कहीं अधिक मिले, लेकिन इज्जत तो पल्टन के जवान की होती है, वह दूसरे की थोड़े ही होती है? अपना तमगा लगाकर जब कोई पल्टन का पेंसिनिया कलट्टर साहब के पास पहुँचता है तो वह भी खड़ा होकर फौजी सलाम लेता है, हाथ मिलाता है। शरीर बनाने की जगह तो पल्टन ही है न? छावनी खूब अच्छे हवा-पानीवाले स्थान पर बनाई जाती है। कवायद-परेड, कुश्ती-अखाड़ा—यही तो सिपाही का काम है। मुझे विश्वास है, तुम सूबेदार मेजर जरूर हो के रहोगे।"

देवराज के दिल में पल्टन के लिए आकर्षण पैदा करने को इतने व्याख्यान की जरूरत नहीं थी। यदि पल्टन की जिन्दगी नरक जैसी सख्त होती, तो भी वह उसमें जरूर जाता। उसे चाह थी सैनिक जीवन के क्रियात्मक अनुभव को प्राप्त करने की। वह जानता था कि पल्टन में वह साधारण सिपाही के तौर पर ही भर्ती हो सकता है। सैनिक विज्ञान का परिचय और अनुभव तो अफसरों को ही होता है। लेकिन, उसने जो कुछ किताबें इस विज्ञान के सम्बन्धों की पढ़ी थी और यूरोप के यशस्वी सेनापतियों द्वारा बड़ी-बड़ी लड़ाइयों पर लिखी पुस्तकों से जो ज्ञान प्राप्त किया था, उससे, उसे विश्वास था कि वर्तमान परिस्थिति में भी मैं अपना रास्ता निकाल लूँगा।

रामपुर में अभी उसे तीन हफ्ते रहने थे। समय का ठीक उपयोग देवराज अच्छी तरह जानता था। शाम को दो घंटे अखाड़े में कुश्ती लड़ता था। बरसात के तीन महीने अखाड़ा खेलने का पुराना रवाज रामपुर से गया नहीं था। गाँव के नौजवानों को देखकर बड़ा आश्चर्य हुआ जब देवराज ने पहले ही दिन उनके खलीफा—

नट—को दो मिनटों में चित कर दिया। लेकिन साथ ही, उठकर खलीफा से उसने क्षमा माँगी और दोनों गहरे दोस्त बन गए। एक दिन उसने अहीरों का नाच देखा और उससे वह इतना प्रभावित हुआ कि अगले दस दिनों में उनकी हर गत के नाच उसने सीख लिये। गाँव के कुछ राजपूत और ब्राह्मण—जो कि उस दिन अखाड़े में देवराज की सफलता देख फूले न समाते थे—उसे निर्लज्जतापूर्वक अहीरों-जैसा नाच नाचते देखकर नाक-भौंह सिकोड़ते थे। देवराज को उसकी कोई परवाह न थी।

गाँव के लोगों की गरीबी को लड़कपन से ही देवराज देखता और अनुभव करता आया था। लेकिन पिछले छै वर्षों में ही एक दृष्टि उसे मिली, जिससे वह गरीबी अब उसके गम्भीर अध्ययन का विषय बन गई थी। जहाँ भी दो-चार आदमी बैठकर बात करते, समय रहने पर देवराज भी वहाँ जाकर बैठ जाता। उसे सबके साथ इस प्रकार घुलमिल जाते देखकर लोगों को आश्चर्य इसलिए नहीं होता था कि वे अभी भी उसे गरीब राधा का लड़का समझते थे और उसकी विद्या-बुद्धि का उन्हें कुछ पता न था। रामपुर की गलियों, खेतों, बगीचों और पोखरियों पर घूमते हुए कभी-कभी उसके कलेजे में एक ठंडी हवा का झोंका लग जाता था। उसका लड़कपन यहीं बीता था। एक बार निकलकर छै वर्ष बाद वह रामपुर लौट सका। इसी बीच कितने परिचित चेहरे वहाँ से गायब हो चुके थे। कितने के बने दिन बिगड़ चुके थे। वह जो दूसरा कदम उठा रहा है, उसके बाद रामपुर को कब और किस हालत में देख सकेगा, यह खयाल अवसाद पैदा कर देता था।

पार्वती अब तेरह वर्ष की थी, लेकिन अपनी माँ और भाई की तरह ही स्वास्थ्य उसे भी मिला था, इसीलिए अवस्था से दो वर्ष बड़ी मालूम होती थी। गाँव में कोई पाठशाला न थी, नहीं तो देवराज ने उसे पढ़ाने के लिए माँ को जरूर लिखा होता। फिर भी भोजन बनाने, सीने-पिरोने के कामों में राधा ने अपनी लड़की को पक्का कर दिया था। पार्वती रामपुर में सबसे स्वस्थ और सुन्दर लड़की थी। यदि सौन्दर्य प्रतियोगिता की प्रथा प्रचलित होती, तो पार्वती का मुकाबला करनेवाली लड़की शायद सारे जिले में न मिलती। देवराज को इसका बहुत अफसोस था कि पार्वती के लिए वह कुछ न कर सका।

पल्टन में भर्ती

अक्टूबर (1912) का पहला सप्ताह था जबकि सूबेदार मातबर सिंह के साथ, मित्तूपुर से देवराज जखिनिया स्टेशन के लिए रवाना हुआ। छै वर्ष पहले भी वह जखिनिया स्टेशन पर गया था, लेकिन उस वक्त वह अँधेरे से पहले-पहल उजाले में आना-सा था। उस वक्त जखिनिया की रेल, इंजन ही नहीं, स्टेशन की इमारत, उसके सिगनल तथा सिगरेट-पान बेचनेवाले भी देवराज के मन में कौतूहल पैदा करते थे। उसे मालूम होता था कि उसके गाँव से इतने समीप एक दूसरी दुनिया थी जिसका उसे कुछ भी ज्ञान न था। आज वहाँ की कोई चीज उसके मन में कौतूहल नहीं पैदा करती थी। सूबेदार की उम्र यद्यपि पचास से ऊपर थी, लेकिन स्वास्थ्य अच्छा और डील-डौल बड़ा तथा प्रभावशाली था, खास करके उसकी बड़ी-बड़ी मूँछें गल-मुच्छा के साथ बड़ी रोबदार मालूम देती थीं। दोनों को साथ देखकर कोई ऐसा न होता जिसकी नजर कुछ देर के लिए उन पर गड़ न जाती। बहुतेरे तो समझते थे कि दोनों बाप-बेटे हैं। दरअसल सूबेदार भी बड़ी आत्मीयता अनुभव कर रहे थे। रेल में बैठने पर एक बार देवराज के स्वास्थ्य की तारीफ सुनकर उन्होंने कह ही डाला, "भाई, खेत बड़ा न होगा, तो फसल क्या खाक बड़ी होगी।"

देवराज को प्रयाग, कानपुर, आगरा, जयपुर जैसे शहरों से होते अजमेर जाना था, इसलिए उसकी इच्छा जरूर होती थी कि वहाँ के दर्शनीय स्थानों को देखते चलें; लेकिन सूबेदार को उनसे कोई मतलब न था। दर्जनों बार वह इस रास्ते से गुजरे होंगे; लेकिन, सिर्फ एक बार प्रयाग में त्रिवेणी-स्नान के लिए उतरे थे। देवराज ने अपनी इच्छा का संवरण किया और दोनों सीधे अजमेर होते छावनी नसीराबाद पहुँचे। देवराज सूबेदार के पास ठहरा। मातबर सिंह ने अपने साथियों को बड़े उत्साह के साथ देवराज का परिचय कराया। जब उनको मालूम हुआ कि कल अखाड़े में खासतौर से दंगल है और कर्नल, कप्तान ही नहीं, जर्नल साहब—जो कि किसी खास काम से नसीराबाद आए हुए हैं—भी कुश्ती देखने के लिए वहाँ उपस्थित रहेंगे; तो उनके लिए कल बहुत दूर मालूम पड़ा। शाम को पल्टन के बड़े अफसर कर्नल ज्यॉफरे के बँगले पर वह सलामी देने गए, साथ में देवराज को भी

लेते गए। देवराज के बदन पर एक कुर्ता, दो कच्छी धोती, दुपलिया टोपी, मोटा देशी जूता था। सूबेदार की तरह उसने भी कर्नल को सलाम किया। नौजवान का डीलडौल और स्वास्थ्य कर्नल की दृष्टि को अपनी ओर आकृष्ट किये बिना नहीं रह सकता था। उन्होंने पूछा,

"वेल, सूबेदार साहब, यह नौजवान कौन है?"

"हुजूर, मेरा रिश्तेदार है। साहब बहादुर की ताबेदारी के लिए आया है।"

"पल्टन में बरटी होगा। वेरी वेल! ऐसा जवान हम माँगटा है। यह कल बर्टी होने सकटा है।"

"हुजूर, मेहरबानी। और, यह कुश्ती लड़ना भी जानता है।"

कुश्ती लड़ना! बहोट अच्चा। कल डंगल है। जेनरल साब बहाडुर आया है। वह कुश्ती देखना माँगटा है। यह जवान कुश्ती लरेगा?"

"जरूर, हुजूर का यदि हुक्म हो।"

"ओ, जरूर जरूर! हम हुकुम डेटा है। किससे लरेगा?"

"हुजूर, रामसेवक सिंह से।"

"रामसेवक सिंह से! हमारी रेजिमेंट में वो सबसे बरा पहलवान है। उससे लरेगा? कितना साल का है?"

"हुजूर, अट्ठारह साल का।"

"बहोट चोटा ओमर है। रामसेवक सिंह से नहीं। अभी खाने और कसरट करने डो। कल चोटू सिंह से कुश्ती कराओ।"

"जैसी हुजूर की मर्जी।"

कर्नल साहब की बात सुनकर सबसे ज्यादा खुशी हुई सूबेदार मातबर सिंह को। देवराज की भर्ती का एक तरह से, सारा काम खतम हो गया और साथ ही कर्नल साहेब से देवराज का परिचय भी हो गया। देवराज को सबसे ज्यादा प्रसन्नता इससे हुई कि कल की कुश्ती में उसे भी लड़ने का मौका मिलेगा। यद्यपि रामसेवक सिंह को उसने देखा नहीं था, फिर भी उसके मन में हो रहा था, यदि हो सके तो उनसे लड़ूँ—विशेषकर मातबर सिंह ने जब रामसेवक सिंह के साथ उसकी जोड़ी चुनी तो जरूर कुछ जानकर ही।

जोड़ियों का चुनाव पहले ही हो चुका था, इसलिए कर्नल साहेब के बहाने मातबर सिंह देवराज को भी लड़ाने के लिए व्यग्र थे। रात को ही उन्होंने रामसेवक सिंह से कह दिया कि देवराज छोटू सिंह से लड़ेगा।

सबेरे, सात बजे का वक्त था। आज अखाड़े पर बड़ी चहल-पहल थी। बाँस पर नया महावीरी झंडा चढ़ाया गया था। अखाड़े की एक तरफ अफसरों के लिए कुर्सियाँ रक्खी थीं और बाकी तीन तरफ पल्टन के जवान पाँती में बैठे थे। सभी लड़नेवाले जाँघिया कसकर अफसरों के आने की इन्तिजार में खड़े थे। देवराज

को अखाड़े में उतरने में कुछ संकोच हो रहा था; लेकिन अब वह उसके बस की बात न थी, कर्नल साहब का हुकुम हो गया था। थोड़ी देर में जर्नल साहब, कर्नल ज्यॉफरे और दूसरे अफसरों के साथ आकर अपनी-अपनी कुर्सियों पर बैठे। पाँच जोड़ियाँ तैयार की गई थीं। छोटू सिंह को जब मालूम हुआ कि उसकी कुश्ती एक अट्ठारह साल के छोकरे के साथ होनेवाली है, तो उन्हें कुछ गुस्सा हो आया; लेकिन जब उन्होंने देवराज को लँगोटा चढ़ाए देखा, तो समझने लगे कि मामला उतना आसान नहीं है। रामसेवक सिंह की जोड़ी छोटू सिंह से लगाई गई थी, यद्यपि यह उतना लड़ने के लिए न थी, जितना की दाव-पेंच दिखाने के लिए, क्योंकि छोटू सिंह रामसेवक सिंह का मुकाबला नहीं कर सकते थे। देवराज के आ जाने पर रामसेवक सिंह को अखाड़े का पंच बनाया गया। रामसेवक सिंह वैसे भी अखाड़े के उस्ताद थे।

पहले नीचे की चार जोड़ियाँ बारी-बारी से छोड़ी गईं। लड़नेवाले अखाड़े के चुने हुए जवान थे, इसलिए उन्होंने दाव-पेंच और बल का अच्छा प्रदर्शन किया। आखिरी नम्बर था देवराज और छोटू सिंह का। कद में देवराज छोटू सिंह से बड़ा था। बाँह, छाती और जाँघ भी खूब भरी थी। लेकिन देखने में उसका बदन छोटू सिंह का-सा मँजा और कड़ा नहीं मालूम होता था। दोनों ने अखाड़े की मिट्टी उठाई, हाथ मिलाया। कद्दावर होने पर भी देवराज का शरीर कोमल मालूम पड़ता था। उसकी उम्र का खयाल करके बहुत से दर्शकों की सहानुभूति उसके प्रति थी, लेकिन, लोहे और लकड़ी का मुकाबला देखकर उन्हें अधिक निराशा होती थी। जिन पाँच मिनटों में दोनों की कुश्ती खतम हुई, लोग साँस लेना भी भूल गए थे। देवराज ने कई बार हाथ पकड़ना चाहा, लेकिन छोटू सिंह बराबर छुड़ा लेता था। एक बार छोटू सिंह ने जबर्दस्त बगली मारी और लोगों ने समझा कि बस देवराज गया, लेकिन वह साफ निकल गया। अन्त में गुत्थमगुत्था शुरू हुई। लोगों ने समझा—कुश्ती अब चलेगी, किन्तु देवराज ने ऐसा 'धोबीपाट' मारा कि छोटू सिंह चारों खाने चित। चारों ओर लोग पागल होकर ताली पीटने लगे, जिसमें पल्टन के अंग्रेज अफसर भी शामिल थे। छोटू सिंह की पीठ लगने के साथ देवराज ने उठकर उनका हाथ पकड़ा और हाथ जोड़कर अफसोस जाहिर किया। देवराज के बल को छोटू सिंह पहली ही पकड़ में समझ गए थे; और उनको सफलता की उम्मीद सिर्फ दाव-पेंच पर थी, इसलिए पटके जाने पर भी उन्हें उतना खेद न हुआ।

रामसेवक सिंह को इससे सबसे ज्यादा अफसोस हुआ। छोटू सिंह उन्हीं के जिला सुल्तानपुर का रहनेवाला था, दूसरे देवराज एक नवागन्तुक दुधमुँहा बच्चा था और सबसे बढ़कर बात—वह यह भी जानते थे कि सारी पल्टन में उनके खलीफापन का प्रतिद्वन्द्वी यह छोकरा आ गया। अभी वह इसी उधेड़-बुन में थे कि कर्नल ज्यॉफरे ने सूबेदार मातबर सिंह को अपने पास बुलाकर कहा, "देवराज

की जोड़ी ठीक नहीं लगी और जर्नल साहेब कहते हैं, कुश्ती में मजा नहीं आया। देवराज सिंह को रामसेवक सिंह से लड़ाना चाहिए।"

हाकिम के हुकुम को कौन इनकार करता? रामसेवक सिंह पहले तो मन-ही-मन देवराज से भिड़ने को उतावले हो रहे थे, लेकिन जब प्रस्ताव सामने आया तो पछताने लगे। कुश्ती तय हुई और एक घंटा आराम लेने के बाद देवराज और रामसेवक सिंह अखाड़े में उतरे। रामसेवक सिंह का बदन छोटू सिंह से ज्यादा भारी, किन्तु उतना गठीला न था। देवराज का बदन रामसेवक की तरह ठोस न था, लेकिन कद और छाती में वह जरूर उनसे बढ़-चढ़कर था। हाथ मिलाने के बाद धर-पकड़ शुरू हुई। देवराज ने दो मिनट की हाथापाई के बाद रामसेवक सिंह को जमीन पर गिरा दिया। दाव-पेंच में दोनों ने देख लिया कि वे एक-दूसरे को चकमा नहीं दे सकते। देवराज की फौलादी पकड़ को देखकर रामसेवक सिंह अच्छी तरह जानते थे कि प्रतिद्वन्द्वी दुधमुँहा बच्चा भले ही हो, लेकिन बल में वह उनसे ड्योढ़ा है। देवराज पीठ लगाने की बहुतेरी कोशिश करता रहा, लेकिन रामसेवक सिंह काबू में नहीं आते थे। एक बार दोनों खिसकते-खिसकते अखाड़े के किनारे पर पहुँच गए। इस पर फिर से छोड़कर लड़ने को कहा गया। पूरे एक घंटे की कुश्ती के बाद रामसेवक सिंह की पीठ लगी। वैसे होता तो इतनी देर के बाद प्रतिद्वन्द्वी को पछाड़ने के लिए लोगों में उतना उत्साह न रहता; लेकिन देवराज की उमर सबकी सहानुभूति को अपनी तरफ खींच रही थी। खड़े होने के बाद बूढ़े जनरल पहले थे, जिन्होंने कूदकर देवराज की पीठ ठोंकी और अपनी घड़ी देवराज को इनाम में दी। दूसरे अफसरों की ओर से भी कितने ही पुरस्कार मिले, जिनमें कुछ नोट भी थे। चारों ओर से लोग देवराज के लिए हर्षध्वनि प्रकट कर रहे थे।

कई दिनों तक इस कुश्ती की चर्चा नसीराबाद की सारी छावनी में होती रही। लोग कह रहे थे, देवराज आगे चलकर हिन्दुस्तान का सबसे बड़ा पहलवान होगा, यद्यपि यह उनकी अतिशयोक्ति थी। देवराज अच्छी तरह जानता था कि राजपूत रेजिमेंट में रामसेवक सिंह और छोटू सिंह को भले ही पहलवान कहा जाए; लेकिन उसके कलकत्ते के उस्ताद बटुक महाराज और अर्जुन सिंह के साधारण शागिर्द से भी ये लोग एक हाथ नहीं ले सकते।

देवराज की भर्ती के लिए उससे भी ज्यादा उत्सुक कर्नल ज्यॉफरे थे। भर्ती के बाद जिस बैरक में उसे रहने के लिए स्थान मिला, वहीं बनारस जिले का एक नौजवान, मोहन सिंह भी रहता था। मोहन सिंह हिन्दी मिडिल पास, शिक्षित युवक था। कुछ ही दिनों में दोनों का सगे भाइयों से भी अधिक प्रेम हो गया। मोहन देवराज से उमर में चार-पाँच साल बड़ा था और एक मास पहले भर्ती हुआ था। देवराज मोहन को भैया कहकर पुकारता, यद्यपि पुकारते वक्त उसके कलेजे में टीस-सी लगने लगती थी। तो भी अपने पथ-प्रदर्शक साथी मोहनलाल खन्ना की स्मृति को

ताजी रखने में सहायक समझकर वैसा करने में उसे अधिक अनुराग था। दोनों मोहनों में जमीन-आसमान का अन्तर था, तथापि मोहन सिंह का स्नेह देवराज के प्रति कम नहीं था। पहले-पहल देवराज ने मोहनलाल की बात नहीं सुनाई, क्योंकि आरम्भ से ही उसकी यह कोशिश थी कि लोग उसे एक साधारण सिपाही से अधिक न समझें; लेकिन जब मोहन सिंह के साथ उसकी घनिष्ठता बहुत बढ़ गई, तो एक दिन उसने राजनीति से अपरिचित एक सीधे-सादे व्यक्ति के शब्दों में मोहनलाल के स्वभाव, परोपकार-वृत्ति, हिम्मत और महान त्याग की कथा कह सुनाई। आँखों में आँसू भरकर रुँधे गले से उसने कहा, "एक मोहन भैया मुझे छोड़कर चला गया और मैं समझने लगा था कि दुनिया मेरे लिए सदा सूनी रहेगी। लेकिन, यहाँ मैंने दूसरे मोहन भैया को पाया।"

मोहन सिंह अपने आवेग को रोक न सकता था और उसने देवराज के दोनों कन्धों पर हाथ रखकर भर्राई हुई आवाज में कहा,

"भाई देवराज, मैं उस देवता मोहन जैसा होने की सामर्थ्य तो नहीं रखता, लेकिन तुम्हारे लिए मेरी जान तक हाजिर रहेगी। हम दोनों एक माँ के पेट से नहीं निकले। लेकिन, वह हमारे हाथ की बात नहीं थी। भाई-भाई भी तो खून के प्यासे होते हैं। हम लोगों में जो भ्रातृत्व स्थापित हुआ है, उसे कोई भी स्वार्थ, कोई भी परिस्थिति डिगा नहीं सकेगी।"

मोहन और देवराज साथ-साथ कवायद करते थे। मोहन पहले से सीख चुका था, लेकिन देवराज भी उससे बिलकुल अपरिचित न था। कलकत्ते में मामूली फौजी कवायद उसने सीखी थी। महीना बीतते-बीतते जब तीन महीने से सीखनेवालों का वह कान काटने लगा तो लोग कहने लगे, "पेट ही से सीख कर आया है क्या?" चाँदमारी में देवराज और भी सफल रहा। सौ गोली में पाँच गोली से अधिक कभी उसकी बेकार नहीं गई। उसके अधिक निशान कलेजे में लगते थे। चाँदमारी में, सारी रेजिमेंट में, वह हमेशा अव्वल रहता और उसके बाद नम्बर होता था मोहन सिंह का। कर्नल ज्यॉफरे का देवराज पर बहुत स्नेह था। वह उसकी सफलता को अपने वैयक्तिक अभिमान की बात समझते थे।

देवराज, अक्सर कर्नल के बँगले पर जाया करता था। कर्नल की इच्छा थी कि कवायद-परेड की शिक्षा खतम हो जाने के बाद उसे अपना अर्दली बनाएँ। श्रीमती ज्यॉफरे अपने पति से कम देवराज के प्रति अपना सद्भाव न प्रकट करती थीं। एक बार तो वह देवराज के सामने ही कर्नल से अंग्रेजी में—उस समय दोनों दम्पती समझते थे कि देवराज अंग्रेजी नहीं जानता—कह रही थीं,

"जॉनी, देखो न इस लड़के के मुँह को। रंग कुछ कम साफ है, नहीं तो नाक, बाल सब इसके अंग्रेज लड़कों जैसे हैं।"

शिकार और उपकार

अगले साल (1913 की) जुलाई में देवराज कर्नल साहब का अर्दली था। इतने दिनों के सम्पर्क से कर्नल को देवराज के बारे में मालूम हो पाया था कि वह और हिन्दुस्तानियों की तरह आवश्यकता से अधिक नम्रता नहीं दिखलाता। पहले उनको भ्रम होने लगा था, शायद मन में कुछ बुरा भाव रख करके वैसा करता है; लेकिन उनका यह खयाल बहुत दिन तक न टिका। वह समझने लगे कि देवराज झूठी खुशामद नहीं करना चाहता, और न अपने को दीन-हीन दिखलाना चाहता है। उसका हरेक बर्ताव आत्म-सम्मानपूर्वक होता है। एक दिन उमंग में आकर कर्नल ज्यॉफरे कह रहे थे,

"देवराज, सचमुच हम अंग्रेज लोग हिन्दुस्तान में आकर बहुत खराब हो जाते हैं। हिन्दुस्तानी लोगों की चापलूसी और खुशामद सुनते-सुनते हम पर उसका बहुत बुरा असर पड़ता है। हिन्दुस्तानियों के लिए तो हमारे दिल में नीच होने का भाव ही आ जाता है, साथ ही हमारे स्वभाव में भी झूठे अभिमान, कठोरता और शेखी भर जाती है। इसका दुष्परिणाम तब भोगना पड़ता है जब हम विलायत जाते हैं और अपने से निम्न श्रेणी के आदमियों के साथ आदतवश वही बर्ताव कर बैठते हैं। तुम्हारे ऐसे भारतीय यदि हों तो कम-से-कम इस गिरावट से तो हम लोग बच सकते हैं।"

देवराज ने खेद प्रकट करते हुए कहा,

"मुझे बहुत अफसोस है। शायद मुझसे आपकी शान में कोई गुस्ताखी हुई है। लेकिन, मैं दिल से आपकी इज्जत करता हूँ। भूल से शायद कभी गलती हो जाए तो आपका फर्ज है, मुझे उसके लिए शिक्षा दें। कर्नल साहब, मेरे दिल में आपका सम्मान साधारण अफसर से बहुत अधिक है। लेकिन हो सकता है, लड़कपन और गँवारूपन के कारण मुझसे कोई गलती हो जाए।"

"नहीं, तुमसे कोई गलती नहीं हुई है। खेद प्रकट करने की आवश्यकता नहीं। मैं तो तुम्हारे सीधे-सादे बर्ताव से बहुत खुश हूँ। वैसा ही कायदा देखकर मैं भी आदी हो गया था, नहीं तो तुम्हारे सूबेदार मातबर सिंह के—'सरकार', 'जहाँपनाह', 'माँ-बाप', 'दुनिया के मालिक'...आदि-आदि शब्दों को सुनकर पहले तो मैं बौखला

जाया करता था। अपने देश में मेरी क्या हैसियत है, यह मैं अच्छी तरह जानता हूँ। पहले मैं समझता था, शायद ये लोग हमें बेवकूफ बनाना चाहते हैं। इसलिए चिढ़ता था। पीछे पता लगा कि हिन्दुस्तानियों में बोलने का यही कायदा है, और तब मेरी निगाह में हिन्दुस्तानियों की इज्जत गिर गई। तुम्हारे ऐसे लोग यदि हमारे आसपास रहें, तो हममें वह दुर्गुण न आने पाए जिसके कारण अपने देशभाइयों में 'नवाब' और जाने क्या-क्या अपमानजनक शब्द हमें सुनने पड़ते हैं।"

देवराज ने खानसामा को कह रक्खा था कि कर्नल साहेब जब पढ़ चुकें तो उनके अखबारों को रद्दी में न फेंककर मुझे दे दिया करो। इस प्रकार दो-दिन, चार दिन देर से 'टाइम्स' (लंडन) और 'स्टेट्समैन' उसे बराबर मिल जाया करते थे। एक दिन वह पुराने अखबारों का एक पुलिन्दा बगल में दाबे बँगले से बाहर सड़क पर जा रहा था, उसी समय कर्नल अपनी पत्नी के साथ सामने आ गए। उन्होंने पूछा, "क्या देवराज, तुम अंग्रेजी पढ़ लेते हो?"

"सर, थोड़ी-थोड़ी। हॉकी और फुटबॉल की खबरों का मुझे बड़ा शौक है।"

"तब तो तुम्हें हमारे फुटबॉल-टीम में शामिल होना चाहिए। मुझे मालूम नहीं था। खूब पढ़ो। हमारे यहाँ जितने अखबार या किताबें आती हैं, तुम बेखौफ उन्हें ले जाया करो।"

कर्नल की इस अचानक स्वीकृति से देवराज को बड़ी प्रसन्नता हुई। 'टाइम्स' और 'स्टेट्समैन' में सैनिक संवाददाताओं के लेखों को वह बड़े चाव से पढ़ा करता था; लेकिन, उसे हमेशा डर रहता था कि कहीं उसकी रुचि और योग्यता का पता अफसरों को न लग जाए। देवराज ने कर्नल की आलमारी में सैनिक-विज्ञान-सम्बन्धी बहुत-सी अच्छी-अच्छी किताबें देखी थीं और उन्हें पढ़ जाने के लिए उसका मन बहुत ललचाया करता था। अभी भी वह कर्नल को यह जानने का मौका नहीं देना चाहता था कि वह भी सैनिक-विज्ञान का एक विद्यार्थी है, तो भी अब रास्ता साफ था। दैनिक, साप्ताहिक, मासिक और त्रैमासिक पत्रों को ले जाकर देखने में कोई दिक्कत तो थी ही नहीं, दो-चार घटिया उपन्यासों के साथ एक-आध सैनिक-विज्ञान की पुस्तक भी तसवीर देखने के बहाने ले जाई जा सकती थी।

देवराज अब बहुत प्रसन्न था।

जाड़ों में अक्सर कर्नल ज्यॉफरे शिकार के लिए बाहर चले जाया करते थे। अबकी बार अक्टूबर में सतपुड़ा की पहाड़ियों में बाघ के शिकार के लिए जाना तय हुआ। देवराज के अतिरिक्त एक नौकर उनके साथ था। कामठी से उतरकर पच्चीस मील जाना था। जंगल के पास से एक डाकबँगले में लोग ठहरे और आसपास में पता लगाकर शिकार खेलने जाते।

एक दिन बाघ का पता चला। बैल को मारकर वह चला गया था और अपने स्वभाव के अनुसार शाम या रात को उसे बैस पर आना जरूरी था। बैल एक नाले में पड़ा था। उसके दोनों तरफ छोटी-छोटी पहाड़ियाँ थीं। पछवा हवा चल रही थी, इसलिए बाघ को उनकी हवा न लग जाए, इसका भी खयाल करना था। साथ ही यह भी देखना था कि वह उस रास्ते पर भी न रहे जिससे होकर बाघ जंगल से आने वाला है। कर्नल ज्यॉफरे पचासों बाघ मार चुके थे और उसके शिकार में वह बड़े सिद्धहस्त थे। देवराज के लिए पहला मौका था। उसका दिल चंचल हो रहा था, कारण आतंक नहीं, उत्सुकता थी। नाले की बाईं ओर की पहाड़ी पर एक छोटा-सा दरख्त और बड़ी चट्टान थी। तय हुआ, देवराज दरख्त पर बैठे और कर्नल चट्टान की बगल में। देवराज को यह हुक्म हुआ था कि आखिरी खतरा न आने तक वह गोली न चलाए। साथ ही, देवराज के हाथ में राइफल नहीं, पिस्तौल थी।

सूर्य अस्त हो गए थे, लेकिन अभी अँधेरा नहीं छाया था, जबकि कर्नल और देवराज अपने निश्चित स्थानों पर बैठे धड़कते दिल से बाघ के आने की प्रतीक्षा करने लगे। आध घंटा हो गया, एक घंटा हो गया, लेकिन बाघ का कहीं पता नहीं। चाँदनी रात थी, इसलिए रात की तरफ से तो उन्हें कोई चिन्ता न थी, लेकिन जब दो घंटा तक बाघ नहीं आया, तो वे निराश होने लगे। आध घंटा और बैठने का निश्चय करके वे फिर ठहरे। उस वक्त नाले की ऊपरी तरफ कुछ पत्थरों के खड़खड़ाने की आवाज आने लगी। देवराज ने साँस बन्द करके देखा। जमीन से चिपकी हुई कोई काली परछाईं बहुत धीरे-धीरे नीचे की ओर खिसकती आ रही है; चार-चार कदम पर वह क्षण-भर रुक जाती है, फिर आगे बढ़ती है। जंगल में स्वतंत्र बाघ को देखने का, देवराज को, यह पहला मौका था। बैल के पास आकर बाघ ने एक बार चारों ओर नजर दौड़ाई। फिर मुँह लगाकर वह ठमक गया। शिकारियों को सन्देह होने लगा कि कहीं उसे उनकी आहट तो नहीं लग गई; लेकिन उन्होंने देखा कि वे बाघ से पूरब की ओर हैं और उनकी गन्ध उधर नहीं जा सकती। बाघ ने खाना शुरू किया। कर्नल ने राइफल का निशाना लगाया। इसी वक्त उनके दाहिने पैर के नीचे से पत्थर खिसक गया और अपने को सँभालने में बन्दूक उनके हाथ से छूट गई। दोनों लड़खड़ाते हुए नाले की ओर लुढ़क चले और आवाज को सुनते ही बाघ को यह समझने में देर न लगी कि खतरा किधर से है। उसने सँभलती हुई कर्नल की शक्ल को भी देख लिया। वह वहाँ से सौ गज पर था, बीच में नाले के किनारे का अरार आठ-दस हाथ ऊँची दीवार की तरह था। वह उधर से झपटा। लेकिन दीवार ने सीधे आने में रुकावट पैदा की। वह मुड़कर बगल से आने लगा, तब तक देवराज को परिस्थिति का अच्छी तरह पता लग चुका था। वह दरख्त से कूदकर ठीक उस समय कर्नल के सामने खड़ा हो गया जबकि तीन छलाँग में बाघ उनके पास पहुँचनेवाला था। उसने साधकर गोली चलाई। गोली बाघ की दाहिनी बगल में लगी। वह तड़पा

और फिर आगे बढ़ा। उस वक्त देवराज ने दूसरी गोली छोड़ी जो बाघ की दाहिनी ओर सीने में लगी। चोट से विह्वल होकर एक बार उसका बदन दुहरा हो गया। देवराज की तीसरी गोली बाघ की रीढ़ पर, कमर के पास लगी। उसके पिछले पैर बेकार हो गए, लेकिन घिसटता हुआ वह देवराज के पैर से दो गज पर पहुँच गया था जबकि देवराज की चौथी गोली ने उसकी खोपड़ी को चूर कर दिया।

देवराज का सारा ध्यान अभी तक एक ओर लगा था। उसी वक्त उसने देखा कि उसके दाहिने कन्धे पर किसी का मजबूत हाथ पड़ रहा है और उसके बाद ही उसने अपने को कर्नल की दोनों बाँहों के बीच दृढ़ता से आलिंगित होते पाया। कर्नल ने बड़े गद्‌गद् स्वर से कहा,

"शाबाश मेरे बेटे, आज से सचमुच तुझे मैं अपना बेटा मानता हूँ। मेरी जान बचानी बड़ी चीज है, किन्तु उससे भी बढ़कर यह है जो कि तूने अपने को बाघ के मुँह में डालकर निर्भयता और बहादुरी का परिचय दिया। इस बहादुरी ने मेरे दिल में हिन्दुस्तानियों के लिए वह इज्जत पैदा कर दी जिसे मैं कभी भूल नहीं सकता। अब मैं कभी हिन्दुस्तान के खिलाफ कायरता का लांछन न सुन सकूँगा। इंग्लैंड और हिन्दुस्तान का चाहे कोई भी सम्बन्ध हो, लेकिन तेरा और मेरा आज से नया सम्बन्ध स्थापित होता है।"

बाघ ठंडा हो गया था। नापने पर मालूम हुआ, वह पूरे बारह फुट का है। देवराज ने राइफल लाकर दी और भावातिरेक में प्रवाहित कर्नल तरह-तरह की बातें करते देवराज के साथ डाकबँगले की ओर लौटे। रात को ही आदमी भेजे गए और वे बाघ को उठाकर ले आए।

दूसरे दिन कर्नल कह रहे थे, "देवराज, यह तुम्हारा पहला बाघ था। मैं तो नहीं चाहता था कि तुम इसे मारो, लेकिन तुम्हें रोकने में सफल न हुआ। बारह फुट का बड़ा बाघ और उसे अपने आमने-सामने जमीन पर खड़े होकर, पिस्तौल से मारना—यह शिकार के क-ख सीखनेवाले विद्यार्थी के लिए मामूली बात नहीं है। हिम्मत और मन की स्थिरता शरीर की फुर्ती से भी ज्यादा शिकारी के लिए आवश्यक चीज है और इस परीक्षा को तुमने बड़ी सफलतापूर्वक पास किया। रामसेवक सिंह को पछाड़ते वक्त तुम्हें मैंने एक बलिष्ठ नौजवान की शकल में देखा था। खुशामद और चापलूसी से दूर रहकर, साधारण शिष्टाचार और नम्रता को देखकर मैंने समझा कि हिन्दुस्तानी भद्रपुरुष कैसे होते हैं; और जब मैंने एक निर्भय और चतुर ही नहीं, बल्कि अपने साथी—ऐसा साथी, जिसकी जाति का बर्ताव हिन्दुस्तानियों के प्रति हमेशा अशिष्टता और बर्बरता का होता है—के प्राण बचाने के लिए अपने को मौत के मुँह में डालते देखा, तो तुम्हारे लिए जो स्थान मेरे दिल में हो गया है, उसे मैं शब्दों में प्रकट नहीं कर सकता। तुम्हारे लिए यदि कुछ कर सकूँगा तो मैं समझूँगा कि एक बड़े ऋण का कुछ हिस्सा, इस तरह, मैंने अदा किया।"

"मैंने कौन-सी ऐसी बात की है जिसके करने के लिए मुझे अपना कर्तव्य मजबूर नहीं कर रहा था? आपकी परिस्थिति में यदि मैं होता तो मुझे पूरा विश्वास है कि वही काम आप मेरे जैसे एक साधारण सिपाही के लिए करते। यह तो संयोग की बात है जो वैसा सौभाग्य मुझे मिला। इसके लिए मैं बड़ा कृतज्ञ हूँ कि अपने इस साधारण कर्तव्य-पालन द्वारा आपके दिल में अपने देश के प्रति सम्मान का भाव पैदा करने में सफल हुआ। आपके सहृदयतापूर्ण बर्ताव के लिए मैं बराबर कृतज्ञ रहूँगा।"

कामठी के जंगल के शिकार के बाद कर्नल का सारा बर्ताव देवराज के प्रति बदल गया। उस रात को जब कर्नल ने हँसते हुए देवराज से कहा कि, तुम तो शायद हमारी चाय नहीं पी सकोगे तो देवराज ने जवाब दिया था, "क्योंकि चाय आपके लिए कम होगी।" अब तक कर्नल बाकी सिपाहियों की तरह देवराज को भी छूतछात का शिकार समझते थे। यह उनके लिए नया आविष्कार था। उसके बाद तो देवराज जब कभी भी कर्नल के साथ जाता, दोनों का भोजन साथ तैयार होता था। यद्यपि बाहर लोगों को इसका पता नहीं देना चाहते थे, तो भी कितनी ही बार दोनों एक साथ एक मेज पर भोजन किया करते थे। साहब के इस बर्ताव से सबसे ज्यादा आश्चर्य होता था खानसामा रहीम को। उसके लिए यह समझना मुश्किल था कि इतना बड़ा अफसर एक मामूली सिपाही के साथ भोजन क्यों करता है। उससे भी बढ़कर उसे इस बात पर आश्चर्य होता था कि देवराज राजपूत होकर क्रिस्तान के साथ खाना कैसे खाता है! पहले उसने समझा था कि देवराज यह सब लुक-छिपकर कर रहा है। छावनी में जाने पर, जात-भाई के सामने उसकी हिम्मत न होगी। लेकिन, छावनी में भी उसने अक्सर देवराज को श्रीमती ज्यॉफरे के हाथ से बिस्कुट-चाय खाते-पीते देखा और देखा ऐसे समय, जबकि सूबेदार मातबर सिंह भी वहाँ मौजूद थे।

सारी पल्टन में तहलका मच गया था। कितने लोग कहते थे, देवराज क्रिस्तान हो गया। देवराज का कहना था, यदि खाने-पीने से कोई क्रिस्तान होता है, तो बीकानेर के महाराजा और ईदर के राजा सर प्रताप सिंह भी क्रिस्तान हैं। राजपूत सिपाही जात है, यदि वह खाने-पीने में छूतछात की पाबन्दी रक्खेंगे तो लड़ेंगे क्या?

मातबर सिंह से लेकर सभी आदमी देवराज के विरोधी हो गए, लेकिन मोहन सिंह के भाव में जरा भी परिवर्तन नहीं आया। वह भोजन रसोईखाने से ले आता था और दोनों साथ बैठकर, एक थाली में खाते थे।

कर्नल ज्यॉफरे ने सारी घटना को सविस्तार अपनी स्त्री को सुना दिया था और इसका असर भी उन पर वैसा ही हुआ, जैसा कि स्वयं कर्नल पर। अब देवराज उनके परिवार का एक व्यक्ति था। वह उसके साथ बाहर उतना ही भेदभाव दिखलाना चाहते थे जितना कि दूसरे अफसरों को नागवार न लगने के लिए जरूरी था।

रेलयात्रा

1913-14 में इंग्लैंड के पत्रों में भावी युद्ध के सम्बन्ध में बहुत से लेख छपे थे। अन्तरराष्ट्रीय वैमनस्य तथा युद्ध-सम्बन्धी कितनी ही महत्त्वपूर्ण पुस्तकें कर्नल ज्यॉफरे मँगाया करते थे। ज्यॉफरे स्वतंत्र प्रकृति के पुरुष थे। इसलिए युद्ध-सम्बन्धी कला में अधिक निपुण होने पर भी वे उतनी तरक्की करने नहीं पाए जितनी कि उनके जैसे योग्य अफसर की होनी चाहिए। 1914 के शुरू के महीनों में यूरोप का वायुमंडल बहुत गर्म था—यद्यपि उस गर्मी का पता हिन्दुस्तान के भीतर छपनेवाले अंग्रेजी और हिन्दुस्तानी पत्रों से नहीं लगता था। अंग्रेज चाहते थे, गोरी शक्तियों की जूतम-पैजार की बात हिन्दुस्तानी कानों तक न पहुँच पाए और हिन्दुस्तानी पत्र, कुछ तो सरकार के डर के मारे और कुछ अपनी अयोग्यता के कारण, महत्त्व से अनभिज्ञ होने से बिलायती पत्रों के राजनीतिक और सैनिक लेखों से फायदा नहीं उठाते थे। कर्नल ज्यॉफरे अच्छी तरह जानते थे कि यूरोप के शरीर में कितना जबर्दस्त जहरबाद (कारबेंकल) पैदा हुआ है, वह ऊपरी मरहम-पट्टी से अच्छा होनेवाला नहीं है। अंग्रेजों को अपनी सैनिक शक्ति और अपार भौतिक सम्पत्ति का बहुत अभिमान था। वे अच्छी तरह जानते थे कि अगला युद्ध किसी राजा की महत्त्वाकांक्षा या शौक को पूरा करने के लिए नहीं होनेवाला है। वे यह भी जानते थे कि जर्मनों का अभिप्राय यूरोप के छोटे राज्यों की स्वतंत्रता अपहरण करने का नहीं है। जिस तरह अंग्रेजों ने अपने व्यापार और उसके सहायक शासन द्वारा दुनिया के एक-चौथाई भाग को अपनी दुधार गाय, स्वार्थ का शिकार बना रक्खा है; वही नकल जर्मनी भी करना चाहता है। जर्मनी जानता है कि दुनिया जिस प्रकार कुछ शताब्दियों पहले अन्तहीन समझी जाती थी, वस्तुतः वह वैसी नहीं है। दुनिया के सभी स्थल और जल भाग ज्ञात हो चुके हैं और यूरोप की जबर्दस्त शक्तियाँ उन्हें अपने बीच बाँट भी चुकी हैं। कोई भी जगह उसके व्यवसाय और व्यापार के लिए खुली नहीं है। साम्राज्यवादी शक्तियों ने अपने अधीन देशों को निजी व्यापार और व्यवसाय के लिए सुरक्षित कर रक्खा है, वे इनके लिए मछली पालने के तालाब से हैं। किसी भी व्यावसायिक शक्ति के लिए उनका दरवाजा बन्द है। सिवाय तोपों की सहायता

के वे दरवाजे खुल नहीं सकते। इसके लिए ही जर्मनी बीसियों वर्ष से तैयारी कर रहा था। यह बात यूरोप के राजनीतिज्ञों को भलीभाँति मालूम थी और जिस प्रकार सेना तथा शस्त्रास्त्र के बढ़ाने में होड़ लगी थी, उसका परिणाम युद्ध के सिवाय दूसरा हो ही नहीं सकता था।

कर्नल ज्यॉफरे की राय हुई, अब की साल गर्मियों में कश्मीर की सैर की जाए। अप्रैल ही में देवराज, अपनी स्त्री और रहीम के साथ वह नसीराबाद से रवाना हुए। दिल्ली से बम्बई मेल पकड़कर रावलपिंडी पहुँचे। उसी ट्रेन से कितने ही दूसरे सैनिक और नागरिक अफसर पहाड़ की ओर जा रहे थे। उनकी आपस में कभी-कभी युद्ध, बर्बरता और स्वार्थान्धता के सम्बन्ध में गरमागरम बहस छिड़ जाती थी। कर्नल ज्यॉफरे के डिब्बे में तीन और अंग्रेज थे जिनमें एक भारतीय सरकार के राजनीतिक विभाग के कर्नल जॉन्सन थे। उनको मनुष्य के पतन और नंगी निर्लज्जता का बहुत दुख था। वह कह रहे थे,

"देखिए, हम यूरोप के लोग आज सभ्यता में संसार के सिरमौर हैं। लेकिन कुछ संकीर्ण दृष्टिवाले राष्ट्र उसे बर्बाद करना चाहते हैं। आज यूरोप का वायुमंडल विषैला हो गया है, जर्मनी जैसे बर्बरों के कारण। दूसरों के धन और स्वातंत्र्य का अपहरण करने के लिए ये लोग इतने उतारू हो गए हैं कि औचित्य और अनौचित्य का खयाल ही भूल गए।"

कर्नल ज्यॉफरे ने मुस्कराते हुए कहा, "ठीक, ऐसे लोगों को बर्बर कहना ही चाहिए। सभ्यता कपड़े-लत्ते में नहीं है। संसार की किसी भी मानव-सन्तान को जो लोग परतंत्र रखना चाहते हैं: उन्हें सभ्य नहीं कहा जा सकता। उनकी इस प्रवृत्ति को नीचता के सिवाय दूसरे नाम से पुकारा नहीं जा सकता। सभी मानव-सन्तान भाई-भाई हैं। यदि परिस्थिति या अपने अव्यवसाय के कारण कोई जाति अधिक समुन्नत, सुशिक्षित और शक्ति-सम्पन्न हो गई है, तो उसका कर्तव्य है पिछड़ी जातियों का पथ-प्रदर्शन करके अपने जैसा बनाना। दूसरों के अज्ञान और निर्बलता से फायदा उठाना वीरों का काम कभी नहीं समझा जा सकता। कहिए कर्नल साहब, आप तो इससे जरूर सहमत होंगे?"

कर्नल जॉन्सन को अपने सहयात्री का मर्यादातिक्रमण बुरा मालूम हो रहा था, लेकिन मनुष्यता और न्याय की दुहाई देनी पहले उन्होंने ही शुरू की थी। वह पश्चिमी देशों की इस सार्वजनिक धारणा—जिसमें मनुष्य से मतलब है गोरी जातियाँ और मनुष्यता से मतलब है इन्हीं जातियों का स्वार्थ—की इस प्रकार अवहेलना की आशा एक अंग्रेज अफसर से नहीं रखते थे। यद्यपि कर्नल ज्यॉफरे ने अभी रंगीन जातियों का नाम नहीं लिया था, तथापि जॉन्सन समझ रहे थे कि उन्हीं के ऊपर यह चोट की जा रही है।

कर्नल ज्यॉफरे ने जरा-सा रुककर फिर अपनी बात जारी की—"चाहे कुछ भी हो, एक देश में आदमियों द्वारा चोरी और अव्यवस्था फैलाना जिस प्रकार बुरी बात

है, वैसे ही उनका अन्तरराष्ट्रीय जगत में किसी एक राष्ट्र द्वारा फैलाया जाना भी बुरा है। इस तरह का अन्याय चाहे यूरोप के किसी कोने में किया जाए या एशिया के, उसे हमेशा ही अन्याय कहना होगा और जब तक ऐसे अन्यायी को दंडित और लांछित करने की व्यवस्था नहीं होगी, तब तक शान्ति का स्वप्न व्यर्थ है।"

'लेकिन' कर्नल जॉन्सन ने गम्भीर मुद्रा धारण करते हुए कहा, "आप तो इसे स्वीकार करेंगे कि दुनिया की शक्तियों में अंग्रेज ही ऐसे हैं जो कि संसार में हर तरह से शान्ति कायम रखने का प्रयत्न कर रहे हैं।"

"जी हाँ, शान्ति कायम रखने का प्रयत्न क्यों न करेंगे? जितना लूटने को था, उतना हमने लूट लिया। अब यह उस लूट की सम्पत्ति के उपभोग का समय है। ऐसी अवस्था में हम क्यों अशान्ति को पसन्द करेंगे? आप अपनी पत्नी के साथ एक सजे-सजाए मेज पर बैठे हैं, तरह-तरह की जायकेदार दश्तरियाँ और एक-से-एक बढ़कर शराबें बारी-बारी से आपके सामने लाई जा रही हैं। आपके पास आप ही जैसा, किन्तु भूख का मारा आदमी खड़ा है। वह अपनी चेष्टाओं द्वारा बतलाना चाहता है कि उसे भूख लगी है। आप एक-पर-एक तश्तरी उड़ाते जा रहे हैं और उसकी तरफ नजर उठाकर देखना भी नहीं चाहते। आपके लिए उस भूखे की अशान्ति पसन्द नहीं है। मान लीजिए कि शक्ति और योग्यता में वह भूखा आपसे कम नहीं है और साथ ही वह यह भी जानता है कि ये तश्तरियाँ और शराब की बोतलें आपकी ईमानदारी की कमाई नहीं हैं; तो क्या वह कभी आपको चैन से मौज उड़ाने देगा? जर्मनी और हममें बस, यही भेद है। जब हम दुनिया को लूट रहे थे, तब वह सोया था। उस वक्त जो शक्तियाँ ज़गी हुई थीं और जो हमारी तरह खुद अपने काम में दिलोजान से लगी हुई थीं, उन्होंने हमें चैन से अपना काम नहीं करने दिया। पोर्तुगीज, डच, फ्रेंच सभी के साथ लूट के माल के लिए हमारी लड़ाइयाँ बराबर होती रहीं। दुनिया में और नई लूट करने की हमारी इच्छा नहीं है, यह बात नहीं है। अब भी हम वैसी तदबीर लगाने से बाज नहीं आते, लेकिन हर जगह सख्त मुकाबला है—कहीं चौबे जी छब्बे की जगह दुबे न हो जाएँ! हिन्दुस्तान पर हमारा क्या अधिकार है, यदि तलवार के अधिकार का खयाल हटा दें?"

"तलवार का अधिकार भी तो अधिकार है?"

"हाँ, जंगल के कानून में। लेकिन, हम तो अपने को सभ्य और संस्कृत कहना चाहते हैं न?"

"हम पूर्णता का दावा नहीं करते। लेकिन हमारे सभ्य होने में क्या कोई सन्देह है? अपने आर्थिक स्वार्थों के लिए कभी-कभी हमें कड़ा रुख लेना पड़ता है। लेकिन हम अपने पराजित शत्रुओं के साथ बड़ी नर्मी का बर्ताव करते हैं। एशियाई लोग युद्धबन्दियों को जीता नहीं छोड़ते। शत्रु के घायलों की मरहम-पट्टी का वहाँ कोई सवाल ही नहीं उठता। युद्ध से भी हमने बहुत-सी क्रूरताएँ हटा दी हैं। अपने आधीन

देशों से दास-प्रथा को सदा के लिए विदा कर दिया है। कौन ऐसी जाति है जो हमारी तरह इतना अधिक धन और शक्ति का व्यय अपने आधीनों को सभ्य और सुशिक्षित बनाने में करती हैं? भारतीयों के साथ जैसा बर्ताव हम करते हैं, वैसा तो भारतीय शासक भी नहीं करते। मुझे कई देशी रियासतों का अनुभव है। वहाँ की प्रजा को इसका शतांश अधिकार भी नहीं है जितना कि ब्रिटिश शासित-प्रान्तों की प्रजा को है। हम इन हिन्दुस्तानी राजों के स्वेच्छाचार और जुल्म को अपनी आँखों से देखते हैं और कभी-कभी हमारी अंग्रेजी न्यायप्रियता उसमें हस्तक्षेप करने के लिए हमें प्रेरित करती है; लेकिन ऐसा करने में हल्ला होने लगता है, "तुम तो देशी राज्यों को हड़प लेना चाहते हो।"

"नहीं जनाब, आप यह सब उदारतावश नहीं करते। सभ्यता ने मनुष्य के हाथ में छापाखाना और अखबार दे रक्खे हैं। राष्ट्रों को न सही, कितने ही व्यक्तियों को उसने न्याय के पक्ष में कर दिया है।। आधुनिक यातायात-साधनों के आविष्कारों ने देशों की दूरियों को मिटा दिया है। आप डरते हैं कि कहीं आपके दुष्कर्मों का भंडाफोड़ न हो जाए, दुनिया बदनाम और अविश्वास न प्रकट करने लग जाए और इस प्रकार आप अकेले न रह जाएँ। हमारे मुल्क में तो कुछ पागल, सारी दुनिया को मनुष्य और मनुष्यता की सीमा के भीतर लाना चाहते हैं। इन पागलों का भी आपको कम डर नहीं है, क्योंकि ये पगले गरीबों को यह कहकर बरगलाते हैं, "तुम्हारे धनी जिस तरह पराधीन जातियों का खून चूसते हैं, उसी तरह तुम्हारा भी। जोंक अपना-पराया नहीं देखती।' तुम अपने यहाँ के अखबारों की आजादी छीन नहीं सकते, क्योंकि लिखने-पढ़ने की आजादी छिन जाने पर गुप्त षड्यंत्रों का दौर-दौरा होने लगेगा। फिर तो रूस की तरह इंग्लैंड में भी बादशाह और राजनीतिज्ञों का जीवन खतरे में रहने लगेगा। हिन्दुस्तान में आकर हम लोगों का दिमाग जिस तरह आसमान पर चढ़ जाता है, क्या उसे आप न्यायोचित मान सकते हैं?"

"हम यह नहीं कहते हैं कि हम लोगों में कोई दोष नहीं, लेकिन हमारे वैसा करने में बहुत दोष तो हिन्दुस्तानियों का है। वे कब मनुष्य के तौर पर हमारे सामने आते हैं? उनकी झूठी चापलूसी से तो मैं ऊब जाता हूँ। चाहे राजा, महाराजा, नवाब को लीजिए, चाहे साधारण गँवार को। सभी हमारे सामने पैर में पूँछ डुलाने का अभिनय करते हैं। ऐसे लोगों के साथ हम कैसे मनुष्यता का बर्ताव कर सकते हैं?"

"लेकिन ऐसा करने के लिए भी तो हमने ही उन्हें मजबूर किया है। क्लाइव और वारेन हेस्टिंग्स ही नहीं नवाब बनना चाहते थे, हमारे लार्ड कर्जन क्या उसमें किसी से कम थे। वही क्यों, आज भी वायसराय से लेकर प्रान्तों के गवर्नर, लेफ्टिनेंट गवर्नर, चीफ कमिश्नर के ही नहीं, कमिश्नर और कलक्टर के भी दरबार लगते हैं और उनमें उस तरह के नाटक खेले जाते हैं जिन्हें यदि इंग्लैंड में किया जाए तो लोग दंग हो जाएँ। हम तो इन बातों को चाहते हैं, क्योंकि हम लोगों की धारणा है कि

इस तरह शासितों पर रोब और धाक जमाने में सफल हो सकते हैं। घर के व्यवहार के लिए हमारे सभ्यता और शिष्टाचार के दूसरे नियम हैं, लेकिन स्वेज से पूरब के लिए हमने दूसरी ही व्यवस्था बना रक्खी है। हम हिन्दुस्तानियों को दिल से आगे बढ़ने देना थोड़े ही चाहते हैं? हमको अपना शासन और शोषण सफलतापूर्वक जारी रखने के लिए कुछ शिक्षित और सम्पन्न हिन्दुस्तानियों की आवश्यकता है, इसलिए हमने उसकी भी व्यवस्था कर रक्खी है। हमने रेलें बनाई हैं। विद्रोह को दबाने के लिए सेना तथा अपने माल को एक जगह से दूसरी जगह शीघ्र और आसानी से ले जाने के लिए, न कि गरीबों को आराम से यात्रा करने देने के लिए। परोपकार और उदारता का ढोंग हमारा बिलकुल फजूल है। अब—जब हमारे कामों में तरह-तरह की कठिनाइयाँ पड़ने लगती हैं—तो हमारे रुख में कुछ थोड़ा-सा परिवर्तन दिखलाई दे रहा है, लेकिन इसका कारण निरा स्वार्थ है।"

रावलपिंडी से एक मोटर की गई और सब लोग श्रीनगर के लिए रवाना हुए। मैदानी भूमि को छोड़कर मोटर पहाड़ियों के भीतर ऊपर की ओर चढ़ने लगी। सड़क खूब चौड़ी और साफ थी। वहाँ मोटर की सवारी में भी मजा आ रहा था। सूखी पहाड़ियों के बाद वृक्षोंवाले पर्वत आरम्भ हुए। कहीं-कहीं कुछ गाँव भी मिल रहे थे। बारामूला से आगे दृश्य और भी रमणीय आने लगा। अजमेर और रावलपिंडी की गर्मी न जाने कहाँ चली गई। वायु शीतल और मधुर मालूम हो रही थी। दूर-दूर पर देवदार के सुन्दर वृक्ष गर्वोन्नत से खड़े दिखाई पड़ते थे। कश्मीरी स्त्री-पुरुष अपने चोंगे की लम्बी बाँहों में हाथ छिपाए बेपरवाही से घूमते दिखलाई पड़ रहे थे। बच्चों के गुलाबी चेहरों पर मैल की चिप्पियाँ देखकर कर्नल ज्यॉफरे ने एक बार कहा, "यदि इन बच्चों को नहला-धुलाकर साफ कपड़ा पहना दिया जाए, तो ये हमारे बच्चों से कम सुन्दर न मालूम पड़ेंगे?"

श्रीमती ज्यॉफरे बोल उठीं, "गरीबी के कारण कपड़े साफ नहीं मिलते, लेकिन पानी तो सब जगह मौजूद है। सफाई जानते ही नहीं।"

"इंग्लैंड में भी तो हम लोगों ने अधकचरी सफाई अभी सौ-पचास वर्षों से सीखी है। हमारे यहाँ कितने ऐसे गरीब परिवार हैं कि सारे जाड़े में दो बार भी नहाने की तकलीफ गवारा करते हैं? मुँह-हाथ न साफ करने के खिलाफ जनमत है, इसलिए लोग वैसा कर लिया करते हैं।"

आगे मोटर कश्मीर की सुहावनी उपत्यका में प्रविष्ट हुई। सड़क के दोनों तरफ शंख जैसे सफेद और सीधे खड़े पतले सफेदों की पाँती चली गई थी। मालूम होता था, किसी सम्भ्रान्त पुरुष के स्वागत के लिए सफेदी पुते खम्भों पर हरी पंक्तियों को सजाया गया है। पहाड़ अब सड़क से दूर थे और धान की क्यारियाँ चारों ओर

फैली हुई थीं। किसान जुताई में लगे हुए थे। मोटर मीराकदल के पास से होते बन्द पर पहुँची। जाकर कश्मीर होटल में ठहरे और दोपहर के लंच के बाद एक अच्छे हॉउसबोट (गृहनौका) को दो महीने के लिए किराये पर करना तय हुआ। देवराज ने कुछ गृहनौकाएँ देखीं। माँझियों ने एक का चार माँगा, लेकिन देवराज भी सौदा करने में पीछे रहनेवाला नहीं था। उसने आठ के लिए एक से शुरू किया। अन्त में तीन कमरे तथा स्नानागार सहित गृहनौका 'ताऊस', भोजनशाला के लिए एक सहायक नौका और इधर-उधर जाने के लिए छोटी डोंगी (शिकारी) के साथ डेढ़ सौ रुपये महीने में ली गई। उसी शाम को लोग नाव में चले गए। श्रीनगर में यात्रियों का मौसम था। हजारों यूरोपीय स्त्री-पुरुष होटलों और गृह-नौकाओं में ठहरे हुए थे। जहाँ-तहाँ यूरोपीय अशान्ति की चर्चा भी छिड़ जाती थी, लेकिन अधिकांश लोग युद्ध को अनिश्चित भविष्य की घटना समझते थे।

हिमालय

एक हफ्ता तक 'ताऊस' झेलम में रहा। साहब, उनकी पत्नी और देवराज रोज अच्छाबल के झरने, पामपुर के केसर के खेत, मार्तंड के ध्वंसावशेष तथा दूसरी जगहों को देखने जाते थे। देवराज को अर्दली की वर्दी की जगह अंग्रेजी पोशाक पहनने का हुक्म हुआ था। 'ताऊस' डल में भी दो हफ्ते एक जगह से दूसरी जगह घूमता रहा। ऐशबाग और निशात के सुन्दर उद्यानों को देखने तथा वन-भोजों का आनन्द लेने का काफी मौका उसे मिला। बाहर के दृश्यों को देखने के बाद बाकी समय पुस्तकों के पढ़ने, मछली मारने तथा वार्तालाप में गुजरता था। देवराज को सबसे सुन्दर समय वह मालूम होता था जबकि कॉन्वेस की आरामकुर्सी को चिनार की घनी छाया में डालकर उस पर बैठे वह किसी गम्भीर पुस्तक को पढ़ता था। आमतौर से एक बजे से तीन बजे तक का समय उसका इसी में गुजरता था। यहाँ सभी बाहरी शिष्टाचार का दिखावा उठा दिया गया था और तीनों आदमियों को मालूम होता था कि वे स्वच्छन्द हवा में साँस ले रहे हैं।

मई का अन्त हो रहा था। लद्दाखियों का पहला काफिला सड़क से आता दिखाई पड़ा। कर्नल ने कहा—क्यों न हम लोग भी इस साल लद्दाख चलें। श्रीमती ज्यॉफरे ने अनुमोदन किया और देवराज ने समर्थन। चार घोड़े सवारी के और चार सामान के लिए किराये पर किये गए। दो तम्बू और अन्य मार्गोपयोगी चीजें ली गईं। कर्नल ने श्रीमती और देवराज के लिए बर्फानी बूट और रहीम के लिए चमड़े के मोजेवाली गिलगिती चप्पल खरीदे।

एक दिन दोपहर बाद काफला श्रीनगर से रवाना हुआ। पहली रात श्रीनगर उपत्यका में ठहरे और दूसरे दिन जोजीला की तरफ जाने का रास्ता पकड़ा। सलाह ठहरी थी, हर रोज एक पड़ाव चलने और डाकबँगले के हाते में कैम्प लगाकर ठहरने की। डेढ़ महीने की कश्मीरी आबोहवा ने सबकी सेहत पर असर डाला था। और तो और बूढ़ी श्रीमती ज्यॉफरे के गालों पर भी खून दौड़ने लगा था। बूढ़े कर्नल ने मजाक करते हुए देवराज से कहा, "देखो, सूखा दरख्त हरा होने लगा है। तुम्हारी माम फिर जवान होती जा रही हैं।"

मेम साहब ने जवाब देते हुए कहा, "देखना जॉनी, कहीं तुम्हें हाथ न मलना पड़े!!"

"जरा जोजीला पार तो हो लें, तो न हमें हाथ मलना पड़ेगा, न तुम्हें। दोनों की गुलाबी ताम्बे का रंग धारण करेगी और बाजार में हमारी कीमत एक पैसा न रह जाएगी।"

"तुम्हारी गुलाबी भले ही चली जाए, मैं उसकी दवा जानती हूँ।"

"दार्जलिंग में किसी तिब्बतिन से तो नहीं सीखा? अच्छा, कत्थे की एक मोटी तह सारे चेहरे पर चुपड़ लेना। यही न होगा कि जोजीला की कपूर जैसी बरफ को पार करते वक्त एक दिन लोग तुम्हें काली मेम साहबा कहेंगे। द्रास चलकर कत्था धो डालना और फिर गालों की गुलाबी अपने दूने यौवन के साथ निकल आएगी।"

"दूने यौवन के साथ! डाह तो नहीं करोगे?"

"डाह करने की जरूरत ही क्या? यहाँ बयाबान में मुझे छोड़ तुम्हारा गाहक ही कौन? और मेरे लिए तो तुम ताम्रमुखी भी बन जाओ, तो भी यहाँ प्रेम का स्रोत सूखनेवाला नहीं।"

"नहीं, मैं ताम्रमुखी नहीं बनने की, और कत्था भी नहीं चुपड़ूँगी। मैंने अच्छी वैसलिन और मुँह पर लपेटने के लिए लाल गुलूबन्द साथ रक्खा है। समझूँगी, दस घंटे के लिए बुर्कापोश बन गई।"

उस दिन शाम को कैम्प बाल्तल में लगा। अभी भी बरफ ज्यादा थी और डाकबँगले के पास के पुल से ही वह शुरू थी। चारों तरफ पहाड़ों पर बरफ-ही-बरफ दिखाई पड़ती थी। डाकबँगले से नीचे हरी-हरी घास का मखमली फर्श बिछा हुआ था। भोजपत्र के दरख्तों पर नई पत्तियाँ आने लगी थीं।

दूसरे दिन फिर वहीं मुकाम करना निश्चय हुआ। श्रीमती ज्यॉफरे फोटो खींचने में व्यस्त रहीं। कर्नल और देवराज किताबें पढ़ने और बहस करने में। कर्नल का कहना था, "झूठे ही श्रीनगर की उपत्यका की इतनी तारीफ की जाती है। वहाँ का जो कुछ सौन्दर्य है, वह मनुष्य के हाथ का सँवारा हुआ है। प्रकृति ने मुक्तहस्त होकर अपनी उदारता का परिचय यहाँ दिया है। ऐशबाग और निशातबाग सुन्दर हैं, लेकिन उस सुन्दरता के बनानेवाले वे ही हाथ हैं जिन्होंने रुपहले झरनों, फव्वारों, वृक्षों और घास के फर्श को सजाया। चिनार निश्चय ही सुन्दर है और अपनी शीतल छाया से चित्त को आह्लादित करता है; लेकिन ये चिनारबाग भी मनुष्य के हाथों के कृति हैं। इतने पर भी क्या ऐश और निशात के झरने तथा फव्वारे सिन्ध के इन स्वाभाविक जलपोतों और कलकलों का मुकाबला कर सकते हैं? क्या लाखों चिनारों के बाग इन सदाहरित देवदारों के जंगलों से आँख मिला सकते हैं?"

अगले दिन काफिला आगे रवाना हुआ। श्रीमती ज्यॉफरे सचमुच ही बुर्कापोश बनी हुई थीं। उनकी उस सूरत को देखकर देवराज भी जबान खोलने से बाज नहीं

आया—"माम, हिन्दुओं के यहाँ कहावत है, बहुप्रचलित प्रथा का अनुसरण न करने पर आदमी को गधे का जन्म लेना पड़ता है। अच्छा हुआ, हिन्दुस्तान में तुम एक दिन के लिए पर्दापोश तो बन गईं! लेकिन, यह रंगीन ऐनक लगा लीजिए, नहीं तो बुर्का आँखों को बर्फ की चकाचौंध से हरगिज नहीं बचा सकेगा और फिर कल आँख मूँदकर चलना होगा।"

"लाओ डेवी, बुर्के के खयाल में मैं सबसे जरूरी बात तो भूल गई।"

नौ बजे तक वे लोग डाँड़े पर पहुँच गए थे। वहीं लद्दाखियों का एक कारवाँ मिला। मालूम हुआ रास्ता ठीक है। बरफ भी अभी कड़ी है। आसमान में कुछ बादल दिखलाई देने लगे थे और घोड़ेवाले जल्दी कर रहे थे, तो भी डाँड़े के आगे के बर्फानी मैदान में सफेद बर्फ के ऊपर बैठकर दो बिस्कुट खाकर चाय पिए बिना कर्नल आगे बढ़ने के लिए तैयार न थे। रास्ता उतराई का था, इसलिए पैदल आने की बात कहकर उन्होंने रहीम तथा मेम साहब को आगे रवाना कर दिया और थोड़ी देर ठहर हरी ऐनक के पीछे से चारों ओर के रुपहले जगत पर नजर दौड़ाते देवराज और कर्नल भी धीरे-धीरे बढ़े। बरफ पिघलने लगी थी और जहाँ-तहाँ भीतर-ही-भीतर बहते पानी के ऊपरवाली बरफ की पतली तह को खतरनाक बना दिया था। देवराज को बरफ पर चलने का मौका यह पहले-पहल मिला था, इसलिए वह कर्नल की हरेक बात को बड़े ध्यान से सुन रहा था। कर्नल ने कहा—

"जानवरों और आदमियों के पैरों से बने रास्ते ही से चलो, यहाँ की बरफ दबकर ज्यादा मजबूत हो गई है।"

"आगे बाईं तरफ छोटी-सी झील दिखलाई पड़ी जिसमें पानी की अपेक्षा बरफ ही ज्यादा थी। फिर एक फर्लांग की चढ़ाई मिली, लेकिन कर्नल ने देखा कि देवराज के पैर धीमे पड़ रहे हैं। उन्होंने पूछा—

"डेवी, थक तो नहीं गए?"

"पैरों के थकने का सवाल नहीं है। कलेजा मुँह की तरफ आ रहा है।"

"हम ग्यारह हजार फीट पर चल रहे हैं। पतली हवा का यह असर है। यहाँ जितना ही जोर से तुम चलना चाहोगे, उतना ही आगे बढ़ने में तकलीफ होगी। स्लो-मार्च (धीमी चाल)। उतराई में जल्दी चलने में कोई हर्ज नहीं।"

चार बजे वे लोग अपने डाकबँगले पर पहुँचे। घर के भीतरी भाग को छोड़कर सभी जगह बरफ थी। मेम साहब चाय पी चुकी थीं। कर्नल और देवराज के लिए चाय का पानी खौल रहा था। पहुँचते-पहुँचते मेज पर चायदान और प्याले तैयार थे।

देवराज ने समझा था, बाल्तल से जोजीला डाँड़े तक की तरह डाँड़े से नीचे, इस तरफ भी कुछ दूर तक दरख्त नहीं मिलेंगे और फिर भोजपत्र, देवदार और दूसरे हरे-भरे दरख्तों का जंगल आ जावेगा। किन्तु बात और ही निकली। दूसरे दिन पाँच-छै मील तक फिर बरफ मिली और आगे जो गाँव मिले, उनके घर छोटे-छोटे

पत्थरों के ढेर से मालूम पड़ते थे। कहीं वृक्ष और वनस्पति का नाम न था। कई मील तक चले जाने पर भी वही नंगे पहाड़, वही जल-वनस्पति-शून्य भूमि! कर्नल पहले भी लद्दाख गए थे। उन्होंने बतलाया कि अब हमें फिर हरियाली! बाल्तल लौटकर ही देखने को मिलेगी।

लद्दाख की तरफ जंगली भेड़ों—जो वस्तुतः भेड़ की जात न होकर असाधारण मोटी सींगवाले हिरन की जात हैं—के शिकार के लिए अक्सर अंग्रेज लोग आया करते हैं। अपने दो महीने की लद्दाख-यात्रा में कर्नल को तीन जंगली भेड़ें शिकार करने के लिए मिले और यह कम सफलता की बात न थी।

लद्दाखी लामाओं के कलापूर्ण मठों और उनके विचित्र देवालयों ने देवराज को बहुत आकृष्ट किया। तिब्बती भाषा का ज्ञान न होने से उसे कठिनाई का सामना करना पड़ता था; लेकिन, वह अक्सर किसी-न-किसी हिन्दुस्तानी समझने वाले लद्दाखी की सहायता प्राप्त कर लेता था। श्रीनगर में उसने लद्दाख और तिब्बत सम्बन्धी तीन-चार पुस्तकें पढ़ी थीं; वह महसूस कर रहा था कि यदि और बढ़ता तथा थोड़ा-सा भाषा का ज्ञान होता, तो मुलवेक्के मैत्रेय तथा लामायूरू और हेमिस के मठों के दर्शन में वह अधिक आनन्द पा सकता था।

लेह से दल हेमिस मठ होते मनूपङ् गोङ् की नीलम-मढ़ी झील देखने गया। जिस वक्त अगस्त के मध्य में वे लेह लौटे तो कर्नल के लिए कई तार इन्तिजार कर रहे थे। भारतीय फौजें यूरोपीय युद्ध के लिए तैयार थीं।

महायुद्ध

नसीराबाद छावनी में सिपाही भविष्य पर गम्भीरतापूर्वक विचार कर रहे हैं। जमादार धन्नू सिंह ने सीमान्त के कबीलों के साथ युद्ध का अपना पुराना तजुर्बा सुनाना शुरू किया, "अरे लड़ाई! मैदान में जाते हैं, यदि गोली का निशाना ठीक लगा तो वहीं ढेर। तकलीफ थोड़े ही होती है? योगी की-सी मृत्यु! घायल हुए तो 'रेड-क्रॉस' वाले सेवा करने के लिए तैयार रहते हैं—डॉक्टरों की कमी नहीं। हाथ-पैर चलने लायक नहीं रहा तो पेंशन। न सभी मरते हैं और न सभी घायल ही होते हैं। मैंने लड़ाई देखी है। वजीरिस्तान में मैं घायल हुआ था।"

मोहन सिंह ने कहा, "जमादार साहब, वजीरिस्तान के पठानों को जर्मनों के बराबर मत कीजिए। जर्मन सिपाही और अफसर अंग्रेजों से ज्यादा सुशिक्षित और बहादुर होते हैं। उनकी अस्त्र-शस्त्र की तैयारी भी अंग्रेजों से बढ़कर है। सामुद्रिक सेना में चाहे अंग्रेज भले ही उनका मुकाबला कर लें, लेकिन जहाँ तक स्थल-सेना का सम्बन्ध है, जर्मन सेना दुनिया में अपना सानी नहीं रखती।"

मोहन जमादार धन्नू सिंह की बात को उस ज्ञान के बल पर काट रहा था जिसे उसने देवराज से पाया था। जमादार उस युग में भर्ती हुए थे जबकि सिपाही के लिए अक्षरज्ञान बिलकुल फजूल समझा जाता था। अब नई भर्ती के सिपाहियों में कितने ही दो-चार साल की पढ़ाई खतम करके आए थे।

पहली सितम्बर (1914)—जब कर्नल ज्यॉफरे अपनी पत्नी और अर्दली, के साथ नसीराबाद पहुँचे, यूरोप में लड़ाई जोर-शोर से शुरू हो चुकी थी, और जर्मन सेनाएँ बेल्जियम के बहुत भीतर तक घुस चुकी थीं। कर्नल के पास जो हिदायतें आई थीं, उनमें इतना ही था कि किसी वक्त भी यूरोप जाने के लिए तुम्हारी पल्टन तैयार रहनी चाहिए। छुट्टी पर गए सभी सैनिक बुलाए जा चुके थे। रोज युद्ध के नये तरीकों का रिहर्सल हो रहा था। राजपूत रेजिमेंट पैदल सेना थी और उसको तोप और रिसाले के काम से कोई मतलब नहीं था। लेकिन युद्ध के मैदान में न जाने किस वक्त किस चीज की जरूरत पड़ जाए, इसलिए सिपाहियों को मशीनगन का इस्तेमाल भी सिखलाया जाता था। सैनिक यंत्रों के उपयोग के सीखने की देवराज

को बड़ी इच्छा रहती थी। उसे बहुत अफसोस होता था जब वह देखता कि उसकी पल्टन में उनका कोई काम नहीं है। युद्ध-विज्ञान की किताबों में दिये चित्रों और ड्राइंग से उसने बहुत कुछ सीखा था, लेकिन जब तक असली मशीन हाथ में न आए, तब तक क्या सीखना ठीक कहा जा सकता था? कर्नल ज्यॉफरे के पास अपनी मोटर थी, यह देवराज के लिए बड़ी खुशकिस्मती थी। वह अक्सर कर्नल की मोटर को चलाता ही नहीं था, बल्कि उसके कलपुर्जों का भी उसे खूब पता था। कर्नल स्वयं एक अच्छे मेकेनिकल इंजीनियर थे।

लेह से चलते वक्त ही मालूम हो गया था कि लड़ाई शुरू हो गई है। कर्नल का दल दो-दो दिन का रास्ता एक-एक दिन में तय कर सातवें दिन श्रीनगर पहुँचा था। वहाँ से मोटर और रेल द्वारा चौथे दिन नसीराबाद। घोड़े के सात दिन के सफर में देवराज और ज्यॉफरे के वार्तालाप का विषय अधिकतर यूरोपीय युद्ध होता था। कर्नल अच्छी तरह जानते थे कि कैसा युद्ध होने जा रहा है। देवराज भी भलीभाँति समझता था कि आज तक कोई भी युद्ध इतनी जबर्दस्त अस्त्र-शस्त्र की तैयारी के साथ कभी नहीं हुआ। इतने नरसंहारक हथियार और गैसें किसी युद्ध में इस्तेमाल नहीं हो पाईं।

कर्नल ने कहा—

"डेवी, इंग्लैंड के लिए यह जन्म-मरण का सवाल है। लेकिन यह युद्ध सराजीवों में आस्ट्रिया के युवराज की हत्या के कारण नहीं है। बारूद तैयार थी। सराजीवो कांड ने सिर्फ उसमें चिनगारी छोड़ दी।"

"ठीक! आज कई सालों से सभी यूरोपीय शक्तियाँ सैनिक शक्ति और अस्त्र-शस्त्र बढ़ाने में पागल हो रही थीं। यह सब तैयारी आखिर आज ही के लिए तो थी?"

"व्यक्तियों में जिस तरह स्वार्थ की मात्रा बढ़ने पर वह उनके नाश का कारण होती है, उसी तरह जातियों की स्वार्थान्धता भी अत्यन्त भयावह चीज है। वैयक्तिक तौर से ईमानदारी का खयाल रखनेवाले कितने ही आदमी मिल सकते हैं; लेकिन राष्ट्रीय स्वार्थी के लिए झूठ और धोखा तो शोभा की बात है। हमसे कमजोर जातियाँ हमारे इन दोषों की ओर उँगली नहीं उठा सकतीं; लेकिन बराबर की शक्तियाँ कब उन्हें बर्दाश्त कर सकती हैं? जातियों की स्वार्थान्धता ने संसार में अराजकता फैला रक्खी है। मुझे यह कहने में शर्म मालूम होती है कि ऐसे अपराध का भारी जिम्मेदार मेरा अपना देश है। धोखे और बेईमानी से कुछ समय तक काम चल सकता है, हमारी छै-सात पीढ़ियों ने इससे फायदा उठाया। मुमकिन है, दो-एक पीढ़ियाँ और फायदा उठा लें। लेकिन, अगली पीढ़ियों का भविष्य क्या होगा? दुनिया में इंग्लैंड का प्रतिद्वन्द्वी कोई पैदा न होगा, इंग्लैंड के स्वार्थ और गर्व को चूर करनेवाली शक्ति कोई तैयार न होगी; यह वही मान सकता है जिसमें सोचने की जरा भी शक्ति नहीं। खैर, संसार को अपने किये का फल मिलेगा। लेकिन सारे संसार को हम दोषी भी

नहीं ठहरा सकते। इंग्लैंड के करोड़ों मजदूर—जो खाने-पीने में कुछ अच्छी चीजों का भले ही इस्तेमाल करें, लेकिन जहाँ तक भूख, बेकारी और अनिश्चित भविष्य का सम्बन्ध है, वे हिन्दुस्तान के मजदूरों से भी गए-गुजरे हैं—क्या इस प्रलय के लिए जिम्मेवार माने जा सकते हैं? आखिर यह झगड़ा तो साम्राज्य के लिए है और साम्राज्य है मुख्यत: बड़े-बड़े धनियों के व्यापारिक और औद्योगिक स्वार्थ के लिए। इस प्रकार सारी जिम्मेदारी धनिकों पर है। शायद देश का सत्यानाश करके ही वे कुछ शिक्षा ग्रहण कर सकेंगे।"

"उस वक्त शिक्षा ग्रहण करने से फायदा ही क्या? इंग्लैंड के पूँजीपति शान्ति के समय अपने श्रमजीवियों का शोषण करते हैं। भारत जैसे अपने आधीन देशों का खून दुहकर अपने विलासपूर्ण जीवन की कामनाएँ पूरी करते हैं। आज इस सबका परिणाम भोगने के लिए वे अकेले नहीं हैं। भारत और इंग्लैंड की सभी गरीब, मेहनती जनता सबसे पहले उसका शिकार बन रही है। लेकिन, जब तक शासन की बागडोर थैलीवालों के हाथ में है, तब तक क्या युद्ध रुक सकता है!"

"तुम ठीक कहते हो, डेवी, मैं शान्तिवादी नहीं हूँ, खास करके किसी भी शर्त पर शान्ति लेने के लिए मैं तैयार नहीं हूँ। कुछ व्यक्तियों के स्वार्थ के लिए युद्ध करने को मैं बुरा समझता हूँ। लेकिन, यदि सारी जनता को काटने के लिए पागल कुत्ता आए तो उस वक्त शान्तिवादी बनने से काम नहीं चलेगा। खैर, हमारे देश के पूँजीपतियों ने राष्ट्र के ऊपर यह आफत ला दी; तो भी देश की आजादी के लिए हमें लड़ना ही होगा, क्योंकि हम इंग्लैंड के थैलीवालों पर जर्मनी के थैलीवालों की तरजीह नहीं दे सकते। है तो यह युद्ध थैलीवालों ही का।"

मोहन सिंह बड़ी उत्सुकता से देवराज की प्रतीक्षा कर रहा था। अभी तक पल्टन के रवाना होने के लिए किसी निश्चित तारीख की खबर न आई थी।

देवराज ने पूछा, "मोहन भाई, सिपाही लोग युद्ध की खबर का कैसा स्वागत कर रहे हैं?"

"स्वागत! पल्टन की नौकरी है। फिर किसी दिन लड़ाई पर जाने का हुक्म हो ही सकता है। जैसे दुनिया की हजार बातों को किस्मत का खेल समझते हैं, वैसे यह भी उनके लिए किस्मत का खेल है। मैंने कह दिया है, "किस्मत का खेल तो है, लेकिन अब की बार किस्मत एक को भी छोड़नेवाली नहीं है।"

"लेकिन मोहन भाई! यदि किस्मत का खयाल न होता तो इस वक्त कौन उनको ढाढ़स बँधाता? कर्नल ज्यॉफरे के लिए युद्ध में जाना है, अपने घर-बार और आजादी की रक्षा के लिए; लेकिन हमारे मातबर सिंह और रामसेवक सिंह के लिए न तो वहाँ घर-बार का सवाल है और न आजादी ही का। गरीबी के कारण नौकरी

करते थे और महीने बाद बँधी-बँधाई तनख्वाह मिलती थी। यदि हम भी समझते कि जर्मनी हमारी स्वतंत्रता का अपहरण करना चाहता है, तो हमारे दिल में भी वही जोश उठता, देखते नहीं दो बिस्वा खेत पर जबर्दस्ती करने पर किसान खून कर देते हैं और जान की परवाह नहीं करते।"

"हाँ, किस्मत ढाढ़स तो बँधाती है; लेकिन मन को अन्त:प्रेरणा से वंचित भी तो कर देती है। ऐसा ढाढ़स मुर्दे के ही योग्य है।"

"परतंत्र देश का यह भी दुर्भाग्य है। हम लोग यहाँ चौदह-चौदह, पन्द्रह-पन्द्रह रुपये पर जान देने को तैयार हैं। जिनके लिए हम जान देने जा रहे हैं, क्या उनके दिलों में हमारी जान की कुछ कद्र है? वे तो समझते हैं कि हिन्दुस्तान में करोड़ों आदमी भूखों मर रहे हैं, एक सिर के लिए दस-पन्द्रह रुपया मासिक देकर हम बाजार दर से ज्यादा दे रहे हैं। हमारे सिर का इतना सस्ता मोल—क्या यह शर्म की बात नहीं है?"

"बहुत शर्म की बात है।"

"लेकिन मोहन भाई, युद्ध खराब चीज नहीं है, खासकर हमारे जैसे परतंत्र देश के लिए। ऐसे ही वक्त में तो जालिम का चंगुल ढीला पड़ता है। जापान ने अपनी आजादी कायम रखने के लिए अपने नौजवान इंग्लैंड, फ्रांस और जर्मनी भेजे। वे वहाँ से उस युद्धविद्या को सीखकर लौटे जिसके द्वारा उन्होंने रूस को परास्त किया। पैदल और सवार पल्टन में सिपाही बनना छोड़ सैनिक जीवन के सभी रास्ते हमारे लिए बन्द हैं। तोपखाने में हम मामूली सिपाही भी नहीं बन सकते। सामुद्रिक सेना की भी वही बात है। फौजी अफसर बनना तो हमारे लिए स्वप्न की बात है। लेकिन इसके लिए हम अंग्रेजों की शिकायत ही क्या कर सकते हैं? उन्होंने इतनी कुर्बानियों, इतने कष्ट से हिन्दुस्तान पर अधिकार किया, क्या वह हमारे लिए? वे हमें क्यों अपने पैरों पर खड़ा होने देंगे, जबकि उनके स्वार्थ पर इससे भारी खतरा है। परतंत्र जातियों का युद्ध से बढ़कर कोई मित्र नहीं, लेकिन वे मौके से फायदा उठाना चाहें तब। निश्चय ही हम उससे उतना फायदा न उठा सकेंगे। हमारे देश के नेताओं के लिए स्वतंत्रता अभी असम्भव-सी बात है। वे उसकी कीमत चुकाने के लिए तैयार नहीं हैं, फिर उसे सम्भव कैसे समझ सकते हैं। लेकिन हम नौजवान कीमत चुकाएँगे। हमारा आरम्भिक प्रयत्न है, तो भी भविष्य हमारे हाथ में है।"

"लेकिन, देवराज, यद्यपि तुमने कितनी ही बार समझाने की कोशिश की, तो भी मुझे यह बात अच्छी तरह समझ में नहीं आई कि तुम अंग्रेजों की पल्टन में एक साधारण सिपाही बनने को क्यों तैयार हुए? अब तो महायुद्ध भी परस्पर आ धमका। अब हम जान भी दे रहे हैं तो भी अपने मित्रों के लिए नहीं।"

"देश की आजादी के लिए शस्त्र की आवश्यकता मानते हो कि नहीं?"

"मानता हूँ, और बड़े पैमाने पर।"

"बड़े पैमाने का मतलब सुव्यवस्थित और संगठित रूप में भी। और यह हो सकता है, युद्ध-विज्ञान के उपयोग से। लुक-छिपकर किसी को मार देना शत्रु के मन पर आतंक फैला सकता है, लेकिन उससे शत्रु की शक्ति को दबाया नहीं जा सकता। हमारे लिए सैनिक शिक्षा के रास्ते खुले नहीं हैं, लेकिन उसकी हमें अनिवार्य आवश्यकता है। सिपाही तैयार करना उतना मुश्किल नहीं, मौका पड़ने पर सभी भारतीय सिपाही हमारे हैं, लेकिन अफसर चार दिन में तैयार नहीं हो सकते। अब तलवार, धनुष-बाण और द्वन्द्व-युद्ध का जमाना नहीं रहा, जबकि हर एक सैनिक अपने प्रतिद्वन्द्वी को अपनी आँखों से देख सकता था। अफसर के बिना आज का सिपाही दरअसल अन्धा है। उसकी आँख का काम अफसर करता है। तोपखाने बिना देखे झंडियों, सीटियों और बिगुल की आवाज के इशारे से गोला छोड़ते हैं। सिपाही धावा बोलते हैं। मेरा चित्त कितना प्रसन्न होता, यदि मुझे स्वतंत्र भारत की तरफ से लड़ना पड़ा होता, मुझे तुम्हारे जैसे सौ ही जवान मिलते तो भी दिखला देता कि हिन्दुस्तानी दिमाग भी आधुनिक सैनिक-विज्ञान का कितना अच्छा इस्तेमाल कर सकता है।"

"लेकिन, यदि ऐसा मौका नहीं मिला तो सब कुछ सीख-समझ कर जर्मन गोलियों के शिकार होने से देश को क्या फायदा?"

"एक देवराज मर जाएगा, किन्तु जिस रास्ते को उसने निकाला वह तो बन्द नहीं होगा। हमारे नौजवान अधिकाधिक संख्या में अपने को तैयार करेंगे। व्यक्ति मरेंगे, लेकिन जाति अमर रहेगी। हमें सब कुछ उसके लिए करना है।"

"अपने विजेताओं के लिए जान लगाकर लड़ना क्या हमारे लिए उचित है?"

"हम अपने विजेताओं के लिए नहीं लड़ रहे हैं, हम लड़ रहे हैं युद्ध-विद्या के लिए, भावी स्वतंत्रता-युद्ध के रिहर्सल के लिए। यदि दिल से न लड़ेंगे तो, हम अपनी योग्यता और बहादुरी को दिखला न सकेंगे। खतरों का हमें हर वक्त स्वागत करने के लिए तैयार रहना चाहिए। हमें अपनी निर्भयता, अपनी बहादुरी, अपनी योग्यता को अपने नाम दर्ज करने के लिए लालायित नहीं रहना चाहिए। होने दीजिए इन सबको भारत के नाम दर्ज और हमें बालू पर अंकित पदचिह्न की तरह लुप्त हो जाने के लिए तैयार रहना चाहिए। दुनिया ने कितने बहादुर भुला दिये। विजेता राजाओं और सेनापतियों में से कितने वस्तुतः उस यज्ञ के भागी थे!"

युद्ध-क्षेत्र को

बड़े दिन की छुट्टियों में ही अफवाह गर्म हो रही थी कि राजपूत रेजिमेंट को फ्रांस जाना होगा। लड़ाई के दिनों में अखबारों की खबरों से भी बढ़कर प्रमाणित अक्सर यह अफवाहें हुआ करती थीं। आश्चर्य तो यह था, बाज वक्त इन अफवाहों को छै हजार मील से समुद्रों, पहाड़ों और रेगिस्तानों को पार करके आना पड़ता था। जनवरी (1915) के प्रथम सप्ताह में इस अफवाह की पुष्टि हो गई, जबकि श्रीमती ज्यॉफरे विलायत के लिए रवाना हुईं। ज्यॉफरे-दम्पती का देवराज पर जिस प्रकार स्नेह था, उससे वे किसी बात को छिपा नहीं रख सकते थे। उन्हें देवराज पर पूरा विश्वास था और देवराज ने कभी इन बातों को दूसरे कानों तक नहीं पहुँचने दिया।

जनवरी के तीसरे सप्ताह में पल्टन को खबर दे दी गई—तीन सप्ताह बाद उन्हें मैदान के लिए रवाना होना है। सिपाहियों ने अपने पेंशन के उत्तराधिकारियों के नाम और पते लिखाए। स्नेही बन्धुओं के नाम पत्र लिखे। देवराज ने अपने पत्र में—और यही माँ के नाम उसका अन्तिम पत्र था, उस वक्त उसे यह मालूम नहीं था कि दो ही महीने बाद उसकी माँ संसार को छोड़ चुकी रहेगी—में लिखा था—

"...माँ मुझे पूरा विश्वास है कि तुम एक वीर माता की तरह प्रसन्नतापूर्वक मुझे युद्ध-क्षेत्र के लिए विदा करोगी। पार्वती का ब्याह हो गया। वह आनन्दपूर्वक अपने घर में है। मैं भी सुखपूर्वक निश्चिन्त जीवन बिता रहा हूँ। तुम्हें भी किसी बात का कष्ट और चिन्ता नहीं। सुचित भाई तुम्हारा मुझसे कम खयाल नहीं रखते। मेरा ब्याह करके लक्ष्मी भौजी से बढ़कर अच्छी बहू तुम्हें न मिलती। लक्ष्मी भाभी के पुत्र-जन्म की खबर सुनकर मुझे बहुत प्रसन्नता हुई। नाम, बलिराज, बड़ा सुन्दर है। उसमें मेरे नाम की छाया है। अफसोस यही है कि मैं उसे देख नहीं सका। युद्ध-क्षेत्र में आदमी को कुछ भी हो सकता है, लेकिन तुम उसकी चिन्ता मत करना। बलिराज को मेरे स्थान पर जानना। महीने में एक बार पत्र लिखता रहूँगा..."

8 फरवरी को राजपूत रेजिमेंट नसीराबाद से बम्बई के लिए रवाना हुई। इसके लिए एक पूरी स्पेशल ट्रेन खुली थी। बम्बई में एक खास जहाज तैयार था। राजपूत पल्टन के सिपाहियों को यह पता न था कि वे बिलकुल एक दूसरी दुनिया में जा

रहे हैं। फ्रांस और इंग्लैंड का नाम उन्होंने सुना था, लेकिन उनके साकार अस्तित्व की कल्पना उनके वश के बाहर की बात थी। बम्बई में बन्दरगाह पर तरह-तरह की चीजें बिक रही थीं। देवराज और अफसरों ने सिपाहियों को बतला दिया था कि अब हिन्दुस्तान के ये फल, ये मिठाइयाँ, ये शौक की चीजें उनके लिए देखने को भी दुर्लभ हो जाएँगी।

सवेरे, तड़के जहाज खुला। उस वक्त जब भोंपू की गम्भीर ध्वनि आकाश में फैल रही थी, बम्बई शहर पर बाल-सूर्य की लाल किरणें बिखर रही थीं। समुद्रतल पर एक भी लहर दिखलाई नहीं पड़ती थी। मालूम होता था, एक विशाल काँच का फर्श बिछा दिया गया है जिसका रंग कहीं लाल और कहीं नीला है। बन्दरगाह पर सन्नाटा छाया हुआ था। साधारण यात्रियों का जहाज होता तो कितने ही इष्ट-मित्र बिदाई देने को आए होते। लेकिन, इन सिपाहियों के इष्ट-मित्र तो दूर, गाँवों में बिखरे हुए थे। एक बार फिर सीटी की आवाज हुई। 'राजपूताना' का कलेवर गनगना उठा और वह बम्बई छोड़ने लगा। देवराज डेक पर खड़ा था। वह देख रहा था, किस तरह उसके पैरों से भारत की भूमि खिसकती जा रही है। उस वक्त उसके हृदय में विचित्र भाव पैदा हो रहे थे। जिस भूमि को इक्कीस साल से वह अपने जीवन का एक अंग समझ रहा था, आज वह उसे आश्रयहीन बना रही है। जिस भूमि को बन्धनमुक्त करने के लिए वह इतने से दिनों से कड़ी साधना कर रहा था, आज उन साधनाओं से कुछ भी फल प्राप्त किये बिना वह किसी अज्ञात स्थान के लिए प्रयाण कर रहा है। यही तो अवसर था जबकि उसे कुछ करने का मौका मिलता। उसके मन का अवसाद कुछ क्षण के लिए यद्यपि प्रबल रूप धारण करता दिखलाई पड़ रहा था; लेकिन यह अवस्था देर तक न रहती। उसके मन ने कहा, "तुम कहीं भी रहकर अपनी मातृभूमि का मस्तक ऊँचा कर सकते हो।" जितना ही जहाज दूर हटता जा रहा था और बम्बई शहर की विशाल गृह-पंक्तियाँ, गगनचुम्बी प्रासाद, हरे-भरे वृक्ष क्षुद्र आकार धारण करते जा रहे थे, उतना ही वे अधिक सुन्दर और आकर्षक मालूम पड़ रहे थे। एक बार उसे खयाल आया--जिस भूमि ने इस शरीर को जन्म दिया, क्या उसकी थाती को भी मैं उसे लौटा न सकूँगा? एक बार फिर आँखों के सामने उपस्थित बम्बई नगर अब उसके लिए लुप्त था। कितने ही समय तक उसका मन कल्पना-जगत में घूमता रहा। जिस वक्त फिर उसने भूमि की ओर नजर दौड़ाई, उस वक्त नगर का आकार अस्पष्ट था। कर्नल ज्यॉफरे की दी हुई दूरबीन उसके गले से लटक रही थी। उसने उसे आँखों में लगाया और तब तक उसकी नजर उधर से नहीं हटी, जब तक कि दूरबीन भी असमर्थ न हो गई।

पल्टन के सिपाही चौके-चूल्हे के बड़े पाबन्द थे, क्योंकि सभी पूर्वी उत्तर प्रदेश और बिहार के रहनेवाले थे। खाना बनाने के लिए ब्राह्मण रसोइये साथ चल

रहे थे, तो भी उन्हें भलीभाँति मालूम था कि घर के चौके का नियम अब पूरी तरह पालन नहीं किया जा सकता। देवराज ने पहले ही से इस नियम को तोड़ रक्खा था। पहले-पहल कर्नल के साथ रहीम की बनाई चाय पीने के लिए पल्टन में बड़ा बावेला मचा था, लेकिन अब वह बात पुरानी हो चली थी। चौके के नियम तोड़ने पर भी देवराज सबके प्रेम का पात्र था। पल्टन का बड़ा अफसर उसे कितना मानता है, यह सबको मालूम था। इस बात का उपयोग वह अपने निजी स्वार्थ के लिए न करके अपने साथियों के लिए करता था। यद्यपि तरक्की अपनी योग्यता और सेवा-काल के कारण होती थी, लेकिन हर एक नया होनेवाला नायक, हवलदार, जमादार, सूबेदार यही समझता था कि देवराज ने उसकी सिफारिश की है। पल्टन के अंग्रेज अफसर जिस प्रकार पहले सिपाहियों की इज्जत को जानवर से बढ़कर नहीं समझते थे, अब वे वैसी हिम्मत न कर सकते थे। कर्नल इस बात में हमेशा देवराज का कहा मानते थे। उन्होंने इसके लिए कुछ अफसरों की बदली करवाई थी। एक बार दो-तीन अफसरों ने मिलकर कर्नल पर अयोग्यता और सिपाहियों पर अनुशासन-शून्यता का इल्जाम लगाया, लेकिन, जेनरल ने खुद आकर देखा कि कवायद, परेड, चाँदमारी, खाने, रहने, उठने, बैठने की सुव्यवस्था में नसीराबाद की राजपूत रेजिमेंट का मुकाबिला करनेवाली बहुत कम पल्टनें हैं।

देवराज स्वयं मेहनती था और आलस्य तो उसे छू तक नहीं गया था। पल्टन के सभी लोगों को देवराज की विद्या-बुद्धि का पता था, लेकिन वह सबके साथ घुलमिल जाता था। इस मिलने में वह अपने को पक्का गँवार साबित करने से भी बाज न आता था। आल्हा और बिरहा का गाना ही नहीं, कई बार उसने अहीरों का नाच नाच के दिखलाया था। पल्टन के अंग्रेज अफसर इस नाच को बहुत पसन्द करते थे। कर्नल ने कई बार लोगों को उसके सीखने के लिए उत्साहित किया, लेकिन मोहन सिंह के सिवाय कोई इसके लिए तैयार न हुआ। देवराज अपने से आयु और पद में बड़े सभी लोगों को अकृत्रिम रूप से सलाम, चाचा, बाबा कहा करता था। खाने-पीने की स्वच्छन्दता के कारण दूसरा आदमी होता, तो सबका अप्रिय बन जाता, लेकिन देवराज के हजार गुण एक अवगुण को ढाँक देते थे।

जहाज में अब लोग देख रहे थे कि चौका ढीला पड़ रहा है। यद्यपि उन्हें अभी देवराज के इतना दूर आने की जरूरत न थी, तथापि इस बात पर चर्चा शुरू हो गई थी कि खाइयों में भूना चना ले चलना होगा या पावरोटी। कच्ची रसोई को यदि किसी तरह वहाँ तक पहुँचा भी दिया जाए, तो गोलियों की बौछार में बूट खोलकर भोजन करने की इजाजत किसको मिलेगी? पल्टन में पावरोटी बिस्कुट पाने की खुली इजाजत थी। धीरे-धीरे देवराज के साथियों की संख्या बढ़ रही थी। एक दिन पावरोटी और चौके की चर्चा बड़े जोर से चली। यह बम्बई छोड़ने से चौथे दिन की बात है, अभी जहाज अदन नहीं पहुँचा था। दोनों पक्ष के हिमायतियों में बड़े

जोर-शोर से तर्क-वितर्क चल रहा था। देवराज ने भी एक लम्बा भाषण दिया, जिसका कुछ अंश इस प्रकार था :

"...लड़ने में हमारी जाति कभी भी किसी से कम नहीं थी। लेकिन जिन दोषों ने हमें सफल सैनिक नहीं बनने दिया, उनमें ऊँच-नीच का भाव और चौका-चूल्हा प्रधान हैं। चौके-चूल्हे के कारण हमारी विजय ने कितनी ही बार पराजय का रूप धारण किया। पानीपत के मैदान में राजपूतों और मराठों ने अहमदशाह अब्दाली के छक्के छुड़ा दिये थे। दुश्मन की पल्टन में बारह बजते-बजते भगदड़ मच गई थी। अब्दाली हिन्दुओं के इस चौके की कमजोरी से आगाह था। उसने फौजी दस्ता इसके लिए तैयार रख छोड़ा था। सिपाहियों को कभी नाश्ता भी करने का मौका नहीं मिला था। वे अपने प्रतिद्वन्द्वियों की तरह झोली में रोटी नहीं रख सकते थे। लड़ाई की थकावट के बाद भूख ने अँतड़ियाँ ऐंठनी शुरू कीं। जरा-जा दुश्मन को हटा देखकर सिपाही हथियार और वर्दी उतारकर धोती तर ऊपर करके चौके की तैयारी करने लगे। उस वक्त कोई रोटी सेंक रहा था और कोई तरकारी चीर रहा था। इसी बीच अब्दाली के तैयार दस्ते ने धावा बोल दिया और पानीपत में हम पराजित हुए! रणजीत सिंह ने क्यों काबुल तक को जीत लिया? क्योंकि सिक्ख सैनिक पठानों की छोड़ी रोटियों तक को भी चट कर जाने के तैयार थे। अंग्रेजों ने तो हिन्दुओं की दो बजे की महामारी से कितनी बार ही फायदा उठाया है। एक सिपाही के लिए चौका-चूल्हा का खयाल सबसे बुरा है...। हमारे कुप्पे में पानी और झोले में रोटी बराबर रहनी चाहिए, तभी हमारी अँगुलियाँ हर वक्त बन्दूक के घोड़े पर रह सकती हैं...।

अदन में जहाज छै घंटे के लिए ठहरा। लेकिन सिपाहियों को जहाज छोड़ने की आज्ञा न हुई। छोटी-छोटी नावें उनके आसपास मँडरा रही थीं। अरबों के लम्बे चोंगे, काली रस्सी से सिर पर बँधी चादर उन्हें नई-सी मालूम होती थीं, लेकिन उनमें रंग की उतनी विशेषता न थी।

बम्बई छोड़ते वक्त सर्दी मालूम होती थी, लेकिन अब उन्हें मौसम बदला मालूम हो रहा था। लाल सागर में तो खासी गर्मी थी। उसी वक्त हवा तेज हुई और समुद्र में लहरें उठने लगीं। पाँच लाख मनका 'राजपूताना' कागज की नाव या बाँस की सूखी सुपेली की तरह लहरों के ऊपर उछल रहा था। सिपाहियों की हालत बुरी थी। कै करते-करते सबका पेट खाली हो गया था, फिर भी कै बन्द न होती थी। देवराज के लिए समुद्र-यात्रा की तरह इस बीमारी का भी यह पहला तजरबा था। रात को कब से ऐसा हो रहा था, यह उसे मालूम नहीं हुआ, लेकिन जब उसकी नींद खुली तो देखा कि सिर में चक्कर और मिचली बड़े जोर की है। बर्तन में कै करके वह फिर लेट रहा। मालूम हो रहा था कि जहाज के साथ उसे एक ताड़ ऊँचा उठाया जा रहा है, और फिर एक-ब-एक नीचे पटक दिया जा रहा है। उसने

बहुतेरी कोशिश की लेकिन चक्कर और मिचली में कोई फर्क नहीं पड़ा। उसने तजरबा करके देखा कि ऊपर ऊठते समय पेट को खाली कर दिया जाए और फिर साँस से भरकर नीचे गिरने के लिए तैयार रहें, तो तकलीफ कम होती है। उसने अपने तजरबे से मोहन सिंह को आगाह किया, लेकिन उसे उतना फायदा नहीं हुआ। दोपहर तक देवराज की यह हालत रही। उसके बाद वह बिस्तर से उठ खड़ा हुआ। यद्यपि पैर लड़खड़ाता रहा और बिना हाथ से दीवार पकड़े चलना मुश्किल था, तो भी उसने टहलना शुरू किया। शाम तक उसकी मिचली जाती रही और वह डेक पर खड़ा होकर लगातार करवटें बदलते जहाज से लालसागर तटवर्ती नंगी पहाड़ियों के उछलने-कूदने के दृश्य का आनन्द लेने लगा। शाम से वह पूर्ववत भोजन करने लगा। मोहन सिंह को बहादुरी के लिए जब वह 'दाद' देता तो वह चिढ़ जाता था। जहाज के सभी सिपाही इसी तरह परेशान और उपवास करते रहे, जब तक कि जहाज स्वेज नहर के भीतर प्रविष्ट न हुआ। नहर के मुँह पर जहाज घंटे-भर के लिए ठहरा।

दोनों तरफ दूर तक रेगिस्तानी भूमि थी। बाईं तरफ अफ्रीका का विशाल महाद्वीप और दाहिनी तरफ एशिया। दोनों अभागे द्वीपों का यह संगम आज दोनों की पराधीनता की बेड़ियों को मजबूत करने का भारी साधन हो रहा है। नहर कितनी ही जगहें इतनी चौड़ी न थीं कि उससे दो जहाज एक साथ गुजर सकते। किनारे से तार के खम्भे जा रहे थे और बीच-बीच में फ्रांसीसी और अरबी भाषा में नाम लिखे हुए स्टेशनों की इमारतें थीं। स्टेशनों पर नहर चौड़ी थी। कितनी ही जगह नहर की रक्षा के लिए हिन्दुस्तानी और अंग्रेजी पल्टनों की मोर्चाबन्दी थी।

जहाज अब पोर्ट-सईद से गुजरकर भूमध्यसागर में दाखिल हुआ तो सभी लोग बेखबर सोए हुए थे। मौसम बदला है, इसका उन्होंने तब अनुभव किया, जबकि उन्हें कम्बल ओढ़ने की जरूरत महसूस हुई। सिपाहियों को खबर मिल चुकी थी कि भूमध्यसागर इस मौसम में चंचल रहता है। वे उससे बहुत डर गए थे लेकिन किस्मत ने उनकी सहायता की।

पोर्ट-सईद के बाद पहली भूमि जो उन्हें दिखाई पड़ी, वह थे इटली की छोटी-छोटी पहाड़ियों पर जगह-जगह बसे हरे-भरे गाँव। स्थान की विशेषता जानने के लिए देवराज बहुत उत्सुक था और उसे बड़ी खुशी हुई, जब कर्नल ज्यॉफरे ने अपने साथ डेक पर टहलने के लिए बुलाया। उन्होंने बाईं तरफ के एक द्वीप पर उठी हलके बादलों से आच्छादित एक चोटी को दिखलाकर कहा—यह है एटना, एक सजीव ज्वालामुखी।

सुबह के नौ बज रहे थे, जबकि जहाज मार्सेइ (मार्सेल) के बन्दरगाह में दाखिल हुआ। देवराज कर्नल ज्यॉफरे के साथ बड़ी देर से दूरबीन लगाकर शहर को देख

रहा था। उस वक्त दोनों व्यक्तियों के हृदय में दो भिन्न-भिन्न भाव पैदा हो रहे थे। यद्यपि मृत्यु का आह्वान सुनकर वे आए थे, तो भी योरप की भूमि और उसके निवासियों को देखकर कर्नल के चित्त में बहुत आह्लाद हो रहा था, मानो बहुत दिनों के बिछुड़े प्रेमियों का मिलन हो रहा हो। देवराज के सामने एक नई दुनिया का नजारा था। यूरोप के कुछ व्यक्तियों और उसकी नकलकर बने कुछ मकानों को उनसे देखा लेकिन अब तो मूर्तिमान यूरोप उनके सामने खड़ा था। स्त्री-पुरुषों की अलग-अलग पोशाकों में हजारों गोरे रंग के लोग बन्दरगाह में खड़े हाथ और रूमाल हिलाकर 'राजपूताना' का स्वागत कर रहे थे। वे जानते थे कि आगन्तुक हीन समझी जानेवाली काली जाति के लोग हैं। लेकिन साथ ही वे यह भी समझते थे कि ये काले सिपाही उनकी देश की रक्षा के लिए प्राण देने आ रहे हैं। इसलिए उनका स्वागत कृत्रिम न था।

जहाज से सिपाही उतरे और उन्हें सीधे रेलवे स्टेशन जाने का हुकुम हुआ, सिर्फ देवराज को कर्नल के साथ नगर के कुछ भागों को देखने को मौका मिला। सबसे ज्यादा विशेषता उसे यह मालूम हुई कि वहाँ के हरेक मकान, सड़क और व्यक्ति में सफाई बकायदगी दीख पड़ती थी। देवराज जानता था, फ्रांस के एक भाग पर जर्मन तोपें लगातार आग बरसा रही हैं और सैकड़ों गाँव तथा हजारों स्त्री-पुरुष बेघर-बार हो गए हैं। ऐसी अवस्था में भी वहाँ के स्त्री-पुरुषों के चेहरे को देखने से घबराहट का चिह्न दिखलाई नहीं पड़ रहा था।

युद्ध में घायल

शाम को पाँच बजे ट्रेन मार्सेइ से छूटी। सूरज डूब रहा था, लेकिन अभी अँधेरा नहीं छाया था। मार्सेइ की पहाड़ियों को पार कर रेलवे लाइन देहात से गुजर रही थी। बरफ नहीं दिखलाई पड़ती थी, लेकिन सभी वृक्ष और वनस्पति सूखकर काँटे-से जान पड़ते थे। गाँव के छोटे-छोटे मकानों की चिमनियों से धुआँ निकल रहा था और घर के भीतर-बाहर ऊल-जलूल काले पतलून में किसान दिखलाई पड़ रहे थे। कहीं-कहीं खेतों में गेहूँ के डंठल के गंज लगे हुए थे, जिनकी स्तूपाकार आकृति और सीधी पाँती में सजावट देखने में बड़ी सुन्दर मालूम पड़ती थी। बसन्त के आने में बहुत देर न थी, लेकिन अभी प्रकृति सर्वथा अलंकार-शून्य थी।

वर्षों से इंग्लैंड और फ्रांस लड़ाई की तैयारी कर रहे थे, तो भी उनको यह विश्वास न था कि जर्मन सेनाएँ तूफान की गति से बेल्जियम और फ्रांस की सेनाओं को काई की तरह हटाती इतनी जल्दी आगे बढ़ेंगी। बेल्जियम प्रायः सारा जर्मनी के अधिकार में था। इंग्लैंड और फ्रांस के सिपाही टिड्डी-दल की तरह मैदान में भेजे जा रहे थे और एक-एक करके कट जाने पर ही रास्ता छोड़ते थे। लेकिन बीसियों बरसों से जिस तरह, अत्यन्त गुप्त रीति से युद्ध की तैयारी हो रही थी, उसके कारण जर्मनी के अस्त्र-शस्त्र-सम्बन्धी आविष्कारों का उनके दुश्मनों को पता तक न था। वस्तुतः उसकी तैयारी इतनी पूर्ण थी कि यदि बेल्जियम ने उसके रास्ते में रुकावट न डाली होती तो अब तक पेरिस जर्मनी के हाथ चला गया होता; और इंग्लैंड इंग्लिश चैनल में ही लड़ता होता। अंग्रेज सेनाओं को जिस तेजी के साथ जर्मन तोपें सत्यानाश कर रही थीं, उससे मुकाबिला करना कठिन हो रहा था। गोरों-गोरों की लड़ाई में काली पल्टन को खड़ा करना अंग्रेजों को पसन्द नहीं था, लेकिन यह अपराध पहले फ्रांस ने किया।

ट्रेन बहुत कम जगहों पर कोयला-पानी के लिए ठहरती थी। ऐसे स्टेशनों पर हजारों स्त्री-पुरुष, बच्चे-बूढ़े, फूल के गुच्छे, सिगरेट और बिस्कुट के डिब्बों को लिये सिपाहियों के स्वागतार्थ तैयार थे। हिन्दुस्तान में काले लोगों के समुद्र में दो-चार बूँदों की तरह कुछ गोरे स्त्री-पुरुष देखने में आते थे; यहाँ वे खुद

ही गोरों के समुद्र में चन्द बूँदों की तरह थे।। नसीराबाद की राजपूत-पल्टन में सिर्फ देवराज ही अंग्रेजी जानता था और यहाँ अंग्रेजी से भी काम चलनेवाला नहीं था। जहाज में उसने स्वयं शिक्षक से कुछ फ्रेंच शब्द सीखे थे जरूर, लेकिन अभी 'मेरसी बकू' 'सिल्वु प्ली', 'वूले व फ्रांसे?' 'आँ पुई' तक ही उसका शब्दकोश परिमित था। स्टेशन पर गाड़ी खड़ी होने पर अक्सर सिपाही प्लेटफार्म पर उतरना पसन्द न करते थे। उतरने पर भी जब कोई तरुणी उससे हाथ मिलाने को आगे बढ़ती तो वे शरमाकर पीछे हट जाते थे। देवराज पुस्तकों में यूरोपीय शिष्टाचार के बारे में बहुत कुछ पढ़ चुका था; लेकिन उसके प्रयोग का मौका यह पहले-पहल ही मिल रहा था। फिर भी उसकी हिचकिचाहट देर तक न रही। सबसे पहले उसका शागिर्द बनने में सफलता मोहन सिंह ने पाई। जहाँ भी गाड़ी खड़ी होती, दोनों साथी उतर पड़ते। हर एक आगे बढ़नेवाले हाथ-से-हाथ को मिलाते और फूलों तथा सिगरेट को स्वीकार करते हुए 'मेसी बकू' का ताँता लगा देते।

बाकी सिपाही तो अपनी राय अभी कायम न कर सके थे, लेकिन देवराज और मोहन सिंह यूरोपीय स्त्री-पुरुषों की अकृत्रिमता, स्वच्छन्दता और मिलनसारी से बहुत प्रभावित थे। मोहन सिंह कह रहा था, "वह भी कोई आदमियों का मुल्क है, जहाँ मनुष्यों की एक श्रेणी—स्त्रियों—का घर से बाहर, सड़कों पर पता तक न हो! नवागन्तुक को मालूम हो कि इस देश में स्त्रियों का अकाल है।"

दूसरे सिपाहियों की आँखें और कान स्टेशन पर पहुँचते ही 'पान-बीड़ी', 'तम्बाकू-दियासलाई' ढूँढ़ने लगते और जब बहुत प्रयत्न करने पर भी 'पूड़ी-मिठाई गरमागरम का' पता न लगता, तो झुँझला उठते। बिस्कुट और चाकलेट के डिब्बे उनके लिए कोई चीज न थी। देवराज और मोहन सिंह को एक चाकलेट का डिब्बा भेंट में मिला था और वे बड़े चाव से उसे खा रहे थे। उन्होंने साधू सिंह की ओर भी एक टिकिया बढ़ाई, लेकिन जीभ पर रखते ही उसका मुँह बिगड़ गया और प्लेटफार्म पर थूककर बोल उठा, "कैसे तुम लोग इसे खाते हो?" देवराज ने समझाया, "हर जगह थूकना बहुत बुरी आदत है! लोग ऐसे आदमी को असभ्य, जंगली कहते हैं। थूकना हो तो रूमाल में थूककर पाकेट में रख लो और पीछे धो लेना।" थूकना, मुँह-हाथ धोना, पखाना जाना आदि बहुत-सी बातें सिखानी पड़ती थीं। सिपाहियों को पहले-पहल इस शिक्षा के अनकुस बरता था; लेकिन पीछे वे समझने लगे कि अपने आसपास सफाई रखने के लिए इसकी बड़ी आवश्यकता है।

दिन के ग्यारह बज रहे थे, जब ट्रेन आमीन-युद्ध-क्षेत्र के पास पहुँची। सभी सिपाही पहनने-ओढ़ने का सामान पीठ पर लादे रायफल हाथ में लिये कारतूसों की माला पहने गाड़ी से उतर पड़े। अलग-अलग टोलियाँ अपने-अपने नायकों के नेतृत्व में खड़ी हुईं। कर्नल ज्यॉफरे ने एक छोटी-सी वक्तृता दी :

"जवानो! अब हम युद्ध के मैदान में पहुँच गए हैं। यहाँ से पाँच मील पर अन्तिम खाई है, जिसके ऊपर जर्मन सेनाएँ प्रहार कर रही हैं। तोपों का गर्जन यहाँ भी सुनाई दे रहा है। हम लोग सिपाही हैं। सिपाही के लिए मौत डर की चीज नहीं है; और फिर हिन्दुस्तान के राजपूत तो हमेशा मौत से परिहास करते रहे हैं। अपने मुल्क की आन और इज्जत तुम्हारे लिए सबसे बड़ी चीज है। मरनेवाला मरकर रहेगा, लेकिन उसकी बहादुरी से उसका ही नहीं, बल्कि उसके देश का नाम दुनिया में फैलेगा। मेरा इतने सालों से राजपूत रेजिमेंट से सम्बन्ध है। मैं अपने सिपाहियों के साथ कितना प्रेम करता हूँ, यह तुम लोगों से छिपा नहीं है। अब हम तोपों के सामने जा रहे हैं और कौन जाने, कितने फिर एक-दूसरे को देखने का मौका पाएँगे। हमारे सामने सिर्फ एक खयाल हमेशा रहना चाहिए, वह है राजपूत रेजिमेंट और हिन्दुस्तान का गौरव।"

गम्भीर करतल-ध्वनि से सैनिकों ने कर्नल के भाषण का स्वागत किया और उनके बैठने पर देवराज सामने आकर बोला :

"बहादुर राजपूतो, हम शेरनियों की कोख से जन्मे हैं। हमने राजपूतनियों का दूध पिया है। हमें कर्नल ज्यॉफरे जैसा नेता पाने का सौभाग्य प्राप्त हुआ, जिन्होंने कि हमेशा हमें अपने लड़के की तरह माना। वस्तुत: कर्नल साहब को लड़का न होने का अफसोस नहीं होता जब कि वह देखते हैं, हम आठ सौ जवान उनके लड़के हैं। हम अपनी रेजिमेंट, अपने देश और अपने प्रिय नेता के झंडे को ऊँचा रक्खेंगे। मौत हमारे लिए कोई चीज नहीं। राजपूत सिर से कफन बाँधकर लड़ाई के मैदान में उतरने के आदी हैं। हमको बार-बार ऐसी गौरवपूर्ण मौत मरने का मौका नहीं मिलेगा। हम दुश्मन के दाँत खट्टे कर देंगे और यूरोप को बतला देंगे कि इस गए-गुजरे जमाने में भी हिन्दुस्तान का लोहा कितना जबरदस्त है..."

शाम को हुकुम सुनाया गया कि राजपूत रेजिमेंट तीसरी पाँती की अंग्रेज सेना का स्थान ग्रहण करेगी।

खाइयों में आए दो सप्ताह हो गए। इस बीच सिपाहियों को नहाने-धोने की तो बात ही क्या, बूट तक खोलने का मौका नहीं मिला। पैरों के सड़ने का डर रहता था और इसके लिए रोज बोरिक पाउडर मोजों में डालना पड़ता था। कुप्पे में पानी-रसद पहुँचानेवाले डाल जाते थे। कच्ची-पक्की रसोई की दिक्कत को सिपाहियों ने खूब अनुभव किया और एक-दो करके सभी ने इस बात में देवराज का अनुसरण किया। पावरोटी, बिस्कुट और दूसरी खाने की चीजें उनके झोले में रहती थीं। अप्रैल का तीसरा सप्ताह जा रहा था और यद्यपि सूखे वृक्षों में नये पत्तों की कोपलें फूट रही थीं; तथापि रात अब भी बहुत ठंडी होती थी। हिन्दुस्तानी सिपाहियों को बरफ का

यह पहला तजरबा था। पहले सर्दी की ही कुछ दिक्कत थी, अन्यथा सफेद बर्फ का फर्श कोई उतनी बुरी चीज न थी। लेकिन, अब बरफ के पिघलने से जगह-जगह कीचड़ उछल रही थी और खाइयों में पानी के मारे और भी बुरी हालत थी। कीचड़-पानी में बूटों को डुबाकर रात-दिन रहना आसान काम न था। पहले हफ्ते रेजिमेंट को तीसरी पाँती में रहना पड़ा। उस वक्त कीचड़ की दिक्कत नहीं पैदा हुई और न गोलियाँ ही सिर पर उछल रही थी। आठवें दिन दूसरी पाँती ने पहली पाँती के मरे और घायलों की जगह ली और राजपूत दूसरी पाँती में पहुँचे। वे इन्तिजार कर रहे थे कि अगली पाँती में जाने को उन्हें हुकुम मिलेगा। गोली और गोलियों की आवाज लगातार उनके कान में आ रही थी और अब वे उनके अभ्यस्त हो गए थे।

कीचड़ की तकलीफ बढ़ने ही लगी थी कि एक दिन चार बजे उन्होंने देखा—अगली पाँती के सिपाही अकेली पाँती में खाइयों के बीच में होते उनकी पाँती में पहुँच रहे हैं। चारों ओर गोलियाँ सनसना रही हैं। बीच-बीच में गोले गिरकर जमीन में गड्ढा बनाते हुए चारों ओर कीचड़ उड़ा रहे हैं। देवराज और उसके साथियों को 'दागो' की आज्ञा मिल गई थी और उनकी रायफलों की ठंडी नलियाँ गरम हो रही थीं। देवराज ने अपनी आँखों के सामने देखा—उससे बीस गज पर, दाहिनी तरफ खाईं में एक गोला गिरा, एक बड़ा धड़ाका हुआ और आसमान में चारों तरफ लाल कीचड़ उछली। पहली पाँती के दस आदमी अभी-अभी उस जगह पहुँचे थे। अब खाई की जगह एक बड़ा गड्ढा था और आदमियों का कहीं पता न था। खून से लथपथ, कीचड़ से सना एक हाथ उसके दो कदम पर आ पड़ा। युद्ध नंगे रूप में उसके सामने था।

देवराज और मोहन सिंह को पास-पास जगह मिली थी। दिन में गोलियाँ बराबर चलती रहतीं और रात में भी वे बिलकुल बन्द नहीं होतीं। देवराज के साथियों में से कितने ही घायल हो स्ट्रेचरों पर उठाए जा चुके थे। कुछ मर चुके थे। लेकिन अभी भी रेजिमेंट की तीन-चौथाई शक्ति बाकी थी। खाइयों की आड़ में छिपकर जब-तब गोली दागते रहने में उन्हें अनकुस मालूम हो रहा था। मोहन सिंह ने कहा :

"देवराज, यह भी कोई लड़ाई है? न तुम्हें दुश्मन दिखाई पड़ता है और न उसकी गतिविधि ही। गोलियों की हनहनाहट सुनो और अटकल से बन्दूक दागते जाओ। अचानक छिटककर कोई गोली आ लगी। इससे क्या किसी की बहादुरी का पता लगता है।"

"हाँ भैया मोहन, बात तो ठीक कह रहे हो। अरे!..."

इसी बीच एक गोला फटा और लोहे का एक टुकड़ा देवराज के कान को चीरता निकल गया।" देखो तो, कान मलने से क्या फायदा? मैं क्या स्कूल का छोटा बच्चा हूँ?"

"तुम हँस रहे हो! खून बहुत जा रहा है। सर में चोट नहीं लगी?"

"नहीं भैया, सिर्फ कान में कुछ खरोंच लग गई मालूम होती है। हम पहलवानों के लिए कान की कीमत ही कितनी?"

देवराज ने पॉकेट से आइडिन की शीशी निकाली और मोहन सिंह के सामने रखते हुए कहा, "जरा-सा इसे लगा दीजिए और खून को पोंछ दीजिए, नहीं तो लोग खामख्वाह शहीद बनाने लगेंगे।"

खाइयों में आए अट्ठारहवाँ दिन था। दोपहर के समय गोले और गोलियों की वर्षा होने लगी। स्थिति को नाजुक देखकर देवराज की पाँती को, कुछ आदमियों को छोड़, पीछे हटने का हुक्म दिया। देवराज और मोहन सिंह अपनी जगहों पर कायम रहनेवालों में से थे। उन्होंने देखा—दुश्मन आगे से उनके ऊपर धावा बोल रहा है। देवराज ने अपनी खाई के तीस साथियों से कहा, "कुछ ही देर में दुश्मन हमारे पास पहुँचनेवाला है। खाइयों में बैठे उनका इन्तिजार करना अच्छा नहीं। चलो, जवानो, आगे बढ़कर उनका स्वागत करें। हमारे सभी अफसर न जाने किस कारण अनुपस्थित हैं। इसलिए मैं चाहता हूँ कि आप मेरा साथ दें।"

सब तैयार हो गए। संगीन चढ़ाए, रायफलों को हाथ में लिये तीसों आदमी खाइयों से बाहर निकल आए। दो सौ जर्मन सिपाही उनसे सिर्फ तीस गज पर थे और अभी वे खाकी पगड़ी को देखकर कुछ निर्णय करना चाहते ही थे, कि बिजली की चाल से देवराज और उसके साथी उन पर टूट पड़े। गोली चलाने की जगह हाथ के बमों और संगीनों की मार थी। देवराज के सभी साथियों ने पटाबनेठी का हाथ चलाया, और संख्या में बहुत अधिक होने पर भी जर्मन सिपाही किंकर्तव्यविमूढ़ से दिखाई पड़ने लगे। 'बढ़ो', 'मारो' पर निर्जीव मशीन की तरह वे आगे चले आते थे; लेकिन राजपूतों की फुर्ती और सधे हाथों के सामने वे अपने को असमर्थ पाते थे। उनके पचास आदमी धराशायी हो चुके थे; लेकिन पाँच घायल राजपूत भी घाव को कुछ परवाह न कर अपने साथियों के साथ, उछल-उछलकर प्रहार कर रहे थे। बीच-बीच में देवराज की आवाज—"साथियों, मारो!", "राजपूतों बढ़ो!"—सुनाई दे रही थी। यद्यपि पन्द्रह ही मिनट हुए थे, तो भी जिस तेजी के साथ सैनिकों के हाथ-पैर चल रहे थे, उससे मालूम हो रहा था कि उन्हें लड़ते घंटों बीत गए।

सभी जर्मन सैनिक हत या आहत थे। दस रह जाने पर भी उन्होंने आत्मसमर्पण करना नहीं चाहा। सबके पड़ जाने पर देवराज ने देखा, सौ गज पर एक टेकरी के ऊपर से मशीनगन की 'ट्रा ट्रा ट्रा रा' हो रही है। उसने हुकुम दिया, "भाइयो, टेकरी पर" और वह उधर को बढ़े। उसके साथियों के ऊपर वर्षा की बूँदों की तरह मशीनगन की गोलियाँ पड़ रही थीं। साधू सिंह की खोपड़ी पर एक लगी और कटे वृक्ष की तरह वह अरराकर गिरा। देवराज की जबान पर था, "टेकरी पर।" फिर

दूसरा साथी गोली खाकर गिरा। उसके आधे आदमी गिर चुके थे जबकि टेकरी पचास गज आगे थी। इसी वक्त देवराज के बाएँ कन्धे पर एक गोली लगी। वह जरा-सा ठमका। मोहन ने देख लिया, लेकिन उसे कहने का कुछ भी मौका न देकर देवराज उससे चार कदम आगे था। टेकरी की जड़ में पहुँचने पर उसके आठ साथी बच रहे थे, जिनमें से एक भी ऐसा न था जिसे दो से कम गोलियाँ लगी हों। देवराज के कन्धे से खून बहुत अधिक बहा था और वह सुन्न-सा मालूम होता था; लेकिन एक सेकेंड के लिए भी बिना रुके उसने कहा, "ऊपर, टेकरी पर।" चढ़ाई कठिन न थी, किन्तु अब दस आदमी ऊपर से पिस्तौल छोड़ रहे थे। आठों राजपूत छिट-पुट होकर चट्टानों की आड़ लेते और दौड़ते चढ़ रहे थे। जिस वक्त वे चोटी पर पहुँचे तो देवराज के साथ मोहन सिंह और रामसेवक सिंह ही बच रहे थे। आठ के मुकाबले तीन घायल सिपाही। लेकिन अब उन्हें संगीन का हाथ दिखलाना था। उन आठ आदमियों को उन्होंने धराशायी कर दिया, लेकिन अब रामसेवक सिंह भी साथ न थे। मोहन की छाती में बड़ी जोर का घाव लगा था; और जिस वक्त देवराज मशीनगन की देखभाल कर रहा था, उस वक्त मोहन भी अपने को खड़ा न रख सका। शत्रु की दिशा की ओर नजर दौड़ाने पर देखा—आदमियों की एक लम्बी पाँती टेकरी की ओर बढ़ रही है। उसका बायाँ हाथ अब बहुत कमजोर हो गया था। लेकिन, इस पर विचारने के लिए उसके पास समय न था। उसने शीघ्रता से मशीनगन का मुँह शत्रु की पाँती की ओर घुमाया। उसे यह देखकर बड़ी प्रसन्नता हुई कि भरे कारतूसों की कई मालाएँ वहाँ मौजूद हैं। शत्रु तीन सौ गज की दूरी पर था। देवराज ने—"मेरी प्यारी, बोलो तो" कहकर दागना शुरू किया। उसका सधा हुआ निशाना जादू की तरह काम करने लगा। दो हजार की सेना-पंक्ति जगह-जगह टूटती दिखाई पड़ी। दूर की पहाड़ी से उसकी टेकरी पर गोले फेंके जा रहे थे। वह अच्छी तरह समझ रहा था कि किसी वक्त भी एक गोला उसके ऊपर आ सकता है और फिर वह और उसकी यह नई प्रणयिनी—मशीनगन—हमेशा के लिए चुप हो जाएगी। हर क्षण को बहुमूल्य समझकर वह लगातार 'ट्रा द्रा ट्रा रा', 'ट्रा ट्रा ट्रा रा' कर रहा था। आगे की सेनापंक्ति बहुत कुछ टूट चुकी थी, जब कि उसने पीछे की ओर से 'दौड़ो, बढ़ो' की आवाज सुनी। मदद नजदीक है, यह खयाल आया और उसने दूने उत्साह से मशीनगन चलाना शुरू किया। इसी वक्त एक गोला उससे दस कदम पर गिरा और उसके एक टुकड़े से उसकी बाईं जाँघ टूट गई। देवराज ने दाती को दाँतों के ऊपर दबाकर ओठों को बन्द कर लिया। उसका दाहिना हाथ मशीनगन पर था। उसकी आँखों के सामने अँधेरा-सा घिरता मालूम हुआ। अब वह मशीन का अंकशायी था।

अस्पताल में

कर्नल ज्यॉफरे एक ऊँचे धूस से दूरबीन लगाकर युद्ध-क्षेत्र को देख रहे थे। उनकी रेजिमेंट का चौथाई भाग बच रहा था। दो बार हिन्दुस्तानी पल्टनों—सिक्खों और पठानों—के बचे आदमियों को मिलाकर उनकी रेजिमेंट पूरी की गई थी। आज की भयंकर गोलाबारी को देखकर वह निराश हो गए थे। उन्होंने कुछ जवानों को मुकाबिले के लिए रखकर बाकी को, पिछली पंक्ति में लौटने के लिए हुकुम दिया था। वह साँस लेकर देख रहे थे कि कैसे जर्मन सिपाही अगली पाँती की ओर बढ़ रहे हैं। उसी वक्त उन्होंने तीस राजपूत सिपाहियों का खाई से निकालकर दुश्मन की ओर दौड़ते देखा। दूरबीन से वह साफ देख रहे थे कि सबसे आगे जानेवाला जवान देवराज है। उसकी निर्भयता को देखकर उन्हें पंचमढ़ी के जंगलों का वह बाघ याद आया, जिसके सामने यदि उस दिन देवराज न कूदा होता तो आज ज्यॉफरे यहाँ न होते। क्षण-भर में उनकी आँखों के सामने देवराज की कितनी ही बातें घूम गईं। देवराज, जिसके प्रति पुत्र-जैसा उनका प्रेम था, जिसने भारत और भारतीयों का सम्मान और प्रेम करना उन्हें सिखाया। वह सोच रहे थे, बस—देवराज का यही अन्तिम जीवन-दर्शन है। उन्होंने संगीनों को चलते देखा। उस हाथ-से-हाथ की लड़ाई में देवराज की उड़ती शकल देखने की उन्होंने बराबर कोशिश की। न देखने पर निराशा और देख लेने पर उनके चेहरे पर प्रसन्नता की रेखा खिंच जाती थी। अब जर्मन सिपाहियों की भूरी वर्दियों में एक भी न खड़ी थी। तीसों जवान आगे-आगे टेकरी की ओर दौड़ रहे थे। देवराज सबसे आगे दौड़ता दिखाई दे रहा था। टेकरी की लड़ाई में मानो एक युग बीत गया। मशीनगन की नली घूमती है, आवाज दूसरी ओर से सुनाई पड़ती है। जवानों ने टेकरी और मशीनगन पर कब्जा कर लिया। कौन उसे चला रहा है! देवराज!!

इसी समय दुश्मन की तोपें चुप हो गईं। कर्नल पीछे दौड़े। जमीनदोज कोठरी में एक छोटी-सी सफरी मेज पर टेलीफोन रक्खा था। उठाकर केन्द्र को सूचना दी—"टेकरी नं. 14 पर हमारा कब्जा है, दुश्मन की तोपें चुप हैं।" हुकुम आता है, 'आगे बढ़ो।'

'आगे बढ़ो' के हुकुम से सारी खाईं गूँज उठी। छोड़ी खाइयों और उनके हत-आहतों को रेडक्रास के लिए छोड़ते लोग आगे बढ़े। टेकरी के नीचे और पीठ पर वहाँ खाकी वर्दियों को धराशायी देखा। "जवानो, देवराज को देखना"—कहते और खुद भी धड़कते दिल से हर भारतीय सिपाही को देखते कर्नल ऊपर चढ़े, और सबसे पहले टेकरी पर पहुँचे। मशीनगन का आलिंगन किये देवराज अपने लोहे के स्टूल पर पड़ा है। ज्यॉफरे की आँखों में छलछल आँसू निकल आए। उन्होंने घुटनों के सहारे बैठकर देवराज के ललाट को चूमा। उसकी टूटी जाँघ से बहुत खून निकला था, लेकिन अभी भी उसका बदन गर्म था। क्षण-भर के लिए उन्होंने सामने के मैदान पर नजर डाली और 'आगे बढ़ो' का हुक्म देकर पीछे की ओर मुड़े। रेडक्रास के आदमी अभी टेकरी से दूर आते दिखाई पड़ते थे। कर्नल ज्यॉफरे ने खुद मृत रामसेवक की पगड़ी फाड़ी और उससे देवराज की जाँघ को बाँधा। अपने साथी अफसर की मदद से उन्होंने देवराज को जमीन पर लिटाया। पास में देखा, मोहन भी बेहोश था। कुछ हटकर दो जर्मन जख्मी थे। बाकी सभी मर चुके थे।

रेडक्रास ने अपना काम शुरू किया।

रात का वक्त है। एक सुन्दर स्वच्छ मकान बिजली की रोशनी से जगमगा रहा है। हॉल में पाँती से चारपाइयाँ बिछी हैं, जिन पर सफेद चादरों में लिपटे कितने ही लोग सोए हुए हैं। हॉल के बीच में एक मेज और दो-तीन कुर्सियाँ हैं, जिन पर सिर में रूमाली टोपी बाँधे दो नर्सें चुपचाप बैठी हैं। देवराज ने दिमाग दौड़ाना शुरू किया। यह समझने में उसे बहुत दिक्कत नहीं कि वह एक अस्पताल में है। सपने की तरह उसे यह भी खयाल में आया कि कुछ ही देर पहले खाइयों से निकलकर वह, मोहन और उसके दूसरे साथ टेकरी पर जा पहुँचे थे। मशीनगन चलाने में उसे कितना आनन्द आ रहा था, इसे वह अब भी अनुभव कर रहा था। लेकिन वह अब किस जगह है, उसके साथियों में से कोई यहाँ है कि नहीं, मोहन कहाँ है—यह जानने के लिए उसका दिल बेकरार हो उठा। उसकी नजर कुर्सी पर बैठी दोनों नर्सों पर पड़ी। उसका दाहिना पैर पत्थर-सा मालूम होता था और हाथों का हिलाना भी आसान नहीं था। उसने हाथ से चादर को इधर-उधर हटाना शुरू किया, इसे देखकर एक नर्स उसके पास आई। देवराज ने अंग्रेजी में कुछ कहा, जिसे वह न समझ सकी और दूसरी नर्स को बुला लाई।

"क्या चाहिए, दूध पिएँगे?"—नर्स ने बड़े मधुर स्वर से अंग्रेजी में पूछा।

"नहीं, धन्यवाद, क्या आप कृपा करके बतलाएँगी—मैं कहाँ हूँ?"

"पेरिस में, अस्पताल नं. 3 में। आपकी शरीर बहुत कमजोर है, ज्यादा न बोलें।"

"नहीं बोलूँगा। दिमागी परेशानी दूर करने के लिए इतना पूछ रहा हूँ। यहाँ कोई और हिन्दुस्तानी है?"

"हाँ, एक।"

"उसका नाम।"

"मैं टिकट देखकर बतलाती हूँ"—लौटकर उसने कहा, "एम. एस. घाटे।"

"मेरसी बकू।" कहकर मुसकुराते हुए देवराज ने धन्यवाद दिया।

नर्स ने हँसते हुए कहा—"वूले वू फ्रांसे?" (आप फ्रेंच जानते हैं?)

"आँ पुइ, मदाम्! (थोड़ी ही, श्रीमती!)"

नर्स चली गई।

एम. एस. से देवराज के दिमाग ने मोहन सिंह की कल्पना की, किन्तु 'घाटे' ने उस खयाल को दूर कर दिया। मोहन को घायल होकर बेहोश होते उसने स्वयं देखा था। उसके मन में तरह-तरह की आशंकाएँ हो रही थीं लेकिन, उनके लिए दिमाग को परेशान करना उसने फजूल समझा। एक बार फिर मशीनगन का खयाल उसके दिमाग में आया। मालूम होता था, अब भी वह उसी फौलादी स्टूल पर बैठा है। वह उसे आसमान में लिये जा रहा है और वह स्वेच्छापूर्वक मशीनगन से दुश्मनों के ऊपर गोलियाँ चला रहा है। 'दुश्मन' शब्द मन में आते ही उसके कलेजे में सूई सी चुभ गई। क्या सचमुच जर्मन उसके दुश्मन हैं? क्या डेढ़ सौ वर्षों से जर्मन ही उसके देश को कैद किये हुए है? क्या बूटों से हिन्दुस्तानियों की तिल्लियाँ फटती हैं? क्या ब्रिटिश उपनिवेशों में जर्मन ही हिन्दुस्तानियों को 'काले कुली' कहकर पुकारते हैं और उन्हें साथ में रेलों पर भी बैठने नहीं देते? क्या जर्मनों ने अपने देश में ही उन्हें पराया बना दिया है?—इन सबका उत्तर देवराज को 'नहीं' में मिला। तो, क्या मालिक के हुकुम पर दास के तौर पर तुम इस लड़ाई में अंग्रेजों की मदद करने आए? तुमसे यदि नसीराबाद की सारी राजपूत रेजिमेंट तथा दूसरे हिन्दुस्तानी पल्टनों से मतलब है, तब तो इनकार करना मुश्किल था; लेकिन यदि मतलब देवराज से है, तो वह बलपूर्वक इनकार करता है।

देवराज को अस्पताल में आए तीन हफ्ते हो गए थे। उसके शरीर से बहुत खून निकल गया था। दो बार दूसरे का खून देना पड़ा। कई दिनों तक वह जीवन और मरण के बीच झूलता रहा। जाँघ की हड्डी टूट गई थी, लेकिन डॉक्टरों ने राय दी कि हड्डी जुड़ जाएगी। देवराज तकिये के सहारे अपनी चारपाई पर बैठ सकता था, लेकिन अपने दाहिने पैर पर उसका काबू न था। उसकी दाहिनी तरफ घाटे की चारपाई थी और बाईं तरफ जॉन मरे, एक अंग्रेज तरुण की। साधारण बात होते-होते अब दोनों साथियों के साथ देवराज की बड़ी घनिष्ठता हो गई थी। घाटे

ग्वालियर का मराठा था, इसलिए हिन्दी उसके लिए मातृभाषा-सी थी। पहले-पहल साधारण सिपाही समझकर घाटे देवराज से विलगाव-सा रखता था; लेकिन, उसे यह जानने में देर न लगी कि सिपाही एक सुशिक्षित संस्कृत तरुण है, एवं उसकी प्रतिभा चतुर्मुखी है। देवराज के पूछने पर इंग्लैंड-प्रवासी भारतीय तरुणों की सैनिक सेवा के बारे में कहा—

"जब लड़ाई शुरू हुई तो इंग्लैंड में शिक्षा पानेवाले हम भारतीय तरुणों के दिमाग में प्रश्न हुआ—क्या करना चाहिए—कॉलेज और यूनिवर्सिटियों को सूना करके लड़के युद्ध-क्षेत्र की खाइयों की ओर दौड़ गए थे, और ऐसे वक्त हमारे लिए निश्चिन्त होकर पढ़ना सम्भव न था। सामुद्रिक खतरे के कारण भारत लौटना भी आसान न था। हम लोग सोच रहे थे कि अपने सहपाठी-अंग्रेज तरुणों की तरह हम भी कुछ काम करें। हमें ऐसा करने के लिए इस खयाल ने भी प्रेरणा दी कि अभी तक हिन्दुस्तानी शाही-कमीशन के अफसर नहीं हो पाते। अपनी सेवाओं द्वारा हम, भारतीयों के लिए यह रास्ता खोल पाएँगे। उस वक्त कर्मवीर मोहनदास कर्मचन्द गांधी भी लन्दन में थे। हाँ, उन्होंने भारतीयों की एक स्वयंसेवक-सेना बनानी चाही। दक्षिणी अफ्रीका में उनके कार्य के बारे में हम बहुत कुछ सुन चुके थे और बड़ी खुशी के साथ हम लोगों ने उनका नेतृत्व स्वीकार किया।...सैकड़ों तरुण भर्ती होकर सैनिक कवायद सीखने लगे। हमने कह दिया था कि दूसरे अंग्रेज छात्र जैसे अफसरों के दर्जे में भर्ती किये जा रहे हैं, वैसे ही हमारे साथ भी होना चाहिए।

कहीं से सुनकर किसी साथी ने कहा कि हम लोगों के लिए टॉमी (मामूली सिपाही) की वर्दी बन रही है। हम लोगों ने गांधी जी से साफ कह दिया था कि टॉमी की वर्दी हम हर्गिज नहीं पहनेंगे। गांधी जी ने विश्वास दिलाया कि ऐसा नहीं होगा। संयोग से वर्दी बनानेवाला दर्जी वही था, जिससे मैं अपने कपड़े सिलवाया करता था। मैं अपने कोट के भीतर एक गुप्त पाकेट लगवाया करता हूँ। दर्जी ने भेंट होने पर पूछा—क्या आपकी वर्दी में उस पाकेट के लगाने की जरूरत है? पूछने पर उसने यह भी बतला दिया, कि सभी के लिए टॉमी की वर्दी बन रही है। मैंने अपने साथियों से कहा। सभी आगबबूला हो गए। गांधी जी से कहने पर उन्होंने फिर विश्वास दिलाया कि ऐसा नहीं होगा। हम लोगों ने उनसे जोर देकर कहा कि अधिकारियों के पास हमारी माँग के बारे में पहले से ही स्पष्ट कर देना चाहिए। उन्होंने हम लोगों के उतावलेपन को बुरा कहकर शान्त कर दिया। लेकिन, एक दिन जब हम परेड में थे तो देखा कि वर्दी आ गई है—हमारा सन्देह ठीक निकला। हमें टॉमी की वर्दी पहनने को दी गई। एक गुलाम देश अपनी जान की कुर्बानी भी—सो भी विजेताओं के लिए—इज्जत के साथ नहीं कर सकता। हम लोग उस अपमान को बर्दाश्त नहीं कर सकते थे। हमने अफसर के सामने वर्दी स्वीकार करने से इनकार कर दी। हमें कोर्ट मार्शल की धमकी दी गई। गांधी जी

से हमने कहा—देखिए हमारी बात ठीक उतरी। वह पहन लेने के लिए हम पर जोर दे रहे थे। जब हमने उन्हें अपने उस विरोध में साथ देने के कहा, तो वह अलग हो गए। यद्यपि हम लोगों का निर्णय उस वक्त एक-ब-एक हुआ था, तथापि इसके परिणाम पर हम पहले विचार कर चुके थे, और सब कुछ के लिए तैयार थे। हममें एक-दो विश्वासघाती भी निकले, लेकिन ऐसे आदमी कहाँ नहीं होते? नीचे के अफसरों से काम न बनते देख मैं सीधा किचनर (प्रधान सेनापति) के पास गया। उसने सब सुनकर उसी वक्त कहा कि तुम लोग अफसरों की वर्दी पहनो, पूछने पर कह देना कि किचनर ने आज्ञा दी है। हम लोग खुशी के मारे फूले न समाए। जिसके पास रुपया न था, उसने भी उधार लेकर चौबीस घंटे के भीतर खूब भड़कीली वर्दी बनवाई।"

देवराज ने इस घटना को सुनकर प्रसन्नता प्रकट करते हुए कहा, "देश के सम्मान के लिए हमें हर जगह अपने प्राणों को तिनके के बराबर समझना चाहिए। जो प्राणों की बाजी लगाते हैं, वे ही विजयी होते हैं। मैं एक मामूली सिपाही हूँ और मैंने भारतीयों का स्थान ऊँचा करने में कुछ भी हिस्सा न लिया। आप लोग धन्य हैं...।"

घाटे देवराज को काफी समझ चुका था, इसलिए उसके इस हीनता-प्रदर्शन को वह सिर्फ शिष्टाचार की बात समझता था।

देवराज अब चारपाई से उठकर खड़ा हो सकता था। लेकिन, दाहिने पैर में अभी काफी ताकत न आई थी। एक दिन कर्नल और श्रीमती ज्यॉफरे को दरवाजे से भीतर घुसते देखकर देवराज का चेहरा खिल गया। कर्नल के रोकते-रोकते भी वह चारपाई से उतरकर खड़ा हो गया। अश्रुपूर्ण नेत्र हो ज्यॉफरे-दम्पती ने देवराज की पेशानी को चूमा। उसे चारपाई पर बैठाकर उन्होंने अपना हार्दिक उल्लास प्रकट किया—

"डेवी, सचमुच मैं तुम्हारे लिए यह नया जीवन मानता हूँ। मशीनगन को बगल में दाबे देखकर पहले तो मुझे मालूम हुआ कि तुम्हारा शरीर निर्जीव है और पीछे हफ्तों तक मुझे जो खबर मिलती रही, उससे मेरे मन में आशा का संचार नहीं हो रहा था। मेरी ड्यूटी युद्ध-क्षेत्र में थी, इसलिए तुम्हें देखने न आ सकता था। हमारी रेजिमेंट में घायल और स्वस्थ मिलाकर कुल बयासी आदमी बच रहे हैं। हम लोगों को एक महीना विश्राम करने के लिए छुट्टी मिली है। मैंने तार देकर तुम्हारी माम को भी बुला लिया। हम दोनों एक मास पेरिस में ही बिताने जा रहे हैं, जिसमें कि तुमसे रोज मिलते रहें। सच कहूँ, डेवी, जिस वक्त तुम्हारे जीवन के उस पार होने का अंदेशा हुआ, तभी मुझे इस बात का अनुभव हुआ कि तुमने हमारे दिल में कितना स्थान ग्रहण कर लिया है। बेटा डेवी, मैं तुम्हें एक और लज्जाजनक बात सुनाता हूँ—"हाँ, हमारी जाति के लिए लज्जाजनक। शायद अपने लिए तुम उसका

खयाल न करोगे, लेकिन मेरे लिए तुम्हारे दिल में जो भाव हैं, वे भी मेरी जाति को क्षमा प्रदान कराने में समर्थ न होंगे।"

धड़कते हुए दिल से देवराज ने कहा, "नहीं, कर्नल साहब! मैं पिता की मुहब्बत से लड़कपन ही से वंचित हो गया, लेकिन जब से आपके साथ मुझे रहने का मौका मिला, तब से समझता था कि मुझे एक पिता मिल गया। आपके स्वभाव और बर्ताव ने मुझ पर जो असर किया है, उसने अंग्रेज जाति के लिए मेरे दिल में खास स्थान पैदा कर दिया है; और उसे हजारों वैयक्तिक दुर्व्यवहार भी मेरे दिल से दूर नहीं कर सकते। आप निःसंकोच कहें।"

"यह तुम्हारी उदारता है। खैर, तुम्हारी युद्ध-चातुरी और वीरता ने अंग्रेजी सेना के लिए क्या काम किया, वह तुम्हें मालूम नहीं। उस दिन दोपहर की गोलाबारी हमारे लिए बड़ी खतरनाक थी। हम दो खाइयों को छोड़ चुके थे और तीसरी खाईं पर भी डटनेवाले न थे। यदि जर्मन फौजों को बढ़ने का मौका मिलता तो हमारी सारी पाँती को पाँच मील पीछे हट जाना पड़ता। सारी पाँती!—अर्थात् 52 मील लम्बी पाँती। हमारी पाँती का वह सबसे कमजोर स्थान था, जहाँ पर तुम लोग तैनात थे। तुम्हारी होशियारी और बहादुरी ने न सिर्फ हमारी सारी पाँती को 5 मील पीछे हटने से बचाया, बल्कि टेकरी की मशीनगन का इस्तेमाल करके तुमने एक हजार जर्मन सेना को हत, आहत और बेकार कर दिया और मोर्चा छोड़कर आगे बढ़ आई दुश्मन की सेना-पंक्ति को हम छै मील पीछे हटाने में समर्थ हुए। यह साधारण बात न थी। हमारे सभी अफसरों ने एक मत से तुम्हारे लिए 'विक्टोरिया क्रॉस' की सिफारिश की। मुझे बड़ा अफसोस है कि अधिकारियों—शायद राजनीतिक अधिकारियों—ने तुम्हें 'विक्टोरिया क्रॉस' पाने का मुस्तहक नहीं समझा और उन्होंने 'मिलिटरी क्रॉस' दिया। इस बर्ताव को देखकर शर्म के मारे मेरा सिर झुक जाता है।"

"मेरे पित्रतृल्य कर्नल साहब, वे एक हिन्दुस्तानी को 'विक्टोरिया क्रॉस' से वंचित कर सकते हैं; लेकिन उसके काम से इनकार नहीं कर सकते और यह मेरे औ (मेरे) देश के लिए सबसे बड़ा पारितोषिक है। मुझे यह सुनकर बड़ी प्रसन्नता हुई कि माम और आप एक महीना यहीं रह रहे हैं। स्वस्थ होते ही मैं फिर खाइयों में जाने को तैयार हूँ। डॉक्टरों ने बतलाया है कि घाव ने मुझे सैनिक सेवा के अयोग्य नहीं बनाया है?"

जॉन मरे के लिए देवराज और भी आश्चर्य की चीज था। एक तरफ वह देवराज को अंग्रेजी शासन का जबर्दस्त दुश्मन पाता था और दूसरी ओर अंग्रेजी जाति के लिए उसे इस प्रकार लड़ने वाला देख रहा था। अब भी वह इसी उत्साह से मैदाने जंग में जाने को तैयार था।

"मिस्टर सिंह, तुम्हारी बहादुरी के सभी कायल हैं। तुम्हारी योग्यता और संस्कृत मस्तिष्क का मुझे काफी परिचय है, इसलिए मैं जो भी बात तुमसे पूछूँगा, वह किसी बुरे भाव को लेकर नहीं होगी। मेरी समझ में नहीं आता कि एक तरफ जो तुम अंग्रेजी-शासन के इतने सख्त दुश्मन और अपने देश की स्वतंत्रता के जबर्दस्त हामी मालूम होते हो; और दूसरी ओर अंग्रेजों की हिमायत में उनके दुश्मनों से लड़ने में तुमने इतनी मर्दानगी दिखलाई है। दुश्मन को आफत में फँसा देखकर उससे फायदा उठाना चाहिए, या इस तरह सहायता देकर उसे मजबूत करना चाहिए? यदि तुम्हारे स्थान पर मैं होता, तो मेरा मार्ग उल्टा ही होता।"

"हर्गिज नहीं, मिस्टर मरे, तुम्हारे जैसे आदर्शवादी चतुर तरुण को वही करना पड़ता, जो मैं कर रहा हूँ। अच्छा। देश को स्वतंत्र करने में हमारा विज्ञान अधिक सहायक हो सकता है, या भावुकता?"

"विज्ञान, यह निश्चित है।'

"अंग्रेजों ने वैज्ञानिक अस्त्र-शस्त्रों द्वारा ही तो छै हजार मील पर, मुट्ठी-भर आदमियों को लेकर हमें गुलाम बना रक्खा है।"

"हाँ।"

"उनके मुकाबिले में यदि हम अपने को इन अस्त्र-शस्त्रों के उपयोग में अधिक कुशल साबित कर सकेंगे, तभी हम उन्हें अपना हाथ खींचने के लिए मजबूर कर सकेंगे? युद्ध-विज्ञान हमारे लिए वैसी ही आवश्यक चीज है जैसे कि राजनीति विज्ञान। और बिना पानी में उतरे तैरना आता नहीं। सेना में भरती हो हमारे जैसे शिक्षित तरुण कुछ सैनिक शिक्षा पा सकते हैं। यद्यपि हमारे लिए उच्च श्रेणी की शिक्षा का दरवाजा बन्द कर रक्खा गया है, तथापि अब पुस्तकों ने हमारे रास्ते को साफ कर दिया है। हम इसी तरह प्राणों की बाजी लगाकर इस ज्ञान को सीख सकते हैं? आप यह न खयाल करें कि यदि कल मैं मर गया होता, या परसों मर जाऊँ, तो मेरे ज्ञान का देश को क्या उपयोग मिलेगा। जब मेरे ऐसे हजारों होंगे, तो सभी मर न जाएँगे, आज हमारे पास यदि राजनीतिक जागृति के साथ सेना-संचालक भी होते, तो हम अवसर से फायदा उठाए होते। खैर, यह आखिरी अवसर नहीं है। अब शायद, आपने मेरे अभिप्राय को समझा होगा।

जॉन मरे के दिल में देवराज का सम्मान कई गुना बढ़ गया।

दुबारा घायल

अस्पताल में तीन महीने रहने के बाद देवराज का घाव अच्छी तरह भर गया; लेकिन, अभी उसमें पूरी ताकत न आई थी, इसलिए उसे कुछ दिन और पेरिस के एक सैनिक विश्राम में रहना पड़ा। इतने दिनों उसे अधिकतर फ्रेंच स्त्री-पुरुषों से काम पड़ता था। उसने अनुभव किया कि फ्रांसीसियों में रंग का अभिमान उतना नहीं है। फ्रांसीसी लोग बड़े खुशदिल होते हैं और अंग्रेजों की तरह चुप्पापन उनमें बहुत कम दिखलाई पड़ता है। इस समय का उपयोग उसने फ्रेंच सीखने और साम्यवाद के गम्भीर अध्ययन में किया। फ्रांस की साम्यवादी क्रान्ति और उसके नेताओं के बारे में उसने बहुत पढ़ा ही नहीं, बल्कि उस क्रान्ति से सम्बन्ध रखनेवाले पेरिस के बहुत-से स्थानों को देखा भी।

अगस्त से ही वह फिर मैदान में जाने के लिए उतावला हो गया, लेकिन कर्नल ज्यॉफरे भयंकर चोट के कारण अभी उसे लेना नहीं चाहते थे। सितम्बर के पहले सप्ताह में देवराज को फिर अपनी पल्टन में जाने का हुक्म मिला। अब पुरानी पल्टन नाम मात्र के लिए रह गई थी। अधिकांश जवान मर या घायल होकर बेकार हो चुके थे। सब मिलकर सौ भी पुराने सैनिक नहीं बच रहे थे। देवराज ने कई बार अपने साथियों के बारे में पूछा, लेकिन मोहन के बारे में कभी उसे पक्की खबर नहीं मिली। पल्टन में लौटने पर मालूम हुआ कि मोहन यद्यपि घायल होकर अस्पताल गया था; तथापि घाव मर्मस्थल पर लगा था और तीन ही चार दिन बाद वह मर गया। देवराज का मोहन के साथ जैसा सम्बन्ध था, उसको देखते हुए लोगों ने इस खबर को छिपा रक्खा।

लड़ाई शुरू हुए एक साल बीत चुका था; लेकिन, अब भी जर्मन सेनाएँ बड़ी तेजी से साथ आगे बढ़ रही थीं। बार-बार की हार से मित्र-शक्तियों के भीतर बड़ी निराशा छाई हुई थी; तो भी उसकी सैनिक शक्ति दिन-पर-दिन बढ़ रही थी, जबकि जर्मन की संचित सैनिक घटती जा रही थी। अंग्रेज अब लड़ाई को देर तक बढ़ाने में सफलता की आशा रखते थे, और उनकी तैयारी भी इसी दृष्टि से हो रही थी। हिन्दुस्तान से बहुत-सी पल्टनें फ्रांस पहुँची थीं। देवराज के रेजिमेंट में नये चेहरे

दिखलाई पड़ रहे थे। उनसे हिन्दुस्तान की राजनीति के बारे में जानना सम्भव नहीं था, क्योंकि सभी देहाती अनपढ़ किसान लड़के थे। वे यही बतला सकते थे कि अनाज का भाव दूना हो गया है और कपड़े का ढाई गुना।

देवराज की पल्टन एक छोटी-सी नदी के किनारे मोर्चा लगाए पड़ी थी। नदी के दोनों तरफ मोटे टीलों की ऊँची-नीची जमीन थी, जिसमें देवदार का जंगल था। जंगल किसी वक्त घना और वृक्ष बड़े-बड़े रहे होंगे। लेकिन दोनों तरफ की तोपों के गोलों ने वृक्षों को ठूँठ बना दिया और जंगल के बहुत-से भाग को जला दिया था। दोनों तरफ से कोई भी नदी पार करने की हिम्मत न करता था, क्योंकि नदी की अँगनाई में गोलियों से बचने का कोई साधन न था। देवराज के युद्ध-कौशल का परिचय मिल चुका था, इसलिए कर्नल ज्यॉफरे किसी लेफ्टिनेंट और कप्तान से भी उसकी बुद्धि पर ज्यादा भरोसा रखते थे। उन्हें यह पसन्द न था कि देवराज हर वक्त अपने जीवन को खतरे में डालता रहे। इस पर उन्होंने कई सर्मन (उपदेश) दिये थे, जिन्हें जिस प्रकार श्रद्धाभक्ति से देवराज सुनता था, उसे देखकर किसी को गुमान भी न हो सकता था कि पहले ही मौका मिलने पर वह उसकी अवहेलना करेगा। मिलिटरी-क्रॉस के अलावा अब वह जमादार था, और अक्सर उसे सौ-दो सौ सिपाहियों की टोली का नेतृत्व करना पड़ता था। देवराज अपने सामने की शत्रु-पंक्तियों को बड़े गौर से देख रहा था, नदी पार दाहिनी तरफ हटकर दरख्तों से ढका एक ऊँचा भीटा-सा था। उसकी नजर में सबसे खतरनाक जगह वही था। यदि किसी तरह उसको बेकार कर दिया जाए तो रास्ता साफ हो जाए—देवराज कई दिनों तक इस पर सोचता रहा। अन्त में उसने कर्नल के सामने अपनी राय पेश की। उसकी सफलता में उन्हें सन्देह न था; लेकिन, पाँती को तोड़कर आगे बढ़ने की आज्ञा तो सारी सेना-पंक्ति का संचालक ही दे सकता था। हाँ, अचानक हमला हो जाने पर देवराज को स्वयं कुछ निर्णय करने का मौका मिल सकता था। इसके लिए उसे ज्यादा प्रतीक्षा नहीं करनी पड़ी। जिस तरह जर्मन बैटरी उस भीटे से अंग्रेजी सेना को आगे बढ़ने से रोके हुए थी, उसी तरह देवराज की पंक्ति में भी बाईं तरफ, नदी से ऊपर एक ऐसा ही स्थान था, जहाँ से अंग्रेजी बैटरी अपनी आवाज से आसमान को फाड़ती हुई आग उगल रही थी। देवराज की तरह जर्मन सैनिक भी कई बार उस अंग्रेज बैटरी पर धावा बोल चुके थे।

क्वार की अमवास आनेवाली थी। देवराज ने सोच रक्खा था कि उस वक्त जर्मन सैनिक अवश्य नदी को पार करना चाहेंगे। उस बैटरी की रक्षा का भार देवराज की सेना पर था। उसने अपने सौ साथियों को अपनी योजना बतलाई।

रात के दस बज रहे थे, जब कि देवराज के साथी अपनी रायफलों को कन्धे पर डाले हाथ के बमों को बगल से लटकाए एक-एक लकड़ी के तख्ते को दो-दो आदमी उठाए धीरे से नदी की तरफ बढ़ने लगे। अँधेरा घने काजल-सा था, उसमें

इनका पता नहीं लग सकता था; लेकिन, पैर की आवाज दबा रखने के लिए उन्होंने पूरी कोशिश की। धारा आठ-दस हाथ से ज्यादा चौड़ी न थी, लेकिन पानी की गहराई का पता न था। सलाह ठहरी कि तख्तों को जोड़कर आर-पार पकड़े रक्खा जाए और लोग उतर जाएँ।

वे बड़े जोखिम का काम करने जा रहे थे। यदि टेकरी को दखल करने में वे सफल न हुए तो फिर उनमें से एक भी जिन्दा लौटकर नहीं आ सकता; साथ ही वह यह भी जानते थे कि अगर उनकी तरफ की बैटरी पर जर्मनों ने उसी रात हमला नहीं किया तो अपनी पाँती को छोड़कर आगे बढ़ने के लिए उसके पास कोई बहाना नहीं रह जाएगा। चार जोड़े तख्तों को उन्होंने पानी में धीरे से उतारा और जरा भी थपक की आवाज किये बिना दूसरे पार की ओर खिसकाया। देवराज सिरे पर बैठा था और जिस वक्त तख्ता किनारे पर पहुँचा, उसने उतरकर सिरे को पकड़ लिया। धीरे-धीरे सभी जवान सकुशल उस पार पहुँच गए। तख्तों को उन्होंने स्थल पर थोड़ा खींचकर छोड़ दिया। अब अपनी रायफलों और हाथ के बमों को सँभाले वे लोग एक पाँती में दाहिनी ओर घूमे। देवराज सबसे आगे था। कई दिनों से दूरबीन के सहारे वह एक-एक इंच जमीन देख रहा था। उसने देखा था कि नदी की पाट काफी चौड़ी है और वह जितना पानी के नजदीक चलेंगे, उतना ही अच्छा है। चलते पानी में हिलते तारों की परछाईं उन्हें मार्ग का संकेत दे रही थी। जब तक वे भीटे के जड़ में नहीं पहुँचे, तब तक भारी असफलता के डर से उनका कलेजा काँप रहा था। इसी वक्त उन्हें दूर धड़ाके की आवाज सुनाई दी। देवराज का उत्साह और बढ़ गया। उसने समझ लिया कि जिस बहाने की उसे जरूरत थी, वह मिल गया—जर्मन सैनिकों ने अंग्रेजी बैटरी पर धावा बोल दिया है। सुसकारी की आवाज में देवराज ने हाथ में बम सँभाले तेजी से ऊपर दौड़ने को कहा। चढ़ाई चालीस कदम से ज्यादा न थी। उन्हें यह मालूम होते देर न लगी कि भीटे पर लोग बेखबर सोए नहीं हैं। तो भी, मालूम होता है, इन्हें उस रात को हमला होने का कोई डर न था। सम्भवत: उन्होंने सोचा होगा कि सामने हिन्दुस्तानी पल्टन है, जो लड़ने में चाहे कितनी ही बहादुर हो, लेकिन उसे सैनिक चातुरी का पाठ बहुत कम मिला है। देवराज ने अपना बम फेंकते हुए 'फेंको' की आवाज लगाई और दर्जनों बम भीटे के ऊपर गिरे। दुश्मन ने भी बमों द्वारा जवाब दिया, किन्तु भारतीय बिखरे हुए थे और अँधेरे में वे उन्हें देख नहीं सकते थे। भीटे पर पहुँचकर संगीनों की लड़ाई शुरू हुई। जब-तब लपट की रोशनी के लिए राइफल से हवाई फायर किया जाता था। जर्मन भी स्थान के महत्त्व को समझते थे, इसलिए जी-जीन से प्रहार कर रहे थे। बीस मिनट तक द्वन्द्व रहा। देवराज के शरीर में एक दर्जन से अधिक घाव थे और उसकी बाईं बाँह बुरी तौर से जख्मी हुई थी। भीटा छोड़ते-छोड़ते जर्मनों ने एक बम फेंका, जिससे देवराज की दाहिनी ठठरी की दो हड्डियाँ टूट गईं। उसने

उस घायल अवस्था में भी अपने साफे को खोलकर घाव को बाँध लिया और लगा लोगों को उत्साहित करने। जर्मन सैनिक कितने घायल हुए, इसका पता उस अँधेरे में उन्हें नहीं लग सकता था। जर्मन सैनिक भी यह नहीं जान सकते थे कि आक्रमणकारियों की संख्या कितनी है। भारतीयों ने संगीनों की नोक से उन्हें भीटे के नीचे की ओर भगाया और अब वहाँ उनका अधिकार था। सिपाहियों ने अटकल से कुछ बम नीचे की ओर फेंके और सभी बेकार नहीं गए। बम के धड़ाके के साथ की क्षणिक लाल लपट से उन्हें अन्दाजा मिल गया कि शत्रु मुकाबला करने के लिए जगह नहीं पा रहा है। दियासलाई की रोशनी से मालूम हुआ कि भीटे पर बैटरी के अतिरिक्त दो मशीनगनें और बहुत-सा गोला-बारूद भी है। बैटरी को शत्रुओं की तरफ घुमाना आसान नहीं था और उसका उपयोग भी सिर्फ देवराज ही जानता था। उसकी आज्ञा से बालू की बोरियों की छल्ली लगाकर दोनों मशीनगनें दुश्मन की तरफ घुमा दी गईं और जब-तब उन्हीं की रोशनी में उन्हें दागा जाने लगा। दूसरे पार की अपनी बैटरी की आवाज भी जब-तब सुनाई देती थी, जिससे पता चल रहा था कि जर्मन अभी उस पर कब्जा करने में समर्थ नहीं हुए। नदी पार की अपनी पंक्ति के कूच करने की आवाज साफ सुनाई दे रही थी। दोनों मशीनगनों के सहारे देवराज ने अपनी अगल-बगल की पक्तियों को दो-दो सौ गज तक साफ कर दिया और फिर पच्चीस साथियों को भीटे पर रखकर बाकियों को दूसरी तरफ की मोर्चाबन्दियों की ओर भेजा।

अभी छै घंटे अँधेरी रात थी, सिवाय समय-समय पर कुछ गोलियाँ दागने के वे कुछ न कर सकते थे। उनको यह भी पता न था कि चारों ओर दुश्मन की मोर्चा बन्दी कैसी है। पौ फटने के साथ संघर्ष बढ़ने लगा। जर्मन तीन सौ कदम पीछे की पाँती में डटे हुए थे। वह पाँती उतनी मजबूत न थी और देवराज के प्रहार का मुकाबला करना उनके लिए मुश्किल हो रहा था। जर्मन अपनी सारी ताकत लगाकर खोई पाँती को पाने की कोशिश कर रहे थे। देवराज के साथी जो भीटे की बगल की पाँतियों में घुस गए थे—बड़े खतरे में थे, तथापि बहुत हानि उठाकर भी अपनी जगह डटे रहे। वे पीछे से देख रहे थे कि अंग्रेजी सेना तेजी से नदी पार कर रही है। देवराज की दोनों मशीनगनें बराबर चलती रहीं और जर्मन सेना पिछली पाँती से आगे न बढ़ सकी।

दोपहर तक अंग्रेजी सेना ने परित्यक्त जर्मन पाँती को ग्रहण किया; और 'हुर्रे' के गगनभेदी नाद से भीटे के साथियों का स्वागत किया। लेकिन, जिस वक्त सैनिक अफसर उसके पास पहुँचनेवाले थे, उसी वक्त देवराज चेतना खो बैठा। वस्तुत: वह एक अजीब जोश और दृढ़संकल्प के कारण अभी तक अपने होश-हवास को दुरुस्त रखकर युद्ध का संचालन कर रहा था।

परिचय

सारे पश्चिमी युद्ध-क्षेत्र में जर्मनी बड़े जोर का हमला कर रहा था, और सभी जगह मित्रशक्तियों की फौजें मीलों पीछे हटी थीं। देवराज की टुकड़ी ने जिस भीटे पर दखल किया था, उसी के आसपास अंग्रेजी सेना कुछ आगे बढ़ने में सफल हुई थी। कर्नल ज्यॉफरे खुद इस मुहिम में घायल हुए, लेकिन उनको अपनी रेजिमेंट की इस सफलता पर बहुत प्रसन्नता हुई, और सबसे बड़ी प्रसन्नता तब हुई, जबकि उन्हें पता लगा कि देवराज को वीरता का सबसे बड़ा अंग्रेजी तमगा 'विक्टोरिया क्रास' देना तय हुआ। देवराज पहला हिन्दुस्तानी था, जिसे यह सम्मान मिला।

फ्रांस के नये पुराने सभी अस्पताल घायलों से भर गए थे और उनके लिए लन्दन में बड़े पैमाने पर इन्तिजाम किया गया था। हिन्दुस्तानी और अंग्रेजी घायल अक्सर इंग्लैंड भेजे जाते थे। देवराज का सारा बदन जख्मी हुआ था, जिसमें दाहिनी पसली का घाव सबसे अधिक सख्त था। रेडक्रॉस ने जिस वक्त उसे मैदानी अस्पताल में भेजा, उसी वक्त उसी के साथ घायल की असाधारण वीरता का हवाला देते हुए—इसके जीवन की रक्षा के लिए सारे उपाय लगा डालने चाहिए—यह हिदायत सेना संचालन विभाग से भेजी गई थी। अस्पताल में उसे तुरन्त खून देने की व्यवस्था की गई। उसके बाद अस्पताली ट्रेन में बोलोज् फिर स्टीमर से इंग्लिश चैनल पार हो डोवर। डोवर से रेडक्रॉस की मोटर में उसे लन्दन के जेनरल अस्पताल में पहुँचाया गया। पिछली बार की तरह अब की बार कुछ घंटों से अधिक देवराज बेहोश नहीं रहा। जिस प्रकार उसका सारा बदन घाव से छलनी हो गया था—और कुछ घाव तो अत्यन्त खतरनाक थे, तो भी जिस शान्ति के साथ घाव के दर्द और धुलाई को वह बर्दाशत करता था, उसे देखकर डॉक्टरों और नर्सों को आश्चर्य होता था। 'आह' और 'उफ' तो उसके मुँह से निकलते किसी ने सुना ही नहीं। बहुत होने पर उसके मुँह पर सीवन और पेशनी पर हलकी-सी सिकुडन पड़ जाती थी। बाकी वक्त वह हमेशा स्मित-मुख रहता था। यहाँ भी दो बार उसे खून देने की जरूरत

हुई और अस्पताल की एक स्वस्थ नर्स, जेनी ब्राउन ने बड़े आग्रहपूर्वक उसके लिए अपना खून दिया। इस असाधारण सहृदयता और उदारता का देवराज के ऊपर बहुत जबर्दस्त प्रभाव पड़ा। जेनी के कहने पर उसे उसी वार्ड में नर्स का काम दिया गया और इसमें शक नहीं कि दवाइयों से भी अधिक जेनी की सहानुभूति ने उसके स्वस्थ होने में मदद दी। अपने कामों को पूरा करके जेनी अक्सर देवराज के पास बैठकर उसे किसी बातचीत में लगाए रहती। देवराज का दिमाग चुप बैठनेवाला नहीं था, इसलिए बहुत जरूरी था कि उसके दिमाग को किसी गम्भीर चिन्तन में न लगने दिया जाए।

खतरे से बाहर होने पर सबसे पहले देवराज ने एक पत्र श्रीमती ज्यॉफरे को लिखवाया और दूसरे दिन शाम को वह उसके पास थीं। यद्यपि उस वक्त कर्नल ज्यॉफरे युद्ध के मैदान में काम आ चुके थे, लेकिन देवराज के स्वास्थ्य को देखकर श्रीमती ज्यॉफरे ने उस समाचार को बतलाना उचित न समझा। देवराज के भयंकर जख्म और उनकी कठिन वेदना को देखकर कितनी ही बार श्रीमती ज्यॉफरे की आँखों में आँसू भर आए और कितनी ही बार अपने पति के वियोग का खयाल भी आँसुओं की बाढ़ लाने में सहायक हुआ; तो भी कर्नल का समाचार पूछने पर—'कोई हरज नहीं'—कहकर जल्दी से अपने अश्रुपूर्ण मुख को दूसरी ओर घुमा उन्होंने अपना पिंड छुड़ाया। जाने से पहिले उन्होंने जेनी को बतला दिया था, "मेरे पति देवराज को अपना पुत्र समझते थे। मेरा भी उस पर असाधारण स्नेह है। कर्नल की मृत्यु हो गई है, लेकिन, इसकी सूचना मौका देखकर तुम्हीं देना। सूचना का असर देखकर मुझे पत्र लिखना, तब तक मैं अपना यहाँ आना अच्छा नहीं समझती।"

महीनों देवराज चारपाई पर पड़ा रहा। उसकी जीवनशक्ति इतनी निर्बल हो गई थी कि उसके शरीर में शक्ति-संचार बहुत धीरे-धीरे हो रहा था। लेकिन, उस सारे समय में जेनी का हँसमुख चेहरा उसके पास रहता था। ड्यूटी के आठ घंटे का समय वार्ड के छै मरीजों में उसे बराबर-बराबर देना पड़ता था—लेकिन ड्यूटी के बाद के समय को वह नर्सों के क्वार्टर में सिर्फ अपने या देवराज के सोने के समय ही बिताती थी। देवराज के असाधारण धैर्य, वीरता और हँसमुख चेहरे को देखकर जेनी आकर्षित हुई थी। लेकिन, उस वक्त वह देवराज को असाधारण हिन्दुस्तानी सिपाही के अतिरिक्त अधिक नहीं जानती थी। किन्तु हर रोज देवराज के रूप के नये-नये पहलू उसके सामने प्रकट होते जा रहे थे। देवराज ने पहले समझा था कि जेनी एक सहृदय, किन्तु साधारण नर्स है। पीछे दोनों एक-दूसरे को यह कहकर हँसते थे कि किस तरह हमने हफ्तों साधारण सिपाही और साधारण नर्स का अभिनय किया। रहस्य का उद्घाटन सबसे पहले जेनी की ओर से हुआ। जेनी ने एक दिन की छुट्टी पर घर जाने के लिए देवराज से विदाई ली। देवराज ने पूछा—

"जेनी, तुम्हारा घर कहाँ है?"

"यहीं लन्दन में, मेरा जन्म हुआ, लेकिन मेरे पिता ऑक्सफोर्ड में प्रोफेसर हैं।"

प्रोफेसर का नाम लेते ही देवराज सोए से जाग-सा उठा, "प्रोफेसर ब्राउन, ऑक्सफोर्ड के? वह किस विषय के प्रोफेसर हैं?"

"मेरे पिता, प्रोफेसर स्टेनली ब्राउन्, ऑक्सफोर्ड के बेलिओल कॉलेज में अर्थशास्त्र के अध्यापक हैं।"

"ओह, क्या वही, जिन्होंने 'आधुनिक अर्थशास्त्र की कुछ असत्यताएँ' पुस्तक लिखी है?"

"डेवी, तुम मेरे सामने किस रूप में प्रकट हो रहे हो?"

"क्यों? मैं तो वही देवराज हूँ।"

"नहीं, तुमने हमेशा सिपाही देवराज को ही मेरे सामने रक्खा। 'आधुनिक अर्थशास्त्र की कुछ असत्यताएँ' पूँजीवाद अर्थशास्त्र पर गम्भीर विवेचन है। विद्वानों में उसकी बड़ी कदर हुई है—और, दरअसल, विद्वानों के ही समझने की चीज है। फिर उसको प्रकाशित हुए डेढ़ ही साल हुए हैं। इतनी गम्भीर पुस्तक इतनी जल्दी तुम्हारे हाथ में चली जाए! सच बताओ तुमने मुझे धोखे में क्यों रक्खा?"

"सच बताओ, तुमने मुझे धोखे में क्यों रक्खा? जननशास्त्र के अनुसार पिता की बौद्धिक सम्पत्ति की दायभागिनी लड़की होती है, इसलिए प्रोफेसर ब्राउन की लड़की जेनी भी साधारण नर्स नहीं हो सकती।"

"अच्छा, हम दोनों ही अपराधी हैं, साथ ही हमने जान-बूझकर यह अपराध नहीं किया है। मैं तुम्हें माफ करती हूँ।"

"मैं तुमसे माफी माँगकर उऋण नहीं होना चाहता। तुम्हारा चिरऋणी रहकर ही मैं अपने को सौभाग्यवान समझूँगा।"

"मैं अपने को इसके योग्य नहीं समझती। तुमने हमारे देश के लिए इतना त्याग किया और उस पर से तुम्हारे असाधारण धैर्य ने मुझे प्रभावित कर तुम्हारी सेवा के लिए विशेष रूप से प्रेरित किया। मैंने अपना कर्तव्य या अधिक-से-अधिक अपने आन्तरिक भावों की तृप्ति समझकर वैसा किया।"

"यदि मेरे आन्तरिक भावों की तृप्ति तुम्हारा ऋणी होकर रहने से होती है, तो क्या तुम उससे मुझे वंचित करोगी?"

"खैर! बहादुर सिपाही! जो तुम्हारी मर्जी! ऋण के बन्धन से तुम बाँधना चाहते हो?"

"तुमको नहीं, अपने को। ऋणी बन्धन में रहता है, ऋण देनेवाला नहीं।"

"लेकिन, डेवी मुझे आश्चर्य होता है, कैसे दो-दो हफ्ते तक अखबारों की खबरें सुनाती रही, मौसिम और लन्दन की गप्पें बतलाती रहीं; तुमने प्रश्न भी किये, लेकिन कहीं से पता नहीं लग सका कि मैं 'आधुनिक अर्थशास्त्र की कुछ असत्यताएँ' के पाठक और प्रशंसक से बात कर रही हूँ।"

"जेनी, तुमने पढ़ना कब छोड़ा है।"

"मैं ऑक्सफोर्ड के मेड्लेन कॉलेज की छात्रा हूँ। युद्ध के समय, जब कि देश के लाखों नौनिहाल अपनी बलि चढ़ा रहे थे, छत के नीचे बैठकर किताबों के पन्ने उलटना मैंने अच्छा नहीं समझा और आज तुम मुझे यहाँ नर्स देख रहे हो। बी.ए. की परीक्षा में 3 मास रह गए थे, जब कि मैंने कॉलेज छोड़ा। मुझे परीक्षा की परवाह नहीं। तुम सच कहते हो, पूरे तौर से नहीं तो कुछ अंशों में मैं जरूर पिता की बौद्धिक सम्पत्ति की अधिकारिणी हूँ। मेरा भी विषय अर्थशास्त्र और राजनीतिशास्त्र हैं, मैं भी अपने सिपाही के अर्थशास्त्रीय और राजनीतिक विचारों को मानती हूँ।"

खुशी से आपे से बाहर होकर हाथ मिलाते हुए देवराज ने कहा, "इतनी समानता!!"

"मार्क्सवादी! और इतने दिनों तक हम एक-दूसरे को जान न सके!!"

"शतशः धन्यवाद।"

"किसको?"

"तुमको, न स्वीकार हो, तो संयोग को।"

जेनी ने एक बार अपनी दोनों नीली आँखों को देवराज की हँसती काली आँखों पर गड़ाकर देखा। वह बड़ी सुन्दर मालूम होती थीं। देवराज के हर्षातिरेक के कारण उसके प्रशस्त ललाट पर कुछ श्रम-बिन्दु उछल आए थे। जेनी ने अपना रूमाल निकाल कर उन बिन्दुओं को पोंछा। देवराज के नेत्र गीले थे, और वही अवस्था थी जेनी की। दोनों थोड़ी देर नीरव रहे।

देवराज का शरीर शिथिल मालूम होता था, जेनी ने देखा, तो बदन में कुछ हरारत थी, उसे दो डिग्री बुखार आ गया था। देवराज ने बहुत समझाया, किन्तु जेनी के दिल में घबराहट हो गई। जेनी डॉक्टर ने सलाह दी कि रोगी को गम्भीर चिन्तन से दूर रखना चाहिए।

देवराज अब भी चारपाई से नीचे उतर नहीं सकता था, लेकिन उसके शरीर में काफी बल आ रहा था। जेनी ने एक दिन बहुत पसोपेश के बाद कर्नल ज्यॉफरे की मृत्यु का समाचार सुनाते हुए कहा,

"डेवी, श्रीमती ज्यॉफरे उस दिन तुम्हारे स्वास्थ्य पर बुरे असर का खयाल करके यह खबर तुमको न दे सकीं। तुम्हें देखने के लिए वह बार-बार आना चाहती थीं, लेकिन जब तक कि कर्नल की मृत्यु की खबर को मैं तुम्हारे लिए सह्य न बना सकूँ, तब तक उन्होंने अपने को रोक रक्खा। तुम कर्नल की बात पूछते हो और फिर वह क्या जबाब देतीं!"

देवराज ने लम्बी साँस भरकर कहा, "जेनी, शायद तुमको मालूम नहीं, कभी इसका जिक्र भी न आया। कर्नल मुझे पुत्र की तरह मानते थे। तुम्हें पता नहीं, हिन्दुस्तान में गए अंग्रेजों का हिन्दुस्तानियों के साथ कितना अपमानपूर्ण बर्ताव होता है। हिन्दुस्तानी उनके लिए गुलाम हैं, इसलिए मनुष्य समझे जाने के भी अधिकारी नहीं हैं। हम तो अंग्रेज जाति को उन्हीं चन्द अंग्रेजों द्वारा परखते हैं, जिन्हें कि हम अपने बीच में देखते हैं। मैं मानता हूँ कि यह अंग्रेज जाति के साथ सरासर अन्याय है। लेकिन, तुम्हीं बतलाओ, हिन्दुस्तान के करोड़ों आदमियों के लिए इस विषय में अपनी राय कायम करने का दूसरा उपाय क्या है? हिन्दुस्तान में रहनेवाले अंग्रेज सौ में सौ ही इतने अभद्र नहीं हैं, लेकिन कुछ ऐसी परम्परा बँध गई है कि कोई भद्र अंग्रेज भी अपने दूसरे जाति-भाइयों के विरोध के कारण हिन्दुस्तानियों के साथ भद्रोचित सम्बन्ध स्थापित करने से डरता है। मैं मानता हूँ, इंग्लैंड में आकर अंग्रेज जाति के प्रति हरेक भारतीय को अपना विचार बदलना होगा। इंग्लैंड के सभी क्या बहुसंख्यक स्त्री-पुरुष अपने को स्वामी और भारतीयों को हीन और दास समझने की गलती नहीं करते। मेरा यह सौभाग्य था कि मुझे कर्नल ज्यॉफरे के सम्पर्क में आने का अवसर प्राप्त हुआ। मैं देश की स्वतंत्रता का उग्र पक्षपाती हूँ। मेरे कण-कण में परतंत्रता के प्रति अपार घृणा है। इस परतंत्रता से क्षण-क्षण मुझे अपना दम घुटता-सा मालूम पड़ता है। तुम यह मत समझो कि मैंने अंग्रेजों की मदद के लिए इस युद्ध में अपने को डाला और कदम-कदम पर जबर्दस्त खतरों का आवाहन किया—नहीं। मैं यह सब कुछ युद्ध-विद्या में निपुणता प्राप्त करने के लिए किया; जिस निपुणता को पहला ही मौका मिलने पर अंग्रेजों के खिलाफ इस्तेमाल करने को मैं तैयार हूँ। देश की दासता और अपमान ने मेरे लिए अपने जीवन को कौड़ी मूल्य का कर दिया, वह भार है। आत्महत्या करके भी मैं उससे मुक्त हो सकता हूँ, लेकिन यह ऐसी खुदगर्जी होगी जिसे मानवोचित नहीं कहा जाएगा। जीवन को गँवाना ही है तो किसी अच्छे काम के लिए, और जिस देश ने इस शरीर को जन्म दिया, उसकी करोड़-करोड़ सन्तानों के लिए अर्पण करने से बढ़कर इस जीवन का दूसरा उपयोग क्या हो सकता है?..."

"डेवी, शायद मैंने कर्नल की मृत्यु का समाचार इतनी जल्दी देकर गल्ती की..."

"नहीं, प्यारी जेनी, तुम डरो मत। मैं काफी स्वस्थ हूँ। मैं अपने एक परम स्नेही की दुखद मृत्यु की वेदना को अच्छी तरह बर्दाश्त कर लूँगा। मेरा मन बहुत ज्यादा बुद्धि प्रधान है। वह भावुकता से बिलकुल शून्य है, यह तो मैं नहीं कहता, लेकिन उसका अंश उसमें बहुत कम जरूर है। कर्नल ज्यॉफरे की मृत्यु मेरे लिए बहुत भारी वैयक्तिक हानि है। इतना अधिक स्नेह और इतना अधिक सम्मान किसी एक के लिए मेरा कभी भी नहीं हुआ। उनके गुणों की स्मृति मेरी चिरस्थायी सम्पत्ति है,

लेकिन सबसे बढ़कर मुझे उनसे जो शिक्षा मिली, वह है कुछ व्यक्तियों के दुर्गुण के कारण सारी अंग्रेज जाति को तिरस्कार की दृष्टि से न देखना। भारत के सैकड़ों अंग्रेजों के दुर्व्यवहार—जिन्हें मैंने प्रत्यक्ष या अप्रत्यक्ष रूप से अनुभव किया—के कारण जो दुर्भाव एक जाति के प्रति मेरे दिल में उठा था, उसे इस एक अंग्रेज ने मेरे दिल से बिलकुल मिटा दिया।..."

"तो क्या मैं श्रीमती ज्यॉफरे को सूचित कर दूँ।"

"जरूर? यह काम कुछ पहले करना चाहिए था। उनके शोक के भार को हार्दिक सान्त्वना प्रदर्शित कर हम कुछ सह्य बना सकते हैं।"

श्रीमती ज्यॉफरे लन्दन के दूसरे छोर पर रहती थीं। जेनी से वह बराबर देवराज के स्वास्थ्य की हालत फोन पर पूछा करतीं। वह उत्सुकतापूर्वक जेनी के निमंत्रण की प्रतीक्षा कर रही थीं। उनको विश्वास था कि देवराज ही एक ऐसा व्यक्ति है, जो कर्नल की मृत्यु के शोक का काफी भाग वहन करता है, और दोनों की पारस्परिक सान्त्वना उनके शोक को कुछ हल्का कर सकती है।

देवराज ने जिस वक्त श्रीमती ज्यॉफरे को अपने सामने आते देखा, अपने हृदय को बहुत दबाना चाहा लेकिन मालूम होता था आँसुओं का तूफान आँखों की तरफ फूट निकलना चाहता है। वह देर तक दरवाजे से आती सूरत को एकटक देखता रहा—इस खयाल से कि आँखों के आँसू आँखों में ही रहें, लेकिन पलकों का गिरना एक हद ही तक रोका जा सकता है। जिस वक्त श्रीमती ज्यॉफरे उसकी चारपाई के पास पहुँचीं, उस वक्त वे आँसू गिर पड़े। श्रीमती ज्यॉफरे ने देखा। उन्होंने झुक कर उसकी पेशानी पर चुम्बन दिया, साथ ही आँसुओं की गरम-गरम दो बड़ी बूँदें देवराज के प्रशस्त ललाट पर चू पड़ीं। देवराज ने रुद्ध कंठ से कहा,

"माम, मुझे तुमने पहले सूचित नहीं किया। क्या तुमने मुझे अपनी वेदनाओं में सहभागी होने के योग्य नहीं समझा?"

"नहीं बेटा, तुम्हारे स्वास्थ्य का खयाल करके मुझे वैसा करना जरूरी था। तुम मेरे इतने नजदीकी हो कि तुमसे किसी बात के छिपाने की मुझे जरूरत ही क्या? इन चार हफ्तों को मैंने मुश्किल से गुजारा है। टेलीफोन से तुम्हारे स्वास्थ्य-सुधार की खबर सुनकर मुझे सन्तोष नहीं हो सकता था। जॉनी जैसे पति, पत्नियों के भाग्य में विरले ही मिलते हैं।..."

"श्रीमती ज्यॉफरे का गला बिलकुल भर आया और आँखों से आँसू की धारा बह रही थी। देवराज के लिए उन्हें धैर्य देने से अधिक अपने धैर्य को रोकना मुश्किल हो रहा था। उसकी आँखों में आँसू छलछला रहे थे और मुँह खोलने में आवाज टूटने का डर था। उसने भर्राई हुई आवाज में कहा,

"माम, पापा में इतने अधिक गुण थे, उनका स्वभाव इतना सरल और व्यवहार इतना मधुर था, कि उन्हें हम एक दिन के आँसुओं से नहीं भुला सकते। तुम्हें यह समझकर सन्तोष करना होगा, कि उनके वियोग की व्यथा को सहने के लिए तुम्हारा एक दूसरा भी साथी है।"

"हाँ, बेटा डेवी, सबसे आखिरी पत्र में उन्होंने तुम्हारे बारे में बड़ी उत्सुकता से पूछा था—'डेवी अब की बार बुरी तरह घायल हुआ है। मैं बड़ा चिन्तित रहता हूँ। और चिन्तित क्यों न होऊँगा? हमने डेवी के रूप में पुत्र-स्नेह पाने का सौभाग्य प्राप्त किया...।"

देवराज और श्रीमती ज्यॉफरे देर तक नीरव अश्रु बहाते रहे।

प्रेम

फरवरी (1916) का महीना था। देवराज को अस्पताल में आए चौथा महीना बीत चुका था। अब वह चारपाई से उठकर चल-फिर सकता था। उसके घाव भर आए थे। उसको यह सुनकर बहुत अफसोस हुआ कि घाव ने बाएँ हाथ को बेकार कर दिया है, और अब वह सैनिक सेवा के योग्य नहीं रहा। देवराज 'विक्टोरिया क्रॉस' पानेवाला पहला भारतीय था। पदक प्रदान की सूचना को कहने के लिए उस दिन खासतौर से राजमाता अलेक्जेंड्रा अस्पताल में आईं। बड़ी तैयारी थी। सभी चारपाइयाँ और अस्पताल के भीतर की एक-एक चीज सुन्दरता से सजाई गई थी। घर से बाहर हाथों मोटी बरफ की चादर बिछी थी, लेकिन गरम पानी के नलों से गरमाए हालों में फूलों के गुलदस्ते सजे थे। राजमाता के कमरे में आने के साथ कितने ही रोगी अपनी चारपाइयों से खड़े होकर हाथ मिला रहे थे। देवराज तब तक अपनी चारपाई से नहीं उठा, जब तक कि रानी अलेक्जेंड्रा उसकी चारपाई के बिलकुल पास नहीं पहुँच गईं। उसने उठकर साधारण शिष्टाचार दिखलाते हुए हाथ मिलाया। रानी ने उसके स्वास्थ्य के बारे में पूछा, फिर अपने देश और राजा के लिए बहादुरी दिखलाने की प्रशंसा करते हुए सर्वोच्च सैनिक पदक 'विक्टोरिया क्रॉस' पाने की खुशखबरी सुनाई। बाईस बरस के तरुण भारतीय के इस अद्भुत शौर्य और युद्ध-चातुर्य पर उन्हें बहुत आश्चर्य हुआ। उन्होंने खासतौर से देवराज से कहा, "यदि मैं कोई भी काम तुम्हारे लिए कर सकूँ तो तुम निःसंकोच मुझसे कहना। मैं तुम्हारे लिए एक पत्र भेजूँगी, जिसको दिखलाने से तुम्हें मेरे पास पहुँचने में कोई रुकावट न होगी।"

रानी का सौजन्य-प्रदर्शन देवराज के ऊपर उल्टा असर कर रहा था—मानो भारत का शताब्दियों का अपमान उत्तेजित होकर उसके हृदय से फूट निकलना चाहता था, "मैं यहाँ राजसेवा करने के लिए आया हूँ। मेरी गर्दन का मूल्य इन्होंने इतना सस्ता समझ रक्खा है!" उसके भीतर यद्यपि एक जबर्दस्त आग भड़क रही थी, लेकिन देवराज अपने पर काबू रखने की असाधारण क्षमता रखता था। उसने कृपा-प्रदर्शन के लिए रानी को धन्यवाद दिया। कमरे से उनके विदा होते ही चारपाई पर पड़ा रहा। उसके बदन में बड़ी थकावट प्रतीत हो रही थी; मालूम होता था कि

जोजीला का डाँड़ा पार करके अभी-अभी आया है। कुछ देर तक उसके दिमाग में विचारों के ताँते ज्वालामुखी तैयार कर रहे थे, और उसे बड़ी खुशी हुई, जब कि विचार श्रृंखला टूटने लगी और मन खड्डों और खाइयों में गिरने और उभरने लगा। एक क्षण स्मृति जागृति होती, दूसरे क्षण शून्य-सा बन जाती। स्प्रिंग पर झूलने की तरह उसकी चेतना 'अस्ति-नास्ति' में गोता मारने लगी।

थोड़ी देर बाद आकर जेनी ने देखा—देवराज गम्भीर निद्रा में सोया पड़ा है। दोपहर के वक्त देवराज का इस तरह सोना जेनी के लिए असाधारण बात थी।

बाहर शाम से ही अँधेरा था। बरफ बड़े जोर की पड़ रही थी। भीतर हाल में बिजली के सफेद चिरागों से दिन-सा मालूम होता था। आज जेनी बहुत बन-ठनकर आई थी। उसके बदन पर सटी हुई गुलाबी फलालैन की बॉडिस थी, जिस पर घुटनों तक लटकती संक्षिप्त चुनाइयोंवाली नीले रंग की स्कर्ट थी। उसके लम्बे सुनहरे बालों की दुहरी वेणियाँ बड़ी सुन्दरता से गूँथी पीठ पर लटक रही थीं। जेनी के ओठों और गालों की ललाई के लिए किसी कृत्रिम चूर्ण या रंग की आवश्यकता न थी। देवराज ने जेनी के मुख को अनेक बार घंटों देखा था; लेकिन, उसे अन्दाज न लगा सका था कि जेनी इतनी सुन्दर हैं। उस पर नजर पड़ते ही देवराज सोचने लगा कि आज जेनी को किन शब्दों में सम्बोधित करूँ। लेकिन, अभी किसी शब्द के पक्ष में वह अपना निर्णय नहीं दे सका था, कि जेनी ने आकर उसकी ठुड्डी पर हाथ रखकर कहा :

"डेवी, क्यों, क्या सोच रहे हो? आज बड़ी नींद लगी थी?"

देवराज शब्दों के चुनने के प्रयास को छोड़ बोल उठा, "हाँ, जेनी, आज मुझे नींद आ गई थी; लेकिन चित्त बिलकुल प्रसन्न है, और आज तो तुमने मुर्दों को भी जिन्दा करना का साज सजाया है।"

जेनी ने शर्मीली निगाह से देखते हुए कहा, "क्या तुमको पसन्द नहीं है?"

"पसन्द! हिन्दुओं के पुराणों में एक कथा आती है—इन्द्र के हजार नेत्र थे। मुझे भी चाह होती है कि आज-भर के लिए मैं भी सहस्त्र नेत्र इन्द्र बन जाता, और फिर तुम्हारे इस लावण्य को पान करने के लिए मेरी ये दो आँखें अपर्याप्त न रहतीं।..."

"हाँ, अब तक मैं तुम्हें सिपाही और राजनीतिज्ञ समझती थी, लेकिन अब मेरी धारणा में एक नया इज़ाफ़ा हो रहा है—तुम कवि भी हो।"

"लेकिन, इसका श्रेय मुझको हर्गिज नहीं; इसकी सरस्वती तुम्हीं हो।"

"रहने दो, मुझे बनाओ मत"—लाल गालों को और भी लाल करते हुए जेनी ने कहा।

"गुस्ताखी माफ, सरक़ार! जो हुक्म, उसके लिए बन्दा तैयार है।"

"डेवी, रानी अलेक्जेंट्रा से मिलते वक्त मैंने तुम्हारी चेष्टा से ताड़ लिया था, कि तुम्हारे मन में कोई आवेग चल रहा है। यद्यपि, तुमने शिष्टाचार का कहीं उल्लंघन नहीं किया, लेकिन वह भक्ति-प्रदर्शन से बिलकुल शून्य था। मैं लौटकर आई, देखा—तुम बेहोश सो रहे हो। मुझे दोनों में सम्बन्ध होने का सन्देह हुआ। और सच कहूँ, इससे मेरी चिन्ता भी बढ़ गई; क्योंकि डॉक्टर बतला रहे हैं, कि तुम्हारे शरीर में शक्ति उसी परिमाण में नहीं आ रही है, जिस परिमाण में तुम्हारा वजन बढ़ रहा है। पापा आक्सफोर्ड से आए हैं, और मेरे चाचा के साथ रीजेंटपार्क के पास ठहरे हुए हैं। उनके पास मुझे जाना था। मेरा शरीर उधर जा रहा था, लेकिन चिन्तित मन तुम्हारे इस कमरे में था। पापा ने पोशाक खरीदने के लिए कहा और इच्छा तथा अनिच्छा, दोनों से विरत रहते मैंने इसे स्वीकार किया। पहन लेने के बाद जरूर खयाल आया कि यह असाधारणता शायद डेवी के लिए कुछ मनोरंजन पैदा करे।"

"स्वादिष्ट भोजन तो ऐसे भी मधुर होता है, लेकिन भूख लगी रहने पर उसका स्वाद सौ गुना बढ़ जाता है। तुम्हारा अनुमान ठीक है। रानी से मुलाकात और मेरी निद्रा से सम्बन्ध जरूर था। मेरे शरीर में जितने सेर मांस, हड्डी और खून हैं, उतनी ही देश के परतंत्र करनेवालों के प्रति घृणा है। उस घृणा के अतिरिक्त भी मेरे शरीर में कुछ है, इसका मुझे कोई भी पता नहीं। खासकर उस वक्त जबकि उत्तेजना पाकर मेरे आन्तरिक भाव खौलने लगते हैं। रानी के मुँह से राज-सेवा की बात सुनकर मेरा आत्मसम्मान भड़क उठा। मेरे वे भाव तुमसे छिपे नहीं हैं। सच कहता हूँ, कर्नल ज्यॉफरे की मृत्यु के बाद समझ रहा था कि मैं अब और स्वच्छन्द हो शासकों के प्रति अपनी घृणा को सौ गुना बढ़ाकर प्रज्वलित कर सकूँगा। लेकिन, मेरे विचारों, मेरे भावों, मेरी आकांक्षाओं के प्रति तुम्हारी सहानुभूति मेरे उस रास्ते में नई बाधा आ खड़ी हुई। शायद, वह घृणा की ज्वाला स्वयं जलते-जलते मेरे शरीर को भी खाक कर देती, लेकिन तुम्हें देखते ही उसका वेग मन्द हो जाता है।"

"डेवी, मैं तुमसे कह चुकी हूँ। अंग्रेजों के गुलाम हिन्दुस्तानी—यह आंशिक सत्य है। हिन्दुस्तान को गुलाम की तरह रखनेवाले सभी अंग्रेज नहीं। इंग्लैंड के चार करोड़ अंग्रेज भी उसी तरह उन्हीं चन्द अंग्रेजों के गुलाम हैं, जिन्होंने कि अपने स्वार्थ के लिए हिन्दुस्तान को गुलाम बना रक्खा है। क्या हमारे यहाँ के गरीबों की जिन्दगी को नरक बनाकर ये हमारे धनी गरीबों के खून की होली नहीं खेल रहे हैं? फरक इतना ही है कि तुम्हारे देश को दूसरे देशों के चन्द आदमियों ने दास बना रक्खा है, और हमारे देश में लोग अपने ही अपने भाइयों के खून को चूस रहे हैं।..."

"हाँ, मैं तुम्हारी बात से इनकार नहीं करता, लेकिन कलेजे की आग का भड़कना भी स्वाभाविक है। खैर, यह तो बताओ, पापा दो-एक दिन लन्दन में ठहरेंगे?"

"कल शाम तक। और एक बात मैंने तुमसे बिना पूछे ही कर डाली है। मैंने उनको तुम्हारा परिचय दिया है। बूढ़ों का अपनी कृति के प्रति सन्तान से भी अधिक

प्रेम होता ही है। मैंने कह दिया—एक हिन्दुस्तानी तरुण सैनिक वी. सी. आपकी पुस्तक 'आधुनिक अर्थशास्त्र की कुछ असत्यताएँ' का बहुत प्रशंसक है। नहीं, 'कृति का प्रेम' ठीक शब्दार्थ में मत लेना। मेरे पिता डेवी, तुम्हारी ही तरह भावुकता से बहुत कम प्रभावित होते हैं। मैंने घुमा-फिरा कर यह बात उनसे कही, सबसे अधिक तुम्हारे धैर्य, बहादुरी, बुद्धिप्राखर्य और आदर्शवादिता के बारे में कहा।"

"अच्छा, यदि तुम्हारी प्रेरणा से मेरे जैसा शुष्क आदमी कवि बन सकता, और फिर उस वक्त के बारे में क्या कहना, जबकि तुमने स्वयं वाग्देवी का रूप धारण किया होगा।"

"हाँ तो, वह तीन बजे शाम को यहाँ आनेवाले हैं।"

"यहाँ? जेनी, तुम्हें हजार धन्यवाद? मुझे प्रोफेसर ब्राउन से मिलने की बड़ी इच्छा थी।"

"एक बात और। श्रीमती ज्यॉफरे आज मिली थीं। वह आनेवाली हैं। कर्नल ज्यॉफरे ने अपने वसीयतनामे में तुम्हारे लिए अपनी सम्पत्ति का आधा लिखा है। तुमने शायद श्रीमती ज्यॉफरे से उसे उन्हीं को देने की इच्छा प्रकट की है; लेकिन वे मुझसे कह रही थीं कि डेवी के ऐसा करने पर मेरा चित्त और मेरी समझ में कर्नल की आत्मा दुखी होगी। वह कल खुद आएँगी और इसके बारे में बात करेंगी। सम्पत्ति के आधे में चार हजार पाउंड और मकान का आधा है। कह रही थीं कि पेरिस में कर्नल ने कई बार जिक्र किया था—'लड़ाई से बच रहने के बाद डेवी को उच्च शिक्षा दिलानी है।' श्रीमती ज्यॉफरे इसे अपने पति की पवित्र वसीयत समझती हैं।

"कर्नल ज्यॉफरे का हृदय असाधारण उदार था और मेरे ऊपर उनकी कृपा आजन्म एक प्रिय स्मृति की वस्तु है। आदर्श के लिए उपयोगी शिक्षा के निमित्त मेरे हृदय में अपार भूख है, और उनके लिए मैं किसी अवसर को हाथ से जाने न दूँगा। लेकिन, जेनी, मेरी प्यारी, तुम्हीं बतलाओ कि श्रीमती ज्यॉफरे—जिनका अपने पति से कम मेरे ऊपर वात्सल्य नहीं है—को आधी सम्पत्ति से वंचित करना क्या मेरे लिए उचित होगा? मैं तरुण हूँ हाथ-पैर चला सकता हूँ। लेकिन श्रीमती ज्यॉफरे अपने लिए पैसा कमा नहीं सकतीं। मैंने तो यही तय किया है कि अपने हिस्से को भी मैं उनके नाम लिख दूँगा। और, यदि उन्हें अधिक खिन्न होते देखूँगा तो उनकी वसीयत का अधिकारी होना स्वीकार करूँगा। उनके जीवन-भर अपने लिए एक पैसा लेना मैं अनुचित समझता हूँ।"

जेनी ने बड़े प्यार से देवराज के सिर पर हाथ रक्खा; अपनी आँखों को उसके चेहरे पर गड़ाए, "डेवी, तुम्हारा हृदय भी उतना ही सुन्दर है जितना यह मुख। मुझे आश्चर्य है कि गोलों की एक छींट भी तुम्हारे चेहरे पर क्यों नहीं पड़ने पाई।" —कहकर जेनी ने गाल पर एक गरम-गरम चुम्बन दिया।

देवराज ने जेनी के दोनों कपोलों पर हाथ रखकर उसके स्वाभाविक लाल ओठों को चूम लिया और भावाविष्ट हो कहना शुरू किया :

"प्यारी जेनी, तुम मेरे रास्ते में सुनहली बेड़ी तो नहीं साबित होओगी? क्या मेरा फौलादी हृदय तुम्हारे मधुर प्रहार के सामने परास्त होगा?"

"नहीं डेवी, मैं तुम्हें आदर्श से विचलित न होने दूँगी। मैंने भी अपने सामने आदर्श रक्खा है, और मुझे बड़ी प्रसन्नता है, कि हमारे आदर्श एक-दूसरे के विरोधी नहीं, बल्कि सहकारी हैं। पापा कितनी ही बार कहते हैं—'हमने अपने आदर्शों पर सिर्फ कागज के कुछ पन्ने काले किये हैं। उस आदर्श को जीवन में लाने के लिए हमने क्या किया?' डेवी, सन्तान ही तो पिता के जीवन का चिर-क्रमागत प्रवाह है। युद्ध तक के लिए तो मैंने यह काम अपने हाथ में ले लिया है, लेकिन उसके बाद तो श्रम-जीवियों की मैं सेवा में ही अपना जीवन अर्पण करना चाहती हूँ। तुम यह मत समझो कि पक्षपात के कारण ऐसा कहती हूँ। सचमुच मैं तुम्हारे बहुत से गुणों से परिचित हूँ, लेकिन, धन के लिए इतनी निर्लोकिता—खास करके तुम्हारे माता-पिता की गरीबी और कष्टमय बाल्य-जीवन की बात सुनकर मैं तो समझती हूँ, धनिक ज्यादा लोभी और मक्खीचूस होते हैं। वे अपनी वासना-तृप्ति या प्रतिष्ठा के लिए भले ही पानी की तरह रुपये बहाएँ; लेकिन मूकत्याग जितना गरीबों में मिलेगा, उतना उनमें नहीं। डेवी, ओठों को कम्पित मत होने दो। आखिर, तुम अपने मन में भी दो पक्षों के प्रश्नोत्तर करते हो। मुझे उसी की एक बाह्य प्रतीक समझो। हाँ, आठ ही वर्ष की अवस्था में मुझे भी माँ का वियोग सहना पड़ा, लेकिन मैं दुनिया में अनाथ न थी। माँ के रहते ही पिता के प्यार की मैं सबसे बड़ी अधिकारिणी थी। लेकिन, तुम ग्यारह साल की उम्र में माँ और बहन का बोझ लादे निःसहाय छोड़ दिये गए! अपने आदर्श के लिए तुम्हारी साधना सबसे जबर्दस्त है।"

"लेकिन सभी साधनाएँ मैंने स्वेच्छापूर्वक नहीं कीं। मेरी साधनाओं में कई हाथ सहायक हुए। यदि भाई मोहनलाल जैसा मित्र और पथ-प्रदर्शक नहीं मिला होता तो नहीं मालूम, मैं अब तक कहाँ रहता?"

"कृतज्ञता मनुष्य के हृदय का सबसे सुन्दर गुण है। मैं देखती हूँ, कैसे छोटे-से-छोटे उपकार को तुम अपने लिए स्मरणीय चीज समझते हो।"

"ये स्मृतियाँ मेरे लिए भार नहीं हैं। जब मेरे हृदय में अवसाद और शून्यता का विस्तार होता है, उस वक्त ये स्मृतियाँ आशा और सन्तोष का संचार करती हैं, हमेशा मेरे ऊपर नया उपकार करने के लिए तैयार रहती हैं।"

जेनी का ध्यान उस वक्त देवराज की माँ की ओर था। वह सुन चुकी थी, देवराज के हिन्दुस्तान छोड़ते ही वह प्लेग का शिकार हुई। सन्तानों की वरासत के बारे में प्रोफेसर ब्राउन के मुँह से उसने सुना था। खुद देख रही थी कि वह अपनी रुचि और प्रज्ञा में अपने पिता से कितनी अधिक मिलती है। जेनी को विश्वास था

कि देवराज भी अपनी माँ का प्रतिबिम्ब होगा, लेकिन, उसे अफसोस होता था कि वह उस असाधारण माँ को न देख सकेगी।

जेनी ने बात आरम्भ करते हुए कहा, "तुमने बहुत-सी बातें अपनी माँ से पाई होंगी?"

"सभी बातों के बारे में तो नहीं कह सकता। मेरी माँ आजन्म अनपढ़ रहीं। लेकिन किसी को शिक्षा पाने का अवसर ही नहीं मिला तो प्रतिभा का क्या दोष? मैं समझता हूँ, तुम्हारा कथन बिलकुल ठीक है। मेरा चेहरा तो माँ से इतना मिलता-जुलता था कि बचपन में मुझे साड़ी पहनाकर मेरी माँ की सहेलियाँ मुझे 'राधा' कहा करती थीं।"

"ओह! कितनी समानता! मुझे भी पापा का फोटो कहते हैं और तुम्हारी बहन पार्वती?"

"सूरत और आदत, दोनों में वह माँ से नहीं मिलती। माँ को किसी से झगड़ते नहीं देखा गया। लोग कहते थे कि वह मोहनी मंत्र जानती है। लेकिन पार्वती का मिजाज चिचचिड़ा है। खेल में लड़कों से अक्सर झगड़ बैठती थी।"

"शायद मैं उसे कभी देख सकूँगी।"

"शायद।"

शाम को जेनी के साथ प्रो. ब्राउन अस्पताल आए। देवराज ने बड़े हर्ष के साथ उनका स्वागत करते हुए कहा—

"प्रोफेसर महाशय, आज आपका दर्शन पाकर मैं अपने को कृत-कृत्य समझता हूँ। मैं आपका अदृष्ट शिष्य हूँ। अर्थशास्त्र-सम्बन्धी आपकी कई पुस्तकें मैंने पढ़ी हैं। कितने ही गम्भीर विषयों को जितना सरल और सुबोध रीति से आप बतलाते हैं, वैसा करते मैंने किसी आधुनिक ग्रन्थकार को नहीं देखा। बहुत से ग्रन्थकार तो स्पष्ट बात को भी शब्दों के जंजाल में डालकर अज्ञेय बना देते हैं। 'अतिरिक्त मूल्य' या 'कमकरों के वेतन' को लूट को पूँजी का सम्मानित नाम दिया गया है—इस सिद्धान्त को मार्क्स के भावों में स्पष्ट करते हुए आपने कितनी सुन्दरता से अपने 'आधुनिक अर्थशास्त्र की कुछ असत्यताएँ' में लिखा है। मुझे अपने उद्गार को इस तरह धृष्टता के साथ आपके सामने प्रकाशित करने के लिए क्षमा करें। कुमारी ब्राउन से आपके स्वभाव के बारे में मैं बहुत सुन चुका हूँ।"

"मैं यह तो नहीं कहता कि अपने ग्रन्थों की प्रशंसा मुझे कड़वी लगती है, खास करके यदि वह प्रशंसा एक पारक्खी द्वारा की जाती हो तो किस लेखक को नापसन्द आएगी? लेकिन, मिस्टर सिंह मैं अपनी कमजोरियों और असफलताओं को भी जानता हूँ। मुझे अपनी शैली को और भी सरल और सुबोध करना था, क्योंकि अर्थशास्त्र की उपयोगिता कुछ प्रतिभाशालियों तक ही परिमित नहीं है।"

"मैं आपकी बात का विरोध नहीं करता। सम्भव है, आप जितना चाहते थे, उतना न कर पाए हों; लेकिन हमारे जैसे जितना चाहते थे, उन्होंने उतना ही सरल और सुबोध आपके ग्रन्थ को पाया, साथ ही सरलता और सुबोधता की कीमत अदा करने के लिए पदार्थों के गम्भीर विवेचन में भी कमी नहीं की गई।"

"खैर, आपकी सहृदयता के लिए धन्यवाद! बतलाओ मिस्टर सिंह, अब तुम्हारे शरीर में बल और स्फूर्ति की क्या हालत है?"

"बल और स्फूर्ति आ रही है और शीघ्रता के साथ है। मुझे अफसोस है कि बाएँ हाथ ने धोखा दिया और अब मैं सैनिक सेवा के योग्य नहीं रहा।"

"तो, क्या तुम मृत्यु को लालसा की चीज समझते हो?"

"एकदम 'हाँ-नहीं' मैं तो नहीं जवाब दे सकता; लेकिन सैनिक का कार्य बुरे और भले दोनों तरह के कामों में इस्तेमाल हो सकता।"

"तुम जानते हो, मैं 'शान्तिवादी' नहीं हूँ। खास करके किसी भी कीमत पर शान्ति मुझे पसन्द नहीं। श्रमजीवियों को अपनी सेना तैयार करनी होगी। दूसरे का खून चूसनेवाली जोकों का कभी हृदय-परिवर्तन न होगा। अच्छा, मुझे खुशी है, कि एक सैनिक सेवा से वंचित होकर तुम दूसरी सेवा में भर्ती होओगे।"

"हाँ, इसकी मुझे भी खुशी है। सेना-विज्ञान को एक परिमित क्षेत्र में मुझे उपयोग करने का मौका मिला और वह भी मैं नहीं कह सकता, श्रमजीवियों के प्रत्यक्ष फायदे के लिए था। आप ऐसे विद्वानों की कृतियों से जो कुछ ज्ञान मुझे मिला है, उसे मैं ज्यादा लाभदायक तौर से कमकरों और अपने देश की आजादी के लिए इस्तेमाल कर सकूँगा। खैर, आपकी मुलाकात से मेरी चिर-पोषित अभिलाषा पूरी हुई। कुमारी ब्राउन ने अस्पताल के इन चार महीनों में मेरे ऊपर बहुत-से उपकार किये हैं, और आज उन्हीं की कृपा से आपके दर्शन का सौभाग्य प्राप्त हुआ।"

जेनी तिरछी आँखों से देवराज की ओर देखते हुए भौंहों के कम्पन द्वारा बतला रही थी, "शाबाश! बातों के कलाकार! तुम मेरी तारीफ के पुल बाँधो और मैं तुम्हारी!"

प्रोफेसर ने विदा होते हुए कहा, "तरुण, आदमी शरीर से चिरंजीव नहीं रहता, लेकिन विचारों की चिरंजीविता उसे बड़ी प्यारी होती है। मैं समझता हूँ, हमारे परिचय का आज आरम्भ होता है। मुझे बड़ी प्रसन्नता होगी, यदि अस्पताल से निकलने पर तुम मेरा आतिथ्य स्वीकार करो—कम-से-कम तब तक के लिए 'जब तक कि तुम्हारा शरीर काम करने लायक न हो जाए। अच्छा, पुनर्दर्शनीय।"

"आपकी कृपा के लिए अत्यन्त आभारी। पुनर्दर्शनीय।"

वृद्धा का वात्सल्य

देवराज को अब अस्पताल में रहने की आवश्यकता न थी। सैनिकों के लिए सुरक्षित एक सेनिटोरियम में उसे भेजा गया। जेनी भी एक महीने की छुट्टी लेकर उसके साथ गई।

उस दिन की बातों का खयाल करके जेनी मुस्कराई और देवराज की आँखों को छै अंगुल से देखते हुए उसने ताना मारा :

"हजरत, आँ जनाब बात करने में उस्ताद हैं। 'कुमारी ब्राउन्'-'कुमारी ब्राउन्' की तो आपने झड़ी लगा दी थी। धन्य हैं कुमारी ब्राउन्, जिन्होंने कि आपके ऊपर उपकारों का पहाड़ लाद दिया।..."

देवराज ने अचानक जेनी की आँखों पर बोसा देते हुए कहा, "तो, आप खफा हैं क्या?"

"खफा होने की बात ही है। कृतज्ञता प्रकाशित करना था तो मेरे पीठ पीछे भी उसका मौका मिल सकता था।"

"और उस वक्त की प्रतीक्षा करते यदि मौका ही हमेशा के लिए जाता रहता?"

"मौका कैसे जाता रहता?"—प्यार का रोष दिखलाते हुए जेनी ने कहा।

"यदि प्रोफेसर जान जाते कि उपकारों ने चिरदासता की माला पहना दी है..."

"अच्छा, मालूम हो गया, वाद-विवाद में भी तुम 'विक्टोरिया क्रॉस' पाने के अधिकारी हो।"

"अधिकारी क्यों न होऊँगा, जेनी जब तुम्हारी कृपा..."

"कृपा नहीं, प्रेम।"

देवराज ने जेनी का गाढ़ालिंगन करते हुए थोड़ी देर नीरवता धारण की।

"प्रेम बड़ी भयंकर चीज है। मैं इसे हमेशा हलाहल समझता रहा। लेकिन, तुम्हारे हाथों से, जेनी हलाहल भी अमृत सिद्ध होगा।"

"नहीं, हम वह हलाहल प्रेम नहीं चाहते। हम उस प्रेम को चाहते हैं जो दुरारोह घाटियों पर चढ़नेवाले दो साथियों को हिम्मत न हारने दे; थकावट से चूर-चूर हुए उनके शरीर में स्फूर्ति पैदा करे, भारी-से-भारी खतरे और अन्तिम उत्सर्ग के लिए

उनके दिलों को मजबूत करे। यदि तुम्हें श्रमजीवियों के स्वतंत्र युद्ध में जाना होगा तो जेनी रायफल हाथ में लिये कन्धे से मिलाकर तुम्हारे साथ जाएगी। वह तुम्हारी छाती को गोली से बचाने का प्रयत्न न करेगी; बल्कि तुम्हारे प्रतिशोध के लिए अपनी गोलियों को सँभाल रक्खेगी। अज्ञान और भावुकतापूर्ण त्याग को वह महत्त्व न देगी। आदर्शों के लिए मरना और आदर्शों के लिए जीना—यही हम दोनों के जीवन को एक सूत्र में बाँधेंगे!"

"ऐसे साथी की उपयोगिता से मैं इनकार नहीं करता। मैं समझता हूँ, हम दोनों एक-दूसरे के पूरक होंगे; लेकिन प्रेम के नाम से जो अन्धेर-खाता मचा हुआ है, जितने अरमान और आदर्श प्रेम की वेदी पर चढ़े हैं, जितने होनहार तरुण-तरुणियाँ अपने पथ से विचलित हुए हैं, क्रान्ति की आग में तपे जितने वज्रहृदय प्रेम के फूलों के बाण से चूर्ण-चूर्ण हो गए हैं, उनको देखते हुए मेरी धारणा थी—धारणा क्या वह प्रतिज्ञा ही हद तक पहुँच चुकी थी—कि मैं किसी से प्रेम न करूँगा।"

"डेवी! क्या सचमुच मैंने प्रतिज्ञा तुड़ाने का अपराध किया? यदि ऐसा हुआ है, तो मुझे बड़ा अफसोस है!"

"नहीं, जेनी, मेरी प्यारी, मैंने प्रतिज्ञाएँ की हैं; लेकिन इतनी जल्दी प्रतिज्ञा करने की मुझे आदत नहीं। हाँ, मेरी धारणा ऐसी जरूर थी, और इसके लिए मेरे सामने बहुत से ऐसे उदाहरण थे, जिनमें क्रान्ति को कितने ही आशावान, तरुण जीवनों से वंचित होना पड़ा। लेकिन जेनी, तुम क्रान्ति की प्रतिद्वन्द्वी नहीं हो। और, तुम उसके पथ पर चलने में मेरे लिए बाधक नहीं हो सकतीं।"

जेनी के सुनहले बालोंवाले सिर को अपनी गोद में लिये उसकी ठुड्डी पर अपने दाहिने हाथ की उँगली रखे, उसकी नीली आँखों को गम्भीरता से देखते देवराज कितने ही समय तक अपने हृदय को खोलकर रखता रहा। यद्यपि उनके वार्तालाप ने गम्भीरता का रूप धारण किया था, तथापि मालूम होता था, वे दोनों इस धरती को छोड़कर किसी दूसरे लोक में चले गए हैं—ऐसे लोक में, जहाँ स्वार्थ का नाम भी सुनने में नहीं आता, जहाँ आत्मोत्सर्ग और सहृदयता का अखंड राज्य है, जहाँ आदर्श और सद्भावना के सूर्य-चाँद उगे रहते हैं, मेरा और तेरा के लिए जहाँ कोई स्थान नहीं।

स्थान-परिवर्तन के कारण श्रीमती ज्यॉफरे को आज आने के लिए सूचना दी गई थी। जेनी ने देखा, उनके आने का समय है, घड़ी में 10 बज रहे हैं। इसी वक्त घंटी की आवाज आई। जेनी ने दरवाजा खोला। श्रीमती ज्यॉफरे ने हाथ मिलाते हुए कहा :

"हलो मिस् जेनी ब्राउन, तुम्हारी बड़ी कृपा है जो डेवी के साथ तुम यहाँ आई। मैं तो बड़ी उत्सुक थी। उसे अपने घर ले जाना चाहती थी। तुम जानती हो, हमारा अपना घर है। छै कमरे किराये पर दे रक्खे हैं। लेकिन देवराज संकोचशील लड़का

है, इसलिए मैंने इतनी जल्दी उस पर जोर देना नहीं चाहता। मुझे विश्वास है, कि तुम उसे वहाँ चलने के लिए राजी करने में मेरी सहायता करोगी।"

"जरूर, श्रीमती ज्यॉफरे।"

दोनों हाथ में हाथ मिलाए बैठकखाने में गईं। देवराज स्वागत के लिए आगे बढ़ा।

"सुप्रभातम्"—कहते हुए उसने श्रीमती ज्यॉफरे के बैठने के लिए कुर्सी बढ़ाई। श्रीमती ज्यॉफरे ने देवराज के ललाट पर चुम्बन लेते हुए कहा :

"सुप्रभातम् डेवी, अब तुम्हारे चेहरे पर लाली आने लगी है।" और रुद्ध कंठ से बोलीं, "आज जॉनी को तुम्हें देखकर कितनी खुशी होती?" यह कहते-कहते उनकी आँखों में आँसू भर आए। जेनी को एक कुर्सी पर बैठने का इशारा करके देवराज सामने की कुर्सी पर बैठते हुए बोला—"हाँ माम, उनकी बड़ी इच्छा थी कि मेरी छाती पर 'विक्टोरिया क्रॉस' टँगा देखते। माम, तुम बहुत चिन्ता करती हो, तुम्हारे शरीर पर इसका बहुत बुरा प्रभाव पड़ रहा है।"

"हाँ, बेटा, चिन्ता तो जरूर होती है, लेकिन उसे दूर करने की बराबर कोशिश करती हूँ। शायद जॉनी को भुलाना मेरे बस की बात नहीं है। जब कभी एकान्त में होती हूँ, कितनी ही बार जॉनी का मुस्कराता चेहरा मेरे अश्रुपूर्ण नेत्रों से ओझल हो जाता है। तुमसे एक बात कहना चाहती हूँ...

"माम, क्या तुम उम्मीद करती हो, कि मैं तुम्हारी आज्ञा..."

"नहीं बच्चा, मेरा यही कहना है कि तुम, अपने घर चलो। मैं किसी दूसरी बात के लिए जरा भी जोर नहीं दूँगी, लेकिन तुम्हारे साथ रहने से तुम खुद समझ सकते हो, मेरे चित्त को बड़ी सान्त्वना मिलेगी। क्यों कुमारी ब्राउन्, तुम्हीं बतलाओ, इसमें मेरा थोड़ा स्वार्थ जरूर हो सकता है, किन्तु बात ठीक तो है?"

"मैं आपसे सहमत हूँ।"—जेनी ने देवराज की आँख बचाते हुए कहा।

"माम, आपकी आज्ञा मुझे शिरोधार्य है; किन्तु एक प्रतिज्ञा के पालन में मुझे पूरी उम्मीद है, आप मेरी सहायता करेंगी।"

"जरूर बेटा, वह क्या?"

"सम्पत्ति में से कुछ भी लेने के लिए मुझसे आग्रह नहीं करेंगी।"

"लेकिन, जब तक तुम पूरे स्वस्थ नहीं हो जाते...।"

"उस वक्त आपकी सहायता में मुझे उज्र न होगा।"

"और मेरे मरने पर।"

"मैं आपका बच्चा हूँ। लेकिन खयाल रक्खें मेरे पास सम्पत्ति नहीं रह सकेगी।"

"साथ ही, मैं यह भी जानती हूँ, कि तुम उसका बेहतर इस्तेमाल करना जानते हो। एक बात और—जॉनी को तुम्हारे पढ़ाने का खयाल था।"

"मैं पढ़ूँगा जरूर, मगर उसके लिए मुझे किसी कॉलेज या विश्वविद्यालय में

जाने की जरूरत नहीं। माम, इस जरा-से मतभेद के साथ मुझे अपना आज्ञाकारी पुत्र समझना।"

श्रीमती ज्यॉफरे ने आँखों को गीली करते हुए कहा, "सो मुझे पूरा विश्वास है। कुमारी ब्राउन, मैं समझती हूँ, तुम भी हमारे घर को अपना घर समझोगी। डेवी पर तुम्हारी असाधारण कृपा रही है। जॉनी की मृत्यु को छिपाने के लिए मुझे बलात इतने दिनों तक अपने को रोकना पड़ा, लेकिन तुम्हारी उपस्थिति ने मुझे निश्चिन्त कर दिया था।"

"आपकी कृपा के लिए आभारी हूँ। मैं तो इसके लिए आपसे आज्ञा माँगने वाली थी। हम दोनों स्वप्रचारी आदर्शवादी हैं। मेरे लिए अपने द्वार को खोलकर आपने बड़ा अनुग्रह किया।"

नहीं, अनुग्रह की कोई बात नहीं, तुम दोनों की उपस्थिति मुझे अपने शोक को भूलने में मदद देगी। और तुमसे उस दिन कहा था—प्रोफेसर ब्राउन, देवराज के पास आनेवाले हैं।"

"पापा आए थे, डेवी से बहुत प्रभावित हुए, असाधारण तरुण कह रहे थे।"

देवराज ने पेशानी पर सिकुड़न लाकर कहा, "मत झूठमूठ मेरी मिट्टी पलीद करो। तुम जानती हो, मैं प्रोफेसर ब्राउन का पहले से ही कितना भारी प्रशंसक था, और उस दिन उनके व्यवहार और व्यक्तित्व ने मुझे अपना भक्त बना लिया।"

श्रीमती ज्यॉफरे ने हर्ष प्रकट करते हुए कहा, "सो डेवी, पहली ही मुलाकात ने प्रोफेसर और तुमको बहुत नजदीक कर दिया?"

"हाँ, माम, और आगे मेरे कॉलेज और विश्वविद्यालय, प्रोफेसर स्टेनली ब्राउन के चरण होंगे। उनकी पुस्तकों से मैंने बहुत सीखा है, और जब कभी उनकी सेवा में उपस्थित होने का मौका मिलेगा, मैं उनके अथाह ज्ञान-समुद्र में गोता लगाए बिना नहीं रहूँगा।"

"और गोता लगाने के लिए तुम्हें तरसना नहीं पड़ेगा"—जेनी ने कुर्सी से उठते हुए कहा, "मुझे आज्ञा दें, श्रीमती ज्यॉफरे, डेवी के लिए सूप ला दूँ। डॉक्टर ने इस वक्त चूजे का सूप देने के लिए कहा है।"

"मैं तुम्हारे काम में बाधा तो नहीं दे रही हूँ, डेवी।"

"नहीं माम, यह सारा समय तुम्हारा है। मध्याह्न भोजन भी यहीं करके जाना होगा। कुमारी ब्राउन ने इसका प्रबन्ध कर रक्खा है।"

"धन्यवाद, कुमारी ब्राउन, तुम्हारी बड़ी कृपा है।"

"नहीं मा—माम..." आधा कहते जेनी शरमा गई।

"नहीं संकोच की बात नहीं जेनी, मेरी बेटी, जानती नहीं हो, स्त्रियों को मम्मी कहलाने की कितनी लालसा होती है। आज से मैं तुम दोनों के मुँह से मम्मी ही सुनने की आशा रक्खूँगी। जेनी, तुम्हारी माँ है?"

"नहीं मम्मी, उनकी मृत्यु के समय मैं आठ ही वर्ष की थी।"—कुम्हलाए चेहरे से अवनत मुख हो जेनी ने कहा।

"अबोध बच्ची, मुझे कितना दुख है। तुम तरुणों की बात मैं नहीं कहती, मेरा भगवान के अस्तित्व में विश्वास है। लेकिन जिस वक्त देखती हूँ, छोटे बच्चों को माँ की गोद से वंचित होते, या गुलाबी गालोंवाले नन्हों को माँ की गोद सूनी कर कुम्हलाते, उस वक्त मेरे विश्वास पर भारी धक्का लगता है। यह ईश्वर की दयालुता पर भारी दोष है। मेरे भी एक बच्चा था, तीन ही वर्ष की उम्र में जाता रहा। यदि जीता रहता तो आज डेवी की उम्र का होता। सचमुच, डेवी को देखकर सजीव फ्रिट्ज सामने आ जाता है। कर्नल को तो डेवी के दूसरे गुणों ने मोहा था, किन्तु मैंने चुपके से फ्रिट्ज के प्रेम को डेवी के रूप में परिवर्तित कर दिया!"—कहते-कहते श्रीमती ज्यॉफरे की आँखें तर हो गईं और गला रुँध गया।

उसी दिन तय हो गया कि मार्च-भर देवराज को सेनीटोरियम नहीं छोड़ना चाहिए, वहाँ डॉक्टरों की सेवा भी सुलभ और हर वक्त प्राप्य है। लेकिन अगले अप्रैल मास से वह श्रीमती ज्यॉफरे के यहाँ रहेगा।

मित्र गोष्ठी

छै मास की गम्भीर निद्रा के बाद इंग्लैंड की प्रकृति जागने लगी थी। जलकर झुलस गए वृक्षों में पत्ते कलियों के रूप में आने लगे थे। ठिठुरकर सिमटे परोंवाली गौरैया अब ज्यादा चंचल हो चहचहाने लगी थी। तीन महीने से पड़ी टेम्स की सफेद चादर ने अब नीला रूप धारण कर लिया था। निरन्तर कुहरा और धुन्ध देखते-देखते आजिज आए लन्दन के नर-नारियों को अब सूर्य के सुनहले प्रकाश को देखकर अपार प्रसन्नता होने लगी थी। कमकरों के लिए सड़कों से लाखों मन बरफ हटाते रहने की परेशानी दूर हो गई थी। मनुष्य ही नहीं, पशु-पक्षी तक बसन्त के आगमन से आनन्दित हो रहे थे।

श्रीमती ज्यॉफरे का मकान रिजेंट उद्यान के पास मध्यवित्तियों के मुहल्ले में था। तहखाने को लेकर चार तल्ले थे। तहखाने में भंडार, भोजनागार आदि थे। देवराज को बड़ी प्रसन्नता हुई, जब उसने देखा, श्रीमती ज्यॉफरे ने सबसे ऊँचे के तल को अपने लिए सुरक्षित रक्खा है। श्रीमती ज्यॉफरे ने देवराज को उसके कमरे को दिखाते हुए कहा :

"डेवी, मैं जानती हूँ, तुम एकान्तता बहुत पसन्द करते हो। मुझे भी किरायेदारों की स्वतंत्रता में बाधा देना पसन्द नहीं है। मैंने पहले ही से ऊपर के तल्ले को अपने लिए सुरक्षित रक्खा है। तुमको तो नहीं, पर मुझे सीढ़ियों पर चढ़ने में कुछ तकलीफ होगी, लेकिन थोड़े-से व्यायाम की हम बूढ़ों को भी आवश्यकता है। है न?"

"हाँ मम्मी, और फिर तुम्हें ज्यादा नीचे-ऊपर आने की आवश्यकता नहीं है। मैं तो हूँ ही।"

"हाँ, डेवी मैं तुमसे किसी बात का आग्रह नहीं करूँगी, लेकिन जब तक लन्दन में रहना, तुम्हारा स्थायी निवास यहीं होना चाहिए। बस इतना ही।"

"मम्मी, तुम इसकी चिन्ता मत करो। लन्दन कई साल के लिए मेरा घर बनेगा और तुम्हारी सेवा के किसी अवसर से मैं अपने को वंचित नहीं रक्खूँगा।"

"धन्यवाद बेटा, जेनी से कह देना, वह इसे अपना ही घर समझे। बेचारी बच्ची, आठ ही वर्ष की उम्र में माँ के प्रेम से वंचित हो गई!! जेनी बड़ी लज्जालु लड़की है।"

"हाँ, मम्मी, लेकिन आपके साथ उसका संकोच नहीं है। उसके पिता का घर भी यहीं पास ही में ग्लौस्टर रोड पर है।"

"ग्लौस्टर रोड! तब तो बिलकुल पास की सड़क है।"

"यहाँ उसके चाचा रहते हैं। पिता तो आक्सफोर्ड में प्रोफेसर हैं—आप जानती ही हैं।

जेनी, अस्पताल की ड्यूटी के बाद अपने क्वार्टर में नहीं रहा करती थी, उसे प्रतिदिन 10 मील भूगर्भी रेल से आना-जाना पसन्द था। कभी वह अपनी चाची के यहाँ रहती, अक्सर श्रीमती ज्यॉफरे के कमरे में सोती। जेनी के आग्रह करने पर ही श्रीमती ज्यॉफरे ने अपने शयनागार में एक और चारपाई बिछा ली थी।

जेनी और देवराज घंटों अपने भविष्य के प्रोग्राम पर विचार करते थे। दोनों की मित्र-मंडली का धीरे-धीरे विस्तार हो रहा था। वर्नार्ड सिफ्टन, टॉम हार्डी, अगथा एंडर्सन, एनी मूले आज देवराज के कमरे में जमा हुए थे। जेनी पहले ही से वहाँ मौजूद थी। वर्नार्ड ने वार्तालाप को गम्भीर रूप देते हुए कहा :

"डेवी, क्या तुम समझते हो, हिन्दुस्तान को गुलाम रखकर अंग्रेज-जनता बहुत फायदे में है? दुनिया के साम्राज्य के इतिहास में देखा जाता है कि दूसरों को पराधीन करनेवाली जातियाँ स्वयं अपनी भीतरी गन्दगी से बच नहीं सकीं। इससे हम इनकार नहीं करते कि साम्राज्य कुछ व्यक्तियों और परिवारों को सुख और चैन की बंसी बजाने देता है; लेकिन जातीय नैतिक बल पर उसका बड़ा बुरा असर पड़ता है।"

टॉम ने बर्नार्ड की वक्तृता का समर्थन करते हुए कहा :

"क्षमा करो, बीच में बोलने के लिए। हिन्दुस्तान में गया अंग्रेज कितना नीच हो सकता है, इसका व्यक्तिगत उदाहरण मैं देना चाहता हूँ। अभी कल की बात है। मैं और मेरे एक बहुत सम्माननीय भारतीय दोस्त कैन्सिग्टन-म्यूजियम देखने गए। मेरे भारतीय दोस्त प्राचीन भारत के इतिहास, पुरातत्त्व के अच्छा जानकार हैं। म्यूजियम के क्यूरेटर मिस्टर कैम्रान उनसे मिलकर बड़े प्रसन्न हुए और उन्होंने खुद ले जाकर सभी दर्शनीय चीजों को बड़े उत्साह के साथ दिखलाया। जब वह आफिस में आए, भारत सरकार के राजनीतिक विभाग का एक उच्च पदस्थ अंग्रेज मि. कैम्रान का इन्तिजार कर रहा था। उन्होंने अविकृत सरल अंग्रेज के तौर पर मेरे भारतीय दोस्त का भी उक्त अधिकारी से परिचय कराया; लेकिन, मुझे यह देखकर बड़ा आश्चर्य और खेद हुआ कि उस आदमी हाथ मानो पत्थर हो गया था, और बहुत रुक-रुककर उसने अपने हाथों को आगे बढ़ाया। मालूम होता था, उसके हाथ में लकवा मार गया है। हिन्दुस्तान को गुलाम रखने का यह साफ परिणाम है, जिसने कि उस मनुष्य में साधारण शिष्टाचार की योग्यता भी नहीं रहने दी।"

एनी ने उतावली हो कहना शुरू किया :

"मैं ऑक्सफोर्ड की एक घटना सुनाऊँ। एक भारतीय विद्यार्थी एक अंग्रेज के साथ रेस्तराँ में गया। अंग्रेज उक्त तरुण के बाप का दोस्त था और कहना चाहिए कि वह उतना बुरा न था। अंग्रेज ने रेस्तराँ के परिचारक को आवाज देते हुए कहा—'लड़के (Boy), पानी लाना' परिचारक ने उस वक्त अपने ऊपर संयम रक्खा; लेकिन भीतर-ही-भीतर जल-भुन गया। उसने मुझसे कहा, "हिन्दुस्तान की आबोहवा भी बहुत खराब होगी, जिसने इस अंग्रेज को इतना अशिष्ट बना दिया।" मैंने उसे समझाया, "हमने हिन्दुस्तानियों को गुलाम बनाया है, और वहाँ शेखी में आकर हमारे भाइयों को ऐसा बोलने की आदत हो जाती है, जिसका परिणाम हमें भोगना पड़ता है।"

बर्नार्ड ने अपने सर को पेन्सिल से कुरेदते हुए कहा, "हम लोग मानसिक गुणों में ही इस तरह दीवालिया बनते जा रहे हैं, बल्कि आर्थिक तौर से साधारण जनता की हानि भी अधिक हो रही है। कहने का मतलब यह नहीं कि मानसिक हानि कम महत्त्व की चीज है। एक अंग्रेज हिन्दुस्तान में रहकर वहाँ के गरीब, मजदूर, नौकर को जैसी हिकारत से देखने की आदत डाल लेता है, उसे वह इंग्लैंड में आकर भूल नहीं सकता। चाहे बड़े-से-बड़े लार्ड हों या मंत्री, रुपया किसी के लिए कड़वा नहीं। पूँजीवाद में रुपये से बढ़कर कोई देवता नहीं। हमारे पूँजीपति चाहते हैं कि कैसे अधिक-से-अधिक रुपया कमाएँ। वे देखते हैं—जब कि हिन्दुस्तान में मजदूरों की तनख्वाह दस-बारह रुपये मासिक है, यहाँ इंग्लैंड में एक मजदूर को प्रतिदिन चार-पाँच रुपये देने पड़ते हैं। इसलिए वे अपनी पूँजी को हिन्दुस्तान में कारखाना खोलकर लगाना अधिक पसन्द करते हैं, क्योंकि इस प्रकार वे अपने माल को काफी नफा पर बहुत सस्ती दर से बेच सकते हैं। इस तरह जिस पूँजी को देश में रखकर अपने आदमियों को काम मिलता, वही बाहर चली जाती है।"

टॉमी ने बर्नार्ड की बात की पुष्टि करते हुए कहा :

"साम्राज्यवादी देश अपने कमकरों के साथ कभी न्याय नहीं कर सकता। एक अंग्रेज पूँजीपति—जिसके कारखाने हिन्दुस्तान में हैं—इंग्लैंड में अपने मजदूरों की शिकायत दूर करते वक्त अपने हिन्दुस्तानी कारखानों से तुलना करता रहेगा। जब तक हिन्दुस्तानी मजदूरों का वेतन काफी ऊँचा नहीं हो जाता, तब तक अंग्रेज मजदूरों का वेतन कैसे बढ़ने पाएगा? जबकि दोनों जगहों में तैयार हुए माल का बाजार एक है। हमारे शिक्षित होनहारों को हजारों की तादाद में बेकारी का सामना करना पड़ता है और उसके फलस्वरूप वे क्रान्ति की आग सुलगाते; लेकिन हिन्दुस्तान की जरूरत से अधिक तनख्वाहोंवाली नौकरियों को रिश्वत में देकर उनके मुँह चुप कर दिये जाते हैं। हिन्दुस्तान की लूट से इंग्लैंड के गरीब और मजदूरों को कोई फायदा नहीं, हमारे यहाँ की बेकारी तो और असह्य है। सिवाय आत्महत्या के उससे छुटकारा पाने का कोई रास्ता ही नहीं।

देवराज ने कहा :

"मुझे तो मालूम होता है हिन्दुस्तान और इंग्लैंड के श्रमजीवियों का भाग्य एक सूत्र में बँध गया है। एक की परतंत्रता से दूसरे की परतंत्रता स्थायी होती है। एक स्वतंत्रता से दूसरे की स्वतंत्रता में बड़ी मदद मिलती है। दुनिया के शोषितों की जाति एक है। फिर जो राजनीतिक तौर से एक-दूसरे से बँधे हुए हैं, उनके बन्धुत्व का कहना ही क्या? मेरी समझ में इंग्लैंड के मजदूरों को हिन्दुस्तानी मजदूरों के संगठन और आन्दोलन में उतनी ही दिलचस्पी लेनी चाहिए जितनी कि अपने यहाँ वे लेते हैं। यह महायुद्ध ही बतला रहा है कि मौका पड़ने पर साम्राज्यवादी शक्तियाँ काले-गोरे के भेदभाव को ताक पर रख देती है। आज आप देख रहे हैं कि इंग्लैंड और फ्रांस कितने ही एशियाई सैनिकों को यहाँ बुलाकर लड़ा रहे हैं।"

टॉमी ने पेंसिल पर उँगली मारते हुए कहा :

"मैं तो यहाँ तक कहूँगा कि यदि किसी वक्त इंग्लैंड के मजदूर क्रान्ति के लिए उठ खड़े होंगे, तो इंग्लैंड के धनी हिन्दुस्तानी पल्टनों को उनके खिलाफ इस्तेमाल करने से बाज नहीं आएँगे। सचमुच, हमें हिन्दुस्तानी श्रमजीवियों के साथ कन्धे-से-कन्धा मिलाकर चलना है।"

अगथा स्वभाव से बहुत मितभाषिणी लड़की है। लेकिन, भाषण की कमी वह चिन्तन से दूर कर देती है। उसने कहा, "हमें बन्धुत्व सिर्फ मानसिक और वाचिक रूप से ही स्थापित नहीं करना है। हमारे सैकड़ों तरुण-तरुणियों को हिन्दुस्तान में जाकर काम करना है, और उसी तरह हिन्दुस्तानी तरुण-तरुणियों की हमारे मजदूर संगठन की आवश्यकता है। हमारी जाति के नौकरशाह हिन्दुस्तानी श्रमिक जनता के दिल पर हमारे प्रति बहुत बुरा प्रभाव डालते हैं। यह प्रभाव तभी दूर हो सकता है, जब कि हम लोग काफी संख्या में हिन्दुस्तान के मजदूरों में काम करें। मैंने तो अपने लिए कार्यक्षेत्र चुन लिया है, और शायद आप लोग मेरा हिन्दुस्तान में जाकर काम करने का मतलब मैदान से भागना न समझेंगे।"

जेनी ने अगथा की पुष्टि करते हुए कहा, "भागना! तुम तो बल्कि और अधिक जिम्मेदारी अपने ऊपर ले रही हो। मजदूरों में उस प्रकार काम करते देखकर हमारे देश के भाई तुम्हें फूटी आँखों भी देखना पसन्द नहीं करेंगे। वे कहेंगे, ऐसा करने से अंग्रेजों की इज्जत हिन्दुस्तानियों की निगाह में गिर जाएगी।"

एनी ने जोश में आकर कहा, "ऐसी इज्जत ने ही इंग्लैंड को करोड़ों नर-नारियों को मनुष्य के जीवन से गिराकर नरक का जीवन बिताने के लिए मजबूर किया है; इसके कारण हमारे देश के गरीबों की इज्जत कौड़ी-भर भी हमारे देश के धनियों के सामने नहीं रह गई, ऐसी इज्जत को लेकर क्या करना? क्या हमारी सन्तान सिर्फ इसी अपमान के सहने और धनियों के स्वार्थ रक्षा के लिए करोड़ों की तादाद में कटने के लिए बनी है? आज हमारे द्वारा परतंत्र किये गए देशों की लूट का सवाल अगर

न होता, तो क्या जर्मनी हमसे लड़ने आता? यदि हिन्दुस्तान को लेकर हमने सच्चे मायने में उसे अपने बराबर बनाने का प्रयत्न किया होता और सैनिक, आर्थिक एवं राजनीतिक जीवन को समय के अनुसार नये साँचे में ढालने के लिए हिन्दुस्तानियों को प्रेरित किया होता, तो हिन्दुस्तान खुद ही इतना मजबूत शक्ति होता, कि उस पर ललचाने की किसी को हिम्मत न होती।"

देवराज ने मेज पर दोनों हाथों को रख, कुर्सी को आगे झुकाते हुए कहा, "हिन्दुस्तानियों को शक्ति-सम्पन्न करना! आश्चर्य!! हिन्दुस्तान की बची-खुची ताकत को भी पामाल करना अंग्रेज प्रभुओं ने अपना कर्तव्य समझा। समय और संयोग के क़ारण उत्पन्न जातीय मतभेदों को अंग्रेजों ने हमेशा बुरी तरह से प्रोत्साहन दिया। धार्मिक तटस्थता का ढोंग रचकर उन्होंने धार्मिक रूढ़ियों को खूब दृढ़ किया। बीसवीं शताब्दी का भी हिन्दुस्तान जो आज अठारहवीं शताब्दी में है, इसकी जिम्मेवारी अंग्रेज शासकों पर है। धार्मिक और जातीय संकीर्णताएँ हिन्दुस्तान की राष्ट्रीयता के लिए घुन की तरह है; और धार्मिक निष्पक्षता की नीति द्वारा अंग्रेजों ने उन्हें चिरस्थायी बनाया।"

टॉमी ने उत्तेजित हो कहा, "धार्मिक तटस्थता क्या खाक-पत्थर है। हिन्दुस्तान में कितने ईसाई हैं, जो कि हिन्दुस्तानी खजाने का लाखों रुपया ईसाई गिर्जों और उनके पादरियों के ऊपर खर्च किया जा रहा है। निष्पक्षता तब होती, जबकि हिन्दू, मुसलमान तथा दूसरे धर्मावलम्बियों को उसी प्रकार की सहायता दी जाती।"

एनी—"शायद, दुनिया की आँखों में धूल झोंकने में हमारी जाति बहुत पटु है—जाति नहीं, हमारा धनिक वर्ग। लेकिन, वस्तुतः हम खुद अपनी आँखों में धूल झोंक रहे हैं।"

अगथा, "कोई साम्राज्य सदा के लिए स्थायी नहीं हो सकता, लेकिन जाति स्थायी चीज है। हमारी जाति के भी भीतर-बाहर ऐसे लक्षण पैदा हो गए हैं, जिससे उसकी भी गति पुराने ईरान और यूनान तथा आधुनिक स्पेन और पुर्तगाल की-सी होने जा रही है। लुटेरों का शासन-प्रबन्ध कभी स्थायी दृष्टिकोण से नहीं होता, यह दोष हमारे शासन पर भी लागू है। शोषण हानिकारक है, लेकिन जातियों का सहयोग बड़ी लाभदायक चीज है। हिन्दुस्तान और इंग्लैंड में पारस्परिक सहयोग की बड़ी आवश्यकता है। उस सहयोग से दोनों देशों को बहुत से राजनीतिक, आर्थिक, सांस्कृतिक और सामाजिक फायदे हो सकते हैं। हमारे देशवासी अब कभी-कभी दबी जबान से सहयोग का जिक्र करने लगे हैं, तो भी वे शोषण ही का दूसरा नाम सहयोग रखना चाहते हैं। लेकिन हिन्दुस्तानी इस भुलावे में नहीं आ सकते। हिन्दुस्तानी न कायर हैं, न निर्बुद्धि।"

गम्भीरता को भंग करते टॉमी ने मुस्कराते हुए जेनी से कहा, "और, मैं समझता हूँ कि एनी की इस राय से कुमारी जेनी भी असहमत न होंगी।"

मोटर-ड्राइवर

देवराज के स्वास्थ्य को अपना पूर्णरूप धारण करने में देरी हुई, कारण? देवराज अपनी शारीरिक और मानसिक क्रियाशीलता को छोड़ने के लिए तैयार न था। इंग्लिश, फ्रेंच और अमेरिकन पत्रों द्वारा वह बराबर युद्ध की प्रगति को देख रहा था। वह यह भी देख रहा था कि अंग्रेज-पत्र सभ्य और संयत भाषा द्वारा झूठ के प्रचार में सबका कान काटते हैं। अंग्रेज-पत्रों के पढ़ने से मालूम होता था कि जर्मन दानव है और अंग्रेज देवता। यह सब होते हुए भी युद्ध के हरेक भाग में जर्मनी आगे बढ़ रहा था, यद्यपि उतनी तेजी से नहीं जितना की आरम्भ में। जर्मन-पनडुब्बियों ने दो लाख टन जहाज प्रति सप्ताह डुबाने शुरू किये थे, जिससे अंग्रेजों की अक्ल खब्त हो रही थी। लन्दन के ऊपर कितनी ही बार जेप्लिन-विमानों ने हमले किये, जिससे नागरिकों पर बहुत आतंक छाया हुआ था। अंग्रेज-पत्रों और राजनीतिज्ञों ने जिस तरह जर्मनी को संठे का मुट्ठा चित्रित किया था, वह बात सोलहो आने झूठी साबित हो चुकी थी। और, अब तो कितने ही निराश होते जा रहे थे।

देवराज को मोटर-ड्राइवरी मालूम थी। जून, 1916 में, स्वास्थ्य सुधर जाने पर, उसे आशा हुई—शायद ड्राइवर बनकर युद्ध-क्षेत्र में जाने का मौका मिले; लेकिन डॉक्टरों ने 'शरीर से अयोग्य' का फतवा दे दिया था; और इस प्रकार सैनिक सेवा की आशा जाती रही। अब उसे जीविका की फिक्र हुई, क्योंकि स्वस्थ रहते वह किसी तरह भी अपना बोझ श्रीमती ज्यॉफरे पर डालने को तैयार न था। वह रोज पत्रों के विज्ञापनों को पढ़ा करता था। एक दिन किसी लेडी मेन्ली का विज्ञापन उसने 'टाइम्स' में देखा—"चाहिए एक मोटर-ड्राइवर। काफी तनखाह। स्वस्थ भूत-पूर्व सैनिक को तर्जीह दी जाएगी। इच्छुक को स्वयं 17, गोल्डर्स-ग्रीन पर मिलना चाहिए।"

यह वह समय था, जबकि बेकारी एक तरह बिलकुल खतम हो गई थी। और, यह क्यों न होता, जबकि स्वयं मृत्युराज ने खुले हाथ काम बाँटना शुरू किया था। युद्ध-क्षेत्र, गोला-बारूद के कारखाने, नगरों की हिफाजत, खाद्य-पदार्थों का वितरण, यातायात का प्रबन्ध...आदि-आदि हजारों कामों में बहुत संख्या में स्त्री-पुरुषों की माँग थी। कितने ही व्यवसाय—जिनमें स्त्रियों का प्रवेश निषिद्ध

था—मुक्त-द्वार हो गए थे। देवराज ने 'विक्टोरिया क्रॉस' को अपने सीने में लटकाया। रानी अलेक्जेंड्रा का परिचय-पत्र लिया और जाकर लेडी मेन्ली से मुलाकात की। लन्दन ऐसे महँगे शहर में भी उसने देखा कि लेडी मेन्ली का मकान एक विशाल प्रासाद है। पच्चीसों बड़े-बड़े सुसज्जित कमरे, नाचघर, भोजनशाला है। सामने हरी मखमली घास से बिछा एक विस्तृत लॉन है, जिसमें टेनिस खेलने का इन्तिजाम है। दर्जनों माली फूलों और बाग में लगे हुए हैं। परिचारक अपने जर्कबर्क वर्दियों में पड़ा प्रभाव डालते हैं। परिचारिकाओं की संख्या भी आधे दर्जन से कम होगी। देवराज ने जाकर लेडी के प्राइवेट सेक्रेटरी से मुलाकात की। वह एक पच्चीस बरस का तरुण था। उसकी बाईं बाँह लड़ाई में गोले से उड़ गई थी। देवराज को उसको अपने पक्ष में करने में बड़ी दिक्कत न हुई। 'विक्टोरिया क्रॉस' पानेवाले प्रथम भारतीय के बारे में पत्रों में काफी सचित्र लेख निकले थे। तरुण ने बड़ी प्रसन्नता प्रकट की और जाकर पहले ही अपनी गर्मागर्म सिफारिश के साथ लेडी को नये उम्मीदवार की खबर दी।

देवराज को लेडी मेन्ली के सुसज्जित बैठकखाने—ड्राइंगरूम—में ले जाया गया। कमरा नहीं उसे हॉल कहना चाहिए। उसमें एक सौ आदमी अच्छी तरह बैठ सकते थे। फर्श पर एक बहुमूल्य ईरानी कालीन बिछा हुआ था, जिसके ऊपर कितने ही सोफे, गद्दीदार कुर्सियाँ लगी हुई थीं। काठ के बुहत से छोटे-छोटे मेज पड़े हुए थे। ऊँची तिपाइयों पर दो-तीन सुन्दर यूनानी प्रतिमाएँ रक्खी थीं जिनमें एक मिस्र की यूनानी रानी क्ल्योपेत्रा की थी। क्ल्योपेत्रा, सौन्दर्य की रानी, वैसे होता तो अपने उच्छृंखल प्रेम के कारण इस तरह ड्राइंगरूम में न स्थापित की जाती, लेकिन यह प्रतिमा असल प्रतिमा थी, जिसे की लार्ड मेन्ली के परदादा ने डेढ़ लाख में खरीदा था, और वह परिवार की अनर्घ निधि समझी जाती थी। दीवारों पर बहुत से अच्छे-अच्छे कलाकारों द्वारा चित्रित कितने ही चित्र लटक रहे थे। प्रथम लॉर्ड मेन्ली—जो कि विजयी विलियम के सामन्त थे—से लेकर वर्तमान छत्तीसवें लॉर्ड मेन्ली तक, सभी के तैलचित्र या साधारण चित्र वहाँ मौजूद थे। छत से कीमती फानूस लटक रहे थे। दरवाजे लाल मखमल के पर्दों से शोभित थे।

देवराज को एक कुर्सी पर बैठाकर तरुण प्राइवेट सेक्रेटरी लेडी मेन्ली के साथ उपस्थित हुआ। देवराज की दृष्टि लेडी मेन्ली के चेहरे की तरफ देखते वक्त बराबर क्ल्योपेत्रा की संगमरमर की मूर्ति की तरफ आकृष्ट होती थी। लेडी मेन्ली की उमर तीस या बत्तीस साल की थी। उनकी नाक, आँख, ठुड्डी, हाथ, अँगुलियाँ और नाखून तक साँचे में ढले मालूम होते थे। वह वस्तुतः सजीव क्ल्योपेत्रा मालूम पड़ती थीं। एक लम्बा सफेद शॉटन का गाउन उनके बदन से सटा हुआ था। उनकी सूक्ष्म कमर को देखने के लिए; शायरों की भाषा में, दूरबीन की जरूरत थी। केश मालूम होते थे सोने के सूक्ष्म कोमल तार हैं। आँखों के ऊपर क्रम से जमी नरम भौंहों की

धनुषाकार पाँती थी। पपनियों के बिखरे रोएँ स्वयं ऊपर-नीचे की ओर मुड़ गए थे। आँखों की दुधिया सफेदी के बीच में गहरी नीली पुतलियाँ, अन्तर्गर्भित हँसी के कारण दुगुनी चमक रही थीं। मक्खन जैसे श्वेत और कोमल गालों पर छलकती लाली दर्शक को विस्मित किये बिना नहीं रहती। ओठों की लाली को देखकर ताजी लाल मिर्चों का भ्रम होता था। गर्दन और अधखुली छाती के उभार में मालूम होता था, सौन्दर्य की राशि जमा कर दी गई है।

देवराज ने खड़े होकर 'सुप्रभातम्' कहा। लेडी के बढ़ाए हुए हाथ-से-हाथ मिलाया। लेडी मेन्ली ने अत्यन्त कोमल और दुःश्रव्य क्षीण स्वर में पूछा—

"कैसे हो, मिस्टर सिंह?"

"बहुत अच्छा, आपकी कृपा से।"

"मैंने तुम्हारे प्रमाण-पत्र को देखा। महारानी अलेक्जेंड्रा ने तुम्हारे लिए बहुत अच्छा लिखा है। तुम्हारे जैसे बहादुर सैनिक से मिलकर मुझे बड़ी प्रसन्नता हुई।"

"धन्यवाद, आपकी कृपा के लिए।"

"तुम जानते हो, आज हमारा देश अपनी सारी शक्ति लगाकर स्वतंत्रता और जीवन के लिए लड़ रहा है। हमारे देश के हरेक नागरिक का कर्तव्य है कि वह देश के लिए बड़ी-से-बड़ी कुर्बानी करे। और तुम देख ही रहे हो कि इस कुर्बानी में इंग्लैंड के छोटे और बड़े सब होड़ लगाए हुए हैं। महारानी अलेक्जेंड्रा, महारानी मेरी, राजपरिवार की सभी महिलाएँ तथा लार्ड-परिवार की स्त्रियाँ अपने बहुमूल्य समय को घायलों की देखरेख अस्पतालों के प्रबन्ध में लगा रही हैं। युद्ध के किसी भी आहत को देखकर मेरा हृदय श्रद्धा से भर जाता है। मैं रोज नियम से तीन घंटे अस्पताल में नर्स का काम करने जाती हूँ। तुम इसे क्या समझते हो?"

"बहुत उत्तम। देश-प्रेम के लिए आप इतना कष्ट उठाती हैं!"

"नहीं, मिस्टर सिंह, कष्ट उठाने की कोई बात नहीं। मुझे इसमें बड़ा आनन्द आता है। अपने मकान पर भी सैनिकों के त्याग को साकार देखकर मुझे बहुत खुशी होती है। इसीलिए मेरे परिचारकों में से अधिकांश को भूतपूर्व सैनिक, जिनके सीने अनेक पदकों से अलंकृत हैं—देखोगे। हाँ, वे 'विक्टोरिया क्रॉस' वाले नहीं हैं। मुझे बड़ी खुशी है कि तुम मेरे यहाँ रहना चाहते हो। काम चार घंटा, जबकि मैं नर्स का काम करने जाती हूँ—यह नियम से प्रतिदिन, एतवार को छोड़कर और कभी-कभी पार्टी में जाना, वहाँ पर भी तीन या चार घंटे। लेकिन, यह हफ्ते में अधिक-से-अधिक तीन दिन। यह काम तुम्हें पसन्द है न?"

"पसन्द है। मैं समझता हूँ कि हर रोज दोपहर तक मेरे लिए काम नहीं रहेगा और एतवार मेरा अपना है।"

"हाँ, बिलकुल ठीक। मैं जानती हूँ, तुम नौजवान हो (मुस्कराते हुए) तुम्हारे लिए अपना समय भी जरूरी है।"

देवराज ने अपने भाव को चेहरे पर बिना झलकाए कहा, "नहीं, अवकाश का समय निश्चित रहने पर हम उससे उपयोग की निश्चित व्यवस्था कर सकते हैं। आप जानती हैं, हम नौजवानों के लिए यही समय है, जब कि हम कुछ सीख सकते हैं।"

"और वेतन चालीस शिलिंग (बत्तीस रुपये) प्रति सप्ताह ठीक तो है।"

"इसमें कुछ नहीं कहना है। मुझे इससे बड़ी प्रसन्नता है कि मेरा अवकाश का समय निश्चित है।"

लेडी मेन्ली देवराज के चेहरे पर नजर गड़ाए क्या-क्या सोचती रहीं और उनकी विचार-शृंखला एक बिन्दु से दूसरे बिन्दु पर हो, दूर चली गई थी, जबकि उन्होंने कहा, "मिस्टर सिंह, तुम भारतीय हो, स्पेनिश तो नहीं?"

"नहीं स्पेनिश नहीं, भारतीय हूँ।"

"लेकिन तुम्हारा चेहरा स्पेन के दक्षिणी निवासियों से ज्यादा मिलता है।"

"वे भी हम लोगों की भाँति मिश्रित जाति के होंगे।"

"मिश्रित!"

"हाँ, मिश्रित। भारत में तीन-चार जातियों का सहस्राब्दियों से सम्मिश्रण हो रहा है।"

लेडी मेन्ली ने गराज में ले जाकर स्वयं देवराज को अपनी सुन्दर छै सीटर सीडन कार दिखलाई। देवराज ने इधर खासतौर से नई कारों के बारे में अध्ययन किया था, क्योंकि वह सैनिक ड्राइवर बनने की टोह में था।

लेडी मेन्ली का नौ बजे से बारह बजे का सारा समय अपने सौन्दर्य को सजाने में लगता था। उनकी तीन परिचारिकाएँ सिर्फ इसी काम के लिए थीं। भौंहों पर रंग-बत्ती फेरना, अनपेक्षित रोमों को उखाड़ना; गालों, ओठों को बड़ी निपुणता से स्वाभाविक रक्तिमा प्रदान करना, नाखूनों को तिकोना काटकर उनमें खून उछालना; बाँहों, गर्दन और शरीर के अन्य खुले भागों को हल्के हाथों सुगन्धित रसायनों से मालिश करना; लम्बे-लम्बे केशों को बल देते हुए सजाना; नित नई टोपी और पोशाक का पहिनाना। अँगुली में हीरा जटित चमचमाती प्लेटिनम की अँगूठी, और कानों में पन्ना, पद्मराग तथा दूसरे रत्नों के बारी-बारी से नये कुंडल पहनाए जाते थे। बड़े-बड़े मोतियों का एकलरा हार बड़ी सादगी के साथ कभी-कभी गले में पड़ा दिखाई देता था। शृंगार हो जाने पर लेडी मेन्ली भोजन करतीं, और तब तक देवराज भी वहाँ पहुँचा रहता।

कहने के लिए लेडी मेन्ली जैसी अमीर रानियाँ अस्पताल में नर्स का काम करने जाती थीं, किन्तु वहाँ की नर्सों और डॉक्टर उनकी जान को कोसते थे, जब वह देखते थे कि उनकी बाँधी एक भी पट्टी बिना दुबारा बाँधे चल नहीं सकती थी। पट्टी, रूई और दवाइयों को वह वैसे ही बेदर्दी से बर्बाद करती थीं, जैसे

अपने भोजन टेबुल पर कीमती शैम्पेन की बोतलों को। दूसरी नर्सों को भी फजूल की बातों और फरमाइशों से वह परेशान करती थीं। उनके व्यवहार से मालूम होता था कि वह एक उद्यान-भोज (पिकिनिक) या सौन्दर्य-प्रदर्शनी के लिए निकली हैं।

देवराज लेडी मेन्ली के प्रथम वार्तालाप से बहुत प्रभावित हुआ। वह सोचने लगा, शायद उच्च श्रेणी के नर-नारियों के प्रति उसकी बुरी धारणा निर्मूल थी। लेकिन हफ्ते के भीतर ही उसे मालूम हो गया, कि वहाँ चारों ओर कृत्रिमता का साम्राज्य है। लेडी मेन्ली का सारा सौन्दर्य बालों और नाक-मुँह के नक्श के अतिरिक्त—जिस प्रकार कृत्रिम है, वैसे ही उनके महल की जड़-जंगम सभी वस्तुएँ कृत्रिम हैं। एक दिन उसे कार्यवश ऐसे मौके पर वहाँ पहुँचना पड़ा, जब कि लेडी मेन्ली अभी-अभी पलँग से उतरी थीं। उस वक्त के उनके चेहरे का उसे विश्वास नहीं होता था, कि यह वही क्ल्योपेत्रा हैं। उसके बाद तो रंगों, चूर्णों के भीतर से भी लेडी का वास्तविक सौन्दर्य उसे झलकता था। हाँ, उस दिन की एक बात जरूर ठीक उतरी। लेडी मेन्ली वस्तुतः क्ल्योपेत्रा थीं। उनके प्रेमियों की गिनती न थी। देवराज को पहिले लेडी मेन्ली के इस सीमातिक्रम से उनके प्रति घृणा हुई; भोज और नाच-पार्टियों में हर सप्ताह ही तीन से अधिक बार जाना पड़ता था। लेकिन अतिरिक्त समय के लिए वह बड़ी उदारता से प्रतिवार एक पौंड दिया करती थीं। वहाँ देवराज को दूसरे लॉर्डों और लेडियों के ड्राइवरों के साथ घंटों रहना पड़ता था। ड्राइवरों की मंडली खुले तौर पर से हर एक लेडी और लॉर्ड के सम्बन्ध में टीका-टिप्पणी करती थी। अमुक लॉर्ड की प्रेमिकाओं में अमुक लेडी, अमुक नर्तकी और अमुक अभिनेत्री है। उनकी लेडी महाशया भी पति से एक कदम पीछे नहीं हैं। वह नित नये सहयात्री प्रेमियों के साथ पेरिस, रिवेयरा, स्विट्जरलैंड, अटलांटिक और पैसिफिक की सैर किया करती हैं। उसे मालूम हुआ कि वहाँ एक पतित्व और एक पत्नीत्व सिर्फ कानूनी किताबों और बाहरी दिखावे में है।

देवराज के साथ लेडी मेन्ली की बर्ताव अच्छा था, उनमें क्रोध और चिड़चिड़ापन न था। जो दोष उनमें देवराज ने देखे थे, उन्हें उस श्रेणी में आमतौर से देखा जाता था, इसलिए लेडी मेन्ली के प्रति खास शिकायत की कोई गुंजाइश न थी। तो भी उस कृत्रिम वायुमंडल और गरीबों के खून की कमाई की होली देखकर वहाँ देवराज का दम घुटता-सा मालूम होता था। उसने अपनी आँखों उन किसानों के जीवन को देखा था, जिनसे लेडी मेन्ली को दस लाख सालाना की आमदनी थी। उसने उन मजदूर-घरों को भी देखा था, जिनके लड़के लॉर्ड मेन्ली की कम्पनी के जहाजों में काम करते सातों समुन्दर पार करते थे और उन्हीं की कमाई से मालिक करोड़ों का मुनाफा उठाते थे। उस घरों की बे-सरो-सामानी और निर्धनता को देवराज लेडी द्वारा हर बार मिलनेवाले एक पौंड से भुला नहीं सकता था।

देवराज के पास माहवारी टिकट था; वह रोज काम से छुट्टी पाते ही भूगर्भी रेल द्वारा ज्यॉफर-निवास में चला आता। मकान की देखरेख और किराये की वसूली का काम उसने अपने जिम्मे लिया था। यद्यपि श्रीमती ज्यافरे का स्नेह उससे बदले में किसी चीज के पाने की अपेक्षा नहीं रखता था, लेकिन इतना करने से देवराज के मन को बहुत सन्तोष होता था। जिस दिन पार्टी में जाना नहीं होता, उस दिन पाँच बजे तक या तो वह घर पर चला आता या जेनी के पास पहुँच जाता।

सन सोलह समाप्त हो रहा था, और अब भी युद्ध का देवता अंग्रेजों से प्रसन्न मालूम न होता था—खासकर अंग्रेजों के मित्र रूस की सेनाओं को हिंडेनबर्ग हार-पर-हार देता हुआ आगे बढ़ता जा रहा था।

कोयले की फेरी

नववर्ष (जनवरी, 1917) के बाद देवराज ने लेडी मेन्ली से बिदाई माँगी, तो उन्हें बहुत खेद हुआ। उन्होंने भरसक देवराज को विरक्त होने का मौका नहीं दिया था; लेकिन उनको क्या मालूम था कि खर्ख के सम्बन्ध की मेरी उदारताएँ ही इस तरुण के कलेजे पर बिच्छू जैसा डंक मारती हैं। उन्होंने कहा :

"तुम्हें वेतन, शायद कम मिलता है मैं पचास शिलिंग दूँगी।"

"नहीं, धन्यवाद। वेतन की कमी की मुझे बिलकुल शिकायत नहीं।"

"तो, क्या, अवकाश के समय की कमी है या उसकी अनिश्चयात्मकता?"

"नहीं, मेरा मन ऐसे नहीं लग रहा है।"

लेडी मेन्ली ने खेद के साथ, किन्तु अच्छा प्रशंसा-पत्र और इनाम देकर, देवराज को छुट्टी दी और कहा—मेरे यहाँ जब भी कोई काम होगा, मैं उसे खुशी से तुम्हें देने को तैयार रहूँगी।

देवराज ने जब पहले-पहल पत्थर के कोयले का फेरी का प्रस्ताव श्रीमती ज्यॉफरे के सामने रक्खा, तो उनको बुरा लगा। उन्होंने कहा भी—तुम्हें ऐसा करने की क्या आवश्यकता है? दो जनों के खर्च के लिए हमारे पास जरूरत से ज्यादा आमदनी है। देवराज ने कई बार अपने हृदय खोलकर मम्मी के सामने रक्खा था। वह जानती थीं कि दलितों और उत्पीड़तों को उठाने के लिए देवराज का आदर्शवादी तरुण हृदय अपने-आपको उनमें खपा देने के लिए तैयार है। इसी से दोर-चार बार कहने पर उन्होंने देवराज के प्रस्ताव को स्वीकार कर लिया। देवराज ने लेडी मेन्ली की जमींदारी के एक किसान से तीन महीने के लिए किराये पर घोड़ेवाला छकड़ा ठीक कर रक्खा था। किसान ने अपने सोलह बरस के लड़के विल्ली को भी दे दिया था। जाड़े का मौसम था। अप्रैल से पहले खेतों पर उसकी आवश्यकता न थी, इसलिए आमदनी का एक जरिया समझकर किसान ने देवराज की बात मान ली थी।

देवराज रोज विल्ली के साथ छकड़े पर कोयला लादे 'कोल, कोल, सस्ता कोल' कहता लन्दन के मुहल्ले में घूमता था। उस वक्त मजदूरों को ढीलढाल गर्दखारा पोशाक पहने वह फूला नहीं समाता था। धनिकों और शिक्षितों के जीवन

का उसको नजदीक से काफी परिचय था। ऊपर की तड़क-भड़क और सफेदपोशी के भीतर कितनी ईर्ष्या, असन्तोष और कृत्रिमता की भट्ठी धधक रही है, यह उससे छिपी नहीं थी। श्रमजीवियों की गरीबी को वह आसमान पर उठाना नहीं चाहता था, और न उसे पूजा की चीज़ समझता था; लेकिन वह जानता था कि दरिद्रता और बेबसी के बोझ से इतने दबे होने पर भी श्रमजीवी अपने को कितने मानवोचित गुणों के धनी बनाए हुए हैं। इसलिए जो भी तरीका अपने को उस श्रेणी में विलीन करने का मौका देता, उसे देवराज आन्तरिक आनन्द की चीज समझता। उसने अंग्रेज श्रमजीवियों के हृदय उतने ही सरल और उदार पाए जितने कि भारतीय गरीबों के। इंग्लैंड में भीख माँगना अपराध समझा जाता है, लेकिन गरीबी अपराध नहीं। जहाँ गरीबी है, वहाँ से भीख माँगना बिलकुल दूर कैसे हो सकता है? उसने कितनी ही बार नर-नारियों को लन्दन की सड़कों पर दियासलाई और फूल बेंचने के बहाने भीख माँगते ही नहीं देखा, बल्कि फेरी का काम खतम करके कितनी ही बार वह दिन में रिजेंट पार्क में चला जाता, और वहाँ सड़क की पैड़ियों पर घूम-घूमकर सारी रात काटनेवाले स्त्री-पुरुषों को घास पर सोए देखता। उसने कई भिखमंगों की आत्मकथाओं को सहानुभूति के साथ सुनकर उन्हें अपना मित्र बना लिया था। उसे मालूम हुआ कि सभी भिखमंगे काम से बचने के लिए भीख नहीं माँगते। इन अभागों के साथ सहानुभूति दिखलानेवाले मजदूर या साधारण श्रेणी के लोग ही होते हैं। कुत्ता छोड़ने या पुलिस के बुलाने के डर से भिखमंगे धनियों के मुहल्ले में नहीं जाते; वे किसी साधारण गृहस्थ के दरवाजे पर जाते हैं और दस्तक लगाते हैं। किसी के दरवाजा खोलने पर एक प्याला चाय और एक टुकड़ा रोटी के लिए कहने पर 'नहीं' में उत्तर शायद ही मिलता है। इंग्लैंड के धनिकों की सरकार भले ही डींग मारती हो कि उसने गरीबों के लिए कार्य-गृह और शयन-गृह स्थापित किये हैं। लेकिन, ये कार्य-गृह तो जिन्दा कब्र है। बहुत कम बेकार कार्य-गृहों में जाना पसन्द करते हैं, क्योंकि बाहर रहने पर ढूँढ़ने से शायद कोई नौकरी भी मिल जाए; लेकिन, कार्य-गृह में घुसते ही वे अपने को कैदखाने में समझते हैं। वहाँ सड़ा सूप, फीकी लप्सी और सूखी रोटी प्राण-धारण के लिए भले ही मिल जाए, लेकिन साथ ही उनका भविष्य भी कार्य-गृह की चहारदीवारी के भीतर ही बन्द हो जाता है। और, शयन-गृह? बारह आने दीजिए, तब रात-भर के लिए चारपाई, बिछौना और बहुत मोटा कलेऊ मिलता है। जिसके पास बारह आने नहीं, उसके लिए शयन-गृह का दरवाजा बन्द।

कोयले की तीन महीने की फेरी में देवराज को लन्दन की गरीबी का बहुत अच्छा अनुभव हुआ; साथ ही उसके पास अपना समय भी काफी रहता था। किराया, लड़का और घोड़े का खर्च देकर रोज दो-तीन रुपये उसके पास बच जाते थे। घर पर आते ही अपने गर्दखोर कपड़े को उतार देता और नहा-धो साफ कपड़े पहन

वह फिर एक शिक्षित-सम्भ्रान्त-तरुण बन जाता। जेनी को उस वक्त बहुत रश्क आता, जब सड़क पर वह नर्स के कपड़ों में और देवराज अपने फेरीवाले लिबास में रहता। वह 'मिस, मिस' कहते गँवारू बोली में बातों की झड़ी लगा देता। जेनी अक्सर हँसती और कितनी ही बार चिढ़ भी जाती। शाम के वक्त जब दोनों प्रेमी अपने प्रकृत वेश में इकट्ठे होते तो फिर स्वप्नों की दुनिया का निर्माण शुरू होता।

देवराज देख रहा था कि मित्र-शक्तियों का सबसे निर्बल स्थान रूसी युद्ध-क्षेत्र है। पिछले दिसम्बर से ही खबरें ज्यादा चिन्ताजनक आ रही थीं और देवराज ने जेनी से कहा था—यदि इंग्लैंड और फ्रांस जर्मनी को एक करारी हार देने में सफल न हुए तो रूस की हालत जरूर बदतर हो जाएगी। लन्दन में कितने निर्वासित रूसी क्रान्तिकारियों से उसका परिचय था, इसलिए वहाँ के किसान-मजदूरों में भड़कती असन्तोष की आग—जिसे युद्ध-क्षेत्र की अनेक पराजयों ने कई गुना बढ़ा दिया था—का उसे खूब पता था। देवराज को आश्चर्य नहीं हुआ, जबकि फरवरी में एक-ब-एक रूस में क्रान्ति होने की खबर आई और मालूम हुआ कि जार ने सिंहासन त्याग दिया। निर्वासित क्रान्तिकारियों में से बहुतेरे बड़े उत्साह से रूस लौटने लगे। उन्होंने बतलाया कि यह असली क्रान्ति नहीं है। मजदूर और किसान जिस क्रान्ति का आवाहन कर रहे हैं; वह अभी आनेवाली है।

देवराज को एक चीज का हमेशा डर लगा रहता था—कहीं अंग्रेज तुरन्त जर्मनी पर विजयी न हो जाएँ, ऐसा होने पर रूसी क्रान्ति पूर्ण न हो सकेगी।

रूस की क्रान्ति से उसे आशा की एक झलक आती दिखाई पड़ी। लेकिन, वह जब तक सात नवम्बर की बोल्शेविक क्रान्ति के रूप में परिणत न हो गई, तब तक उसकी चिन्ता दूर न हुई। बोल्शेविक क्रान्ति की खबर पाकर देवराज और जेनी की मित्र-मंडली बड़ी प्रसन्न हुई। उन्होंने इसके उपलक्ष में एक भोज दिया।

अप्रैल से देवराज एक लोहे के कारखाने में काम करने लगा। वह मजदूरों के जीवन का भीतरी अनुभव लेना चाहता था। लोहे के कारखाने का जीवन देवराज को बहुत पसन्द आया। उसमें हथौड़ा चलाने से लेकर पुर्जों की ढलाई तथा उन्हें मशीनों की शकल में फिट करने तक का काम था। देवराज को लोहार के भाथी पर काम मिला था। उसे अपने मजबूत हाथों से घन को उठाने में बड़ा आनन्द आता था। जिस वक्त अधबाँही कुर्ता और जाँघिया पहिने पसीने से तर अस्त-व्यस्त केश देवराज भारी घन को दोनों हाथों से आकाश में उठाता, उस वक्त उसकी आकृति दर्शनीय हो जाती थी। वह कहा करता—इसके सामने दंड-कसरत फजूल है, घन चलाने वाले के

बदन की चर्बी गल जाती है, उसके बदन पर सिर्फ मांस, रग, पुट्ठे ही बचे रहते हैं। देवराज के साथी लोहार उससे बहुत प्रेम करते थे। देवराज उनकी गँवारू इंग्लिश उतनी ही आसानी से बोल सकता था, जिस तरह किसी वक्त रामपुर की बोली को। दूसरे मजदूरों की तरह देवराज के साथियों को भी शराब की आदत थी। हफ्ते की तनखाह जिस दिन मिलती, उसी दिन वे सीधे भट्ठी पर चले जाते। देवराज भी कितनी ही बार भट्ठी तक उनका साथ देता, यद्यपि एक चुस्की भरते ही उसे कभी सिर में दर्द, कभी मिचली और कभी पेट में पीड़ा होने लगती। उसके साथियों को यह पता लगने में बहुत देर न लगी कि देवराज सिर्फ उनकी खातिर भट्ठी में आता है। उसने कभी शराब के विरुद्ध उपदेश नहीं दिया। वह कहता था—अधिकांश लोग अपनी चिन्ताओं को भूल जाने के लिए नशा इस्तेमाल करते हैं। साधारण जनता की चिन्ताएँ अधिकतर आर्थिक कठिनाइयों के कारण हुआ करती हैं। कठिनाइयाँ इसलिए उठ खड़ी हुईं कि बहुत से निठल्ले दूसरों को भूखा रखकर उनकी कमाई का खुद उड़ाते हैं। इन सामाजिक जोकों को हटा दीजिए और सम्पत्ति पर कमाने वालों का अधिकार कर दीजिए, फिर अपने-आप ही सारी बुराइयाँ दूर हो जाएँगी।

देवराज एक सुशिक्षित और सुसंस्कृत तरुण था, लेकिन जिस वक्त वह अपने मजदूर साथियों के साथ बैठा या बातचीत करता होता, उस वक्त कोई कह नहीं सकता था कि वह उनसे अलग है, यद्यपि उसकी चमकीली आँखें, चौड़ी पेशानी और चेहरे पर आत्म-विश्वास की छाप कभी-कभी भेद खोल देते थे। रामपुर में देवराज ने अहीरों का नाच सीखा था। यहाँ उसने और कई अंग्रेजी ग्रामीण नृत्यों में दक्षता प्राप्त की। नाच में उसकी रुचि बहुत अधिक थी, उसका कारण यह भी था कि वह अपने साथियों को इसके द्वारा अपने से बिलकुल अभिन्न कर सकता था। मजदूर वर्ग के नाचों में 'डेवी' की बड़ी माँग थी। बाज वक्त उसके साथ नाचने की इच्छा रखने वाली तरुणियों की संख्या इतनी अधिक हो जाती, कि थकावट न होने पर भी सबके साथ नाचने के लिए वह समय नहीं निकाल सकता था; फिर भी कोई तरुणी उससे नाराज न होती थी; क्योंकि वह जानती थी कि दूसरे दिन देवराज उसको पहला मौका देगा। देवराज के अहीर-नृत्य को उसके मजदूर साथी ही नहीं, बल्कि शिक्षित मित्र भी बहुत पसन्द करते थे। जेनी ने उसे बड़े परिश्रम से सीखा था और देवराज की शिक्षित तरुण मित्र-मंडली का उस नृत्य से बड़ा मनोरंजन होता था। साल-भर में उसका स्वास्थ्य पूर्ववत और शरीर अधिक बलिष्ठ हो गया था; लेकिन बायाँ हाथ अब भी दाएँ की अपेक्षा कुछ कमजोर था। बाएँ हाथ में इधर जो अधिक बल का संचार हुआ, उसे वह घन चलाने के कारण बतलाता था।

कारखाने के मालिक अपने दूसरे सजातियों की तरह इस नीति को मानने वाले थे कि काम कराने में मजदूर के शरीर में एक बूँद खून नहीं छोड़ना चाहिए; और वेतन देते वक्त सिर्फ प्राण-रक्षा का खयाल करना चाहिए। जरा-जरा-सी

भूल पर और कभी-कभी ओवर्सियरों के लगाए झूठे इल्जाम पर, मजदूरों की तनखाह कट जाती, नौकरी से जवाब तक दे दिया जाता। देवराज ने ऐसे हरेक अन्याय का मुकाबला करने के लिए मजदूरों को, संगठित रूप में तैयार किया। पहले ढाई महीने कारखानेवालों को मालूम न हुआ कि मजदूरों के संघर्ष का संचालन यह इंडियन डेविल (भारतीय शैतान) कर रहा है; लेकिन जब उन्हें यह बात मालूम हुई, उस वक्त देवराज फैक्टरी के मजदूरों का सर्वमान्य नेता था। उसके भट्ठी की गप्पों पर शरीक होने में एक फायदा हुआ कि कितने ही तरुण मजदूर अध्ययन-क्लब में अधिक समय देने लगे। उसने उनमें राजनीतिक और सामाजिक अन्याय के प्रति बगावत के जबर्दस्त नशे का आदत डाली। शराब को न छूने की कसम खानेवाले कार्यकर्ताओं से वह कहता था—इससे तुम्हारे मन में अभिमान होता है और वह अपने साथियों से बिलगाव का भी कारण बन सकता है। चाहोगे तो मेरी तरह तुम्हें भी प्याले के मुँह में लगते ही सर दर्द, मिचली और पेट दर्द पैदा हो सकता है।

प्रोफेसर ब्राउन से देवराज को कई बार मिलने का मौका मिला और बराबर उनके ऊपर इस भारतीय तरुण का प्रभाव पड़ता ही गया। उन्हें मालूम होता था कि जैसे उनकी अपनी चिर-पोषित, परन्तु मुमूर्षु लालसाएँ इस तरुण के हृदय में नये वेग से सजीव हो उठी हैं। उन्हें यह भी पता लग गया था कि जेनी और देवराज एक दूसरे के प्रणय-सूत्र में बद्ध हो चुके हैं। प्रोफेसर ने यद्यपि इस बात को कभी उनके सामने जाहिर नहीं की, तो भी वह यह विचार करके बड़े खुश थे, कि अब उनके विचारों के दो प्रतिनिधि तैयार हो गए हैं। अब की क्रिस्मस (दिसम्बर, 1917 ई.) की छुट्टियों को अपने यहाँ बिताने के लिए प्रोफेसर ब्राउन ने देवराज और जेनी दोनों को ऑक्सफोर्ड बुलाया था।

देवराज को पहिली बार ऑक्सफोर्ड जाने का मौका मिला था, तो भी उसकी बहुत-सी स्थान-सम्बन्धी उत्सुकताएँ शान्त हो चुकी थीं, क्योंकि लेडी मेन्ली के साथ एक बार वह कैम्ब्रिज हो आया था। प्रोफेसर ब्राउन इस स्वनिर्मित हिन्दी के बारे में अपने विशेष विद्यार्थियों को बतला चुके थे। प्रोफेसर और उनकी लड़की दोनों ईश्वर और धर्म पर विश्वास नहीं रखते थे, तो भी बैठकखाने में एक बड़ी देवदारु शाखा अनेक प्रकार के लट्टुओं, गुड़ियों और मोमबत्तियों से सजाकर रक्खी थी। प्रोफेसर इसके लिए अपनी खास व्याख्या रखते थे। देवदार के नित्य हरित सौन्दर्य पर वह मुग्ध थे, और उनको यह जानकर और भी प्रसन्नता हुई, कि देवराज भी सिर्फ देवदार को ही वृक्षराज की उपाधि देने के लिए तैयार है। प्रोफेसर कहते थे—क्रिस्मस ईसाइयों का त्योहार है, जो कि पहिले चन्द्र मास के हिसाब से पड़ता,

और जाड़ा-गर्मी के 6 महीने में किसी में डोला करता था; किन्तु यह हमारा त्योहार सौरमास लेकर ऋतु-परिवर्तन के उपलक्ष में है।

25 दिसम्बर की रात को प्रोफेसर ब्राउन की छोटी-सी मित्र-मंडली बैठक में जमा हुई। कुछ गप, फिर बड़े दिन का भोज—रोटी, केक काफी...। मंडली एक तरह ऑक्सफोर्ड के साम्यवादी अध्यापकों और उच्च श्रेणी के छात्रों की मजलिस थी। बातचीत बहुत रात तक चलती रही। सबने अपने-अपने विचार खुलकर प्रकट किये, और जेनी तथा देवराज ने भी उसमें भाग लिया। सबकी जीभ पर रूस की बोल्शेविक क्रान्ति थी। अभी तक ब्रिटिश पत्रों को चित्रित करने के लिए जर्मन 'हुन' ही थे; किन्तु अब उन्होंने नरभक्षक बोल्शेविक लुटेरों की ओर भी नजर दौड़ाई।

जर्मन-सेनाओं की प्रगति कहीं भी रुकी न थी। तीन बरस से अधिक हो गए, बराबर राजनीतिज्ञ और पत्रकार यही भविष्यवाणी करते चले आ रहे थे कि जर्मनी आर्थिक और सैनिक दृष्टि से इतना निर्बल हो गया है कि वह अधिक दिनों तक ठहर नहीं सकता। यह भविष्यवाणियाँ तो झूठी साबित हुईं ही; साथ ही, पूरब की ओर के प्रहार से जर्मन-सेनाएँ बिलकुल मुक्त हो गई थीं। इसके कारण अंग्रेजों के दिमाग और भी पाख़ता हो गए थे। रूस की फरवरी वाली क्रान्ति से अंग्रेज असन्तुष्ट नहीं हुए, क्योंकि अब उन्होंने व्याख्या कर ली थी—'जार और उसके दरबारी अयोग्य आदमी थे और जनता की पूरी शक्ति तथा सहानुभूति से फायदा नहीं उठा सकते थे। नई सरकार जनता की गवर्नमेंट है और सबसे बड़ी बात यह है कि वह जार से भी अधिक युद्ध के पक्ष में है।' लेकिन, बोल्शेविक क्रान्ति की खबर सुनने पर वे दंग रह गए। और जब ब्रेस्त-लितोब्क सनधि द्वारा जर्मनों की कड़ी-से-कड़ी शर्तों को मानकर लेनिन की सरकार ने उनसे सुलह कर ली, तो अंग्रेज दाँतों तले अँगुली दबाने लगे। इसमें शक नहीं कि इस क्रान्ति ने मित्र-शक्तियों के बल को बहुत कमजोर कर दिया। फिर, अंग्रेजी अखबार बोल्शेविकों के ऊपर पागल कुत्तों की तरह टूट न पड़ें तो क्या करें।

प्रोफेसर ब्राउन की अपनी दृढ़ सम्मति थी—"मेरी बहुत दिनों से धारणा है, कि श्रमजीवी क्रान्ति सिर्फ मजदूर-सभाओं के पूर्ण संगठन से नहीं हो सकती। खासकर इंग्लैंड में तो उसका होना बिलकुल असम्भव है। शान्ति के समय सरकार अपनी सारी शक्ति को इस आन्तरिक विद्रोह को दबाने के लिए इस्तेमाल कर सकती है। उस समय जनता को हथियारों का उतना सुभीता नहीं होता जितना कि युद्ध के समय। परतंत्र राष्ट्रों की तरह श्रमिक क्रान्ति की भी सफलता युद्ध के समय ही हो सकती है। मेरी समझ में यह युद्ध का सबसे सुन्दर परिणाम रूस की यही साम्यवादी क्रान्ति है। क्रान्ति कहीं भी होगी, उसमें अपार जन-धन की हानि तथा विपत्तियों के प्रचंड प्रहार होंगे ही। इसमें लोग भूलें भी कर सकते हैं, क्योंकि क्रान्ति की शिक्षा के लिए बाकायदा कॉलेज और विश्वविद्यालय थोड़े ही स्थापित हो सकते हैं। मुझे

विश्वास है, रूस ही में प्रथम और स्थायी साम्यवादी शासन स्थापित होके रहेगा। मार्क्स ने श्रमजीवी क्रान्ति का सफल क्षेत्र उद्योग-प्रधान देशों को बतलाया था। उसका खयाल था कि उन देशों के श्रमजीवी संख्या और संगठन में बहुत बढ़े हुए हैं और वहाँ अधिक जनतंत्र है, जिसके कारण विचारों के प्रचार में बहुत सुभीता है। उस वक्त उसकी दृष्टि अत्याचारों के प्रतिशोध में हार खाकर भी न हारनेवाली, रूस की जैसी जनता तथा उसके निर्भय आदर्शवादी संगठन-पटु नेताओं की ओर न थी। सबसे बढ़कर श्रमजीवी-क्रान्ति के सम्बन्ध में युद्ध के महत्त्व की ओर उसका पूरा ध्यान नहीं था। पूँजीवादी स्वार्थों के लिए भयानक युद्धों की उपस्थिति उसके सामने आईने की तरह झलक रही थी; लेकिन वर्तमान साम्राज्यवादी युद्ध की तैयारियों और उसके प्रभावों को उनके सूक्ष्मतम अंशों में देखना, उस वक्त सम्भव नहीं था। 1905 तक के पूँजीवाद के विकास, अन्तरराष्ट्रीय संघर्ष तथा रूस की प्रथम क्रान्ति यदि उसके सामने होती तो मार्क्स का निर्णय जरूर रूसी क्रान्ति के पक्ष में होता।

डॉक्टर स्मिथ ने आन्तरिक निराशा को दबाते हुए कहा, "पेरिस कम्यून (1817 ई.) के बाद यह दूसरी साम्यवादी क्रान्ति है। जिस तरह अधिक वयस्क माता—जिसको एक बच्चा होने का अनुभव है—को नये बच्चे के पैदा होने पर मन में उत्सुकता होती है, वही हम लोगों की हालत है। पेरिस कम्यून ने सफलतापूर्वक एक साल तक अपने अस्तित्व को कायम रक्खा। उसके नाश के साथ उसकी उपयोगिता खतम हो गई, यह बात मैं नहीं मानता, लेकिन उसका नाश निःसन्देह एक शोचनीय घटना है। रूसी क्रान्तिकारी नेताओं की सुन्दर योग्यता पर मेरा विश्वास है, मुझे यदि शिकायत है तो सिर्फ यही कि उनमें भावुकता की मात्रा आवश्यकता से अधिक होती है...।"

"क्षमा कीजिए, बीच में बोलने के लिए" देवराज ने हाथ की अँगुली से बाएँ हाथ को थपथपाते हुए कहा, "आखिर क्रान्तिकारी की भावुकता आदर्श के वास्ते सर्वस्व त्याग के लिए अधीर होने के सिवाय और है ही क्या? फिर, ऐसी भावुकता बिना कोई स्वप्न साकार हो कैसे सकता है?"

"नहीं मिस्टर सिंह", डॉक्टर स्मिथ ने अपने बिना कमानी के चश्मे को नाक पर से उठाते हुए कहा, "मैं भावुकता को एकदम त्याज्य नहीं समझता, लेकिन, वह एक खास मात्रा में होनी चाहिए। खैर, मात्रा के तौल के बारे में भी मैं कोई नाप नहीं पेश करता। जो भी हो, यह मेरा निजी मत है, कि रूसी क्रान्तिकारियों में यदि कोई त्रुटि है तो यही अधिक मात्रा में भावुकता। इसमें मतभेद की गुंजाइश है, किन्तु उन नेताओं की योग्यता में किसी को सन्देह नहीं हो सकता। हाँ, जब हम उस जनता पर विचार करते हैं, जिसके बल पर उन्हें क्रान्ति सफल करनी है, तो बहुत-सी आशंकाएँ उठती हैं। आशंकाएँ इसीलिए उठती हैं, कि रूसी क्रान्ति हमारे लिए एक बड़ी प्रिय चीज है। हाँ, प्रोफेसर ब्राउन की राय बिलकुल दुरुस्त है। इस क्रान्ति ने पेरिस कम्यून की अपेक्षा अधिक शुभ लग्न में जन्म लिया। उसका जन्म

शान्ति काल में हुआ और इसका संसार के एक अद्वितीय महान युद्ध के काल में। शान्ति का वातावरण क्रान्ति-शिशु के प्रतिकूल होता है। युद्ध में लाखों रूसी किसानों की हत्या करके जहाँ एक ओर उनके मन में मृत्यु के भय को कम कर दिया है, वहाँ कुछ सैनिक और सामरिक जीवन की भी शिक्षा दी है। मुझे प्रसन्नता है कि हम लोग स्वयं ऐसी आफत में उलझे हुए हैं कि हमारे पत्र और नेता बोल्शेविकों के खिलाफ सिर्फ भूँक-भर सकते हैं।"

देवराज को मेडलिन कॉलेज दिखलाती हुई जेनी ने बिछोह का कुछ दर्द जाहिर किया; लेकिन, दोनों इस बात से सहमत थे, कि जब तक युद्ध है, तब तक जेनी के लिए उपयुक्त स्थान कॉलेज नहीं अस्पताल है।

प्रेम और आदर्श

देवराज इस साल (1918) भी उसी कारखाने में काम करता था। रूस-सम्बन्धी हरेक घटना को वह गौर से पढ़ता और उसे यह देखकर प्रसन्नता होती थी कि इंग्लैंड के मजदूर भी उसे अपनी चीज समझते हैं। सभी जगह उनमें रूसी-क्रान्ति की चर्चा रहती थी—वर्कशॉप हो या रेस्तोराँ, भट्ठी हो या विश्रामगृह, सर्वत्र रूसी क्रान्ति का हल्ला था। लन्दन के जिन मजदूरों ने कभी लेनिन को देखा था, वे बड़े गर्व से उस ठिगने, चन्दुले आदमी की बात सुनाते थे।

जेनी का मन अब अस्पताल में नहीं लगता था। अक्सर युद्ध के अन्त की प्रतीक्षा की बात करने पर देवराज से बिगड़ पड़ती थी :

"तुम तो अपना काम कर रहे हो और चाहते हो कि मैं तितली बनी रहूँ।"

"नहीं रानी, तितली कौन बनाता है?..."

"रहने दो रानी-राजा को। तुम्हारी फौलादी हथेली देखकर मुझे रश्क आता है।"

"रश्क क्यों आता है? मुझे तो तुम्हारे मक्खन जैसे हाथों पर रश्क नहीं आता है।"

"तुम्हें चिढ़ाने में बहुत मजा आता है, डेवी!"

जेनी के गालों पर लाली उछल आई थी और उसके चेहरे पर विकलता के लक्षण दिखलाई पड़ रहे थे। देवराज ने उसके दोनों कपोलों पर अपने हाथ रक्खे और वह उसकी आँखों की ओर तन्मयता से देखने लगा। जब कभी देवराज जेनी की अनर्घ मुस्कराहट की चाह करता, उस वक्त इस मुद्रा से उसे निराश न होना पड़ता।—जेनी ने मुस्करा दिया और दोनों के कपोल एक-दूसरे से मिल गए।

"जेनी"

"डेविल (शैतान) हो तुम! मैं भी चाहती हूँ कि तुम्हारी जैसी बनूँ। अपने लिए तो तुमने कहा कि मुझे कॉलेज की पढ़ाई की आवश्यकता नहीं और मेरे वास्ते कहते हो—लड़ाई खत्म हो जाने दो, फिर कॉलेज में जाकर पढ़ाई समाप्त कर लो, तब कार्य-क्षेत्र में उतरना।"

देवराज ने जेनी के कोमल हाथ को अपने हाथों में लेते हुए कहा, "चाहे तुम घंटे-भर क्यों न दुहराओ, मेरी प्यारी जेनी, तुम्हें ज्यादा घबराने की जरूरत नहीं।

लड़ाई अब और अधिक दिनों तक नहीं चलेगी। अब के हिमपात को न जर्मन बर्दाश्त कर सकेंगे, न अंग्रेज ही। और पढ़ाई में तुम्हारे चार महीने से अधिक लगनेवाले नहीं हैं? बी. ए. हो गई और एम. ए. तो फीस जमा कर देने-भर से हो जाना है।"

"क्या, मेरे लिए एम. ए. होना जरूरी है? डेवी, तुम चकमा देना चाहते हो।"

देवराज ने फिर जेनी की मुस्कराती आँखों की ओर नजर गड़ाकर कहा, "चकमा! मेरी प्राण, तुम्हें न चकमा दूँगा तो किसे दूँगा? मैं जानता हूँ, तुम लोहारिन बनने पर उतारू हो। मैं तुम्हारे हाथों के बारे में सोचता—कहीं दो पत्थरों के बीच में पड़े जूही-फूल की तरह वे मसले न जाएँ। लेकिन विश्वास रक्खो, मैं अपनी लोहारिन को प्रोफेसर की लड़की से ज्यादा प्यार करूँगा।..."

"यह बात! लोहारिन के लिए इतना आदर! और साथ ही चाहते हो एम. ए. पास लोहारिन!!"

"मैं तुम्हें पढ़ने की सलाह न देता, अगर वह दो-चार महीने की बात न होती। जेनी, क़लम की ताकत भी जबर्दश्त ताकत है। हथौड़े की बेंट में तुम कलम को छिपा सकती हो। हमें एक नया साहित्य तैयार करना है। कलम के धनियों के दरबार में पहले-पहल जाते वक्त यह डिग्री परिचय देने का काम देगी। बस, इतना ही मेरी जेनी, मैं कहना चाहता हूँ।"

साल के मध्य में पहुँचते-पहुँचते जर्मनी में युद्ध के बुरे प्रभाव दिखलाई पड़ने लगे। जनता जितनी ही निराश होती जा रही थी, उतना ही उनके नेताओं और युद्ध के संचालकों ने विवेक से काम लेना छोड़ आँख मूँदकर प्रहार करना शुरू किया। मित्र-शक्तियों ने जर्मनी के चारों ओर आर्थिक घेरा डाल दिया और उसे बाहर से माल मिलना असम्भव हो रहा था। जर्मनी ने भी मित्र-शक्तियों के जहाजों को बेतहाशा डुबाना शुरू किया। जर्मन कैसर और दूसरे नेताओं के गर्वपूर्ण चिढ़ानेवाले भाषणों ने जहाँ अपने मित्रों की संख्या को एकदम सीमित कर दिया था, वहाँ अंग्रेजों ने अपनी चिकनी-चुपड़ी बातों और कूटनीतिक मायाजाल से संसार की सबसे बड़ी औद्योगिक शक्ति, अमरीका की सहानुभूति को अपनी ओर कर लिया। कैसर जनता की मानसिक अवस्था और देश की निर्बलता की ओर ध्यान देने को तैयार न था; उल्टा वह युद्ध की सीमा को और बढ़ाना चाहता था। जर्मन पनडुब्बियों ने कितने ही अमेरिकन व्यापारिक जहाजों को डुबाया, जिसका परिणाम हुआ अमेरिका का भी जर्मनी के खिलाफ युद्ध घोषित करना।

जर्मन सेनाएँ अपार जन और सामग्री की हानि सहकर लड़ते-लड़ते थक चुकी थीं। उधर मित्र-शक्तियों की मदद के लिए टिड्डी-दल की तरह अमेरिकन सेनाएँ नये-नये अस्त्र-शस्त्रों से सुसज्जित हो चली आ रही थीं। साथ ही, राष्ट्रपति विल्सन ने

बिना दंड के सुलहनामे की घोषणा प्रकाशित कर दी। इस दोहरी मार ने जर्मन जनता के दिल से युद्ध के मनसूबे को पस्त कर दिया। उसने जगह-जगह युद्ध के खिलाफ प्रदर्शन शुरू किये। पश्चिमी युद्ध-क्षेत्र में कैसर के शिविर में यह खबर पहुँचने लगी, लेकिन अभी भी वह सुनने के लिए तैयार न था। तो भी प्रधान सेनापति हिडेनबर्ग और दूसरे सेनानायक परिस्थिति को अच्छी तरह समझते थे। आखिर 6 नवम्बर का दिन आया, जबकि जर्मन तोपों ने आखिरी बार अपने मुँह से आग उगली। 11 नवम्बर (1918) को 11 बजे दिन को युद्ध बन्द हुआ। कैसर को हालैंड भागना पड़ा और अपनी निर्बलता तथा राष्ट्रपति विल्सन के आश्वासन पर जर्मन सेनाओं ने हथियार रख दिये।

इंग्लैंड में चारों तरफ खुशियाँ मनाई जा रही थीं। दिल से भारी बोझ उतर गया मालूम होता था। धनिक वर्ग विजयोन्माद से पागल-सा हो गया था; लेकिन, निर्धन वर्ग नहीं कह सकता था कि चार वर्ष के भीतर के नर-संहार के बाद उसे क्या मिला है। जेनी को इसकी खुशी हुई कि अब वह अपने समय को मन लायक काम में लगा सकेगी। देवराज जब अपने देश के जमाखर्च को उठाया तो उसे मालूम हुआ—हमने इस दुर्लभ मौके से फायदा नहीं उठाया। वह बराबर बंगाल और पंजाब के छोटे-छोटे विद्रोहों के बारे में पढ़ता रहता था। वे विद्रोह अभी गर्भ ही में थे कि कुचल दिये गए; इसलिए वह यह कहने में असमर्थ था कि जनता पर उसकी क्या प्रतिक्रिया होती। लंका जैसे छोटे-से टापू के एक साधारण साम्प्रदायिक सशस्त्र विद्रोह से ब्रिटिश गवर्नमेंट जितनी डरी थी, उससे देवराज को विश्वास होता था कि भारत का विद्रोह भी हल्का असर नहीं रखे होता। उसे यह देखकर झुँझलाहट आती थी कि जिस वक्त भारत के राष्ट्रीयतावादियों को कड़ा रुख अख्तियार करना चाहिए था, उस वक्त वे भक्तिभाव दिखलाकर अंग्रेजों के पत्थर-हृदय को पसिजवाना चाहते थे। भारत को भीतर की ओर से देखने से मालूम होता था कि युद्ध ने उसे उतना फायदा नहीं पहुँचाया, तो भी वह समझ रहा था कि इस चार वर्ष के युद्ध ने रूस में साम्यवादी शासन और पोलैंड, चेकोस्लोवाकिया, यूगोस्लाविया, हंगरी आदि स्वतंत्र राष्ट्रों की स्थापना ही नहीं की, बल्कि वह अपने पीछे एक बहुत भारी तूफान छोड़े जा रहे हैं, जिसके प्रभाव से भू-मंडल की कोई भी वस्तु अछूती न रहेगी। उसने अपनी आँखों जेनी के लम्बे सुनहरे बालों की दो वेणियाँ देखी थीं, आज अपने कटे बालों में जेनी कम सुन्दर नहीं मालूम होती थी। उसकी पेटी से कसी कमर भी छाती की तरह उन्मुक्त थी। पिछले चार वर्षों में ही जो परिवर्तन उसके सामने हुए, वे बतला रहे थे कि युद्ध का प्रभाव बहुत व्यापक होगा।

एक तरफ युद्ध समाप्ति की ओर पहुँच रहा था, और दूसरी ओर, देवराज देख रहा था, अंग्रेज हिन्दुस्तान पर अपना पंजा और मजबूत करना चाहते हैं।

दिसम्बर के शुरू ही में जेनी को अस्पताल से छुट्टी मिल गई थी, अभी भविष्य पर उसने सिर्फ कल्पनाएँ की थीं, अब उसे उस पर ठोस कदम रखना था। देवराज और प्रोफेसर ब्राउन की राय से सहमत जेनी ने विश्वविद्यालय की पढ़ाई समाप्त करना तय कर लिया। रविवार का दिन था, देवराज और जेनी युद्ध के भँवर से निकली सारी दुनिया की तरह आगे के कार्यक्रम पर विचार कर रहे थे।

देवराज ने कहा, "जेनी, मालूम होता था, अब तक हम एक प्रवाह में हैं, और उससे इधर-उधर होने का हमारा अधिकार बहुत सीमित है। अस्पताल से निकलने के बाद मैंने इतने समय का दुरुपयोग नहीं किया है। अपने कारखाने के साथियों और ईस्टएंड के गरीबों में मैंने कुछ काम किया है; और उससे जितना उन लोगों को फायदा हुआ, उससे कई गुना लाभ मुझे इन अनुभवों के रूप में मिला है; तो भी मुझे इतने से सन्तोष नहीं। मैं समझता हूँ, मेरा कार्य-क्षेत्र भारत है। इंग्लैंड में भी कार्यकर्ताओं की बड़ी जरूरत है, इसे मैं मानता हूँ। यहाँ के मजदूर नेताओं में अवसरवादिता अधिक है, इसलिए निर्भीक क्रान्तिकारियों को यहाँ के श्रमिकों में बहुत काम करना है, तो भी भारतीय श्रमजीवी जनता दुहरी चक्की में पिस रही है। धनिकों और जमींदारों का शोषण यहाँ की तरह वहाँ भी है; साथ ही हम ब्रिटिश साम्राज्यवाद के शिकार होकर राजनीतिक दास हैं।"

"मैंने भी, डेवी", जेनी ने देवराज के कठोर हाथ को अपने हाथ में लेते हुए कहा, "तुम्हारी बातों पर बार-बार विचार किया और अपने निजी भावों को दबाकर जब तटस्थ हो सोचती हूँ, तो उसी नतीजे पर पहुँचती हूँ—भारत ही तुम्हारे लिए योग्य कार्य-क्षेत्र हो सकता है। लेकिन, क्या मैं वहाँ कुछ काम नहीं कर सकती?"

जेनी ने देवराज के दोनों हाथ को खींचकर सीने से लगा लिया। देवराज ने जेनी की पेशानी पर हाथ रखकर उसके मुँह को अपनी ओर करके उसकी आँखों की ओर देखा—नीलम जैसी नीली पुतलियाँ पारदर्शक अश्रु-स्तर से ढकी मालूम देती थीं; उसके चेहरे पर दबी वेदना का चिह्न था। देवराज ने जेनी के सिर को गोद में रक्खे परिवर्तित स्वर में कहना शुरू किया :

"प्यारी जेनी, मैं तुम्हें कितना प्यार करता हूँ, यह कहना उस प्यार का अपमान करना है; लेकिन, हमने प्रतिज्ञा की है कि हमारा प्रेम हमेशा हमारी आदर्शवादिता का दास बनकर रहेगा। एक-दूसरे से बिछड़ने पर हमारे मन में बहुत चोट लगेगी, लेकिन उसे हम यह खयाल करके भुला देंगे, कि हम यह अपने प्राणों से प्रिय आदर्श के लिए कर रहे हैं..."

जेनी ने देवराज के दाहिने हाथ को अपने हाथ से छाती पर लेकर कहा, "डेवी, मैं तुम्हें कभी अपने आदर्श से विचलित न होने दूँगी। प्रेमी के वियोग से दिल पिघलकर आँखों को तर न करें—यह अस्वाभाविक है। मेरी आँखें तर हुई हैं तुम्हें अधीर बनाने के लिए नहीं, बल्कि अपनी सहानुभूति प्रदर्शित करने के लिए।

मेरे भावावेश का कभी दूसरा अर्थ न लेना।" जेनी ने अपने स्वर को ऊँचा करते हुए कहा, "बल्कि मैं यहाँ तक कहती हूँ कि जिस दिन तुम अपने आदर्श से गिरे, उसी दिन मेरे प्रेम का खात्मा समझो। मैंने सिर्फ तुम्हारी सम्मति चाही थी।"

"मैं यह नहीं कहता, कि अंग्रेज तरुण-तरुणियों के लिए भारत में कार्यक्षेत्र नहीं है। उल्टा मैं तो समझता हूँ, कि वह वक्त आएगा जब कि काफी संख्या में यहाँ से कार्यकर्ताओं को भारत जाना पड़ेगा और भारतीयों को भी इंग्लैंड के श्रमजीवियों में काम करना होगा। एक ही चक्की दोनों देशों के गरीबों को पीस रही है। साम्राज्यवाद है ही पूँजीवाद का चरम विकसित रूप। मैं नहीं समझता कि भारत में पिछले चार वर्षों में परिवर्तन नहीं हुआ होगा; लेकिन तो भी अभी अवस्था ऐसी नहीं है कि तुम वहाँ चलकर अपनी कार्यक्षमता का अधिक उपयोग कर सको। जो भी हो, इसे मुझ पर छोड़ दो।"

"डेवी, मैं कह चुकी हूँ कि हमारा प्रेम आदर्श से विचलित नहीं कर सकता। मैं मानती हूँ कि जहाँ मैं अपनी योग्यता का अधिक उपयोग कर सकूँ, उसे ही मुझे अपना कार्यक्षेत्र बनाना चाहिए। अपने कर्तव्य-पालन में हम दोनों एक-दूसरे से 6,000 मील पर रहेंगे। उस समय मेरा सिर डेवी की गोद में नहीं रहेगा। लेकिन, प्रेम हमारे हृदयों का स्पर्श करके उन्हें कम प्रफुल्लित न करेगा। खाली वक्त में जब तुम्हारी स्मृति जागृत होगी, उस समय मैं तुम्हें अपने सामने मूर्तिमान देखूँगी। हम अपने पत्रों में अपने कार्य-विवरण को लिखेंगे, हृदय खोलकर अपने कड़वे-मीठे अनुभवों को रख देंगे। वे पत्र हमारे लिए मिलन से कम सुखद न होंगे। जीने के लिए संग्राम, जीने के लिए मृत्यु को हमने निमंत्रित किया है। यह जीना हमारे लिए मधुर वस्तु है, लेकिन, इसीलिए कि वह बन्धन नहीं है। इस युद्ध में यदि हममें से एक को मौत ने अलग कर दिया, तो भी दूसरे को यह मौत दुगुना उत्साह प्रदान करेगी।"

देवराज की आँखें जेनी के मुँह पर थीं, लेकिन, उसका खयाल कहीं दूर घूम रहा था। बात को फिर से आरम्भ करते हुए उसने कहा, "भारत जाना होगा, इतना ही मैं जानता हूँ लेकिन, अभी वह समय नहीं आया है। वहाँ की एक-एक राजनीतिक घटना पर मेरा ध्यान है। राष्ट्रीय शक्तियाँ सुप्त नहीं हुई हैं, वे किसी वक्त भी प्रचंड रूप धारण कर सकती हैं। मैं कुढ़ता रहता था जब कि देखता था कि हमारे गरम नेताओं के प्रोग्राम भी अधिकतर ऐसे होते थे, जिनका साधारण जनता के रोज बरोज के जीवन से कोई सम्बन्ध न होता था। जनता लम्बे-लम्बे शब्दों को नहीं समझ सकती। लखनऊ कांग्रेस ने नरम और गरम दल को मिला दिया लेकिन मुझे इस गंगा-जमुनी वर्ग से कोई आशा नहीं। नरमदली सिर्फ वैयक्तिक महत्त्वाकांक्षाओं से प्रेरित होकर तथा कभी-कभी अंग्रेज अधिकारियों के दुर्व्यवहार से खिन्न होकर राजनीतिक मैदान में आए हुए हैं। अंग्रेज शासक उनको तभी तक महत्त्व देते हैं,

जब तक उन्हें उग्रदल का भय रहता है। लेकिन, गांधी—हजारों भूलें भले ही करें, फिर भी—इस बात को वह अच्छी तरह से जानते हैं कि हमारी शक्ति जनता है।

"सो ठीक, डेवी, किन्तु अतीत के सुनहले स्वप्न को मैं गांधी की प्रतिक्रिया-वादिता ही कहूँगी। उसके धर्म-सम्बन्धी विश्वास पर तो मैं बिलकुल ही विश्वास नहीं करता पर वह जनता के महत्त्व को समझता है, और यह भी जानता है, कि जब तक उसकी दैनिक कठिनाइयों के हल करने का प्रोग्राम सामने न रक्खा जाएगा, तब तक वह जागृत न होगी। निलहों के खिलाफ चम्पारन का आन्दोलन क्या था? बस इसी सूत्र की व्याख्या।

"और खेड़ा भी।"

"हाँ, खेड़ा के किसानों की जागृति भी। मैं तो समझती हूँ कि गांधी धर्म और ईश्वर के प्रपंच में न पड़ता, तो उसका प्रोग्राम और भी दृढ़ होता।"

"यही नहीं, हिन्दुस्तान धर्मों के मारे पामाल है। राष्ट्रीय एकता और नव-जागरण के लिए धार्मिकता को हटाना बहुत जरूरी है। गांधी की धार्मिकता जनता को आकर्षित करने में कुछ सहायक भले ही हो सकती है; लेकिन, आगे चलकर इसका परिणाम देश के लिए हानिकारक होगा।"

"तुम्हारी समझ में निकट भविष्य में भारतीय राजनीति का रूप क्या होगा?"

"मैं ज्योतिषी तो नहीं हूँ, लेकिन, एक बात जरूर कहूँगा; महायुद्ध का व्यापक प्रभाव भारत पर पड़ रहा है। पिछले चार वर्षों में इंग्लैंड के कारखाने गोला-बारूद बनाने में लगे हुए थे और अंग्रेजों ने भारतीय उद्योग-धन्धों पर से कितने ही प्रतिबन्ध हटा दिये। इस प्रकार उसे नये कल-कारखानों को स्थापित करने का अवसर मिला। मोहनलाल खन्ना जैसे कितने ही निरपराध और कितने ही अपराधी आतंकवादी भी फाँसी पर चढ़ाए गए लेकिन, राजनीतिक हत्याओं और सर को हथेली पर रखकर फिरनेवाले क्रान्तिकारियों की कमी नहीं ही रही है। रोलट-रिपोर्ट को तो तुमने पढ़ा है?"

"रोलट-रिपोर्ट में वैसे चाहे कितनी ही गलतबयानियाँ हों, लेकिन एक बात उससे स्पष्ट हो जाता है—भारत में आतंकवाद अधिक संगठित और बलशाली होता जा रहा है।"

लेकिन, साथ ही यह भी मानना पड़ेगा कि जनता का उससे कौतूहल मात्र-भर सम्बन्ध है। और ब्रिटिश गवर्नमेंट ने इधर जर्मनी से हथियार रखवाया और उधर भारतीयों को कुचलने का आयोजन किया है।

उत्तराधिकार

जेनी दिसम्बर से ही अपनी परीक्षा की तैयारी में लगी हुई थी। राजनीतिक अर्थशास्त्र में बहुत अच्छे नम्बरों से उसने बी. ए. पास किया और एम. ए. होने का भी इन्तिजाम हो गया। मार्च (1916) के आखिरी सप्ताह में देवराज ऑक्सफोर्ड पहुँचा। प्रोफेसर और जेनी के साथ अधिकतर राजनीति की ही बातों की चर्चा थी। प्रोफेसर ब्राउन कह रहे थे :

"देखिए अंग्रेज पूँजीपति रूस के शिशु साम्यवादी शासन का गला घोंट देना चाहते हैं। लड़ाई से बचे हुए गोले-बारूद की नहीं, सिपाहियों तक को रूस के बागी पूँजीपतियों की मदद में भेजा जा रहा है। अब देश-रक्षा का सवाल नहीं रहा और हम इस अन्याय को चुपचाप नहीं सह सकते।"

देवराज ने प्रोफेसर की राय का समर्थन करते हुए कहा :

"हम कुछ नौजवानों ने डॉक के मजदूरों में काम शुरू कर दिया है। हम उन्हें बतला रहे हैं कि सोवियत शासन को रूसी मजदूरों का ही मत समझो, रूस में साम्यवाद की विजय सारे संसार के मजदूरों की विजय है; रूप से पूँजीपतियों की पराजय को दुनिया के सभी पूँजीपति अपनी पराजय समझ रहे हैं। आप, प्रोफेसर साहब, यह सुनकर खुश होंगे कि मजदूर अब इस बात को समझने लगे हैं। अभी पिछले ही सप्ताह लिवरपोल में उन्होंने जहाज पर लड़ाई का सामान लादने से साफ इनकार कर दिया, जब कि उन्हें मालूम हुआ कि उसे क्रान्ति विरोधियों के पास भेजा जा रहा है।"

जेनी ने जोश-भरे शब्दों में कहा :

"मैं भी अब पढ़ाई से मुक्त हूँ। मैं समझती हूँ श्रमजीवियों में जाकर सोवियत के पक्ष में प्रचार करना इस वक्त सबसे जरूरी काम है।"

देवराज अब तक हिन्दुस्तान की ताजी घटनाओं के बारे में चुप था। प्रोफेसर ने यह कहकर उसे मौका दिया, "जर्मन पूँजीवाद पर ब्रिटिश पूँजीवाद की विजय हुई; अब कुछ दिनों के लिए उसका प्रतिद्वन्द्वी चुप हो गया। दोनों पूँजीवादियों के संघर्ष के कारण जनता को कुछ स्वतंत्रतापूर्वक साँस लेने का मौका मिला था;

लेकिन अब उसे इंग्लैंड बर्दाशत करने को तैयार नहीं है।" आपने सुना है लोगों के एक स्वर से विरोध करने पर भी भारत सरकार ने रौलट कानून बना दिया? गांधी ने उसका विरोध, कोरी लफ्फाजी से ही नहीं, बल्कि ठोस तरीके से करना तय किया है।

"गांधी के विरोध का तरीका ज्यादा मजबूत होगा, इसमें शक नहीं; क्योंकि वह अपने हरेक काम के लिए शक्ति का वरदान जनता से माँगता है।"

6 अप्रैल को रौलट कानून के विरुद्ध सारे हिन्दुस्तान में उपवास रक्खा गया, बड़ी सभाएँ हुईं। देवराज को पता था कि उसका क्या असर होगा? वह बड़ी उत्सुकता से भारतीय पत्रों के विवरण की प्रतीक्षा कर रहा था, लेकिन, इसके लिए सारे अप्रैल-भर इन्तिजार करना था। किन्तु, इसी बीच 12 अप्रैल को रूटर ने खबर दी कि जलियाँवाला बाग में भीड़ पर पल्टन को गोली चलानी पड़ी, कुछ लोग हताहत हुए। देवराज ने जेनी से कहा :

"कूच का बिगुल बज गया। भारतीय जनता मार्च शुरू कर रही है।"

इंग्लैंड के अखबार भारतीय अशान्ति की बहुत कम खबर छापते थे। रूटर ने युद्ध के जमाने में अपने को साम्राज्यवादी इंग्लैंड के प्रोपेगेंडा की मशीन सिद्ध किया था। उसकी खबरों से भारतीय वस्तुस्थिति पर ठीक प्रकाश पड़ेगा, इसकी उम्मीद कहाँ हो सकती थी? लेकिन देवराज भारतीय समाचार-पत्रों में जो कुछ पढ़ता था; उसकी सहायता द्वारा रूटर के संक्षिप्त और भ्रामक तारों से भी बहुत-सी बातों की तह तक पहुँच जाता था। पंजाब में मार्शल-ला, और कई स्थानों पर हवाई जहाजों से जनता पर बम फेंकना आदि एक-एक बात से देवराज का खून खौलने लगता था :

"हमने अंग्रेजों के लिए खून बहाया, अब वह हमारा खून उसी तरह बहा रहे हैं, जैसे उन्होंने जर्मनों का बहाया था!"

"शर्म-शर्म! लेकिन, डेवी! पूँजीवाद या साम्राज्यवाद में हृदय कहाँ? उसे शर्म और सम्मान से क्या मतलब!"

"कुछ भी हो, अब भारत की आत्मा कुचली नहीं जा सकती, उसी तरह जैसे अंग्रेज पूँजीवादी रूस के श्रमजीवियों को कुचल नहीं सकते।"

देवराज और जेनी का सारा समय श्रमजीवियों को सोवियत के पक्ष में तैयार करने में लग रहा था। उन्हें यह भी मालूम हुआ कि फ्रांस, अमेरिका आदि के मजदूर भी अपनी-अपनी सरकारों की सोवियत-विरोधी नीति की कड़ी आलोचना कर रहे हैं, और उनके रोब को देखकर उनकी सरकारें डर रही हैं। जिस वक्त देवराज

सोवियत-विरोधी अंग्रेज शासकों के खिलाफ लोगों को उभाड़ता था, उस वक्त उसके शब्द बहुत पैने हो जाते थे। बाहर वह रूसी मजदूरों तथा उनके बाल-बच्चों पर होते सफेद रूसियों और उनकी सहायक अंग्रेज और फ्रेंच सरकारों के अत्याचारों को कहता था, किन्तु उसके मन के सम्मुख होती थी पंजाब के फौजी कानून के शिकार नर-नारियाँ, बूढ़े-बच्चों की तसवीर।

1919 का अन्त आया। अमृतसर की कांग्रेस समाप्त हुई। देवराज को यह देखकर प्रसन्नता हुई, कि नर्मदली गिरगिटों का जमाना लद गया। कांग्रेस गर्मदलियों के हाथ में ही नहीं आ गई, बल्कि अब वह जनता की समझ में आनेवाले शब्दों का भी व्यवहार करने लगी।

जेनी देवराज बराबर साथ रहा करते थे।

श्रीमती ज्यॉफरे का स्वास्थ्य ऐसे भी बहुत अच्छा नहीं था, किन्तु पिछले जाड़ों से वह अधिक बिगड़ने लगा था। उनकी देखभाल के लिए दोनों में से एक घर पर जरूर रहता था। अप्रैल पहुँचते-पहुँचते श्रीमती ज्यॉफरे चारपाई से उतर न सकती थीं, न उन्हें रात को नींद आती थी। एक रात श्रीमती ज्यॉफरे ने देवराज से कहा :

"बेटा डेवी, मेरा अपना लड़का भी होता, तो भी क्या वह तुमसे अधिक मेरी सेवा करता?"

"नहीं, मम्मी, मैं तुम्हारी सेवा उतनी कहाँ कर पाता हूँ? चाहता हूँ, हर वक्त तुम्हारी चारपाई के पास रहूँ, किन्तु एकाध सभाओं में मजबूरन जाना पड़ता है।"

"नहीं बेटा, सभाओं से कभी गैरहाजिर न होना। तुम नये जमाने के तरुण-तरुणियों की भाषा और भेद को हम बूढ़े-बूढ़ियाँ भले ही न समझें, किन्तु, मैं इतना जरूर मानती हूँ, कि हमारा डेवी जिस काम में हाथ डालेगा, वह जरूर अच्छा होगा। हाँ, मालूम होता है, मेरा समय आ गया है। तुम्हारे दवा-दारू, सेवा-सुश्रूषा से मैं इनकार नहीं करती, किन्तु अब तुम इस शरीर की साँसों को और लम्बी नहीं कर सकोगे। जेनी सोती होगी? चार ही घंटे तो हुए हैं, जाने दो। इसी को कहते हैं—सम्पत भी विपत की तरह अकेली नहीं आती। कैसी भली लड़की। डेवी, तुम और जेनी दोनों की कैसी एक-सी जोड़ी है। बीमारी के पिछले चार महीनों में तुमने और जेनी ने मेरी जैसी सेवा-सुश्रूषा की है, इंग्लैंड की कोई भी सौभाग्यवती माँ अपने लड़के-लड़की से उससे अच्छी सेवा की आशा नहीं रख सकती थी। मेरी दो अन्तिम इच्छाएँ हैं, क्या तुम उन्हें पूरा करोगे?"

"मम्मी, तुम जानती हो, कि एक अपने जीवन-आदर्श को छोड़कर बाकी कोई ऐसी बात नहीं है, जिसके बारे में आपकी आज्ञा को टाल सकूँ।"

"सो तो मैं जानती हूँ। मैं चाहती हूँ, तुम्हारा और जेनी का ब्याह हो जाए, और दूसरी मेरी इच्छा है कि मेरी सम्पत्ति के उत्तराधिकार को तुम स्वीकार करो। जीवन-भर के लिए तुमने रुकने को कहा था, मेरे मरने के बाद, शायद, उसके लिए आग्रह न करोगे।"

"ब्याह के बारे में, मम्मी, तुम जानती हो, कि हम विवाहित हैं, यद्यपि वर्तमान समाज की दृष्टि में नहीं—हम समाज के बागी हैं, इसलिए तुम उसके नियमों की पावन्दी के लिए आशा है, आग्रह न करोगी। मम्मी, यदि आज्ञा दो तो मैं जेनी को भी बुला लाऊँ, क्योंकि जो बात हो रही है, उसका सम्बन्ध उससे भी है।"

"मैं तो नहीं चाहती थी कि जेनी को जगाओ, खैर।"

जेनी की नींद खुल चुकी थी। देवराज ने जेनी के सिर पर हाथ रक्खा। जेनी बोल उठी, "क्यों?"

"मम्मी अन्तिम समय में दो बातों के लिए आग्रह कर रही हैं—हम दोनों ब्याह कर लें।..."

जेनी के गुलाबी गाल और भी लाल हो गए। उसने मुस्कराते हुए कहा, "तो क्या, अभी हम विवाहित नहीं हैं?"

"मैंने कह दिया, हम सच्चे अर्थों में विवाहित हैं। हाँ, समाज की रूढ़ियों को मानने के लिए तैयार नहीं हैं। और, जब जेनी, हमें सन्तान नहीं पैदा करनी है, तो रूढ़ियों से डरने की आवश्यकता?"

"लेकिन, डेवी, यहाँ तुमसे मेरा मतभेद है। मैं एक सन्तान जरूर चाहती हूँ, जो कि हम दोनों के आदर्शों का शारीरिक उत्तराधिकारी बने।"

देवराज चारपाई के किनारे बैठ गया और जेनी के सिर पर हाथ फेरते हुए बोला, "खैर, यहाँ हम लोगों का मतभेद रहे, लेकिन, जहाँ तक विवाह का सम्बन्ध है, मैंने तुम्हारी भी राय को ठीक प्रकट किया न?"

"बिलकुल ठीक। और मम्मी की दूसरी इच्छा क्या है?"

"यह कि, मैं मम्मी की सम्पत्ति का उत्तराधिकारी बनना स्वीकार कर लूँ।"

"तुमने क्या जवाब दिया?"

"जवाब दिया नहीं, देने जा रहा हूँ। एकदम इनकार करनी, निष्ठुरता प्रकट करना होगा। मैं कहूँगा, उत्तराधिकार स्वीकार है, लेकिन, जेनी के नाम..."

"मेरे नाम? डेवी, तुम जानते हो, जीविका चलाने के लिए मेरे पिता की सम्पत्ति काफी है।"

"मेरे लिए सम्पत्ति की आवश्यकता क्या रहेगी। इंग्लैंड में कुछ जरूरत भी पड़ती, लेकिन अब मेरा यहाँ का प्रवास समाप्त-सा हो रहा है—ज्यादा-से-ज्यादा एक साल और। जहाँ कांग्रेस ने कोई नया गरम प्रोग्राम अख्तियार किया, कि मैं भारत चला।" देवराज ने जेनी के म्लान मुख को चूमकर कहा, "जेनी, बिना एक पैसा पास रक्खे काम शुरू करना मेरे लिए अच्छा होगा।"

जेनी के दिल से देवराज के वाक्य 'यहाँ का प्रवास समाप्त' का असर गया नहीं था। उसकी आँखों में नमी न थी, लेकिन, दिल में सूनापन-सा मालूम देता था, मुखाकृति गम्भीर थी। जैसे अक्सर देवराज की आँखों की तरफ देखने से वह

मुस्करा दिया करती थी, आज उस मुस्कराहट का पता न था। उसने स्पष्ट पर धीमे स्वर में कहा :

"तो मम्मी का उत्तराधिकार तुम्हारे लिए मुझे स्वीकार है। तुम समझते हो, मैं उसका अच्छा इस्तेमाल कर सकती हूँ, लेकिन, एक शर्त—जब तक इंग्लैंड में तुम्हें रहना है, जीविकोपार्जन का खयाल छोड़ देना होगा। तुम अपने समय को सिर्फ राजनीतिक कार्यों में लगाओ।"

देवराज ने जेनी को गले से लगाकर कहा, "तुम्हारी आज्ञा शिरोधार्य।"

दोनों श्रीमती ज्यॉफरे की चारपाई के पास पहुँचे। देवराज ने कहा, "मम्मी, तुम्हारी दोनों इच्छाएँ हम शिरोधार्य मानते हैं। लेकिन, दो बातों की तुमसे इजाजत माँगते हैं।"

"कहो बेटा!"

"ब्याह के लिए सामाजिक रूढ़ि की पाबन्दी के लिए हम पर जोर न दोगी।"

'मैं जोर न दूँगी। और?"

"उत्तराधिकार जेनी के नाम से होना चाहिए।"

श्रीमती ज्यॉफरे कुछ देर तक देवराज की तरफ एकटक देखती रहीं, फिर जेनी की ओर नजर करके, प्रसन्नता के स्वर में बोलीं, "मुझे यह शर्त भी मंजूर है। मैं जानती हूँ तुममें और जेनी में कोई अन्तर नहीं है। डेवी, पहिले-पहल जब मैंने साधारण सिपाही के तौर पर तुम्हें देखा था, तब से बराबर तुम्हारे हृदय पर मेरी नजर रही। मैंने उसे बहुत विशाल पाया। किन्तु कितना विशाल, इसकी सीमा अभी तक मैं निर्धारित न कर सकी?" आँखों में आँसू भरते हुए, जॉनी तुम्हें कितना प्यार करता था? कितना सम्मान करता था! तुम वैसे प्यार और सम्मान के योग्य हो...।"

—कहते-कहते उनका गला रुँध गया और फिर आगे न बोल सकीं।

देवराज ने घुटने टेक श्रीमती ज्यॉफरे के हाथों को अपने हाथों में लेकर कहा, "मम्मी, तुम अपने स्नेह के कारण यह कह रही हो। निश्चय ही तुम्हारे स्नेह, और कृपा का बदला मैं नहीं चुका सका और न पूरा चुकाना चाहता हूँ। मैं चाहता हूँ आजीवन उसके लिए तुम्हारा ऋणी बना रहूँ और एकान्त घड़ियों में उनकी स्मृति से शान्ति और सन्तोष प्राप्त करूँ।"

श्रीमती ज्यॉफरे ने इशारे से जेनी को पास बुलाकर उसके सिर पर हाथ फेरते हुए कहा, "ऐसा बहुत कम देखा जाता है, बेटी, जब कि तुम दोनों जैसी जोड़ियाँ किसी स्नेह और वात्सल्य की भूखी माता को मिलें। तुम दोनों ने काँटो का रास्ता पकड़ा है, इसमें सुख की कामना फजूल है; हाँ, मैं यह दिल से चाहती हूँ कि तुम अपने आदर्श और उद्देश्य में सफलता प्राप्त करो।"

देवराज और जेनी ने श्रीमती ज्यॉफरे की अन्तिम समय तक सेवा करने में कोई कसर न उठा रक्खी। उन्होंने अपनी वसीयत जेनी के नाम लिखी और शान्तिपूर्वक शरीर छोड़ा।

स्वदेश में

महायुद्ध को समाप्त हुए दो साल से ऊपर हो गए थे; लेकिन, अभी भी युद्ध की अग्नि सब जगह बुझी न थी। रूस का जार सपरिवार खतम हो चुका था और शासन की बागडोर साम्यवादियों के हाथ में आ गई थी; लेकिन, वहाँ के धनी अपने मन से इस पराजय को स्वीकार करने के लिए तैयार न थे। अंग्रेज मध्य एशिया और बाकू के तेल की ताक में बागियों को मदद दे रहे थे। कालासागर के पालवाले प्रदेश में फ्रांसीसी हाथ बँटा रहे थे। इसके अतिरिक्त पेत्रोग्राद् के उत्तर से भी दुश्मनों को मदद पहुँचाई जा रही थी।

युद्ध के समय ब्रिटिश समाचार-पत्र और समाचार-एजेंसियाँ रूस के साम्यवादी प्रजातंत्र के खिलाफ जोर-शोर से प्रचार कर रही थीं। रोज प्रजातंत्र के टूटने की भविष्यवाणियाँ होती थीं, लेकिन उन भविष्यवाणियों को झूठा करते हुए बोल्शेविक आगे बढ़ रहे थे। इंग्लैंड के मजदूर वर्ग को रूसी क्रान्ति के प्रति बड़ी सहानुभूति पैदा हो गई थी, इसी डर के मारे खुलकर क्रान्ति-विरोधियों की मदद करनेवाले अंग्रेज सरकार को डर हो रहा था। परास्त और बर्बाद तुर्की को सर्वनाश से बचाने के लिए कमाल ने तलवार उठाई थी। मित्र-शक्तियाँ जर्मनी की पराजय के बाद मनमाने तौर से यूरोप का फिर से बँटवारा कर रही थीं।

लेकिन, देवराज की नजर सबसे अधिक भारत पर थी। जलियाँवाला कांड और पंजाब के फौजी कानून के अत्याचार ने सारे भारत के शरीर में बिजली दौड़ा दी। लड़ाई के वक्त अंग्रेजों ने कहा था तलवार के शासन को हटाकर न्याय का शासन स्थापित करने तथा सभी जातियों को आत्म-निर्णय का अधिकार देने के लिए हम लड़ाई लड़ रहे हैं। लार्ड हार्डिंज के शब्दों में युद्ध के लिए भारत के खून को दुह कर उसे सफेद कर दिया गया। लाखों आदमियों ने बहादुरी के साथ अंग्रेजों के लिए अपनी जानें दीं; लेकिन इन सभी सेवाओं का पारितोषिक मिला रोलट ऐक्ट, जलियाँवाला कांड, फौजी कानून! कांग्रेस ने पंजाब के अत्याचारों की जाँच के लिए जाँच कमेटी बनाई। अमृतसर में कांग्रेस की सभा हुई और उसने कई गरमागरम प्रस्ताव पास किये; तिलक, मोतीलाल, चितरंजन दास आदि नेताओं ने कदम आगे

बढ़ाने के लिए कहा। गांधी जी का नेतृत्व स्थापित होता जा रहा है। भारत किस रूप में कदम आगे बढ़ाएगा इसका अभी निर्णय नहीं हो पाया, तो भी इसमें सन्देह नहीं कि देश दक्षिणी अफ्रीका के सत्याग्रही विजेता गांधी से किसी बड़े राजनीतिक प्रोग्राम की आशा रखता है।

महायुद्ध में इंग्लैंड विजयी हुआ। उसने जर्मन-जैसे अजेय शत्रु को कुचलकर उससे क्षतिपूर्ति के रूप में भारी रकम वसूल करना तय किया। जर्मन-उपनिवेश और तुर्क-साम्राज्य के बहुत से प्रदेशों को मित्र-शक्तियों—विशेषकर अंग्रेजों—ने अपने उपनिवेश और प्रभाव-क्षेत्र बनाए। लेकिन, जितनी खुशी इंग्लैंड के शासन-वर्ग में थी, उतनी साधारण जनता में नहीं थी। युद्ध के समय रात-दिन गोला-बारूद तैयार करने में लगे लाखों आदमी अब बेकार हो गए थे। फौजें दनादन तोड़ी जा रही थीं, और लाखों सैनिक घर भेजे जा रहे थे। कितनी ही माताओं के लड़के मारे गए थे, कितनी ही पत्नियों के पति और कितने बच्चों के पिता मारे जा चुके थे; इनके अभाव को परिवार आसानी से भुला न सकता था, विशेषकर जब कि उन्हीं के ऊपर उसकी परवरिश निर्भर थी। युद्ध में सबसे अधिक संख्या में नौजवानों की ही बलि थी, इससे विवाह-योग्य लाखों तरुणियों के पति मिलने मुश्किल हो गए थे। अपार जन-धन की हानि से राष्ट्र प्रसूता स्त्री की भाँति अशक्त और श्लथ था। इंग्लैंड की साधारण जनता युद्ध की भयानकता का अनुभव कर चुकी थी, और उसे दूसरे पथ की जरूरत थी, किन्तु आराम की जिन्दगी के आदी होने तथा दब्बू स्वाभाव के कारण वहाँ के मजदूर नेता उसका पथ-प्रदर्शन नहीं कर सकते थे। जेनी का कहना था, "हमारे मजदूर-वर्ग के नेता जितने ही अधिक मूर्ख और दब्बू हैं, शासक, धनी वर्ग उतना ही अधिक चतुर और मौकाशनास है।"

1921 का पूर्वार्द्ध समाप्त हो चुका था। भारत की राजनीतिक अवस्था गरम थी। फौजी कानून और जलियाँवाला बागकांड भले ही हुए, लेकिन साथ ही गवर्नमेंट की रौलेट ऐक्ट जिन्दा ही दफना देना पड़ा। जेनी और देवराज अपना सारा समय मजदूरों और बेकारों के भीतर राजनीतिक जागृति लाने में खर्च कर रहे थे तो, भी देवराज की नजर भारत पर लगी हुई थी। गांधी जी ने स्कूल और कॉलेज के विद्यार्थियों को शैतानी पढ़ाई छोड़कर निकल आने के लिए आह्वान किया। जेनी ने पूछा, "स्कूलों के बहिष्कार के बारे में तुम्हारी क्या राय है?"

"मैं इस तरह के बहिष्कार से सहमत नहीं हूँ। जो नौजवान पढ़ाई छोड़कर राजनीतिक क्षेत्र में काम करना चाहें, वे भले ही वैसा करें; लेकिन सभी विद्यार्थियों को पढ़ाई छोड़ने के लिए कहना कभी ठीक नहीं हो सकता। और फिर आजकल के ज्ञान-विज्ञान को शैतानियत कहना तो अत्यन्त अनुचित है।"

"हाँ, डेवी देखो, इस ज्ञान-विज्ञान के युग को लाने के लिए पोपों और पुरोहितों ने गेलेलियो जैसे कितने ही विद्वानों को मौत के घाट उतारा। सहस्राब्दियों के अज्ञानपूर्ण निविड़ अन्धकार को चीर कर हम इस प्रकाश में आए हैं। इसके अस्तित्व को अस्वीकार करने का मतलब है, हम पूर्वकालीन अन्धकार का आवाहन करते हैं।"

मैं समझता हूँ, इस निर्बलता का कारण गांधी जी में धर्म का अनुरागातिरेक है। यूरोप में सैकड़ों वर्षों के कटु अनुभवों के बाद स्वीकार किया गया कि धर्म को राजनीति में दखल देने का अधिकार नहीं होना चाहिए; लेकिन गांधी जी फिर खिलाफत की दुहाई देकर हिन्दू-मुस्लिम एकता स्थापित करना चाहते हैं। मेरी समझ में ऐसी एकता कभी चिरस्थायी नहीं हो सकती।"

"तो क्या, तुम समझते हो गांधी का प्रोग्राम ठीक नहीं है?"

"गांधी की विचार-शैली चाहे कितनी त्रुटिपूर्ण हो, लेकिन जनता में जो जोश, जो चेतना फैल रही है, और जिस तरह वह आगे बढ़ रही है, उसे देखते हुए हमें साथ चलने के लिए तैयार होना चाहिए।"

नागपुर की कांग्रेस खतम हुई। सत्याग्रह की तैयारी के लिए गांधी जी ने 'तिलक स्वराज्य फंड' के नाम पर एक करोड़ रुपये की अपील की। देवराज को यह देखकर बड़ी प्रसन्नता हुई, कि जनता बड़े उत्साह के साथ सहायता प्रदान कर रही है। जनवरी-फरवरी (1921) के भारतीय समाचार-पत्रों को देखकर उसे खूब मालूम हो गया, कि भारत में एक अभूतपूर्व राजनीतिक तूफान आया है। भारत लौटने की बात जेनी के साथ कई बार हो चुकी थी, अब प्रस्थान का समय आ पहुँचा था। देवराज कई दिनों से अपने निर्णय को जेनी के सामने रखना चाहता था, लेकिन, कुछ और सोचने के लिए उसे कल पर छोड़ देता था। आज जेनी मैनचेस्टर के मजदूर संघ में व्याख्यान देने गई थी। रात को जेनी के लौटने पर देवराज ने अपने निश्चयानुसार बात छेड़ी :

"जेनी, तुमने देखा, 'तिलक स्वराज्य फंड' के लिए लोग किस तरह से जोश दिखला रहे हैं। अभी मार्च समाप्त नहीं हुआ, तीन महीने के भीतर पचास लाख रुपये जमा हो गए। जरा खयाल तो करो, हिन्दुस्तानी जनता के लिए इस तरह का सर्वव्यापी आन्दोलन एक नई बात है। और फिर, तुमको मालूम होना चाहिए कि इस फंड में देनेवाले लोगों में अधिकांश गाँवों की अनपढ़ जनता है।"

"तो, इसका मतलब यह है कि राष्ट्रीय जागृत साधारण झोंपड़ों तक पहुँच रही है।"

"तुम तो जेनी, हिन्दी-पत्रों को पढ़ नहीं सकती और अंग्रेजी-पत्रों में निरी देहाती जनता के सम्बन्ध में बहुत-सी खबरें आती नहीं। मद्य-निषेध, विलायती वस्त्र-बहिष्कार, कचहरियों, स्कूलों का त्याग आदि प्रोग्राम कांग्रेस ने स्वीकार किये हैं। इनमें से

कितनों की सफलता के बारे में सन्देह किया जा सकता है; लेकिन इनके कारण जो अपूर्व जागरण जनता में देखा जाता है, वह भविष्य के लिए स्थायी परिणाम छोड़ेगा। जिन विद्यार्थियों, वकीलों और सरकारी नौकरों ने अपना काम छोड़कर राजनीति में प्रवेश किया, वे अपने पीछे एक स्थायी कार्यकर्ताओं की जमात छोड़े बिना नहीं रहेंगे। मुझे तो देखने में आता है, भारत के राजनीतिक इतिहास में एक नया अध्याय शुरू हो रहा है। ऐसे अवसर को कोई विचारशील आदमी हाथ से जाने कैसे दे सकता है?"

जेनी ने देवराज के कन्धे पर अपना सिर रखकर उसके हाथ को अपने हाथों में लेते हुए कहा, "डेवी, मैं कई दिनों से देख रही थी कि तुम किसी बात को मुझसे कहने में झिझक रहे हो। भारतीय समाचारों के सम्बन्ध में हम दोनों के बीच जो बातचीत होती थी, उनसे मुझे इसके जानने में कोई दिक्कत न थी कि तुम्हारा दिमाग आजकल किस चिन्तन में है। मैंने तुम्हारे चेहरे को अक्सर गम्भीर देखा, यद्यपि मेरे सामने आने पर तुम्हारी आँखें मुस्कराए बिना नहीं रहतीं। मैं तुमसे कह चुकी हूँ, और तुम अच्छी तरह जानते भी हो, कि मेरा प्रेम तुम्हारे ऊपर असाधारण है, तो भी, उसे आदर्श में बाधा डालने का अधिकार नहीं है।" अन्तिम शब्द कहते-कहते जेनी की आँखों में आँसू छलक आए।

देवराज ने जेनी की ठुड्डी को ऊपर उठाकर दो बार उसके मुँह को चूमा, फिर दाहिने हाथ से उसकी कमर को परिवेष्ठित करते भीगी आँखों से उसकी आँखों की ओर देखते हुए कहा, "मेरी जेनी, तुमसे यही आशा थी। तुम्हारा प्रेम मेरा सम्बल है, स्थायी सम्पत्ति है। कठिनाइयों, निराशाओं से घिरे होने पर वह मुझे आन्तरिक शक्ति प्रदान करेगा। जितने ही देश और काल से हम दोनों दूर होते जाएँगे, उतना ही वह अधिक दृढ़ और मनोरम होता जाएगा। मैंने कई बार सोचा कि क्या तुम्हें भी अपनी सहकारिणी बना सकता हूँ।..."

जेनी का चेहरा चमक उठा और उसने देवराज के सिर के अस्त-व्यस्त बालों को सुलझाते हुए कहा, "हाँ, प्यारे डेवी, मैं भी ऐसा सोचती रही, लेकिन, यदि तुम्हें अपने कार्य में कुछ भी अड़चन मालूम हो—और अड़चन होगी जरूर—तो मेरा उसके लिए कोई भी निर्बन्ध नहीं। समय-समय पर अपने कार्यों के बारे में जो कुछ तुम लिखोगे, वह पंक्तियाँ मुझे काफी सन्तोष देंगी। हम दोनों अपने-अपने कार्य-क्षेत्र में जितनी ही अधिक तन्मयता के साथ कार्य करेंगे, उसी को हम अपने प्रेम का प्रतीक समझेंगे। और फिर, डेवी, तुम अपनी साक्षात प्रतीक भी तो मुझे दिये जा रहे हो।" कहते-कहते जेनी जरा रुक गई।

"देवराज ने गाढ़ालिंगन करते हुए कहा, मेरी जेनी, "मुझे आशा है, वह पुत्री..."

"और मेरी आशा और अभिलाषा है कि वह पुत्र होगा। मानसिक तौर से होगा वह मेरा और पापा का उत्तराधिकारी..."

"और शारीरिक तौर से देवराज सिंह, सिपाही, पहलवान का..." देवराज ने ताना देते हुए कहा। जेनी उसके गले लिपटकर बोल उठी, "नहीं, नहीं, नाराज मत होओ। पापा कहते थे कि डेवी और मेरे विचारों में गजब की समानता है। फिर हमारा बच्चा तुम्हारे मानसिक उत्तराधिकार से वंचित नहीं रहेगा।"

बड़ी रात तक जेनी और देवराज अपने भविष्य के जीवन और कार्यक्रम पर बातचीत करते रहे। जेनी सो गई। लेकिन देवराज को नींद का कहीं पता न था। वह रह-रहकर गाढ़ी निद्रा में निमग्न जेनी के चेहरे की ओर देखता था। उसके आरक्त पतले ओठ बन्द थे। साँस की गति सम थी। बाईं आँख बिखरे केशों से कुछ ढक गई थी। देवराज ने धीरे से उन्हें हटाया और वह प्रशस्त पेशानी की ओर देखते हुए प्रथम मिलन से आज तक की घटनाओं की आवृत्ति करने लगा। यद्यपि पहली घटना को हुए पाँच बरस से ऊपर हो गए थे तथापि उस वक्त जेनी में शैशव अधिक था। लेकिन, उसके मुख का माधुर्य उसके सौन्दर्य की सुवास, उसका स्वाभाविक आकर्षण अब भी वैसा ही था। देवराज को वह दिन भी याद आया, जिस दिन जेनी उसके गम्भीर चेहरे को प्रफुल्लित करने के लिए नई पोशाक पहनकर अस्पताल में आई थी। उसे रह-रहकर खयाल आता था—अब जेनी आँखों से देखने की चीज नहीं रह जाएगी। उसके स्पर्श से शरीर को शीतल नहीं किया जा सकेगा। वह स्मृति की विषय होगी। लेकिन, फिर भी उसका सौन्दर्य और उसका प्रेम और भी अधिक प्रशस्त रूप में मन के सामने रहेगा। वर्ष बीतते जाएँगे, लेकिन स्मृति मेरे आगे जेनी के चिर-यौवन और चिर-सौन्दर्य को अक्षुण्ण स्थापित करती रहेगी।

अप्रैल का मध्य था। जाड़ों की चिर-सुप्त प्रकृति जागृत हो उठी थी। बाग-बगीचे, मैदान सब जगह रंग-बिरंगे फूल खिल रहे थे। जेनी और देवराज ने बसनत के आरम्भिक दिनों को अपने मिलन का अन्तिम समय समझकर अधिकतर उद्योग-विहार, वन-विहार और आमोद-प्रमोद में व्यतीत किया। जेनी कहती थी, "जीवन के ये अन्तिम सरस दिन हैं।"

आखिर अप्रैल की पच्चीसवीं तारीख भी आ गई। जेनी ने यात्रा के लिए सारे सामान तैयार किये। ट्रेन बारह बजे रात को विक्टोरिया स्टेशन से खुलनेवाली थी। धड़कते हुए कलेजे से देवराज को साथ लिये जेनी ज्यॉफरे भवन से बाहर हुई। टैक्सी की तेज चाल पर उसे मन-ही-मन क्रोध आ रहा था, "क्यों नहीं वह विक्टोरिया स्टेशन पहुँचने में ही दो बरस लगा देती?"

ट्रेन प्लेटफार्म पर खड़ी थी और अभी उसके खुलने में घंटे-भर की देर थी। जेनी और देवराज हाथ पकड़े प्लेटफार्म पर इधर-उधर टहल रहे थे। उनके वार्तालाप में कोई क्रम न था। रह-रहकर चित्त भ्रान्त होने लगता था। पहली घंटी

की आवाज जेनी के कलेजे में तीर की तरह लगी। देवराज ने गाड़ी पर चढ़कर जेनी को बार-बार चुम्बन किया। जिस वक्त गाड़ी प्लेटफार्म से सरकने लगी, उस वक्त उसने देखा—जेनी आँसू भरी आँखों से उसकी तरफ देख रही है। उसने रूमाल को ऊपर हिलाते हुए कहा, "चियरो डेवी, मेरे प्रेम!" देवराज भी तब तक अपनी रूमाल हिलाता रहा, जब तक कि एक लम्बी पतली मूर्ति के हाथों से कपड़े का वह टुकड़ा हिलता रहा।

डोवर से जहाज पर चढ़ते देवराज ने कहा, "अलविदा, भले इंग्लैंड!"

एक बार फिर गाँव में

देवराज के दिल में बड़ी उमंग थी। छै साल बाद वह अपनी मातृभूमि को देखेगा और साथ ही अपने देश के लिए कार्य करने का उसे मौका मिलेगा। उसका सारा समय अपने आसनन भविष्य की योजनाओं में बीत रहा था। कभी-कभी मालूम होता था, जहाज के बगल के गोल छिद्र से जेनी का चेहरा झाँक रहा है। उस वक्त देवराज का खिला हृदय क्षण-भर के लिए मुरझा जाता था।

काम करने के तरीके के बारे में देवराज ने तय किया कि उसे अपनी विद्या और योग्यता को बिलकुल छिपाकर एक साधारण स्वयंसेवक के तौर पर रहना है। जेनी का पत्र-व्यवहार शायद रहस्य को खोल दे, इसीलिए पोर्ट-सईद से जेनी के लिए भेजे पत्र में लिख दिया—मुझे जिन परिस्थितियों में काम करना है, उनके कारण शायद कुछ समय के लिए हमें पत्र-व्यवहार को रोक रखना होगा। इसके बारे में मैं फिर सूचित करूँगा।

17 मई (1921) शाम को जहाज बम्बई पहुँचनेवाला था। अभी अँधेरा नहीं हुआ था, जबकि भारत-भूमि की काली घाट और वृक्षों का विषम-तल दिखाई पड़ने लगा। देवराज डेक से यह जानते हुए भी बड़ी उत्सुकता से देख रहा था कि कुछ ही समय में वह स्वयं तट पर पहुँचनेवाला है।

कस्टम के अधिकारियों ने देवराज की चीजों—जिनकी तादाद बहुत अधिक नहीं थी—को बड़े गौर से देखना शुरू किया, लेकिन, जिस वक्त 'विक्टोरिया क्रॉस' पदक पर उनकी नजर पड़ी, वे क्षमा माँगने लगे। देवराज को फायदा यह हुआ कि कोई खुफिया उसके पीछे न पड़ा। वह एक भारतीय होटल में ठहरा।

बम्बई में ज्यादा दिन रहने की जरूरत न थी। देश की स्थिति को विशेष तौर से वह जानना चाहता था और बम्बई में दो-चार दिन रहकर वहाँ की सभाओं, व्याख्यानों, समाचार-पत्रों को देखने से उसका यह मतलब सिद्ध हो सकता था। फिर उसे अपने पदक वायसराय के पास लौटाने थे। वह वहाँ चौपाटी और दूसरी दूसरी जगहों पर कई सभाओं में उपस्थित होता रहा। जहाँ पहले हरेक राजनीतिक बात को बहुत नरम और अस्पष्ट करके कहा जाता था, वहाँ खुले आम राजद्रोह

का प्रचार किया जा रहा था। उसने मन में कहा—यदि इस आन्दोलन ने और कुछ न करके सिर्फ देश की स्वतंत्रता का सन्देश खुले तौर से जनता के पास पहुँचाने का काम किया होता, तो भी वह इसकी बहुत भारी सफलता समझी जाती। जिस खद्दर और गांधी टोपी का नाम-भर उसने अखबारों में पढ़ा था, उन्हें वह अब बम्बई के गली-कूचों में हर जगह देखता था। बम्बई पहुँचने के दूसरे दिन सबसे पहला काम उसने किया था—खद्दर की लुंगी, कुर्ता और गांधी टोपी से अपनी अंग्रेजी पोशाक को बदलना। होटल के नौकरों को कुछ आश्चर्य-सा हुआ, जब वह अपने कपड़ों को उनमें बाँट रहा था। खादी साफ थी और उसे खटक रहा था कि इस वेश में उसे कोई गाँव का आदमी नहीं कह सकता। लन्दन छोड़ने के बाद ही से उसने अपनी मूँछों को साफ करना छोड़ दिया था और अब वह कुछ बढ़ आई थीं। उसे पूरी आशा थी कि एक दिन वह ठेठ रामपुर का देवराज बनकर रहेगा। बम्बई छोड़ने से पहले अपने दोनों तमगों को रजिस्टर्ड पार्सल से वायसराय के पास भेज दिया; साथ में यह चिट्ठी थी—

"बम्बई,
24, मई, 1921

"...इन तमगों से आपको मालूम होगा कि मैंने अंग्रेज सरकार की कुछ सेवा की है। लेकिन, हमारी सेवाओं के बदले ब्रिटिश सरकार ने जलियाँवाला बाग जैसे हत्याकांड किये और वह वैसे अत्याचारों को हर वक्त दुहराने को तैयार है। ऐसी अवस्था में इन पदकों को रखने में मेरे दिल को चोट पहुँचती है...

देवराज सिंह
गाँव—रामपुर
... ..."

एक दिन के लिए वह नासिक में उतरा। वह देखना चाहता था कि बम्बई के बाहर असहयोग आन्दोलन कैसा चल रहा है। उसने देखा—बम्बई जैसी चहल-पहल चाहे न भी हो, लेकिन राष्ट्रीय जागृति वहाँ भी है। वह जिस धर्मशाला में ठहरा, वहीं, छपरा जिले का एक तीर्थाटक मिला। देवराज ने बड़ी उत्सुकता के साथ वहाँ की राजनीतिक स्थिति के बारे में प्रश्नोत्तर किये :

"आपके यहाँ असहयोग आन्दोलन खूब जोर से चल रहा है?"

"क्या बाबू, क्या पूछते हैं?"

"असहयोग का आन्दोलन, सभा-व्याख्यान, ताड़ी-शराब की बन्दिश कैसी चल रही है।"

"सुराज के बारे में पूछते हैं न बाबू? हमारे जिले में जैसा लोगों ने सुराज को माना है, वैसा तो मुझे कहीं और नहीं दिखाई पड़ा। भट्ठी और ताड़ी की दूकान पर सेवासनती (स्वयंसेवक) पहरा देते हैं। यहाँ तो खुले आम गाँजा बिक रहा है। हमारे यहाँ तो देवता पर भी चढ़ाने के लिए गाँजा नहीं लेने देते। कहते हैं—देवता भी गांधी बाबा की बात मान गए हैं।"

"तो गांधी बाबा की बात छोटे-बड़े सभी मान गए हैं न?"

"छोटे तो सभी मान गए हैं। शराब-ताड़ी की बात क्या पूछते हैं? आप हमारे जिले के गाँवों में जाएँगे, तो देखेंगे कि पचासों हुक्के वृक्षों की चोटियों पर टँगे हैं? हमारे कुआड़ी परगना में चार थाने हैं—कटया भी उनमें एक है। सारी कुआड़ी के एक ही जमींदार महाराज हथुआ हैं। उनके ऊपर कुछ असर नहीं। राज के नौकर-जाकर गांधी बाबा और सुराज को गाली देते हैं। लेकिन बाबू, सुराज तो हम गरीबों को चाहिए न?"

"तो तुम्हारे यहाँ गाँव-गाँव में पंचायत है?"

"गाँव-गाँव में पंचायत है। घर-घर से सेवासनती के लिए मुठिया निकाली जाती है। सेवासनती रात को पहरा देते हैं। पंच लोग मुकदमों का फैसला करते हैं। अब कचहरी की रौनक नहीं रही। वकील लोग बैठे-बैठे मक्खी मारते हैं। कोई-कोई वकील सुराज में भी हैं।"

"तुम्हारे थाने में सुराज का काम कौन करता है? बड़े-बड़े सुराजी लोग भी आते हैं न?"

"हमारा थाना, बाबू, बहुत एकान्त में है। 6-7 कोस से नजदीक कोई स्टेशन नहीं। बड़े नेता बहुत कम आते हैं। लेकिन हमारे यहाँ के सुराजी दरोगा (थाना कांग्रेस कमेटी के मंत्री) का अच्छा ही नाम था, मूँछ जरा-जरा उठ रही थी, स्कूल छोड़कर सुराज में काम करते थे, लेकिन, अब वह बदल गए हैं। मुझे नाम नहीं मालूम।"

तीर्थयात्री की बात से देवराज को बड़ी प्रसन्नता हुई। अभी तक वह निश्चय नहीं कर पाया था कि किस जगह से अपने कार्य का आरम्भ करे। वह अपने को छिपाकर, बिलकुल साधारण स्वयंसेवक की तरह काम शुरू करना चाहता था और उसके लिए अब तक कोई स्थान उसकी नजर पर नहीं चढ़ रहा था। उसने कटया के बारे में कुछ और भी प्रश्न किये और अन्त में तय किया कि यही उसके लिए उपयुक्त स्थान होगा। उसने स्टेशन आदि नोट कर लिये।

रास्ते में देवराज दो-तीन जगह और उतरा और वह भी सिर्फ राष्ट्रीयता की बाढ़ का अन्दाजा लगाने के लिए। बनारस पहुँचते-पहुँचते उसके कपड़ों की सफाई और नयापन बहुत कुछ कम हो गया था। उसे बड़ी प्रसन्नता हुई, जब एक स्टेशन पर टिकट देखनेवाले ने जल्दी में टिकट देकर आगे बढ़ते देखकर उसे 'गँवार' कहकर सम्बोधित किया।

आठ-नौ बरस बाद वह जखिनिया स्टेशन उतरा। फिर उसी पुराने रास्ते से रामपुर की ओर चला। उसने छै-सात बरस तक फ्रांस और इंग्लैंड के किसानों, मजदूरों को नजदीक से देखा था। उससे पहले अपने यहाँ की गरीब जनता को भी उसने देखा था, लेकिन उनकी गरीबी का अन्दाजा लगाने के काबिल वह अपने को अब समझता था—संसार में कम-से-कम जिन देशों को उसने देखा था, वहाँ इतनी गरीबी देखने को नहीं मिली थी।

उसका पैर रामपुर की ओर पड़ रहा था, लेकिन उधर कोई आकर्षण नहीं था, सिवाय इसके कि वह वहाँ पैदा हुआ था। उसकी माँ को मरे बहुत साल हो गए थे। शायद वे दोनों कोठरियाँ भी अब मौजूद न होंगी, जिनसे कि आँख खोलते ही उसका परिचय हुआ था। अपने चचेरे भाइयों के बारे में भी वह नहीं कह सकता था कि कोई घर पर मिलेगा। हाँ, भौजी लक्ष्मी के होने की उम्मीद थी। उसके मन में सवाल उठ रहे थे—'गाँववाले पूछेंगे, देवराज तुम इतने दिनों तक कहाँ रहे? विलायत में? जात-पाँत रक्खें हो कि नहीं? क्या जवाब देना होगा?' बम्बई से उसने दो रेशमी साड़ियाँ ले ली थीं और लड़कों—जिनकी संख्या आदि के बारे में उसे निश्चित रूप से कुछ ज्ञात न था—के लिए कुछ रेशमी थान। पुलिस के लोग हैं, शायद खद्दर पहनने में उन्हें डर लगे; साथ ही वह हाथ के कते-बुने को छोड़ दूसरा कपड़ा खरीदना नहीं चाहता था, इसलिए उसने सभी कपड़े रेशमी खरीदे थे।

गाँव पर नजर पड़ते ही देवराज ने अपनी दोनों कोठरियों की ओर निगाह दौड़ाई। वे गाँव से बाहर थीं। उसे वे दिखलाई न पड़ीं। स्मृति पर बहुत जोर दिया तब पता लगा कि उन कोठरियों की जगह तीन-तीन हाथ की दीवारें खड़ी हैं। एक बार उसके हृदय को धक्का लगा—इन्हीं कोठरियों में से एक में उसने अपनी माँ को बीमारी में घुलते देखा था। यहीं उसके पिता मौत के शिकार हुए। इसी आँगन में पार्वती के साथ वह खेला करता था। चटाई पर बैठा वह हिसाब लगाता और बकरी के छोटे-छोटे बच्चे उसके कान और गर्दन को सूँघते थे। उसके पैर आगे को बढ़ रहे थे, लेकिन आँखें उन्हीं दीवारों पर गड़ी थीं। उसके चचेरे भाइयों के दरवाजे अधिक गुलजार थे। खुली चरन में बैल बँधे हुए थे। उसे आश्चर्य नहीं हुआ; जबकि उसी वक्त उसने सुक्खू भैया को दरवाजे से बाहर निकलते देखा।

देवराज के पास, बिछाने का कम्बल और मामूली कपड़ों के अतिरिक्त वही कपड़े और मिठाइयाँ थीं, जिन्हें कि वह अपने बन्धुओं के लिए लाया था। इन चीजों को उसने अपने कन्धे पर डाल लिया था। सुक्खू ने दूर से कुर्ता-टोपी लगाए एक लम्बे-गठीले जवान को आते देखा। थोड़ी देर तक अपनी स्मृति को ताजी करके वह ठमक गए। उसी वक्त देवराज ने दौड़कर सुक्खू का पैर छुआ। अब पहिचानने में दिक्कत नहीं हुई। सुक्खू ने आँखों में आँसू भरते हुए देवराज को छाती से लगा लिया। शाम के पाँच बज रहे थे। गर्मी कम थी। बाहर बड़ा सुहावना लगता था।

द्वार पर आठ बरस के कम उम्र के दो-तीन लड़के आम चूस रहे थे। सबसे छोटा चार बरस का सन्तू, जितना आम चूस नहीं रहा था, उतना अपने मुँह और देह में पोत रहा था। देवराज को देखते ही वह सहम गया। सुक्खू ने उत्साह बँधाते कहा, "सलाम करो सन्तू, चाचा देवराज को।" सन्तू देवराज चाचा का नाम लक्ष्मी के मुँह से कई बार सुन चुका था; लेकिन, अभी उसकी हिम्मत उधर देखने की न होती थी। देवराज ने लड़कों के हाथ में दो-दो लड्डू दिये और भाभियों के चरण छूने भीतर चला गया। सुक्खू की स्त्री के बाल बहुत सफेद हो गए थे। आठ बरस में इतना अन्तर हो जाएगा, इसकी आशा न थी। सभी भाभियों को पाँच-पाँच रुपये देकर उसने पैर छुए। सुक्खू बाहर इन्तिजार कर रहे थे, लेकिन, यहाँ आँगन में ही चारपाई बिछकर कचहरी लग गई। भाभी ने ठंडा शर्बत बनाना चाहा, लेकिन, देवराज ने कहा, "बड़की भौजी, शर्बत से अच्छे मेरे लिए आम हैं। सात बरस ऐसे देश में रहा, जहाँ आम का दर्शन भी दुर्लभ है।"

"बड़ी भौजी ने देवरानियों की ओर इशारा करते हुए कहा, "देखा, देवराज अब भी वही नन्हा-सा देवराज है। आमों को भूला नहीं..."

"बड़की भोजी, यदि करियवा (काला) का आम हो, तो बहुत अच्छा।"

"करियवा आम, बाबू अबकी साल खूब आया। तीन साल बाद ऐसी आम की फसल आई है। आम का कौन दुख है, इस साल तो उसे कुत्ता-सियार भी नहीं पूछते।"

पानी डालकर एक बटली-भर आम देवराज के सामने रख दिया गया। बड़ी भाभी और लक्ष्मी चुन-चुनकर उसे देने लगीं—"यह देखो, बड़ा मीठा है, बाबू।"

सन्तू दरवाजे से झाँककर देख रहा था—अपनी माँ और चाचियों को एक अजनबी के सामने इस तरह हँसते-बोलते देखकर उसे अचरज हो रहा था और कभी-कभी उसके मन में होता भी था कि चलने में कोई हर्ज नहीं, तो भी, हिम्मत नहीं होती थी। बड़ी भौजी ने एक आँख से झाँकते सन्तू को देख लिया। सन्तू अपनी माँ से भी अधिक बड़ी माँ को प्यार करता था। वह जितना बड़की माँ के पास रहता, उतना लक्ष्मी के पास नहीं। बड़ी माँ ने सन्तू को गोद में उठा लिया और उसका मुँह चूमकर कहा, "क्या सन्तू, मेरे बेटे होकर लजाते हो? देवराज चाचा हैं, तुम पहचानते नहीं?"

सन्तू ने आँचल में मुँह छिपाकर कान में कहा, "बड़की माँ, यही देवराज चाचा हैं?" उसने जेब से लड्डू दिखलाया, "यह देखो, देवराज चाचा ने दिया है।"

"अच्छा सन्तू मेरे बचवा, तुमने कितना मुँह में रस लिभेड़ लिया है। मुँह धो दूँ और जाओ, भौजी से नया कुर्ता पहन आओ।"

"तो, देवराज चाचा की गोद में बैठूँगा।"

"हाँ, जरूर बैठना।"

सन्तू मुँह धुलाने एक कोठरी की ओर भाग गया। देवराज ने बड़ी भौजी से हँसते हुए कहा, "तो, भौजी बहू आ गई?"

"हाँ, बबुआ, रामप्रसाद की शादी इसी साल हुई है। अभी तो महीना-भर ही हुआ। रामप्रसाद तीनों चाचा के साथ छुट्टी लेकर आया था। अच्छे घर की पढ़ी-लिखी लड़की है। सासुओं को बड़ा मानती है। आखिर खानदान..."

"बहुत तारीफ मत करो भौजी, पहले तो सास लोग तारीफ का पुल बाँधती हैं, और पीछे बेचारी बहुओं को जरा-जरा-सी बात पर झिड़कती हैं।"

"नहीं, बाबू, तुम तो जानते हो। कहने को तो ये तीनों देवरानियाँ हैं, लेकिन आज तक किसी सास का भी क्या इतना मान हुआ होगा। मेरे सामने किसी ने कभी मुँह भी नहीं खोला?"

"भौजी, इसमें कारण तुम्हारा गुण है।"

बड़ी भौजी ने ठंडी साँस लेते हुए आँखों को तर करके कहा, "गुन की बात करते हो बाबू, गुन तो छुटकी ऐय्या (देवराज की माँ) में था। आज उनको मरे आठ साल हो गए, लेकिन, कोई दिन नहीं जाता, जिस दिन टोले-मुहल्ले में उनकी चर्चा न होती हो। सारे गाँव में उनका कोई शत्रु नहीं था।"

लक्ष्मी की आँखें डबडबा आई थीं और वह एक-ब-एक उदास हो गए देवराज के मुँह की ओर ताक रही थी। देवराज ने प्रसंग को बदलते हुए कहा, "बड़की भौजी, रामप्रसाद को क्या कोई नौकरी मिली है?"

"दरोगा हैं, बाबू, दरोगा! अब वही छोटा रामप्रसाद नहीं है। अब तो फूलकर गभरू जवान हो गया है।"

"तो तुम चाहती हो कि हम लोग हमेशा बच्चे ही बने रहें?"

"नहीं, बाबू, मुझे बच्चा बनाए रखने की लालसा नहीं है। कई साल से कहते-कहते अबकी साल जाकर शादी हुई है। देवराज बबुआ, अब तुमको भी शादी कर लेनी है। मेरे नैहर में एक बड़ी सुघड़ लड़की है। रोटी-पानी, चौका-बासन सब अच्छी तरह जानती है। गऊ है, गऊ लक्ष्मी की तरह।"

लक्ष्मी ने भी अब की बार चुप रहना पसन्द न किया, "हाँ, बाबू, बहिनी ठीक ही तो कहती हैं। बुआ इतने दिनों तक क्या तुम्हें बिन-ब्याहा रहने देतीं?"

देवराज ने अपने को प्रतिकूल परिस्थिति में घिरा देखकर जान छुड़ाते हुए कहा, "भौजी, मैं शादी नहीं करूँगा।"

"क्या बोलते हो बाबू, वंश-बरखा के लिए ब्याह करना होता है कि..."

"सन्तू और रामप्रसाद हमारे वंश-बरखा नहीं हैं?"—कहते हुए देवराज ने नया कुर्ता पहनकर बड़ी माँ की पीठ पर झुके सन्तू को अपनी गोदी में ले मुँह चूमकर कहा :

"भौजी, तुम लोग शादी की बात मत करो।"

"क्यों बाबू?..."

"शादी करने पर मेरा घर अलग होगा; नहीं करने पर यही मेरा घर, यही मेरा परिवार है।"

बड़की भौजी और तीनों देवरानियाँ आँचल से आँसू पोंछने लगीं। लक्ष्मी ने सबसे पहले मुँह खोला :

"तुम्हारा ब्याह हो जाएगा तो देवराज बबुआ, तुम आते-जाते रहोगे; नहीं तो जहाँ जाओगे, वहीं के हो जाओगे।"

"नहीं भौजी, जन्मभूमि भी कहीं छूटती है? रामपुर को मैं नहीं भूल सकता।"

भौजाइयाँ अपने विषय पर आ गई थीं, इसलिए वहाँ बातचीत के समाप्त होने की सम्भावना नहीं थी। देवराज ने भी उसे संक्षिप्त नहीं करना चाहा। बड़की भौजी ने अपने पति के पास कहला भेजा, "पहले भौजाइयों का हक होता है तब भाइयों का।" सुक्खू बेचारे अपनी उत्सुकता को दबाए बाहर बैठे रहे।

देवराज ने बड़ी भाभी से कहा, "भौजी, तुम लोग कैसा कपड़ा पसन्द करोगी, यह मुझे मालूम न था, इसीलिए यह छै-छै रुपये तुम तीनों भौजाइयों को देता हूँ, और ये दो साड़ियाँ हैं, इनमें से एक बहू के लिए और एक लक्ष्मी भौजी..."

बड़ी भौजी ने दूसरी दोनों देवरानियों की ओर मुस्कराते हुए देखकर कहा, "हाँ, बबुआ, काहे न? मुँह देखकर न सब कुछ? अब हम बूढ़ियों को कौन पूछता है।"

लक्ष्मी शरमा गई। देवराज ने हँसते हुए कहा, "तो बड़की भौजी, इस तड़क-भड़क किनारेवाली साड़ी को तुम्ही पहनो। मैंने तो समझा था कि तुम इसे पसन्द न करोगी।"

तीनों भाभियाँ एक साथ बोल उठीं, "हाँ रहने दो, अब बहाना करने से काम न चलेगा।"

देवराज का इरादा, रामपुर में सिर्फ चार दिन ठहरने का था, लेकिन कई वर्षों के बाद उसे अपने बाल-संघतियों से मिलने का मौका मिला था, आगे भी पता नहीं, वह कब रामपुर आए। फिर भाई-भौजाइयों का आग्रह भी कम न था। सन्तू तो दूसरे ही दिन से देवराज के कन्धे पर चढ़ा गाँव-भर घूमा करता था। भौजाइयों की तरह सुक्खू का भी आग्रह ब्याह और घर को फिर से बना लेने के लिए था, लेकिन देवराज ने जिन शब्दों से जैसे भाव प्रदर्शित करते हुए उसे इनकार किया, उनसे सुक्खू को पूरा सन्तोष था। वह अपने मन से जानते थे कि कैसे उन्होंने अपने भाइयों को बिलकुल अपना शरीर समझा। उन्होंने सोचा, "आखिर हमारे पिता और चाचा भी सगे भाई थे।"

देवराज 15 दिन बाद रामपुर से रवाना हुआ। जाने से पहले उसने अपने दो बीघे खेत को भाइयों के नाम लिख दिया, और सिर्फ वही एक विस्वा खेत अपने नाम रहने दिया, जिस पर कि खंडहर की वे दीवारें खड़ीं थीं।

स्वयंसेवक को सजा

सबेरे आठ बजे का वक्त था, जब देवराज हथुआ स्टेशन पर उतरा। उसके पास एक देहाती कम्बल, लोटा-डोरी के साथ एक-एक झोला तथा पहनने के दो-तीन कपड़े थे। झोला और सब सामान को उसने लाठी के सिरे पर रखकर कन्धे पर लटका लिया था। गांधी-टोपी पर उसे सन्देह हो रहा था, लेकिन, उसने देखा कि इधर के गाँवों में भी उसका बहुत प्रचार है—यद्यपि गांधी टोपीवाला कुछ अधिक सभ्य समझा जाता है। स्टेशन के पास मीरगंज बाजार में उसने नमक के साथ सत्तू खाया।

रास्ता पूछकर देवराज ने फिर सामान को लाठी से लटकाया और कटया का रास्ता पकड़ा। जून का मध्य था। वर्षा के नाम पर एक हल्की-सी फुहार पड़कर रह गई थी, इसलिए उस नौ-दस बजे के समय में भी धूप बहुत तेज थी। देवराज ने सुन रक्खा था, कि धूप में देहाती कम्बल ठंडक पहुँचाता है, इसलिए उसने कम्बल की घोघी सिर पर डाली। पुराने बिरहों में से कुछ को रामपुर यात्रा में उसने फिर से ताजे कर लिये थे। कई बार मन में आया कि एक तान छोड़ दें और एक मील पार हो जाएँ, लेकिन वह देख रहा था कि रामपुर और कुआड़ी की भाषा में कुछ अन्तर है, और बिरहे की लय में शायद और अन्तर हो।

मुश्किल से वह बड़का गाँव तक पहुँच सका और उसे धूप में आगे चलने की हिम्मत न हुई। मालूम हुआ, पैदल चलने पर आज वह कटया नहीं पहुँच सकता। उसने डेढ़ घंटा विश्राम किया होगा कि मीरगंज से कटया जानेवाला एक एक्का दिखाई पड़ा। देवराज भी उस पर सवार हो गया और शाम के पहले कटया पहुँच गया। कटया के छोटे बाजार में स्वराज आश्रम का पता लगाना मुश्किल न था। लेकिन वहाँ जाने पर सिर्फ एक बूढ़ा आदमी मिला। वह कई गाँवों से मुठिया वसूल करने का काम करता था। नासिक में मिले यात्री की बात ठीक निकली—कोई सुराजी दरोगा आजकल कटया में नहीं था।

कटया और भोरे के लोग तेज स्वभाव के हैं, और मार-पीट के लिए जल्द तैयार हो जाते हैं। साथ ही यहाँ के गरीब, भूख की पीड़ा असह्य हो जाने पर जैसे भी हो तैसे पेट भरने की कोशिश करते हैं। रेल से बहुत दूर तथा गोरखपुर की सरहद पर

होने के कारण जिले के बड़े अफसर यहाँ बहुत कम आया करते हैं। पुलिस के थानेदार तो बादशाह हैं। हरेक थानेदार चाहता है कि उसकी बदली कटया और भोरे में हो; करम फूट जाए, तो भी दो-तीन साल में तीस-चालीस हजार रुपया घर में रख देना बाएँ हाथ का खेल है। पचासों वर्षों से थानेदार लोग चोरों और बदमाशों की जबर्दस्त सूची बनाते आए हैं। चोरियों और सजाओं की सूची दिखा करके उसे जिले के सबसे अधिक चोर और बदमाश लोगों का थाना कबूल करवा लिया गया है। फिर कौन अपराधी और कौन निरपराध है, इसकी कौन पूछताछ करता है। थानेदार की इसी में बहादुरी है, कि हर साल कितनों को चोरी और डकैती के अपराध में सजा कराए। पीढ़ियों से यहाँ से लोगों ने सिवाय रिश्वत के अपने बचाव का कोई रास्ता नहीं देखा। वस्तुतः पुलिस का थानेदार ही यहाँ की जनता का न्यायाधीश है। 75 फीसदी वास्तविक अपराधियों को, वह रुपये लेकर छोड़ देता है, लेकिन इसे कौन जानता है।

देवराज ने बूढ़े से नाम पूछकर कांग्रेसी कार्यकर्ताओं की सूची तैयार की और फिर उनसे जाकर मिला, उनसे थाने की वास्तविक अवस्था का पता लगाया। उसे यह भी खयाल था, कि उसके जैसे अज्ञात अन्य स्थानीय आदमी को पुलिस आवारापन में जेल भेज सकती है, इसीलिए उसने एक साधारण स्वयंसेवक की भाँति जगह-जगह घूमकर कांग्रेस का सन्देश छपी नोटिसों द्वारा पहुँचाना तय किया। उसके व्यवहार ने थाने के कार्यकर्ताओं को अपनी ओर आकर्षित किया, और उनमें से कुछ ने जिला के नेताओं से अच्छे लगनवाले स्वयंसेवक के तौर पर उसकी तारीफ की; इस प्रकार जिला कांग्रेस की ओर से छपनेवाली नोटिसें और सूचनाएँ उसे मिलने लगीं।

कई वर्षों से देवराज को अपने देश की गर्मी का अनुभव नहीं था, और वह उसे असह्य मालूम हो रही थी। लेकिन उसके सौभाग्य से कटया आने के एक सप्ताह बाद ही वर्षा शुरू हो गई। देवराज के प्रचार का ढंग था—नोटिसें बाँटना, फिर दस-बीस की टोली में बातचीत करना। उसकी पूरी कोशिश थी कि श्रोताओं की ही भाषा और योग्यता के अनुसार बातों को समझावे। शायद वह कभी अपनी उड़ान में आगे भी बढ़ गया हो, लेकिन साथ ही जब दोनों कानों में अँगुली डालकर वह बिरहा गाना शुरू कर देता, तो कौन समझ सकता था, कि यह उन्हीं जैसा गँवार नहीं है। कटया का कोई गाँव न था, जहाँ देवराज उस बरसात में—जबकि गाँवों में पानी के कारण पहुँचना आसान न था—न पहुँचा हो, और जहाँ उसने एकाध साथी न बनाया हो। वह कहा करता था—सरकार के लिए सिपाही बनकर मैं लड़ाई में गया, और उसका फल शरीर में सिवाय दस-पन्द्रह घाव के दागों के और कुछ नहीं हुआ। अब मैं अपने देश के लिए सिपाही बना हूँ, जिसके लिए मर जाना भी सन्तोष की बात है।

देवराज को खुद भी मालूम न था कि वह कितना जनप्रिय है। इसका पता उसे तब लगा, जबकि अगस्त में छपरा में भयंकर बाढ़ आई। संयोगवश वह उस वक्त

वहीं था। वह तुरन्त कटया पहुँचा; अपने साथियों की मदद से दो ही दिन में सत्तू, चना, चावल आदि खाने की चीजों की दो गाड़ियाँ भरकर मीरगंज पहुँचा और फिर वहाँ से रेल द्वारा छपरा-कटया जैसे पिछड़े हुए थाने से इतनी जल्दी इतनी सहायता आती देख जिला के नेताओं का ध्यान देवराज की ओर कुछ आकर्षित हुआ जरूर, तो भी अभी वह उसे एक अशिक्षित उत्साही युवक ही समझते थे। हाँ, अब वह कटया थाना से जिला सभासद था।

देवराज को कटया की पुलिस के अत्याचारों का खूब पता था, लेकिन उसके लिए वह अपनी शक्ति को लगाना व्यर्थ समझता था। बाढ़ की सहायता को देखकर पुलिस देवराज से भी सशंक हो उठी, और दरोगा घूस, रिश्वत के अपने एक मुसाहिब से कह रहे थे—यदि यह बात डेढ़ महीने पहिले मालूम हुई होती तो बच्चा को 110 में साल-भर के लिए बड़े घर की हवा खिलवाए बिना नहीं रहता। वह उनकी आँखों में काँटे की तरह चुभता था, लेकिन अब तो वह माना हुआ कांग्रेस कार्यकर्ता था। सितम्बर के अन्त में जिले के कुछ बड़े नेताओं ने उसकी प्रार्थना पर कटया थाने की सभाओं में व्याख्यान दिये, और वे स्वंसेवक देवराज की लगन को देखकर बड़े प्रसन्न हुए।

सत्याग्रह के लिए स्वयंसेवकों की भरती शुरू हुई, सरकार ने उसे गैर-कानूनी घोषित किया। छपरा में जिला सभा की बैठक के वक्त कानून का विरोध करने के लिए सभा में लोगों ने आ-आकर स्वयंसेवकों में नाम लिखाना शुरू किया। भूतपूर्व सिपाही देवराज ने भी अपना नाम लिखाया। उस वक्त किसी की गिरफ्तारी न हुई। देवराज फिर कटया लौट गया।

बरसात कब की समाप्त हो गई थी। कुछ हल्की-हल्की सर्दी भी पड़ने लगी थी। रास्ते सूखे थे और बूँदाबाँदी का डर न था तो भी लोग फसल के काम में लगे हुए थे। धान की फसल तैयार थी, और रबी की बुवाई जोरों पर थी। देवराज ने शाम का वक्त सभा के लिए चुना था। उस वक्त वह गाँव चला आता और गाँव की भाषा में लोगों को रात-दिन के कष्टों और उनका राजनीति से कितना सम्बन्ध है, इस विषय पर व्याख्यान देता, "चोरी बुरी है, किन्तु तीन दिन भूखे रहकर, तिलमिलाते बच्चों की क्षुधा को शान्त करने के लिए चोरी करनेवाले चोर, तथा अच्छी तनखाह पाने पर भी चोरों को छोड़ देने के लिए रिश्वत लेनेवाले दरोगा में कौन अधिक अपराधी है? स्वराज का मतलब है, अपना राज, पंचायती राज। उसमें मेहनत करनेवालों को भूखा नहीं मरना पड़ेगा।..."

राष्ट्रीयता की पहली बाढ़ जो 1921 साल के आरम्भ में आई थी, उसे न देखने का देवराज को बड़ा अफसोस था। अभी उसे बीते कुछ ही मास हुए थे; किन्तु अब वह पँवारा बन गई थी। लोग बतलाते थे, उस वक्त मालूम होता था कुछ समय के लिए ब्रिटिश सरकार और उसकी थाना-पुलिस है ही नहीं। शराब-गाँजा की तो बात ही क्या, हुक्का-तम्बाकू और बाजारों में मछली तक बिकनी बन्द हो गई थीं।

'खिलाफत हिन्दुओं की गाय' की आवाज अब भी कानों में आती थी। राजनीतिक आन्दोलन में इतनी धार्मिकता देवराज को बहुत खटक रही थी। लेकिन वह समझता था कि राष्ट्रीयता का प्रवाह सीधे नहीं चलता। जड़ प्राकृतिक परिस्थितियाँ भी नदियों को टेढ़े-मेढ़े चलने के लिए मजबूर करती हैं, फिर करोड़ों मनुष्यों के मानसिक भावों की अड़चनों को कैसे सीधे काटा जा सकता है। उसके सन्तोष के लिए इतना ही काफी था, कि इस तूफान ने सचमुच लोगों के मनोभावों में भारी क्रान्ति पैदा कर दी है। पुलिस की लालपगड़ी देखकर भागनेवाले गँवार अब उस पर हँसते हैं। अंग्रेजी सरकार का हौवा उनके सिर से उतर गया। गांधी बाबा के चमत्कारों—जिन्हें कि शिक्षित राष्ट्रकर्मी भी फैलाने में संकोच नहीं करते थे—को सुनकर वह उतना ही झुँझलाता था, जितना कि साल-भर के भीतर भारत को स्वराज दिला देने की प्रतिज्ञा से। इसे वह गांधी जी का अक्षम्य अपराध समझता था।

नवम्बर के अन्त में देवराज को कटया के थानेदार ने गिरफ्तार करके छपरा भेज दिया। छपरा में बहुत कम गिरफ्तारियाँ हुई थीं और जो गिरफ्तार भी हुए थे, वे थे जिले के बड़े-बड़े नेता। देवराज को अपनी गिरफ्तारी से यह समझकर प्रसन्नता हुई कि अब उसके ऊपर राष्ट्रकर्मी होने की मुहर लग गई, और कटया के थानेदार उसे फिर दफा 110 में चालान न कर सकेंगे। साथ ही इसका भी अर्थ उसकी समझ में नहीं आता था कि नेताओं के साथ गुमनाम स्थान का एक साधारण स्वयंसेवक क्यों गिरफ्तार कर लिया गया।

यह पहली बार था, जबकि उसे नेताओं को भीतर से देखने का मौका मिला। छपरा जेल की ऊँची दीवारों की बगल से न जाने कितनी दफा वह गुजरा होगा। कभी-कभी कैदियों को भी उसने बगल के बगीचे में काम करते देखा था। दूर से लोहे के सीखचोंवाले जेल के फाटक और उस पर खड़े बन्दूकधारी सनतरी पर भी शायद उसकी नजर पड़ी हो, लेकिन, उसे यह गुमान भी नहीं था, कि इन ऊँची चहारदीवारियों के अन्दर एक दूसरी दुनिया बस रही है। उसके भीतर आते ही आदमी 'असामी' हो जाता है। जेल के अधिकारी और सिपाही कैदी को 'रे' और 'तू' कहकर पुकारते हैं।

देवराज को पहले फाटक के भीतर करके कांस्टेबल विदा हो गए। फिर उसे जेलर के सामने उपस्थित किया गया। नाम, पिता का नाम, स्थान, हुलिया—एक-एक करके लिखी गई। फिर दाग देखने के लिए उसके शरीर की जाँच-पड़ताल की गई। तब एक और लकड़ी के फाटक की ओर से भीतर भेजा गया। आगे लम्बा-चौड़ा हाता था, जिनमें जगह-जगह कुछ आम, पीपल, रीठी, बेल आदि के दरख्त थे। बीच-बीच में कैदियों के रहने, खाने, काम करने और गोदाम के मकान थे। काली धारीवाल कुर्ता, जाँघिया तथा गर्दन में लोहे के तारों में लटकते लोहे का तौक पहने कैदी जहाँ-तहाँ दीख पड़ते थे। कैदियों ने देवराज की तरफ देखा और फिर

कानों-कान आवाज पहुँच गई, "सुराजी बाबू।" वह राजनीतिक कैदी था, जेल के अधिकारी दूसरे कैदियों से उसका मिलना खतरे से खाली नहीं समझते थे, इसलिए उसे उत्तर तरफ की कालकोठरियों (सेल) में रक्खा गया।

जेल का प्रथम भोजन भी उसके लिए एक नया अनुभव था। लोहे के दो तसले देकर पहलेवाले कैदी ने बतला दिया था कि इनमें से एक खाने के लिए है और दूसरा पानी रखने के लिए। भोजन में भात, दाल, तरकारी थी। भात के भीतर एक-चौथाई छिलकेवाले धानों की तो उसे परवाह न थी, लेकिन चबाते वक्त जब कंकड़ियों से युद्ध करना पड़ा, तो समझ ही में नहीं आता था कि क्या करे। दाँतों को दाँतों तक बिना पहुँचाए खाने की कला सीखने में उसे काफी समय लगा। कराई के अतिरिक्त काफी परिमाण में कम्बल के बालों को देखकर वह पहले दिन दाल न खा सका। साग क्या था—उबली हुई घास। उसने समझा कि शायद यह भोजन भी दंड का एक भाग है, लेकिन उनके सेल के दूसरे कैदियों ने बतला दिया, कि हमारे खाने का बहुत सा भाग जेल के अधिकारियों के जेब में जाता है। तरकारियाँ चुनकर सुपरिंटेंडेंट और जेलरों की डालियों में चली जाती हैं, और बचे-खुचे में से भी जब जमादार और सिपाही चुन लेते हैं, तब कैदियों की बारी आती है। शाम के वक्त भात की जगह रोटी थी, जिसमें आटे से कम बालू और मिट्टी न थी। देवराज को तीन कम्बल मिले थे। शाम होते ही उसे कोठरी में बन्द कर ताला लगा दिया गया। अब साढ़े पाँच बजे से दूसरे दिन 6.30 बजे तक उसे उसी पाँच हाथ लम्बी और चार हाथ चौड़ी कोठरी में रहना था। उसी के एक कोने में मिट्टी के दो गमले, पाखाना-पेशाब के लिए रक्खे हुए थे, जब तक पूरा अँधेरा न हुआ, देवराज सीकचोंवाले दरवाजे से बाहर के छोटे-से आँगन, उसके द्वार और ऊपर दिखलाई पड़नेवाले नीले आसमान के छोटे-से टुकड़े को देखता रहा, फिर कम्बल बिछाकर सो गया। देर तक उसका चित्त नई दुनिया के तजरबे पर तर्क-वितर्क करता रहा। अभी नींद आई ही थी, कि किसी की कड़कती हुई आवाज ने उसे जगा दिया। सिपाही गन्दी गालियाँ बकते हुए कह रहा था, "क्यों रे साले, कितनी देर से बुला रहे हैं बोलता नहीं? बाप का घर समझा है?"

देवराज ने चाहा तो कि कुछ जवाब दे, लेकिन, फिर चुप रहना ही उसने पसन्द किया। रात को हर दो-दो घंटे पर पहरे की बदली होती और सिपाही उसी तरह उसे गाली देकर जगाता।

दूसरे-तीसरे दिन से जेल की नवीनता भी जाती रही, और उधर कितने ही और लोग भी उसी अपराध में गिरफ्तार होकर जेल में आने लगे। धीरे-धीरे तादात 13 हो गई। उन्होंने देखा कि उनके बीच सिर्फ देवराज ही 'अशिक्षित' स्वयंसेवक है।

मुकदमे के लिए बहुत प्रतीक्षा न करनी पड़ी और पेशी के दिन ही कलक्टर ने फैसला दे दिया। सब को एक-एक साल की सादी कैद। देवराज ने छपरा से बक्सर जाते वक्त एक संक्षिप्त पत्र जेनी को लिखा।

शिक्षित-अशिक्षित

बिहार सरकार ने प्रान्त के सभी राजनीतिक कैदियों को बक्सर जेल में रखने का इन्तिजाम किया था। जिस वक्त छपरा की जमात वहाँ पहुँची, उस वक्त ऐसे कैदियों की संख्या चार सौ थी। छपरा के नेताओं के कितने ही दूसरे जिलों के परिचित मित्र और सहयोगी आए हुए थे। वे एक-दूसरे से लिपटकर गले से मिले। देवराज ने देखा कि वहाँ बहुत-से उसी की तरह स्वयंसेवक भी हैं। वह सीधे उनकी तरफ गया और चन्द मिनटों ही में सब एक-दूसरे के कार्य और स्थान से परिचित ही नहीं हो गए, बल्कि पुराने दोस्त से बन गए।

भूख-हड़ताल और दूसरी दिक्कतों से बचने के खयाल से सरकार ने राजनीतिक कैदियों के भोजन आदि का अलग प्रबन्ध किया था। साथ ही उन्हें अपने घर से भी खाने-पीने की चीजें मँगाने का अधिकार था। देवराज को यहाँ बिहार के चुने हुए राजनातिक कार्यकर्ताओं के सम्पर्क में आने का मौका मिला। उसे एक बात देखकर बड़ी निराशा हुई—उन लोगों का राजनीतिक कौशल, कष्टसहिष्णुता और त्याग पर उतना विश्वास न था, जितना कि गांधी जी के चमत्कार और उनकी साल-भर की प्रतिज्ञा पर। 31 दिसम्बर को तो बहुत-से इस खयाल को लेकर सोए थे, कि आधी रात को उनका दरवाजा खुला मिलेगा। राजनीतिक पुस्तकों के पढ़ने की किसी की ख्वाहिश नहीं थी, हाँ, धार्मिक पुस्तकों—गीता, रामायण और कुरान के पढ़ने में लोग बड़ी तन्मयता दिखला रहे थे। देवराज को इसलिए और भी अधिक आश्चर्य हो रहा था, कि इन नेताओं में बहुत-से विश्वविद्यालय के ग्रेजुएट और राजनीतिक अर्थशास्त्र के क-ख से परिचित थे।

अशिक्षित स्वयंसेवकों के प्रति उनका बर्ताव, देवराज की दृष्टि में सराहनीय नहीं था। शिक्षित लोग, मालूम होता था, पग-पग पर ठोकर लगाकर प्रकट करना चाहते थे, कि तुम हमसे नीच हो। शिक्षितों के मनोरंजन के लिए शतरंज, चौपड़ तथा दूसरे खेल थे। गाना गानेवाले भी थे, और कभी-कभी वे नाटक भी कर लेते थे, साथ ही वे पुस्तकों के पढ़ने में भी अपना समय काट सकते थे, किन्तु अशिक्षित स्वयंसेवकों के लिए मनोरंजन और कालक्षेप का कोई प्रबन्ध न था। कबड्डी में भी

उन्हें शामिल नहीं किया जाता था। अखाड़े में उनके लिए जगह थी, क्योंकि पहिले ही दिन पता लग गया कि देवराज वहाँ का सबसे बड़ा पहलवान है, और इस प्रकार सारे अखाड़े का खलीफा होने के कारण स्वयंसेवक उसे अपनी चीज समझते थे। फागुन का महीना आया। एक दिन स्वयंसेवक "हो महेरवा में हो-ओ-हो..." गाने जा रहे थे। बेचारे समझ रहे थे, जेल में हमारी दूसरी स्वतंत्रता भले ही छीन ली गई हो, किन्तु फागुन के इस गीत द्वारा मनोरंजन करने की स्वतंत्रता नहीं छीनी गई है, और दरअसल सरकार की ओर से छीनी भी न गई थी, लेकिन उन्हें क्या मालूम था, कि जो स्वतंत्रता सरकार द्वारा नहीं छीनी गई, उसे उनके शिक्षित साथी छीन सकते हैं। "हो म-हे-र-वा" की पाँती भी पूरी नहीं हो पाई थी कि पास बैठे एक सम्भ्रान्त नेता ने डाँटकर कहा, "क्या बकबक कर रहे हो।" बेचारे स्वयंसेवक के दिल पर बिजली-सी पड़ गई। देवराज को यह बात बुरी मालूम हुई, लेकिन उसने अपने को रोक लिया।

वह सोच रहा था—ये लोग अपने मनोरंजन को सभ्य मनोरंजन समझते हैं हँसी-खुशी से कालातिपात के लिए उसकी जरूरत भी समझते हैं, लेकिन इन अशिक्षित तरुणों से आशा रखते हैं, कि यह खाना खाएँ, सोएँ और चुपचाप पड़े रहें। देवराज किसी समय हिन्दी का समाचार-पत्र पढ़ता, कभी-कभी कोई हिन्दी की पुस्तक भी देखता। अंग्रेजी पत्र या पुस्तक को वह हाथ भी नहीं लगाता था। बाकी समय उसका स्वयंसेवकों में गुजरता था। प्रतिदिन दो घंटे वह उन्हें पढ़ाता था। फिर हाते में शिक्षितों की बैठके से दूर उसने एक स्थान चुन लिया था, जहाँ स्वयंसेवकों का जमघट लगता था। आपस की अनबन के कारण जहाँ शिक्षित तीन-चार टुकड़ियों में बँटे थे; वहाँ अशिक्षितों की एक जमात थी; और देवराज उनका हर बात में साथी, एकमात्र नेता था। वहाँ उनके फाग और बिरहा में कोई रुकावट न थी, और देवराज स्वयं उसमें शामिल होता था। शिक्षित लोगों को देवराज के व्यवहार से यह पता था कि वह संस्कृत तरुण है; साथ ही वे यह भी जानते थे कि वह हिन्दी जानता है; फिर उन उजड्ड गँवारों में उसे इस तरह दूध-शक्कर होते देख उन्हें अनकुस-सा लगता था। फिर भी यह देखकर वे उसकी तारीफ किये बिना नहीं रहते थे, कि उसने उन तरुणों में अनुशासन की पाबन्दी का जबर्दस्त भाव पैदा कर दिया है, और अशिक्षितों की सुसंगठित जमात शिक्षितों की प्रतिद्वन्द्विता का भाव नहीं रखती।

देवराज फाग, चैता, कजरी गाने में ही सबको मात नहीं करता था, बल्कि उसके अहीरी (फरी के) नाच को देखकर जानकार स्वयं भी दाद दिये बिना नहीं रहते थे। पहिले दिन तालियों की आवाज सुनकर कुछ शिक्षित भद्र लोग उधर गए। देखा पचास-साठ स्वयंसेवकों के घेरे में लोगों की तालियों पर देवराज नाच रहा है। उनमें से एक ने कहा :

"आखिर इसने दो अक्षर पढ़े हैं, फिर भी इसे शरम नहीं आती।"

दूसरा—"आखिर गोबर का कीड़ा गोबर ही में। और देखते नहीं इन मूर्खों की जमात को। यदि सुपरिंटेंडेंट आ गया, तो हम हिन्दुस्तानियों की कितनी हँसी उड़ाएगा?"

देवराज की जमात को इन टीका-टिप्पणियों को सुनने की फुर्सत न थी। वह तो देवराज की कलाबाजियों, नस-नस को ढीला करनेवाले कर्तब और ताल-सुर पर उठते अंग-प्रत्यंग को देखने में तन्मय थी।

कुछ शिक्षितों ने देवराज को उसकी गलती सुझानी चाही। वे यह सब उसके ही हित के खयाल से करना चाहते थे। एक ने बात इस प्रकार शुरू की :

"देवराज, देखो, जो यहाँ अपढ़, अशिक्षित स्वयंसेवक आए हुए हैं, हमें उन्हें सभ्यता सिखलानी है। तुमको इसका खयाल रखना चाहिए।"

देवराज ने नम्रतापूर्वक देहाती बोली में कहा, "आप लोग हमारे नेता हैं। आप लोगों को जरूर ऐसा करना चाहिए। मैं भी, आप देख रहे हैं, रोज कुछ समय उनके पढ़ाने के लिए दे रहा हूँ। दो-चार को छोड़कर सभी अब अपनी दस्तखत कर लेते हैं, और मुझे आशा है कि अगले दो महीनों में वे रामायण पढ़ने लगेंगे। आपकी बात सुनकर मुझे बड़ी प्रसन्नता है। सचमुच पचास-साठ आदमियों को अकेला पढ़ाना मेरे लिए मुश्किल हो रहा है।"

"खैर, पढ़ाते हो, बहुत अच्छी बात है। लेकिन, हम कहना चाहते थे तुम्हारी उस शिक्षा के खिलाफ, जो कि उन्हें और जंगली बनाने के लिए तुम दे रहे हो।"

"जंगली बनाने के लिए!"

"हाँ, अभी कल दोपहर के बाद की ही तो बात है—तुम गँवारू नाच-नाच रहे थे और वे सभी जाहिल पागल की तरह ताली पीट रहे थे।"

देवराज को इन अधकचरे शिक्षतों की बात पर गुस्सा हो आया; लेकिन, फिर उसने अपने को सँभालकर हँसते हुए कहा, "अपने मनोरंजन के लिए आप लोगों के पास खेल, तमाशा, उपन्यास हैं, और आखिर इन लोगों के मनोरंजन के लिए भी तो कोई चीज चाहिए, नहीं तो दिन कैसे कटेगा?"

उन्हें मालूम हुआ कि देवराज दबी जबान से अपनी गलती कबूल कर रहा है। सहानुभूति दिखलाते हुए दूसरे सज्जन ने कहा, "मनोरंजन आवश्यक है, और हम यह नहीं बतला सकते कि कौन-सा मनोरंजन इन लोगों के लिए अनुकूल होगा; तो भी बिरहा और नाच को तुम्हीं खयाल करो, यदि यहाँ के अंग्रेज आई.सी.एस. सुपरिंटेंडेंट ने देख लिया, तो हमारी कितनी भद्द होगी?"

"हमारी नाच को तो कोई अंग्रेज नापसन्द नहीं करेगा। खैर, हम लोग इसका पूरा ध्यान रखेंगे कि लोगों का मनोरंजन भी हो जाए और साथ ही सुपरिंटेंडेंट साहेब देख भी न पाएँ।

इसके बाद देवराज उस वार्ड में और अधिक नहीं रह सका। उसे और दो-एक साथियों को जेल में भेज दिया गया। जेलों की संख्या पन्द्रह-सोलह थी, लेकिन तीन

को छोड़कर बाकी सभी में अनुशासन भंग करनेवाले साधारण कैदी थे। अप्रैल-मई का महीना था इसलिए गर्मी बहुत थी—खासकर दोपहर के तीन घंटे। देवराज को यहाँ सिर्फ दो साथियों को पढ़ाना था। बिरहा और नाच के लिए भी यहाँ जगह न थी, इसलिए बाकी समय सोने, सोचने और बातचीत करने में बीतता था।

बक्सर में लम्बी मियाद के कैदी रहते थे। कितनों से उसने बातचीत की है। डाकू अपने डाकों की बात सुनाते थे, खूनी अपने खून की। उनकी कथाओं को सुनकर देवराज को यह निश्चय हो गया था, कि इनमें नब्बे फीसती से भी अधिक वर्तमान सामाजिक और आर्थिक दुर्व्यवहार के शिकार हैं।

"क्या तुम्हारा नाम देवराज सिंह है?—बक्सर के सब-डिवीजनल मजिस्ट्रेट, मिस्टर टर्नर, आई.सी.एस. ने जेल के दरवाजे पर खड़ा होकर पूछा। उनके हाथ में एक पत्र था।

देवराज ने टर्नर के शब्द सुनते ही उनके हाथों की ओर नजर दौड़ाई और समझ गया कि चिट्ठी किसकी है। उनसे नम्रतापूर्वक कहा, "हाँ, मेरा ही नाम है।"

"इंग्लैंड में तुम्हारा कोई दोस्त है?"

"हाँ, बहुत-से।"

मिस्टर टर्नर ने अंग्रेजी में बात शुरू की, "तो, मैं समझता हूँ कि यह मिस जेनी ब्राउन की चिट्ठी आपके लिए ही है?"

"हाँ, मेरे ही लिए" देवराज ने भी अंग्रेजी में बोलते हुए हाथ बढ़ाकर चिट्ठी ले कहा, "बहुत धन्यवाद।"

मिस्टर टर्नर ने लज्जित-सा होकर कहा, "क्षमा कीजिए मिस्टर सिंह, राजनीतिक कारणों से आप भले ही यहाँ कैदी हों; लेकिन, आप एक शिक्षित, भद्र पुरुष हैं। मैंने उस वार्ड के सज्जनों से पूछा तो उन्होंने बतलाया कि यहाँ कोई देवराज नामक सज्जन नहीं हैं, जिनकी चिट्ठी इंग्लैंड से आवे। बहुत मुश्किल से मालूम हुआ कि देवराज नामक स्वयंसेवक है जो इस वक्त सेल में है। उनके कहने के ढंग से मुझे विश्वास नहीं था कि मैं इस चिट्ठी के पानेवाले को पा सकूँगा। खैर, यह तो हुआ। मुझे अफसोस है कि मैंने साधारण शिष्टाचार का भी पालन नहीं किया।"

देवराज ने कहा, "नहीं, आपकी भद्रता के लिए मैं कृतज्ञ हूँ।"

मि. टर्नर ने टोप उतार दाहिना हाथ बढ़ाकर हाथ मिलाया।

मि. टर्नर ने बात का सिलसिला जारी रखते हुए कहा, "माफ कीजिए मिस्टर सिंह, जेल के कानून के मुताबिक प्राइवेट चिट्ठियाँ भी हमें पढ़नी पड़ती हैं।"

"नहीं-नहीं, माफी की कोई बात नहीं।"

"और, किन्हीं-किन्हीं बातों को चिट्ठियों से काट देना होता है, वह बात आपकी इस चिट्ठी के साथ भी हुई है। खैर, वह वैयक्तिक बात नहीं थी। हाँ, एक

बात पूछने के लिए आप क्षमा करेंगे। मिस जेनी ब्राउन का ऑक्सफोर्ड के विख्यात प्रोफेसर ब्राउन से क्या कोई सम्बन्ध है?"

"हाँ, उनकी लड़की हैं।"

"मुझे आपसे मिलकर बड़ी प्रसन्नता हुई। मैं भी ऑक्सफोर्ड में प्रो. ब्राउन का विद्यार्थी रह चुका हूँ। पत्र में जेनी ब्राउन, एम. ए. (ऑक्सफोर्ड) और ऑक्सफोर्ड में प्रो. ब्राउन का जिक्र पढ़कर मुझे सन्देह हुआ था। अब आप के प्रति मेरा वैयक्तिक भाव क्या हो सकता है, इसे आप खुद समझ सकते हैं। विशेषकर आप यह भी जानते हैं कि प्रो. ब्राउन का शायद ही कोई ऐसा अभागा विद्यार्थी हो, जो उनके दिल की धधकती आग की एक-आध चिनगारी से भी महरूम हो। मैं अपने लिए इसे खुशकिस्मती समझूँगा यदि आपकी कोई सेवा कर सकूँ।"

"धन्यवाद, मि. टर्नर, जब मुझे कोई जरूरत होगी, मैं आपसे जरूर मिलूँगा। प्रो. ब्राउन के एक विद्यार्थी से मिलकर मुझे बड़ी प्रसन्नता हुई। मुझे प्रो. ब्राउन के क्लास में शामिल होने का सौभाग्य नहीं मिला, लेकिन, उनकी पुस्तकों और वार्तालाप से मैंने बहुत सीखा और वह अपने शिष्य के तौर पर मुझे स्वीकार करते हैं।"

"अफसोस है कि यहाँ दोनों शिष्य दो कैम्पों में हैं।"

"लेकिन, मुझे उम्मीद है, प्रो. ब्राउन की चिनगारी बुझ नहीं सकती।"

"नहीं, आपका अनुमान बिलकुल दुरुस्त है, लेकिन, आप जानते हैं कि इस अंग्रेज-नौकरशाहों में हम-जैसों की क्या गत होती है?"

"हाँ, इसके लिए तुलसीदास ने एक चौपाई कहाहै, "जिमि दसनन में जीभ बेचारी।"

"हम लोग जिन्दा ही मुर्दे हैं, भीतर अपने साथी सिविलियनों से अपने भावों को छिपाए रखना पड़ता है, और बाहर, चारों ओर, हमें सिर्फ खुशामदी हिन्दुस्तानी मिलते हैं। लेकिन, आप विश्वास रखिए हिन्दुस्तान के अच्छे पहलू का भी मुझे परिचय है।"

"धन्यवाद, मि. टर्नर, अपने देश की प्रशंसा में इन शब्दों के लिए।"

"नहीं, मि. सिंह, यह हमारी शिक्षा और संस्कृति का तकाजा है। हाँ, मुझे यह सन्तोष है कि अब वे लोढ़ा-पंथी नौकरशाही भी तसवीर का दूसरा पहलू देखने लगे हैं। इस नौकरी में तो मेरा एक दिन के लिए भी मन नहीं लगता और ताज्जुब नहीं कि मैं इसे छोड़कर चला जाऊँ। इनमें रुपये भले ही कुछ कमाये जा सकें, लेकिन अपने अरमानों को दफनाकर।"

"अरमानों और आदर्शों के बारे में कहने का मैं कोई अधिकार नहीं रखता, लेकिन, मि. टर्नर, मैं एक बात कहूँगा कि भारत और इंग्लैंड में मैत्री स्थापित करने के लिए कुछ अच्छे टाइप के अंग्रेजों की आवश्यकता है।"

"यह मैं मानता हूँ। क्षमा करें, मैंने आपका इतना समय लिया।"

"आपके इतना विश्वास प्रकट करने के लिए धन्यवाद।"

हाथ मिलाकर टर्नर के जाते ही देवराज के दोनों साथी आ पहुँचे। यद्यपि अपने सेल के भीतर से देवराज और सुपरिंटेंडेंट को देख नहीं सकते थे, लेकिन अंग्रेजी में लम्बी बातचीत से उन्हें बड़ा कौतूहल और ताज्जुब हुआ, क्योंकि उन्होंने कभी देवराज को अंग्रेजी क्या, शिक्षितों की हिन्दी भी बोलते नहीं सुना था। उनका पहला प्रश्न था :

"भैया देवराज, तुम अंग्रेजी भी जानते हो?"

"नहीं, उतना नहीं जानता। लड़ाई में विलायत गया था, यह तुमसे मैंने बतलाया है। उसी वक्त टूटी-फूटी अंग्रेजी सीख गया था"—देवराज ने देहाती बोली में कहा।

"साहेब इतनी देर तक क्या बात कर रहा था?"

देवराज को उत्तर तलाश करने में मुश्किल हो रही थी, तो भी सन्देह का अवसर दिये बिना उसने कहा, "तुमने देखा नहीं, मेरे शरीर में लड़ाई के वक्त के कितने दाग हैं? साहब कह रहा था, तुम्हारे ऐसे खैरख्वाह आदमी को सरकार-बहादुर के खिलाफ नहीं होना चाहिए। वह पच्चीस रुपये की नौकरी दे रहा था।"

देवराज को यह देखकर बहुत सन्तोष हुआ कि उसके साथी उसके सफेद झूठ को सफेद सच मान रहे हैं। वह जेनी की चिट्ठी को पढ़ने के लिए उतावला हो रहा था, उधर साथियों के प्रश्नों का ताँता ही नहीं टूटता था। इसी वक्त रसोइये लोग भोजन लेकर चले आए और सब लोग अपनी थाली-बाटी सँभालने लगे। भोजन के बाद तीन घंटा सेल में सोने का समय था। यह सारा समय उसका अपना था। उसने जेनी की चिट्ठी खोली। उस सुन्दर अक्षरों को देखते ही उसके सामने एक मुस्कराता परिचित चेहरा फिर गया। पत्र इस प्रकार था

"जेनी ब्राउन, एम. ए. (ऑक्सफोर्ड)"
सम्पादिका, 'श्रमिकों की आवाज' (वर्कर्स वॉइस)
लन्दन 27 अप्रैल, 1922

"मेरे प्यारे डेवी,

"कई महीनों की प्रतीक्षा के बाद तुम्हारे पाँच पंक्तियों के पत्र को पाकर मुझे कितनी प्रसन्नता हुई, इसे प्रकट करने के लिए मेरे पास शब्द नहीं हैं। तुम्हारी साल-भर की सजा को सुनकर गर्व से मेरा मस्तक उन्नत हो गया। मुझे अपने 'स्वयंसेवक' पर नाज है।..."

"तुम्हें यह सुनकर बहुत सन्तोष होगा कि, यद्यपि तुम्हारे जैसा मेरा भाग्य नहीं है तो भी मैं अपना थोड़ा समय भी फजूल जाने नहीं देती। दो मास हुए हम लोगों ने एक साप्ताहिक पत्र निकालने के लिए तय किया। इसकी जरूरत को तुम भी महसूस करते थे। मुझे ही उसकी सम्पादिका बनाया गया है। उसका स्वागत अच्छा हुआ है, और धीरे-धीरे 'आवाज' अपने लिए स्थान बना रही है।..."

"और डेवी, तुम हारे मैं जीती। पुत्री नहीं पुत्र। और चेहरा बिलकुल तुम्हारे जैसा। आँखें तो बिलकुल नकल की गई-सी हैं। पापा को हमसे भी ज्यादा खुशी है। कहते हैं, "ठीक डेवी, लेकिन इसकी आँखों से ऑक्सफोर्ड के प्रोफेसर ब्राउन की प्रतिभा की भी कुछ किरणें छिटक रही हैं। मैं कभी कल्पना भी नहीं कर सकती थी कि संसार में अपना शारीरिक प्रतिनिधि देखने में इतना आनन्द होता है। साथ में छोटे डेवी की तसवीर भेज रही हूँ। बाल भूरे हैं।

...सप्रेम।

तुम्हारी अपनी

जेनी"

शारीरिक प्रतिनिधि छोड़ने के बारे में देवराज की बिलकुल दूसरी ही राय थी। वह इसे एक वैयक्तिक लोभ की बात समझता था, और असंख्य वर्षों के काल में चन्द शताब्दियों के नाम और प्रसिद्धि-कामना की तरह इसे भी आदमी की मानसिक दुर्बलता समझता था, लेकिन अब छोटे डेवी का फोटो उसके सामने था। वह नहीं कह सकता था, कि उसका चेहरा मेरा ही प्रतिबिम्ब है, उसके मानस में एक विशेष आत्मीयता के खिंचाव से उथल-पुथल हो रही थी। कुछ देर तक उसने उसे रोकने की कोशिश की, किन्तु अन्त में परास्त होना पड़ा। वह छोटे डेवी को अपने से अलग नहीं कर सकता था। उसे मालूम होने लगा—यह मेरा ही उत्तरांश है, अपने अपूर्ण कार्यों को पूरा करने में जब मेरा शरीर निर्बल और असमर्थ हो जाएगा, उस वक्त नये कन्धों की आवश्यकता होगी, और क्या वह यही कन्धे नहीं हैं? सात महीने का 'डेवी' तकिया के सहारे लेटा ओठों को बन्द किये हुए उसकी तरफ देख रहा था। उसका गोल चेहरा, बिखरे छोटे-छोटे केश, उर्ध्व वृत्ताकार हल्की भौंहे, चौड़ी और छोरों पर केशों में झुकी चली गई पेशानी को वह देर तक देखता रहा। उसके मुँह से अचानक निकल पड़ा, "कौन कहता है, मनुष्य का भविष्य अनन्त शून्य है।"

देवराज ने जेनी को पत्र लिखा—

"...मैं अपनी हार का स्वागत करता हूँ, और छोटे डेवी ने मेरी धारणा में जो परिवर्तन किया है, उसके लिए मैं उसका आभारी हूँ..."

इंग्लैंड और भारत के जेल में बहुत अन्तर है। यहाँ तो मनुष्यता का जेल के फाटक के भीतर प्रवेश निषिद्ध है...

तुम्हें अपने समय का कुछ हिस्सा डेवी के लिए भी देना होगा। मुझे अफसोस है, कि मैं इसमें तुम्हारी सहायता नहीं कर सकता। मैं जानता हूँ कि यह तुम्हारे लिये वैयक्तिक प्रसन्नता की बात होगी। लेकिन तुम्हारे सार्वजनिक कर्तव्य में इससे

बाधा जरूर पहुँचती होगी। मेरा रात-दिन चौबीसों घंटा राजनीतिक कल्पनाओं और वातावरण में बीतता है, इसलिए, सिवाय उसके, दूसरी क्या बात मैं तुम्हें लिख सकता हूँ। लिखने पर शायद वे पंक्तियाँ जेल से बाहर न जा सकेंगी। यह सुनकर तुम्हें सन्तोष होगा कि मैं शारीरिक और मानसिक दोनों तौर से स्वस्थ, प्रसन्न हूँ...।"

खुजली अच्छी हो गई और देवराज फिर जेल से उसी हाते में चला आया, जहाँ दूसरे राजनीतिक कैदी थे। अब बरसात शुरू हो गई थी। अधिकांश लोग छै महीने से कम की सजावाले थे और स्वयंसेवकों में तो सभी तीन ही चार मासवाले थे, इसलिए जून के अन्त में राजनीतिक कैदियों की संख्या घटकर साठ के करीब रह गई थी। वे सभी शिक्षित थे। एक सप्ताह के सहवास से ही उन्हें देवराज के प्रति अपनी धारणा बदलनी पड़ी। पहले उसे वे नम्र, किन्तु देहाती, अशिक्षित तरुण समझते थे, लेकिन अब वह उनके लिए सुशिक्षित, अनुभवी, दूरदर्शी, विचारशील, राजनीतिज्ञ था। अपने को खोलने के लिए देवराज को उस वक्त मजबूर होना पड़ा था, जब कि मिस्टर टर्नर ने लोगों के सामने ही हाथ मिलाते हुए कहना शुरू किया :

"हलो मिस्टर सिंह, आप कैसे हैं?"

देवराज अपने साथियों से कहा करता था, "अपनी राजनीतिक समस्याओं का हल धर्मों में खोजना बड़ी भारी गलती है। धार्मिक विचारों के लिए स्वतंत्रता भले ही रहे, लेकिन राजनीति में धर्म का दखल बहुत ही हानिकारक बात है। उसकी बातों का यह असर हुआ कि लोगों ने अर्थशास्त्र और राजनीति की किताबें पढ़नी शुरू कीं। सस्ती शहीदी से देश की परतंत्रता को हटा देने का खयाल निर्बल पड़ने लगा।"

देवराज को इस बात का अफसोस हुआ, कि अब वह अपने को उतनी सफलता के साथ छिपा न सकेगा।

षड्यंत्र

असाधारण उत्तेजना के कारण एक जगह कुछ खून-खराबी हो जाने से गांधी जी ने सत्याग्रह बन्द किया और सरकार ने छै साल के लिए उन्हें जेल भेज दिया। नवम्बर के अन्त में जिस वक्त देवराज जेल से बाहर निकला, उस वक्त राजनीतिक क्षेत्र में चारों ओर निराशा छाई हुई थी। साल-भर में स्वराज्य लेने के विश्वास से आए हुए लोग अपनी-अपनी जगहों पर लौट गए, यदि लौटने के लिए वे स्वतंत्र थे, कितने सस्ते स्वराज्य लेनेवाले सज्जन गांधी जी को कोस रहे थे। लेकिन, देवराज जैसे व्यक्ति जिनका ऐसी बातों पर कभी विश्वास नहीं था, आन्दोलन की शिथिलता से कभी निराश न हुए, हाँ, गांधी जी के व्यक्तिवाद पर वे कुढ़ते जरूर थे। उनका कहना था—जन-आन्दोलन ने गांधी जी को पैदा किया है, गांधी जी यदि जन-आन्दोलन को पैदा करने का खयाल रखते हैं, तो गलती करते हैं। पराजय के कारण हताश और विश्रृंखलित सेना को फिर से संगठित करना बहुत मुश्किल काम है। लेकिन, देवराज स्वयं आन्दोलन के परिणाम से हतोत्साहित न था। वह जानता था कि जो राजनीतिक चेतना और ज्ञान जनता को इतने दिनों में मिला है, वह उसे भूल नहीं सकती। कठिन-से-कठिन कष्ट और पराजय को जनता का हृदय याद रखने की शक्ति नहीं रखता। अभी तक अपनी जिन तकलीफों और दुरवस्थाओं को वह भाग्य और भगवान का खेल समझती थी, अब उनके कानों में नई आवाज आई है—कारण भाग्य और भगवान नहीं, बल्कि राजनीतिक परतंत्रता है। भूख-प्यास रोज-रोज की चीज है, फिर अपनी दरिद्रता के कारण इस राजनीतिक परतंत्रता को वह कैसे भूल सकती है?

उस साल (1922) में कांग्रेस गया में होनेवाली थी। अभी उसके होने में महीने-सवा महीने और थे, जबकि देवराज जेल से छूटा। वह पहले सीधे कटया गया। साल-भर के भीतर कोई सभा और व्याख्यान न होने के कारण लोग समझते थे—स्वराज्य सो गया। लेकिन, जब देवराज की शकल गाँव-गाँव में घूमने लगी, तो मालूम होने लगा कि स्वराज्य फिर जगा है। उसके साथी स्वयंसेवक हतोत्साहित नहीं हुए थे, क्योंकि देवराज ने हमेशा उन्हें यही समझाने की कोशिश की थी, कि

भारत की स्वतंत्रता एक साल में नहीं मिल सकती, उसके लिए एक पीढ़ी का समय भी अधिक नहीं कहा जा सकता।

देवराज ने पुलिस के अत्याचार से पीड़ित जनता की ओर ध्यान देने का विचार किया। लेकिन जिले में इतनी शिथिलता आ गई थी, कि जिला कांग्रेस को संचालित करने के लिए आदमी नहीं मिल रहे थे। बक्सर के साथियों के लिए देवराज अब वह पुराना देवराज नहीं रह गया था। लोगों ने उसे ही जिला कांग्रेस का मंत्री चुना। देवराज अब अपना सारा समय कटया थाना में नहीं दे सकता था। उसने सारे जिले का दौरा किया और अधिकांश थानों में फिर कार्यकर्ताओं को उत्साहित कर संगठन को मजबूत किया। गया में परिवर्तनवादी और अपरिवर्तनवादी दलों का बड़ा भारी विवाद था। गांधी जी सत्याग्रह बन्द कर छै साल के लिए जेल चले गए थे और उन्होंने कोई ऐसा राजनीतिक प्रोग्राम देश के सामने नहीं रक्खा था, जिसको अपनाने के लिए जनता उत्साह प्रदर्शित करे, लेकिन अब भी उनके अनुयायी उनके नाम पर सती होने का परामर्श दे रहे थे। देवराज अपरिवर्तनशीलता का कभी कायल न था। गया कांग्रेस में अपरिवर्तनवादियों का बहुमत रहा। देवराज ने जिले के मंत्रिपद से इस्तीफा दे दिया।

उसने जिले में नौजवानों का एक मजबूत दल संगठित किया। दल का पहला काम था, राजनीतिक चेतना को जनता के मन में बराबर ताजा करना। इन तरुणों का राजनीतिक शिक्षा के लिए उसने पुस्तकों और व्याख्यानों का इन्तिजाम किया। कटया में पुलिस के अत्याचारों की उसने खूब छान-बीन की और सताए लोग निडर होकर रिश्वत और जुल्म के बारे में अपने बयान लेखबद्ध कराने लगे। थानेदार ने—जो अभी तक शेर थे—भीगी बिल्ली बन कर देवराज से छोड़ देने के लिए बड़ी मिन्नत की, लेकिन, देवराज क्षमा देनेवाला कौन था? उसने सारे जुल्मों की रिपोर्ट जिला मजिस्ट्रेट के पास भेजी। अत्याचार इतने स्पष्ट और सच्चे थे, कि मजबूरन थानेदार को दूसरे जिले में बदलना पड़ा। लेकिन, साथ ही, नीचे से ऊपर तक सारी पुलिस देवराज से खार खाने लगी। उसके पीछे हर वक्त खुफिया पुलिस रहती और उसकी सारी गतिविधि पर कड़ी निगाह रक्खी जाती थी। कटयावालों पर पुलिस का जुल्म बन्द हो गया। लोग खुलकर साँस लेने लगे। उनकी दृष्टि में इसका सारा श्रेय देवराज को था। उसके कामों का असर आसपास के थानों में भी पड़ा और कुआड़ी परगने की जनता के लिए देवराज की उपस्थिति वरदान थी।

देवराज का कार्यक्षेत्र छपरा जिला था। पटना वह सिर्फ प्रान्तीय कांग्रेस कमेटी की मीटिंग के लिए आता था, लेकिन, नीचे से ऊपर तक छपरा जिले की सारी पुलिस देवराज को एक मिनट के लिए भी स्वतंत्र नहीं देखना चाहती थी। अगस्त (1923)

में पटना के अगम कुआँ में कुछ नौसिखिये बम बनाना सोच रहे थे। उसी वक्त एक बम फटा और एक तरुण वहीं मर गया, दूसरा बुरी तरह घायल हुआ। पुलिस ने अगम कुआँ-बम के नाम पर एक भारी षड्यंत्र तैयार किया। घटना के एक हफ्ते के भीतर ही देवराज भी गिरफ्तार करके पटना जेल पहुँचाया गया। षड्यंत्रकारियों पर अभियोग यह था कि वे कानून द्वारा स्थापित सम्राट की सरकार को उलटने की कोशिश में थे। जसीडीह में मारे गए खुफिया पुलिस इंस्पेक्टर रघुनाथ सिंह की हत्या भी इन्हीं का काम बतलाया गया। भय और प्रलोभन देकर एक लड़के को तैयार किया गया कि वह सरकार का गवाह बनकर पुलिस के सिखाए अनुसार गवाही दे। देवराज इस दल का अगुवा बतलाया गया। मुकदमे का अभिनय साल-भर तक होता रहा, लेकिन, देवराज को पहले ही मालूम था कि क्या होनेवाला है। उसे 13 साल पहले उस षड्यंत्र की याद बराबर आती थी, जिसमें निरपराध मोहनलाल खन्ना को फाँसी हुई थी। देवराज के ऊपर इस बात का सीधा आरोप न था, कि उसने खुद इंस्पेक्टर रघुनाथ की हत्या की। देवराज ने भी अपनी जिरह से पुलिस के गवाहों को तंग कर दिया और कितनों ही के मुँह से न कहने लायक बातें निकलवा लीं। सरकारी वकील का कहना था, देवराज एक सफल वकील होता। खैर, उसकी वकालत इस माने में अब भी सफल रही कि अभियुक्तों में किसी को फाँसी की सजा नहीं हुई—उन्हें 12 से 13 साल तक की सजा हुई और देवराज को 6 साल की कड़ी सजा।

साल-भर से ऊपर हो गए थे, जबकि देवराज या तो पटना जेल की चहार-दीवारियों के भीतर रहता या साथियों के साथ सशस्त्र पहरे में मोटर-लारी पर 'क्रान्ति चिरंजीवी हो' का नारा लगाते अदालत पहुँचता। उसे इस बात का आश्चर्य और खेद था कि उसके विचारों को अच्छी तरह जानते हुए अपने को राजनीतिक कार्यकर्ता कहनेवाले लोग भी उसकी सूरत देखकर घबराते थे। वे इस महँगी शहीदी को जनता का बवाल समझते थे। स्वतंत्रता की कीमत उनकी दृष्टि में बहुत हल्की थी। वे समझते थे—गांधी जी ने अवतार लेकर ऐसा रास्ता हमें बतला दिया, जिसमें इतनी तकलीफ और परेशानी की कोई जरूरत नहीं। वे इन नौजवानों को बेवकूफ समझते थे। सबसे बड़े अफसोस की बात तो यह थी कि उनके सामने जान की बाजी लगानेवाले इन तरुणों की कुर्बानियों की कोई कीमत न थी। देवराज आतंकवाद से भारी मतभेद रखता था, लेकिन, तो भी जहाँ कहीं उनकी कुर्बानियों पर आक्षेप करना किसी ने शुरू किया कि वह अपने को सँभाल नहीं सकता था। वह यह भी मानने को तैयार न था, कि यह कुर्बानियाँ निष्फल हुईं। बंग-भंग को हटाकर फि सारे बंगाल को एक करने की बात को वह उदाहरणार्थ पेश करता था।

सजा के बाद देवराज को बक्सर भेजा गया। बहुत दिनों से एक जगह रहते-रहते वह उकता-सा गया था, इसलिए यह परिवर्तन उसे पसन्द आया। पहले वह

शान्तिमय असहयोग का विशेष कैदी था। उसके लिए खाना अलग था और कैद भी सादी थी। वह अपना कपड़ा पहन सकता था और साथियों की भारी जमात में दिन-रात को भुला सकता था। अब की बार ग्यारह आदमियों की छोटी-सी जमात थी! सभी के गले में तौक और बदन पर कैदियों की पोशाक थी। उन्हें साधारण कैदियों को मिलनेवाला भोजन मिलता था। वे सेल में रखे गए थे और हर एक को प्रतिदिन बीस सेर गेहूँ पीसने को मिलता था। सौभाग्य से एक को छोड़कर बाकी सभी शरीर के मजबूत थे। देवराज को यह देखकर बड़ी प्रसन्नता हुई कि यहाँ 'मुंडे-मुंडे मतिर्भिन्ना' वाली जमात से उसे पाला नहीं पड़ा है। सभी सुव्यवस्थित फौज की तरह अनुशासन मानने को तैयार रहते थे। अपने कमजोर साथी को कुछ सहायता देने की जरूरत पड़ती थी, जिसमें देवराज सबसे आगे रहता था, बाकी सभी समय से दो घंटा पहले ही गेहूँ पीसकर रख देते थे। पन्द्रह दिन बाद जेलर ने देवराज और उसके एक साथी को कोल्हू का काम दिया। उसके साथी इसका विरोध करना चाहते थे, लेकिन, देवराज ने यह कहकर रोक दिया—यह मेरे लिए अच्छा व्यायाम होगा। कंकड़-भरे चावल, काली दाल और घास के साग के खिलाफ आवाज पहले-पहल देवराज ने उठाई। सभी ने खाना छोड़ दिया। पच्चीस दिन तक भूख हड़ताल जारी रही और अन्त में जेलवालों को भोजन में परिवर्तन करना पड़ा।

देवराज के साथियों को अलग-अलग सेलों में रक्खा जाता था, इसलिए उन्हें एक-दूसरे से मिलने का मौका बहुत कम मिलता था। खाने के वक्त या जब भी कुछ मिनटों के लिए उनकी आपस में मुलाकात होती, उस समय का अच्छा उपयोग करने के लिए वे सूत्र-रूप में बात किया करते थे। देवराज के सभी साथी शिक्षित थे और वैसे भी अपने स्कूल-कॉलेज के होनहार लड़के थे; इसलिए सूत्र-रूप में बात उनके लिए कोई दिक्कत नहीं पैदा करती थी।

देवराज ने देखा, उसके साथी सिर्फ राष्ट्रीयता के नाम पर राजनीतिक स्वतंत्रता के लिए क्रान्ति चाहते हैं। उनसे उन्हें बतलाया कि गोलमोल स्वतंत्रता में न सफलता होगी और न उससे काम चलेगा। देश की धनिक श्रेणी और देशी राजा लोग सन सत्तावन में भी स्वतंत्रता के बाधक हुए थे; और, अब तो और भी बाधक होंगे, क्योंकि वे जानते हैं कि यह स्वतंत्रता साधारण जनता के बल पर प्राप्त की जाने वाली है; और उसमें साधारण जन-स्वार्थ का खयाल सबसे अधिक रक्खा जाएगा। इसलिए अच्छा है, कि हमारा राजनीतिक आन्दोलन अर्थनीति पर अवलम्बित हो, और हजार में नौ सो नब्बे शोषित जनता के लिए हमें लड़ना चाहिए।

देवराज के साथियों को पहले यह बात कुछ उल्टी-सी जँची। उनका कहना था, राजनीतिक स्वतंत्रता के लिए सभी वर्गों की एकता आवश्यक है।

देवराज ने और भी स्पष्ट करते हुए कहा, "सभी वर्गों की एकता को मैं भी अच्छा समझता हूँ, लेकिन यह सम्भव नहीं। राजा-महाराजाओं और धनिकों का

स्वार्थ वही नहीं है, जो कि साधारण जनता का। रेजिडेंट के सामने महाराज चाहे दुम दबाकर सटक जाते हों, लेकिन, अपनी प्रजा की इज्जत, धन और प्राण के साथ वे खुले खेल सकते हैं। रियासत की सारी आमदनी और दस लाख कर्ज लेकर भी वह फूँक सकते हैं। वे प्रजा के गाढ़े पसीने की कमाई को सालों-साल यूरोप के नफीस होटल में वेश्याओं और शराब के लिए पानी की तरह बहा सकते हैं। रेजिडेंट और ब्रिटिश गवर्नमेंट इसमें हस्तक्षेप की कोई आवश्यकता महसूस नहीं करती। जनता की बात मानी जाने पर रँगीले राजा ऐसी वाजिद अलीशाही कर सकेंगे? इसलिए आप निश्चय ही देशी रियासतों के शासकों से एकता की आशा नहीं रख सकते। यह बात कलक्टर के इशारे पर अमन-सभाओं में नाचनेवाले जमींदारों, राजाओं और नवाबों के बारे में भी समझिए।"

एक साथी ने कहा, "तो जो लोग हमारे साथ चलने को तैयार हैं, हम क्या उन्हें भी छोड़ दें?"

"मैं छोड़ने की बात नहीं करता। लेकिन, हाथ-पैर जोड़कर आप किसी को साथ नहीं ले सकते। हमारी ही तरह जो देश की स्वतंत्रता की जरूरत को महसूस करता है, वह निर्भय होकर आगे बढ़ेगा। खिलाफत के धार्मिक सवाल को सामने रखकर हमने मुसलमानों को अपनी तरफ खींचना चाहा। खिलाफत को कमाल पाशा ने वासफोरस में डुबो दिया, और हमारे यहाँ सिर्फ कुछ मौलवियों के महत्त्व और धार्मिक कट्टरता के बढ़ा देने के सिवाय वह आन्दोलन टाँय-टाँय-फिस टाँय-टाँय-फिस रहा। अब हमारे शासक कान ऐंठकर मुसलमानों को कितना तैयार कर चुके हैं, यह तुम अपनी आँखों देख रहे हो। यदि हमने धर्म को हटाकर शुद्ध राजनीतिक और आर्थिक प्रश्न सामने रक्खा होता, तो यह अवस्था न हुई होती; चाहे उतनी संख्या में मुसलमान आन्दोलन में शामिल न भी होते, लेकिन जो होते वे समझ-बूझकर होते।"

दूसरे साथी ने अपनी सम्मति प्रकट करते हुए कहा, "राजनीति में धर्म का प्रवेश मुझे भी पसन्द नहीं।"

"साथ ही हमारे क्रान्तिकारी आन्दोलन में अर्थनीति का प्रवेश आवश्यक है। साम्प्रदायिकता के भूत को हम रोटी के सवाल से ही भगा सकते हैं। रोटी की समस्या हिन्दू, मुसलमान, ईसाई, सभी गरीबों के एक-सी है।"

"लेकिन, आप जानते हैं, रूस कई बातों में हम क्रान्तिकारियों का आदर्श रहा है। वहाँ भी धार्मिक एकता की जगह राष्ट्रीय एकता और जन-सत्ता को क्रान्ति का आधार माना गया?"

"यह आप 1890 के पहले की बात कह रहे हैं। अलेक्सान्द्र उलियानोफ की फाँसी के साथ उस नीति का भी श्राद्ध हो गया। उसके छोटे भाई लेनिन ने मार्क्सवाद को क्रान्ति का आधार बनाया। सात साल पहले उसी के आधार पर रूस में सफल

क्रान्ति हो सकी। रूस की पच्चीसों जातियाँ क्या राष्ट्रीयता के नाम पर कभी एक हो सकती थीं? अमर्यादित राष्ट्रीयता का अर्थ ही है अपने को सबसे बड़ा और पास-पड़ोसवालों को छोटा समझना। आपको मालूम होना चाहिए कि वर्तमान रूसी प्रजातंत्र की चौथाई जनता एशियाई है। वहाँ भी रंग का सवाल भयंकर था...”

देवराज से कई दिनों इस विषय पर बहस होती रही और अन्त में वह अपने साथियों को संकुचित राष्ट्रीयता से हटाकर उदार राष्ट्रीयता और अन्तरराष्ट्रीय दृष्टिकोण पर लाने में सफल हुआ।

उसके एक साथी ने कहा, “भाई देवराज, शिथिल और अस्त-व्यस्त चिन्तन खतरनाक चीज है। दृष्टिकोण परिवर्तन की सबसे पहली आवश्यकता है। दृष्टि मिल जाने पर सभी गुत्थियाँ अपने-आप सुलझ जाती हैं।”

जेल-यातना

देवराज ने अपने सजा के बारे में जेनी को लिख दिया था; लेकिन, पत्र से अधिक मुकदमे के बारे में उसे समाचार-पत्रों से मालूम हुआ था। उसने एक लम्बा पत्र लिखा, और देवराज को एक मित्र के द्वारा भेजा, क्योंकि वह जानती थी, कि जेल वाले इस पत्र को देवराज के हाथ न जाने देंगे। सरकार ने चाहे कितना ही कड़ा इन्तिजाम किया हो, लेकिन पत्रों और सन्देशों का जेल की चहारदीवारी पार करके देवराज जैसे खतरनाक कैदी के पास पहुँचना भी मुश्किल न था। पत्र में छोटे डेवी का एक फोटो था। अब वह चार वर्ष का हो गया था; और फौजी लिबास में सेल्यूट दे रहा था। देवराज कुछ देर तक उस हँसते चेहरे की ओर देखता रहा। उसके मन में आया—यदि मेरी अवस्था मोहन भैया की हुई होती, तो भी यहाँ एक छोटा डेवी मेरी जगह लेनेवाला मौजूद था। साथ ही वह यह भी स्वीकार करता था, "चाहे मैं मोहन भैया का शारीरिक उत्तराधिकारी न भी होऊँ, लेकिन यदि उनका मानसिक उत्तराधिकारी नहीं हूँ तो हूँ ही क्या? देवराज ने पत्र को पढ़ना शुरू किया—

"... ...

लन्दन 5-1-1925

"मेरे प्यारे डेवी,

तुम्हारा पत्र मिल गया था। और उससे भी अधिक मुकदमे की बात भारतीय पत्रों से मालूम हुई। पहले मुझे यह सुनकर आश्चर्य हुआ, कि तुम आतंकवाद में शामिल हुए। लेकिन फिर पुलिस की गवाहियों से और सोचने से वह आश्चर्य जाता रहा। आश्चर्य करने की आवश्यकता नहीं, जबकि हमें विश्वास हो गया है, कि भारतीय पुलिस राजनीतिक मामलों में कितनी दूर तक उतर सकती है। तुम्हारे लिए तो यह कोई नई बात न होगी। तुमने अपने साथी मोहनलाल खन्ना को निरपराध फाँसी पर चढ़ते देखा था। मैं तो अपने भाग्य को सराहती हूँ कि पुलिस तुम्हारे लिए उतनी दूर न गई। लेकिन, मैं इसके लिए उसे धन्यवाद देने की जरूरत नहीं समझती। शायद

यह उसके हाथ से बाहर की बात थी। मैंने 'आवाज' में तुम्हारे मुकदमे के बारे में सम्पादकीय लेख लिखे हैं। निजी सम्बन्ध के कारण भाषा कड़वी हो गई है। पापा ने कहा, यह स्वाभाविक ही है। मैंने इधर कई गुमनाम लेख इस विषय पर लिखे हैं कि इंग्लैंड के गरीबों का भाग्य हिन्दुस्तान की स्वतंत्रता के साथ बँधा हुआ है।

"हाँ, एक बात और। मैं पिछले अगस्त में दो हफ्ते के लिए पापा के साथ रूस गई थी। हम वहाँ बच्चेखानों में गए। डेवी तो अपनी उम्र के बीस-पच्चीस बच्चों को देखकर उनके साथ खेलने लगा था। सैकड़ों तरह के खिलौने, चतुर दाइयाँ, साफ-सुथरे कमरे, मनोरंजन और ज्ञान-वृद्धि का सुन्दर प्रबन्ध। बच्चाखाने को देखकर हम बहुत प्रभावित हुए। सात वर्षों—जिनमें पाँच वर्ष तो युद्ध और सर्वसंहार में ही बीत गए—वहाँ जितने परिवर्तन दिखलाई पड़ रहे हैं, उन्हें देखकर सोवियत-भूमि का भविष्य बिलकुल उज्ज्वल मालूम पड़ता है। सोवियत-भूमि ही क्या यह तो संसार के सभी शोषितों के भविष्य का प्रतीक है। लेनिन का उत्तराधिकारी स्तालिन भी वैसा ही चतुर और जनप्रिय है। पापा का तो कहना है कि वह लेनिन से भी अधिक व्यावहारिक प्रतिभा का धनी है। हाँ, हम लोगों को उसके कुछ शिक्षितों से मिलने का मौका मिला। उनसे बड़ी निराशा हुई। तुम्हारा कहना ठीक है कि ये विश्वसनीय तत्त्व नहीं हैं।

"डेवी का पाँचवाँ साल चल रहा है। उसके स्वास्थ्य के बारे में तो फोटो से भी कुछ मालूम होगा। वजन और कद दोनों में वह अपनी उम्र के लड़कों से बड़ा मालूम होता है। पापा की तसवीर को पहचानता है। कहता है, मैं भी सैनिक बनूँगा। तेरा पापा कहाँ है—पूछने पर बोलता है, हिन्दुस्तान में। नाना को छोड़ना नहीं चाहता। अगले साल से ऑक्सफोर्ड में ही रहेगा।

"तुम्हारी स्मृति मुझे कभी-कभी भावावेश में डाल देती है, आशा है, इसके लिए तुम मुझे गुनहगार न समझोगे। लेकिन मैं तुम्हें विश्वास दिलाना चाहती हूँ कि वह सिर्फ एकान्त का विषय है, और मेरे काम में किसी तरह की बाधा नहीं डाल सकता।

सप्रेम।

तुम्हारी अपनी जेनी"

जेलवालों का बर्ताव देवराज और उसके साथियों के साथ बहुत बुरा था। मालूम होता था, पद-पद पर अवहेलना और अपमान करके वे सरकार की अधिक सेवा कर सकते हैं। इन लोगों ने उन बातों की मुखालफत करने की प्रतिज्ञा कर ली थी। कड़े-से-कड़े काम से उन्हें इनकार न था, लेकिन भोजन की खराबी, अधिकारियों के दुर्व्यवहार को वे बर्दाश्त करने के लिए तैयार न थे। इसके लिए उन्हें कई मरतबे खड़ी हथकड़ी, डंडा-बेड़ी, बोरे की पोशाक और बेंत तक की

सजा भोगनी पड़ी। आखिर में आजिज आकर उन्हें हजारीबाग जेल में भेज दिया गया। यहाँ के गोरा जेलर को राजनीतिक कैदियों का पहले से अनुभव था और वह समझता था कि खामखाह दबाकर उन्हें आज्ञाकारी नहीं बनाया जा सकता। उसके ऐसा सोचने में एक और भी कारण था—गोरा जेलर जेल की सभी चीजों को अपनी व्यक्तिगत सम्पत्ति समझता था। जिन पुराने घरों के सीकचों और लकड़ियों को निकालकर तीन-तीन हजार रुपये में बेचना था, उन्हें वह दो-दो सौ रुपये में किसी अपने कृपापात्र ठेकेदार के नाम खरीद लेता था। अपने मकान के लिए वह जेल के कैदियों से ईंट और सुर्खी तैयार करवाता था। पुरानी मोटरें खरीदकर अक्सर जेल के विशेषज्ञ कैदियों से मरम्मत करा तिगुने-चौगुने दाम पर बेच देता। खाने-पीने की चीजों की चोरी तो जेल की आम शिकायत है। साथ ही वह कैदियों से बड़ी सख्ती से पेश आता था। गोरा होने के कारण कोई शिकायत उस पर चलती न थी। जहाँ तक देवराज और उसके साथियों का सम्बन्ध था, जेलर ने उन्हें शिकायत का मौका नहीं दिया। उन्हें कोल्हू का काम नहीं दिया गया और आटा पीसने में भी पन्द्रह सेर से अधिक गेहूँ किसी को नहीं मिलता था। पढ़ने-लिखने का भी उन्हें सुभीता था। रात को लालटेन मिल जाती थी। साधारण कैदियों की अवस्था देखकर देवराज को अपनी बेबसी पर बहुत दुख होता था। कोई हफ्ता नहीं जाता, जबकि दो-चार को बेंत न लगते हों। पैसेवाले असामी की तो जान पर आ जाती। तुरन्त घानी या चक्की में दे दिया जाता और रोज काम कम करने की रिपोर्ट होने लगती; फिर सजाएँ शुरू होतीं, जो कि बेंत तक पहुँच जातीं—यदि उनके सम्बन्धियों ने रुपये-पैसे देकर जेल अधिकारियों को सन्तुष्ट नहीं किया। कर्घा-मास्टर को कसाई कहा जाता था। खराब सूत से भी पूरी बिनाई न करने पर कई आदमी बेंत खा चुके थे। कितनों के ऊपर मारपीट का अभियोग लगाकर उनकी सजा भी बढ़ा दी गई थी।

लोग अत्याचार सहते-सहते तंग आ गए थे। उन्होंने शेर खाँ और हरिकृष्ण—अपराध में आजन्म सजा पानेवाले कैदियों के नेतृत्व में कुछ कर गुजरना चाहा। दोनों उसी हाते में रात को सोने आया करते थे जिसमें कि रात को देवराज और उसके साथी रहा करते थे, इसलिए देवराज को सारे षड्यंत्र का पता था। शेर खाँ बहादुर आदमी थी। आन के लिए उसने खून किया था। मौत से उसको बिलकुल झिझक न थी। उसने हरिकृष्ण के सामने प्रस्ताव रखते हुए कहा :

"भाई हरीकिसन, कब तक इसे हम बर्दाश्त करते रहेंगे? कोल्हू और चक्की देने पर तो हम लोग अपना काम पूरा देते हैं। किसी को कमजोर देखकर उसके हिस्से के काम को भी पूरा कर लेते हैं। लेकिन इस सड़े सूत के बारे में क्या किया जाए? हर दस मिनट में सूत टूट जाता है, और उसके जोड़ने में इतनी देर लगती है, कि कोई अपना काम पूरा कर ही नहीं सकता।"

"पूरा काम देना असम्भव है। हम लोगों ने सुपरिंटेंडेंट से कई बार कहा। लेकिन, जेलर के सामने हमारी बात कौन मानता है।"

"कितने दिनों तक यहाँ के कैदी इस तरह की जुल्म की चक्की में पिसते रहेंगे? कोल्हू और चक्की में तो हमने अपने खिलाफ रिपोर्ट नहीं होने दी, लेकिन कर्घा को देकर बदला चुकाना चाहता है। दो बार रिपोर्ट हो चुकी है। क्या कोई उपाय है?"

"मैं भी सोच रहा हूँ। मुझे तो मालूम होता है कि कर्घा-मास्टर जब तक नहीं सुधरता, तब तक कैदियों की जान नहीं बच सकती।"

"मैं भी इसी नतीजे पर पहुँचा हूँ। एक उपाय सोचा है। लोहे की पत्ती को रगड़कर चाकू बनाया जाए, और जिस वक्त पास में कोई सिपाही न हो, उसी वक्त कर्घा-मास्टर को पकड़कर नाक काट ली जाए। छै महीने, चलो और सही।"

"शेर भाई, मैं तुम्हारे साथ हूँ।"

शेर खाँ और हरीकृष्ण जिस बात को कह दें, उसे बिना चूँचिरा के सारे कैदी मानने को तैयार थे। नेतृत्व की शक्ति उनमें स्वाभाविक थी। वस्तुतः वे प्रकृति से अपराधी नहीं थे। उनकी स्वाभाविक प्रतिभा को अपना जौहर दिखाने का कोई अवसर न मिला, इसीलिए आज वे जेल में थे। दो दिन में सारी तैयारी कर ली गई, तीसरे दिन नौ बजे कर्घा-घर में बड़ा हल्ला मचा। देवराज के पास खबर पहुँची कि, कैदियों ने कर्घा-मास्टर पर भयंकर हमला किया है और उसकी हालत अब-तब है। लेकिन, सच बात यह थी कि शेर खाँ और उसके अनुयायियों ने कर्घा-मास्टर की नाक को ठीक से नहीं काट पाया। पकड़ते ही वह चिल्लाया। लोग सिर्फ नाक पर हमला करना चाहते थे वह सिर को हिलाता था। चाकू ने जरा-सा नाक को छुआ था कि तब तक सिपाही, मेट और पहरावाले ने आकर उसे बचा लिया।

शेर खाँ, हरीकृष्ण और तीन दूसरे कैदियों पर मुकदमा चलाया गया। अभियोग नाक काटने का नहीं, बल्कि जान से मार डालने का था। नाक पर छटककर छूरी लगी थी। जेलर के कृपापात्र कितने कैदियों—विशेषकर पहरावालों और मेटों—ने गवाही दी। जज ने जान-बूझकर हत्या के प्रयत्न के अपराध में शेर खाँ और हरीकृष्ण को फाँसी और दूसरों को दस-दस बारह-बारह साल की सख्त सजा सुनाई। शेर खाँ ने अपने बयान में कहा था, "हमने कर्घा-मास्टर को जान से मार डालने का कभी खयाल नहीं किया। यदि हमारी यही मनसा रही होती, तो उसे मारने के लिए हमारे पास अधिक सुभीता था। कर्घा-मास्टर और जेलर के जुल्म से सारे कैदी जितने तंग आ गए हैं, उसी को दूर करने के लिए हमने कर्घा-मास्टर की नाक काटकर चेतावनी देनी चाही। हमें अफसोस है कि उसमें सफल न हो पाए। आप कोई भी सजा दें, लेकिन जेल के कैदियों के ऊपर होते अत्याचारों की ओर ध्यान जरूर आकर्षित करें।"

देवराज ने उसी दिन शाम को शेर खाँ को देखा, जिस दिन कि उसे फाँसी की सजा हुई थी। चौबीस वर्ष का नौजवान। मूँछें थोड़ी-थोड़ी निकली हुई। कद खूब लम्बा-चौड़ा और बलिष्ठ। उस वक्त उसका चेहरा गम्भीर जरूर था, लेकिन उस पर भय का चिह्न नहीं था। उसने पहले की तरह मुस्कराते हुए देवराज को सलाम किया और संवेदना प्रकट करने पर कहा, "मौत के लिए मुझे अफसोस नहीं। दुनिया के हर पहलू से जुल्म और बेईमानी का जिस तरह राज्य है, उससे दम घुटता है। अफसोस है कि मुझे आपके जैसे काम में जान देने की खुशकिस्मती नसीब न हुई।"

देवराज और उसके साथियों को बहादुर शेर खाँ की अन्तिम सूरत जिन्दगी-भर भूलनेवाली नहीं थी। वे जानते थे कि उसने व्यक्तिगत स्वार्थ के लिए यह अपराध नहीं किया। बीच में शेर खाँ की अपील होती रही और कभी-कभी वह देवराज से मिलने की ख्वाहिश जाहिर करता था। सिपाही भी जेलर के अत्याचार को जानते थे और साथ ही वे शेर खाँ की बहादुरी के कायल थे। उसकी शकल-सूरत और बातचीत को देखकर किसी को अनुमान भी नहीं हो सकता था कि फाँसी की रस्सी उसकी गर्दन के लिए इन्तिजार कर रही है। आसपास में देखकर पहरेवाला सिपाही देवराज को शेर खाँ के नजदीक जाने देता था। हाँ, वह यह विनती जरूर करता था, "बाबू, जल्दी कीजिएगा; जेलर देख लेगा तो मेरी नौकरी चली जाएगी।"

शेर खाँ देवराज से देश की आजादी के लिए कुर्बानी होनेवाले शहीदों के बारे में पूछता और उसे बहुत चाव से सुनता था।

आखिर एक दिन वह सुबह आई, जबकि कैदियों के ताले वक्त पर नहीं खुले और शेर खाँ तथा हरीकृष्ण फाँसी पर झुला दिये गए।

सत्याग्रही

स्वतंत्रता के लिए साल-भर की मियाद देकर लाहौर कांग्रेस (दिसम्बर 1929) ने पूर्ण स्वाधीनता का प्रस्ताव पास कर दिया। गांधी जी अब की बार सत्याग्रह के बारे में बड़ा कड़ा रूख ले रहे थे। कानून-भंग किस रूप में किया जाए, इसके बारे में कई कल्पनाएँ दौड़ रही थीं। पहले-पहल जब नमक-कानून को तोड़ने की खबर मिली तो देवराज के साथी भी देश के कितने ही और लोगों की तरह इसकी बुरी तौर से आलोचना करते थे। मुकुन्द ने कुछ जोश में आकर कहा, "क्या बच्चों की-सी बात है! नमक बनाया जाएगा! इसका क्या असर अंग्रेजों पर होगा? लोगों को नमक खाना ही होगा और व्यापार के योग्य नमक बनाया नहीं जा सकता।"

विनोद ने उसकी 'हाँ' में 'हाँ' मिलाते हुए कहा, "पहले गांधी जी चर्खा लेकर चले थे स्वराज्य लेने और अब यह नमक! राजनीतिज्ञता की हद्द हो गई!"

देवराज ने नौजवानों के जोश की दाद देते हुए संजीदगी के साथ कहा, "चर्खा और नमक छोटी चीजें हैं, इसमें शक नहीं, लेकिन दोनों को मिलाना नहीं चाहिए। चर्खा रचनात्मक कार्य है, उसमें सन्देह हो सकता है कि वह मिल के कपड़ों का स्थान ले सकता है या नहीं; लेकिन नमक-सत्याग्रह ध्वंसात्मक कार्य है। हम किसी सरकारी कानून को तोड़ना चाहते हैं, और यह हमें उसके लिए अवसर देता है। हमें उसी दृष्टि से इसे देखना चाहिए।"

देवराज के साथी इससे सहमत हुए कि कानून तोड़ना किसी एक ही बात से शुरू होगा, इसलिए वे गांधी जी से अधिक नाराज नहीं हुए। जून (1930) में देवराज को जेल से छूटना था। उसके साथ चार और साथी छूटनेवाले थे। उन्होंने जेल में ही तय कर लिया था, कि सत्याग्रह में भाग लेंगे। यद्यपि सत्याग्रह छिड़े चार महीने हो गए थे और सरकार अपनी पूरी शक्ति से उसका दमन कर रही थी। लेकिन देवराज ने देखा, जनता का उत्साह मन्द नहीं पड़ रहा है। जुर्माने की सजा में घर की चीजों को उठते देखकर बाल-बच्चों का खयाल कर लोगों को कुछ दुख जरूर होता था, लेकिन जेल का डर तो उनके दिल से बिलकुल निकल गया था। अमन सभावाले खूब दौड़-धूप कर रहे थे। चौकीदारों, दफादारों को जमा करके वे अंग्रेजी राज्य

की बरकत और देश में अमन-चैन पर व्याख्यान झाड़ते थे। उनको पूरा विश्वास था कि जिस प्रकार पिछला असहयोग आन्दोलन असफल रहा, यह सत्याग्रह उससे भी बुरी तरह असफल रहेगा।

देवराज को गाँव घूमते हुए यह देखकर बड़ी प्रसन्नता हुई कि साल-भर में स्वराज्य पाने की लालच में गांधी बाबा के बड़े-बड़े दैवी चमत्कारों के अभाव में भी लोग 1921 से भी अधिक उत्साह से आन्दोलन में भाग ले रहे हैं। पिछले आन्दोलन में कचहरी और पढ़ाई छोड़नेवाले लोग अब अपने को अधिक अनुभवी और चतुर समझ रहे थे, इसलिए सत्याग्रह में भाग लेना उनकी दृष्टि में बेवकूफी थी। अमन-सभा के सरगर्म मेम्बर केशव सिंह वकील का कहना था :

"मैंने वकालत के अन्तिम इम्तिहान को चार महीने रहते लॉ कॉलेज में छोड़ा था। 1921 के आन्दोलन में मैंने जिले का कोई गाँव नहीं छोड़ा। गांधी जी ने साल-भर में स्वराज्य कहकर लोगों को धोखा दिया। हँड़िया की जाँच एक ही बार होती है। उन्होंने लाखों तरुण विद्यार्थियों का जीवन खराब कर दिया, हजारों की अच्छी नौकरी छुड़वाकर दर-दर का भिखारी बनवाया और अब चले हैं नमक से स्वराज्य लेने! मुझे ताज्जुब होता है कि इन नौजवानों और गँवारों की अकल पर। गँवार तो गँवार ही हैं। क्या इन शिक्षित नौजवानों के हिये की फूट गई है? खैर, सबक तो आखिर में मिलेगा ही, लेकिन, 'तब पछताए होत का जब चिड़िया चुग गई खेत'।"

वकालतखाने में दमन के कारण सहमे हुए वकीलों के बीच बाबू केशव सिंह अक्सर अपनी लम्बी तकरीर किया करते। जिला अमन-सभा के सेक्रेटरी और कलक्टर साहेब के कृपापात्र, साथ ही किसी के खिलाफ भी खुफिया का काम करने के लिए तैयार बाबू केशव सिंह की उटपटाँग बातों का जवाब देने की किसी को हिम्मत नहीं होती थी। लेकिन उनकी नीचता पर लोग घृणा जरूर करते थे। केशव सिंह देवराज की पहली जेल-यात्रा के साथी थे। एक दिन वकालतखाने में दोनों का सामना हो गया। सभी वकील चाहते थे कि आज केशव सिंह को खूब जवाब दिलाया जाए। देवराज केशव सिंह और दूसरे परिचितों को प्रणाम और सलाम करके एक कुर्सी पर बैठ गया। सामने मेज की दूसरी तरफ केशव सिंह बैठे थे। जल्द ही लम्बी मेज चारों तरफ दुहरी कुर्सियों से भर गई। केशव सिंह देवराज की प्रतिभा के कायल थे, लेकिन उन्हें तो दिखलाना था कि मैं बड़ा राजभक्त हूँ। उन्होंने स्वयं बात शुरू की :

"भाई देवराज; मैं तुम्हें बड़ा दूरदर्शी और चतुर आदमी मानता हूँ। जब पागलपन में आकर हम लोग चर्खे से स्वराज्य लेने की बकवास लगाया करते, तब भी तुम उसका मजाक उड़ाते थे। कहते थे—हम हवाई जहाज के युग से छकड़ों के युग में नहीं लौट सकते। 31 दिसम्बर (1921) को जब लोग स्वराज की सरकार द्वारा जेल का फाटक खुलने का स्वप्न देख रहे थे, तब मुझे याद है, तुम उनकी बुद्धि

पर तरस खा रहे थे। मुझे उम्मीद है, तुम्हारे जैसा व्यक्ति चर्खा से स्वराज की तरह इस 'नमक से स्वराज' के मूर्खतापूर्ण आन्दोलन पसन्द न करेगा।"

"आपकी प्रशंसा के लिए मैं अपने को आभारी मानता हूँ। चर्खे से स्वराज पर सचमुच ही मुझे विश्वास न था। लेकिन, हम अंग्रेज माल के बहिष्कार की राजनीतिक हथियार समझते हैं। वस्तुत: हिन्दुस्तान पर अंग्रेजी बनियों का राज है। बनिये की पाकेट पर जब हाथ डाला जाता, तब तक वह होश में नहीं आता। उसका सबसे कोमल और कमजोर अंग जेब है। नमक से स्वराज मैं नहीं मानता, लेकिन कानून तोड़कर ही हम ब्रिटिश सरकार को चुनौती दे सकते हैं।..."

"तो मालूम हो गया, आप भी ठीक से वस्तुस्थिति की परख नहीं कर सकते।"

"आपकी तरह की दिव्यदृष्टि मुझे कहाँ? असहयोग के त्याग और जेल के बाद आप समझ सके हैं, कि ब्रिटिश सरकार हमारे हित के लिए है, और आज अमन-सभाओं द्वारा आप भारत में अमन-चैन कायम करना चाहते हैं।"

"आप अमन के तो विरोधी नहीं होंगे!"

"नहीं जनाब!" मैं भारत में अमन का सख्त विरोधी हूँ। मर्दों के लिए अमन की जरूरत है। जिन्दों के लिए तो अमन मौत से भी बदतर है। भला, यह तो बताइए, अंग्रेजों के कौन-से गुण प्रकट हो गए, जिनसे कि आज आप अमन-सभा के झंडाबरदार बन गए?"

"आज ब्रिटिश शासन में आदमी का मूल्य जो है, क्या वह कभी अपने शासन में भी हिन्दुस्तान में था? मैंने थोड़ा-बहुत भारत के इतिहास को पढ़ा है, और मैं कह सकता हूँ, कि उस वक्त आदमी की कीमत रत्ती-भर भी नहीं थी।"

"मैं भी कह सकता हूँ, कि इस वक्त, सन 1930 में हमारी कीमत रत्ती-भर नहीं है। आप कभी दक्षिण अफ्रीका गए? आपने कनाडा देखा? आपको दूसरे स्वतंत्र देशों में जाने का अनुभव है? यदि जाने का अनुभव होता, तो आपको मालूम होता कि इस वक्त भी बड़े-से-बड़े हिन्दुस्तानी की कीमत दुनिया के बाजार में रत्ती-भर नहीं है। इतिहास की बात छोड़िए। जिस वक्त के इतिहास के बारे में आप कह रहे हैं, उस वक्त इंग्लैंड में भी आदमी की वही कीमत थी।"

"लेकिन, क्या आप स्वीकार नहीं करते, कि अंग्रेजों ने शिक्षा, सभ्यता और न्याय के प्रसार में भारत में वह काम किया है, जिसे किसी भी शासक-जाति ने अपने आधीन जाति के साथ नहीं किया?"

"मैं जानता हूँ अंग्रेज बहुत ही चतुर और दूरदर्शी शासक हैं। अगर उन्होंने दूरदर्शिता से काम न लिया होता, तो उनकी दशा स्पेन और पुर्तगाल जैसी हुई होती। अंग्रेज धन-सम्पत्ति दुहने में सबसे बढ़कर हैं। बड़े-बड़े अत्याचारी शासक भी देश का खून चूसकर उसे उतना गरीब नहीं बना सके जितना कि अंग्रेज। वे छूरी से कलेजा चीरकर या तलवार से गर्दन काटकर खून नहीं निकालना चाहते, उनका

तरीका बहुत सूक्ष्म है। वह जोंक की तरह हमारा खून इस तरह चूसते हैं, कि खून भी पूरा निकल आए और हम जीते रहकर हमेशा दुधार गाय बने रहें।"

"इसमें अंग्रेजों का क्या दोष है? तुममें अपने ऊपर शासन करने की काबिलियत होती तो अंग्रेज क्यों आते?"

"काबिलियत से हमने हमेशा के लिए इस्तीफा नहीं दे दिया है; और जितना आप समझ रहे हैं, हम उतने नाकाबिल भी नहीं हैं। इसे हम नहीं कहते, आप दूसरे देशों की समपत्ति इसके पक्ष में पाएँगे।"

"यह तो राष्ट्रीय अहंकार है।"

"लेकिन, बुरी चीज नहीं है। वह बुरा तब होता, जबकि दूसरों को नीच साबित करने के लिए हम अपनी तारीफ करते। हम जानते हैं, कि इन्हीं गुणों की कमी के कारण हमने अपनी स्वतंत्रता खोई, लेकिन वे गुण और स्वतंत्रता हमेशा के लिए हमारे हाथ से चले नहीं गए हैं।"

"स्वतंत्रता ही में कौन सुर्खाब का पर लगा हुआ है?"

"यदि एम.ए. तक अंग्रेजी साहित्य पढ़कर आप इसी नतीजे पर पहुँचे हैं, तो आपके लिए मुझे बहुत अफसोस है।..."

"नहीं, मेरा मतलब था यूरोप के स्वतंत्र देशों की पिछली लड़ाई में क्या गति हुई? आज कैसर का जर्मनी किस अवस्था में पहुँच गया है। कितने अपार धन और जन की हानि उसे उठानी पड़ी है?"

"यह तो यही सिद्ध करता है कि स्वतंत्रता की कीमत कितनी अदा करनी होती है। मुझे अफसोस है कि आज आप स्वतंत्रता के महत्त्व को स्वीकार नहीं करना चाहते। आप यदि ठिगने जापानी को यूरोप के शहरों में सिर ऊँचा करके घूमते और लोगों को अदब से झुकते देखते, तब आपको मालूम होता कि स्वतंत्रता क्या चीज है।"

"खैर, मैं अपनी अल्पज्ञता को स्वीकार करता हूँ, लेकिन, हिन्दुस्तान में हिन्दू-मुसलमान और उनके भीतर भी हजारों जात-पाँत! क्या उनके रहते हमारी राष्ट्रीय एकता सम्भव है?"

"आप बिलकुल उचित कह रहे हैं और किसी राष्ट्रीय नेता से बाबू केशव सिंह के लिए मेरे दिल में कम सम्मान नहीं हो, यदि वे अमन-सभा की जगह धर्मों और जात-पाँत पर कुल्हाड़ा चलाने में अपना समय लगावें।"

"कुल्हाड़ा चलाने की जरूरत नहीं। मैं समझता हूँ, हमारे देश की यह एक विशेषता है। धर्म भारत का प्राण रहा है। भारत में साधु-फकीरों का जितना सम्मान रहा है, उतना राजनीतिक अगुओं का नहीं। मैं समझता हूँ भारत अपनी विशेषता को किसी भी मूल्य पर देने को तैयार न होगा।"

"केशव बाबू, आप अपने को भारतीय इतिहास का विद्यार्थी कहते हैं, और तब

भी यह कहते हैं कि भारत हमेशा धर्मप्राण रहा है, क्या यह परस्पर-विरोधी नहीं हैं? धर्मप्राणता की नाप क्या है? आपके अवतार रामचन्द्र तक छिपकर शत्रु को मारने, धर्माचरण के लिए शूद्र का वध करने और निराश्रित गर्भवती स्त्री को झूठे इल्जाम पर जंगल में छोड़ देने में आनाकानी नहीं करते। अपराधियों को जिस प्रकार के भयंकर दंड दिये जाते थे, खासकर प्राणदंड पानेवालों की जीते-जी खाल खींचना, देह-भर में बत्ती जलाना, लाल चिमटों से बोटी-बोटी मांस नुचवाना आदि-आदि दंड तो जरूर उनकी धर्मप्राणता के द्योतक हैं। और, आज हमने धर्म ही के नाम पर तो करोड़ों को अछूत बना रक्खे हैं, जिनके साथ हमारा बर्ताव पशु से भी बुरा है। पाँच-पाँच बरस की लड़की का ब्याह भी धर्मप्राणता है। दस वर्ष की अबोध विधवा को आजीवन ब्रह्मचर्य पालन के लिए मजबूर करना और पचपन बरस के बूढ़े को, स्त्री के जिन्दा रहते, विवाह करने की अनुमति भी तो धर्मप्राणता है। यह भी तो बतलाएँ कि यह धर्मप्राणता सारे तैंतीस करोड़ भारतीयों के खमीर की चीज है, या कुछ गिने-चुने लोगों के बखरे में पड़ी है?"

"सारे भारतीयों के।"

"हिन्दू-मुसलमान, ईसाई, छूत-अछूत सभी में? अच्छा, सब की धर्मप्राणता परस्पर विरोधी है या एक जैसी?"

"परस्पर विरोधी नहीं एक-सी है। विरोधी तो न समझने के कारण कारण है।"

"किसके न समझने के कारण?—अल्लाह और भगवान के न समझने के कारण, ऋषि और पैगम्बर के न समझने के कारण या जाहिलों और अनपढ़ों के न समझने के कारण?"

"जाहिलों और अनपढ़ों के न समझने के कारण।"

गोकशी और गोरक्षा क्या जाहिल अपने मन से करते हैं? क्या उसके लिए अल्लाह और भगवान, ऋषियों और पैगम्बरों की पोथियों का हवाला नहीं दिया जाता? जाहिल और अनपढ़ बेचारे तो हथियार मात्र हैं, सारा जाल तो हम-आप जैसे पठित, चतुर रचते हैं। भारतीय इतिहास के विद्यार्थी होने के नाते आप इसे तो मानते होंगे कि आज से साठ ही बासठ पीढ़ी पहले हमारे पूर्वज—पक्के धर्मात्मा हिन्दू—ब्राह्मण, क्षत्रिय वैश्य, शूद्र—गोमांस को वैसे ही खाते थे, जैसे आज हम साग और दाल को। लेकिन, गोरक्षा के लिए मरनेवालों के सामने आप यह बात कहकर उन्हें अपने इरादे से मना कर सकते हैं?"

यह भी जाहिलों और अनपढ़ों की बेसमझी है। मैं मानता हूँ कि हमारे पूर्वज गोमांस से कोई परहेज नहीं रखते थे, लेकिन, आज के जाहिल हमारी बात सुनने को तैयार हों तब न?"

"माफ कीजिए, वह आपको इस बात को उससे भी ज्यादा सुनने के लिए तैयार होंगे, जितनी कि चौकीदारों और दफादारों की सभा आपके अमन-सभावाले व्याख्यान

को सुनते हैं। लेकिन, जाहिलों और अनपढ़ों को तो हमेशा हम लोग अन्धकार में रखना चाहते हैं और यही भारत की धर्मप्राणता है। झूठ, पाखंड, प्रवंचना को आपने धर्मप्राणता का नाम दे रक्खा है।"

"अच्छा, इसको चाहे आप न मानें; लेकिन, क्या हमारे पास वह बल है, जिससे हम स्वतंत्र हो सकें!"

"मेरी समझ में साइंस का बल सबसे जबर्दस्त बल है। यह विज्ञान का युग है। जो विज्ञान का अनन्य शरण लेना चाहता है, वह अधिक दिन तक परतंत्र नहीं रह सकता। आप खयाल करते होंगे, हम निहत्थे हैं और युद्ध में वही जीतता है, जिसका लोहा सबसे ज्यादा मजबूत होता है। लेकिन, आपको खयाल रखना चाहिए कि कभी-कभी दो मूजियों में खटपट होने पर अपने बचने का मौका भी मिल जाता है। हाँ, ऐसे मौके से फायदा उठाने के लिए बड़ी जबर्दस्त व्यावहारिक बुद्धि की आवश्यकता है। राजनीतिक तौर से हम आगे बढ़ रहे हैं, इसमें भी क्या आपको सन्देह है?"

"लेकिन, इस तरह के बढ़ने के लिए इतना सत्याग्रह और असहयोग करने की क्या जरूरत है? इसे तो अंग्रेज खुद स्वीकार कर चुके हैं—हम अपने को जितना ही अधिक योग्य साबित करते जाएँगे, हमें और अधिकार मिलते जाएँगे।"

"अमन-सभा का सेक्रेटरी यह छोड़ दूसरा कह ही क्या सकता है? आप अच्छी तरह जानते हैं, अंग्रेज जो कुछ देते हैं, वह भय के कारण। वह भय हमारा भी है और अन्तरराष्ट्रीय परिस्थिति का भी।..."

केशव सिंह को इजलास में हाजिर होना था इस प्रकार बहस यहीं खतम हो गई।

देवराज ने जिले में आन्दोलन को फिर से उज्जीवित किया। सैकड़ों आदमी जेल ले गए थे। हजारों पर लाठी बरसी थी। बहुतों की खाने-पीने की चीज नष्ट हो गई थी। अदालतें धडाधड़ जुर्माना कर रही थीं। लोग परेशान थे। जुर्माने और घर की बर्बादी की मार के कारण देवराज ने एक थाने के कार्यकर्ताओं को दूसरे थाने में भेजा। लोगों ने वल्दियत सकूनत लिखाना छोड़ दिया। इस प्रकार जुर्माना वसूल करना असम्भव हो गया। उन्होंने अपने जिले में इतना अच्छा राष्ट्रीय डाक का प्रबन्ध किया कि आन्दोलन-सम्बन्धी पत्र-व्यवहार बड़ी अच्छी तरह होने लगा। देवराज ने खुली तौर से व्याख्यान नहीं दिया, उसका काम था भीतर से सब कामों का संगठन करना; लेकिन पुलिस उससे सुपरिचित थी और अमन-सभा के सेक्रेटरी की उस पर खास कृपा थी। उसे भी फँसाया गया और अक्टूबर में डेढ़ साल की सजा हुई।

गिरफ्तारी से दो दिन पहले उसे जेनी का यह पत्र मिला था—

"... ...

लन्दन, 28 सित. 1930 ई.

"डेवी, मेरे अपने,

...इंग्लैंड के मजदूर दल से न हमें कोई आशा थी, न उसके कामों को देखकर हतोत्साहित होना पड़ा। मजदूर दल का नेतृत्व है, निम्न-मध्यमवर्ग के बुद्धिजीवियों के हाथ में। ये अपनी श्रेणी के अपनत्व को छोड़ना नहीं चाहते। और तरह से उपेक्षित ये शिक्षित लोग मजदूरों की सहानुभूति प्राप्त कर आगे बढ़ने का मौका पाते हैं। वह भी अपनी वैयक्तिक महत्त्वाकांक्षा को पूरा करने के लिए, किसी उच्च आदर्श के लिए आत्म-त्याग करने के लिए नहीं। दो-एक अपवाद भले ही हो सकते हैं; लेकिन आम तौर से इंग्लैंड के सभी मजदूर नेताओं का वही हाल है। ये डरपोक, आरामपसन्द, अदूरदर्शी, वैयक्तिक महत्त्वाकांक्षी अपने ही देश के मजदूरों के लिए कुछ करने में डरते हैं; फिर भारत जैसे परतंत्र देशों के मजदूरों और किसानों के लिए क्या करेंगे? तुम्हारा कहना ठीक है—इंग्लैंड का मजदूर दल भारत के लिए वैसा ही साम्राज्यवादी है, जैसे कि वहाँ के दूसरे दल। मजदूर सरकार भी भारत के राष्ट्रीय आन्दोलन को किस तरह कुचलने का यत्न कर रही है, यह इसका प्रत्यक्ष प्रमाण है। मैं कभी-कभी सोचने लगती हूँ कि क्या इंग्लैंड की अस्सी फीसदी जनता के भाग्य में हमेशा के लिए थैलीवाली की गुलामी और दरिद्रता का जीवन ही बदा है। स्कूलों और कॉलेजों में तरुण बड़ी गर्म-गर्म बातें करते हैं, लेकिन वहाँ से निकलते ही उपनिवेशों या भारत में जहाँ कोई काम या नौकरी मिली कि उन पर हजारों घड़े पानी पड़ जाते हैं। हमारे देश के अत्यधिक बनियापन ने हममें सुनहले स्वप्नों को देखने और उनके कुर्बानी करने का मादा ही नहीं रहने दिया है...।

...डेवी का दसवाँ साल चल रहा है। फोटो भेज रही हूँ। बालचारी में उसका बहुत मन लगता है। कहता है, मुझे सैनिक बनना है। पढ़ने-लिखने में तो उसे क्लास में प्रथम होना ही चाहिए, जबकि देवराज और प्रोफेसर ब्राउन के खून उसकी रंगों में बह रहे हैं...।

... ...स्नेह के साथ।

तुम्हारी

जेनी"

गांधी-इर्विन समझौते के अनुसार सत्याग्रह स्थगित हुआ। कैदी छोड़ दिये गए और देवराज को भी फरवरी (1931) में जेल से बाहर आने का मौका मिला। पिछले सत्याग्रह में जमींदारों ने जितना खुलकर अंग्रेजों की सहायता की थी, उससे राष्ट्रकर्मियों

की आँखें खुल गई थीं और एक तरह से मालूम होता था कि देशभक्ति और देशद्रोह धनिक—खासकर जमींदार और निर्धन श्रेणियों में बाँट दिये गए हैं।

इर्विन की मीठी-मीठी बातों और धर्मानुराग को देखकर गांधी जी ने समझा कि इंग्लैंड का हृदय परिवर्तित हो गया। शायद उनके ऐसा समझने में विलायत की मजदूर-सरकार का खयाल काम कर रहा था; लेकिन इसका पता तो तभी लग पाया, जबकि गांधी जी की हजार मिन्नतों के बाद भी भगत सिंह के लिए प्राण-भिक्षा मंजूर न हुई।

राउंड टेबुल कान्फ्रेंस की भूल-भुलइयों में अधिकांश लोग फँसे हुए थे, लेकिन देवराज जैसे लोग आशा पर चुपचाप बैठनेवाले न थे। उन्होंने समाजवाद के प्रचार तथा किसान आन्दोलन का सूत्रपात किया। उसके साथियों में से कितने कह रहे थे—आप इसे समय से पहले कर रहे हैं।

सत्याग्रह दुबारा आरम्भ हुआ, और फरवरी 1932 में देवराज फिर साल-भर के लिए जेल भेज दिया गया।

कोयले की खान

"कहो भैया, कहाँ जाते हो?"

"झरिया जाते हैं भैया!"

"कोयला-खान में?"

"और भैया, हम लोगों को कहाँ काम मिलेगा? चमार के घर में जनम हुआ। गाँव में रहो, तो बाबू-भैया की हजार गाली सुनते रहो, और पेट पर पत्थर बाँधकर हल, कुदाल चलाओ। मँडुआ का आटा भी पेट-भर बाल-बच्चों को मिलता, तो भी किसी तरह सबर करते।"

"हाँ ठीक कहते हो भैया। कौन जिला घर है?"

"गोरखपुर। और तुम्हारा घर कहाँ है भैया?"

"पड़ोस ही में छपरा जिला।"

"छपरा जिला में कहाँ?"

"हथुआ के पास बथुआ। और तुम्हारा भैया?"

"तर्कुलहवा। जानते हों? कौन बिरादर हो भैया?"

"रैदास भगत।"

"तब तो जातै भाई हैं। हम जैसवार हैं।"

"हम भी जैसवार ही हैं। मँगरू नाम है।"

"मेरा नाम रामलाल है। देख रहे हो न दुख के मारे पाँचों प्रानी जा रहे हैं। घर में बुढ़िया माँ और दो छोटे-छोटे बच्चे छोड़ आए हैं।"

गया स्टेशन से रेल पर सवार होते ही मँगरू और रामलाल की बात शुरू हुई, और धीरे-धीरे उनकी घनिष्ठता इतनी बढ़ गई, कि मालूम होता था दोनों भाई-भाई हैं। मँगरू का बदन लम्बा-चौड़ा, रंग गोरा, चेहरा प्रभावशाली, शरीर पर मैली-कुचैली सड़ी हुई बंडी, उसी तरह की पुरानी घुटने तक की धोती, सिर पर दो गज का 50 जगह फटा अँगोछा, दाहिनी बाँह पर सालों मैलखाते सूत में बँधी ताँबे की ताबीज थी। पोटली में एक हुक्का, लोटा तथा कुछ और पुराने लत्ते बँधे थे।

रामलाल की वेश-भूषा देखकर मँगरू बूढ़ा आदमी मालूम होता था। रामलाल के साथ उसकी स्त्री सिमरिखिया, 18 वर्ष की लड़की मुंगिया, लड़का चेतू, उसकी स्त्री बिदनी—पाँच व्यक्ति थे। बिदनी को छोड़कर बाकी सभी का रंग साँवला था। रामलाल ने फिर बातचीत शुरू करते हुए कहा :

"मँगरू भैया, कितने बरिस के भए?"

"एक कम दो बीस। और तुम भैया?"

"दो बीस पर पाँच। तब तो हम 6 बरस बड़े हैं।"

"पालगी रामलाल भैया!"

"झरिया तो कभी नहीं गए रामलाल भैया! कोयला की खान में भी काम नहीं किया। लेकिन जानते हो, हमारी जात के लिए काम ही कहाँ मिलता है? सईसी करो, कोचवानी करो या कोयला की बोझाई करो। कलकत्ता में 'मोटिया' का काम भी तो मिलना मुश्किल है। पता लग गया, कि चमार है, बस सौ गाली—हमारा नारियल छू गया, हमारा आटा छू गया...।"

"सच कहते हो मँगरू" रामलाल ने मँगरू को और भी नजदीक से सम्बोधित करते हुए कहा, "लेकिन क्या करना है, भगवान की यही मर्जी। यदि चाहते तो हम लोगों को भी न किसी बड़ी जात में पैदा करते। चेतू बेटा, चिलम चढ़ाओ न, देखते क्या हो। जात-भाई से मुलाकात बड़े भाग से होती है।"

"टिकिया सुलगा रहा हूँ दादा!"

मँगरू की ओर मुँह करके रामलाल ने फिर बात शुरू की, "रोटी पानी हुआ है मँगरू? लजाने की बात नहीं, हम दोनों दो नहीं हैं।"

"नहीं रामलाल भैया, लजाने की बात नहीं। रोटी खाकर गया में गाड़ी पर चढ़ा।"

"शाम के वास्ते जौ की रोटी और नून-मिर्चा बँधा है। जब पहिले-ही-पहिल झरिया जाते हो, तो जान-पहिचान तो किसी से न होगी? लेकिन, मँगरू, हम तो तुम्हारे भाई हैं ही। 20 साल से बराबर हम झरिया में काम करते हैं। कलकत्ता में आराम की नौकरी कभी-कभी मिल जाती है, किन्तु पानी बहुत कच्चा है बाबू, झरिया का पानी पक्का है।" इसी समय चेतू ने चिलम जगाकर नारियल को बाप की ओर बढ़ाया। रामलाल ने मँगरू की ओर करते हुए कहा, "दो फूँक लगाओ, मँगरू।"

"नहीं भैया, यह क्या करते हो, पहिले बड़े का हक होता है न?"

रामलाल ने दो फूँक लगाकर मँगरू के हाथ में दिया। मँगरू ने दो बार फूँक लगाने की कोशिश तो की, किन्तु उसकी मुखाकृति से मालूम होता था, कि वह अपने ऊपर बलात्कार कर रहा है।

रामलाल के हाथ में नारियल रखते हुए मँगरू ने कहा, "अच्छा हुआ रामलाल भैया, जो तुमसे मुलाकात हुई। एक तो नई जगह, दूसरे बिना जान-पहचान की और उस पर से छोटी जात के हम आदमी। दो दिन टिकने के लिए भी जगह मिलना मुश्किल।"

"सो तो कोई बात नहीं, मँगरू। आरा, बलिया, गोरखपुर के अपने जात-भाई कोइलरी में बहुत हैं। हमारी जात वैसे सब तरह से गरीब है लेकिन भाई कहीं का हो, उसके लिए एक चिलम तमाकू और एक लोटा पानी तैयार जरूर मिलेगा। तुम चलो बाबू, हमारे ही साथ रोटी-पानी रखना। काम काहे नहीं मिलेगा। जहाँ बाबू और सरदार को दो-दो रुपया सुँघाया कि नौकरी मिली धरी है।"

"मजदूरी क्या है, रामलाल भैया?"

"मजदूरी बँधी नहीं है। जितना कोयला काटो, उसी के मुताबिक मजदूरी। हम और चेतू तो तुमसे कमजोर ही हैं, लेकिन, दिन में सात-आठ गंडा बना लेते हैं।"

मँगरू और रामलाल में बहुत देर तक बात होती रही। विषय था कोयले की खान का काम और खनिकों का जीवन। शाम के वक्त रामलाल ने रोटी की पोटली खोली। सिमरिखिया ने नून और मिर्च ला रक्खा। मँगरू ने भी अपनी पोटली में से कड़वे तेल की शीशी निकालते हुए कहा, "रोटी-ओटी तो हमारी खतम हो गई रामलाल भैया, सत्तू और यह कड़ुवा तेल है।"

"रात को सत्तू क्या खाओगे मँगरू? हाँ, तेल बहुत अच्छा है। जौ की रोटी, नून-मिरिच और ऊपर से कड़वा तेल पड़ जाए तो उसके सामने छप्पनी परकार झूठा।"

रोटियाँ मोटे आटे की डेढ़-डेढ़ पाव की थीं। रामलाल ने डेढ़-डेढ़ हर एक को रोटी बाँटी। मँगरू ने भी बड़े चाव से अपना हिस्सा खतम किया; लेकिन रामलाल के आग्रह करने पर भी और रोटी न ली।

गाड़ी में यद्यपि बड़ी भीड़ थी, और वैसे होता तो रामलाल के परिवार को ही सभी यात्री दबाना चाहते; लेकिन बेंच पर सबसे पहिले ही बैठा था मँगरू। कपड़ा मैला रहने पर भी उसके मजबूत बदन को देखते ही किसी को छेड़-छाड़ करने की हिम्मत नहीं होती थी। गाड़ी एक-दो जगह बदली। दो घंटा दिन बाकी था, जबकि मँगरू और उसके साथी झरिया स्टेशन पर उतरे।

स्टेशन से निकलते ही रामलाल का एक परिचित 'चौधरी पालागी' करते आया। रामलाल को यह सुनकर बड़ी खुशी हुई कि उसका पहिलेवाला बासा खाली है। यह भी पता लगा कि इस वक्त कोयले का भाव चढ़ा है और मजदूरों की बड़ी माँग है। सभी लोगों ने अपनी-अपनी मोटरी सर पर रक्खी। जगह एक मील से ज्यादा दूर थी। बासा के नाम से किसी को भ्रम होने की जरूरत नहीं। दो से चार हाथ उँची दीवारें और टीन की छत, छै हाथ लम्बी, पाँच हाथ चौड़ी कोठरी और उतना ही आँगन—यही था रामलाल का बासा, जिसके लिए उन्हें दो रुपया महीना देना था। वहाँ ऐसी कोठरियों की कई पाँतियाँ थीं, जिनमें मजदूर लोग रहा करते थे। पानी के नल इतने कम लगाए गए थे, कि एक बाल्टी पानी के लिए घंटा-भर इन्तिजार करना पड़ता था। पाखाना की भी वही हालत थी। ऊपर से गन्दगी का कोई ठिकाना न था।

रामलाल की कोठरी के बगलवाली कोठरी खाली थी। मँगरू देख रहा था कि रामलाल एक ही कोठरी लेना चाहता है, और प्रश्न भी दो रुपये महीने और का था। उस एक कोठरी में छै आदमियों का रहना मँगरू की नजर में अच्छा नहीं जँचा। उसने कहा :

"भैया रामलाल, कोठरी खाली बराबर नहीं मिला करती। इस वक्त बगल की कोठरी खाली है, इसको मैं ले लेता हूँ; पीछे और कोई आदमी आ जाएगा तो साझे में कर लेंगे।"

"काहे वास्ते दो रुपया और खर्च करना? दिन में खान ही में रहना है। रात को बाहर भी सो सकते हैं। चैत के तो दिन हैं।"

"सो तो ठीक है। लेकिन, पानी-बूँदी होने पर तकलीफ होगी। फिर तीन-तीन औरतें हैं। आप चिन्ता मत करें; हफ्ता-दो हफ्ता में साथ रहनेवाले दूसरे भी मिल जाएँगे। तीन साथी और हो जाने पर आठ ही आना महीना तो पड़ेगा। लेकिन, भैया रामलाल, मेरा भी खाना सिमरिखा भौजी को ही बनाना होगा।"

सिमरिखिया ने अपने मुँह पर हँसी की रेखा अंकित करते हुए कहा, "हाँ, बबुआ मँगरू, भौजाई के रहते देवर को हाथ जलाने की जरूरत न होगी।"

मँगरू ने बगल की कोठरी ले ली।

आदमी पीछे दो-दो रुपया देना पड़ा और दूसरे ही दिन छहों आदमियों को काम मिल गया। उसी दिन 10 बजे चेतू और बिदनी को छोड़कर सभी लोग खान की ओर चले। चेतू और बिदनी को दो घंटा बाद आना था। आफिस के पासवाले गोदाम से तीन टोकरियाँ, दो बेलचे, चार सुम्हा और खान के भीतर जानेवाली एक-एक लालटेन लेकर लोग चन्दवक की तरफ चले। वह गोदाम से दूर न था। वहाँ लोगों की भीड़ लगी थी। हजार हाथ नीचे से पिंजरा ऊपर आता था। एक बार आठ से ज्यादा आदमी उसमें चढ़ नहीं सकते थे। आध घंटा इन्तिजार के बाद उन्हें मौका मिला। मुंगिया के लिए चन्दवक नई चीज थी। आदमी सामान सँभालकर पिंजरे में चढ़े हुए। 'तैयार' कहा। कल का पुर्जा घुमाया गया। फिर, वेग से पिंजरा नीचे की ओर गिरने लगा। मुंगिया घबरा गई। उसे मालूम हुआ, अब चूर-चूर होना चाहती है। ऊपर से घोर अन्धकार। उसने अपनी माँ को पकड़ लिया सिमरिखिया ने उसे ढारस बँधाते हुए कहा, "नहीं बेटी, डरने की कोई बात नहीं। पहले-पहल ऐसा ही हुआ करता है। पिंजरा लोहे के मजबूत रस्से से बँधा है।"

"बहुत डर लगता है माई, मालूम होता है कलेजा मुँह में आ रहा है..."

अभी माँ-बेटी की बात खतम भी न होने पाई थी कि गति मन्द होते-होते पिंजरा चन्दवक की पेंदी में जा लगा। बत्ती की रोशनी मन्द थी; लेकिन इतने मिनटों में अन्धकार में देखने का अभ्यास हो गया था; इसलिए आसपास की चीजों की रूप-रेखा वे देख सकते थे। पिंजरे को उतरने पर देखा—बगल में चौरस्ता है, जिससे

चारों ओर को गलियाँ गई हुई हैं। इन गलियों में लोहे की पतली लाइनों पर खुले मुँह की छोटी गाड़ियाँ चल रही हैं। छत से टप-टप बूँद चू रही है और गली के किनारे से कहीं-कहीं बहते हुए पानी की आवाज भी सुनाई दे रही है। सब की लालटेनें जल रही थीं। उनसे क्षीण; किन्तु पर्याप्त प्रकाश निकल रहा था।

रामलाल को मालूम था कि उन्हें किस जगह काम करना है। दाहिने कन्धे पर सुम्हा रक्खे, बाएँ हाथ में लालटेन लिये वह आगे-आगे चल रहा था। उसके बाद था मँगरू, फिर सिमरिखिया और मुंगिया। उस अँधेरे के भीतर वे बहुत देर तक चलते रहे। मुंगिया इन सैकड़ों अँधेरी और अधिकांश सुनसान गलियों को देखकर डर गई थी। उसे मालूम होता था कि वह पातालपुरी में भूतों के गाँव में घूम रही है। रह-रहकर बिना मुड़े तिरछी नजर से वह देख लेती थी कि कोई भूत तो पीछा नहीं कर रहा है। इतने पर भी उससे न रहा गया। उसने माँ का हाथ छूकर कहा :

"माई, डर लगता है, मुझे आगे चलने दे।"

"आ दुत तेरी की। यहाँ डर काहे का? अच्छा आगे चल। देख, आगे लाल बत्ती। कोयला गाड़ी आ रही है, बगल हो जा।"

सब लोग बगल हो गए। मुंगिया अब सिमरिखिया के आगे-आगे चल रही थी। 20 मिनट चलने पर रामलाल काम के स्थान पर पहुँचा। कोयले पर एक सुम्हा लगाकर मँगरू और मुंगिया को नया समझकर उसने समझाना शुरू किया :

"कोयला नरम है। सरदार को मैंने कह दिया था, कि यदि काम अच्छा मिलेगा तो आना-रुपया की जगह सवा आना देंगे। देखो कोयला खोदने का काम—सुम्हा से कोयला काटना। उसे टोकरी में लोककर थोड़ी दूर पर खड़ी गाड़ी में लादना; फिर खाली जगह की छत को थामने के लिए थूनी लगाना।"

मुंगिया को थूनी लगाना ठीक न जँचा। उसने कहा, "थूनी, जिनकी है, वे लगाते रहेंगे।"

रामलाल ने समझाते हुए कहा, "थूनी लगाना भी मजदूरी में शामिल है। देखती नहीं? हजार हाथ मोटी धरती ऊपर है, अवलम्ब न रहेगा तो हमी लोग दब मरेंगे।"

रामलाल ने मटमैले पत्थरों के बीच की काली तह को नापकर कहा, "तीन हाथ मोटी। बहुत अच्छा है। फुट-भर मोटी तह में आदमी थूनी लगाते मर जाता है। एक गाड़ी के लिए पाँच हाथ खोदो। सरदार हमारा पुराना दोस्त है। कुछ दे देने पर काम अच्छा कर देता है।"

रामलाल ने एक ओर से सुम्हा चलाना शुरू किया और उसी की देखादेखी मँगरू ने भी। गली आठ हाथ लम्बी थी, जिसमें बत्ती की रोशनी से कोयले की तह चमक रही थी। दस-पाँच हाथ के बाद मँगरू भी सधा हाथ चलाने लगा। उसे तेजी से सुम्हा चलाते देख रामलाल ने कहा, "इतनी जल्दी-जल्दी सुम्हा चलाओगे तो जल्दी ही थक जाओगे।"

"नहीं रामलाल भैया, मैं थकनेवाला नहीं हूँ।" पिछले जेल के अट्ठारह-अट्ठारह सेर गेहूँ पीसने के कारण घट्ठे पड़े हुए हाथों को दिखाते हुए, "देखते नहीं, कुदाल चलाते-चलाते हाथ पत्थर हो गए हैं।"

कोयले की धूल उड़-उड़कर मँगरू के मुँह पर पड़ रही थी और पसीने से भीगा मुँह, मालूम होता था, कोलतार से पुता हुआ है। काफी कोयला काट लेने पर मँगरू ने रामलाल से कहा, "मैं खोदता हूँ भैया, तुम भौजी और मुंगिया के सिर पर उठाकर देते जाओ।"

कोयले के बोझे जाने पर रामलाल ने फिर खोदना शुरू किया। दो घंटा बाद चेतू और बिदनी भी आ गए। साँझ तक सबने मिलकर आठ रुपये का कोयला चन्दवक के ऊपर भेजा। दस आना सरदार को दिया गया और सात रुपया छै आना में, रामलाल का कहना था, कि मँगरू का हिस्सा कुछ अधिक होना चाहिए। उसको डर था कि मँगरू कोयला डेवढ़ा से अधिक खोदता है, कहीं ऐसा न हो कि वह पीछे अपने लिए अलग स्थान पसन्द करे। लेकिन मँगरू ज्यादा लेने को तैयार न था। उसने कहा, "मजदूरी में छओ जने का हिस्सा बराबर है। आज की मजदूरी में उन्नीस आना ढाई पैसा हरेक का है। मैं थोड़ा अधिक कोयला काट देता हूँ तो क्या हुआ? आखिर, भौजी, बिदनी और मुंगिया को भी खाना बनाकर खिलाना है, चौका-बर्तन करना होता है।"

रामलाल ने कई बार कहा, लेकिन मँगरू ने उसकी एक भी न सुनी। साथ ही उसने यह भी कहा, "भोजन पर महीने में जो भी खरच आएगा, उसमें छै हिस्से में एक हिस्सा मेरा।"

घड़ी की चाल की तरह छओ जने समय पर चन्दवक के नीचे उतरते और समय पर ही ऊपर आते। सबेरे खाना खाकर दोपहर का खाना साथ ले जाते। मँगरू ने खोदने की और अच्छी व्यवस्था की। बिदनी मजबूत औरत थी। उसको थूनी लगाने का काम दिया गया। सिमरिखिया और मुंगिया गाड़ी पर कोयला लादती थीं। रामलाल के जिम्मे था बेल्चा से छेंटियों को भरते जाना। चेतू खाने-पीने की कमी के कारण कुछ कमजोर मालूम देता था; लेकिन दो ही महीने में वह मँगरू के बराबर कोयला काटने लगा। आदमी पीछे बीस आना रोज से कम का काम नहीं होता था। और कभी-कभी तो छओ जनों ने दस रुपया रोज भी कमाया था। रामलाल बहुत खुश था, क्योंकि आठ आने, दस आने से पहले उसने कभी कमाया नहीं था। वह कह रहा था, "अब की कोयले का भाव चला है, इसलिए मजदूरी का भाव भी बढ़ा दिया गया। टॉमी साहेब बड़ा अच्छा आदमी है। कहता है कि जब हमको नफा ज्यादा मिलता है, तो मजदूरों के पेट में भी उसमें से कुछ जाना चाहिए।"

मँगरू ने अपने भीतरी भावों को दबाने की कोशिश करते हुए कहा, "टॉमी साहेब अच्छा आदमी होगा रामलाल भैया, लेकिन रुपया-पैसा किसे प्यारा नहीं

लगता? हम लोगों को नरम कोयला मिल गया है, इसलिए बीस गंडा कमा लेते हैं। लेकिन हमारे ही पड़ोसी जोखू राम तो रो रहे हैं। उन्हें सात गंडा तक पहुँचना भी मुश्किल हो रहा है। कोयले में कम्पनी को डेवड़ा मुनाफा है और हम लोगों को पैसा-दो पैसा मन चटाया जा रहा।"

"ऐसा है मँगरू?"

"ऐसा ही है भैया, अहरन की चोरी करके सूई का दान देते हैं। साहेब हों, चाहे राजा हों, चाहे सेठ हों, सबका गाल पचक जाए यदि हम लोगों की कसाले की कमाई को लूटने का मौका न मिले।"

"हम लोग भी तो कमाल बाबू का बखान (व्याख्यान) सुनते हैं। क्या कहते हैं, कौन बोली में बोलते हैं...

चेतू ने सहारा देते हुए कहा, "अरे दादा, कमाल बाबू इतना पढ़ा-लिखा आदमी झरिया-भर में कोई नहीं है। नौकरी चाहते तो किसी जिले का कलट्टर (कलक्टर) होते, लेकिन, रात-दिन हमी मजदूरों का खयाल उनको रहता है।"

रामलाल ने बात जारी रखते हुए कहा, "कमाल बाबू बड़े भले आदमी हैं। इतने बड़े आदमी होकर भी छोटे बच्चे से भी बोलने के लिए तैयार रहते हैं। लेकिन, एक बात उनकी, मँगरू, मुझे समझ में नहीं आती—मुझे ही नहीं कोइलरी में कोई भी उस बात को पसन्द नहीं करता। तुम तो बराबर जहाँ कहीं बखान होता है, पहुँच जाते हो। कमाल बाबू काहे सब धरमों को झूठ और धोखा कहते हैं?"

मँगरू ने समझाते हुए कहा, "रामलाल भैया, तुमको कमाल बाबू की बात चाहे न समझ में आवे, लेकिन, वह बात कहते हैं, सच्ची। वैसे तो हिन्दू, मुसलमान, सभी धर्मों के गुरु, पुरोहित एक-दूसरे से उल्टी बातें करते हैं। एक का खाना, दूसरे के लिए हराम है। जो एक का पहनना, वह दूसरे के लिए हराम। गोकशी और गोरक्षा, बाजा और मसजिद, झंडा और ताजिया, लेकर कितना झगड़ा? लेकिन पंडित, मौलवी, दोनों से पूछो कि काहे रामलाल राम आठ-आठ घंटा सुम्हा चलाते हैं, और हमारे सैकड़ों भाई-बन्धु रात-दिन ढेला फोड़ते हैं, तब भी उनके लिए पेट-भर अन्न दुर्लभ, रहने के लिए सूअर की खोभार पर भी आफत, दूसरी तरफ टॉमी साहब, सेठ माजूमल या कुर्सियाँ के बाबू बिना मेहनत के ही लाखों और करोड़ों के मालिक हैं? उनके कुत्तों को जैसा खाना मिलता है, वह हमें मिले तो हम अपना भाग्य सराहें।..."

"लेकिन, मँगरू, उन लोगों ने पहले जनम में कमाया है न?"

"यही तो धरम का धोखा है। चोर चुराकर धन ले जाता है तब क्यों नहीं कहते हो कि वह उसकी पूरब जनम की कमाई है?"

"हमको तो यह समझना मुश्किल है, लेकिन कमाल बाबू पर हमारा पूरा विश्वास है। वह धर्म के खिलाफ भी कहते हैं तो हिन्दू-मुसलमान सबके खिलाफ। 'यह नहीं कि एक को खराब बतलाएँ और दूसरे को अच्छा।"

मँगरू ने गम्भीर मुख-मुद्रा धारण करते हुए कहा, "हूँ तो मैं भी रामलाल भैया, तुम्हारी ही तरह अपढ़-गँवार, लेकिन, कमाल बाबू और दूसरे नेता लोगों का बखान सुनकर सचमुच आँख खुल जाती है। तुम कहते हो अब बुढ़ापे में अच्छर पढ़कर क्या होगा, लेकिन, बुढ़ापे में भी पढ़ना पाप थोड़े ही है? चेतू और मैं दोनों कमाल बाबू की पाठशाला में रात को एक घंटा जाते हैं, और देख रहे हो, हम दोनों अब हनुमान चालीसा पढ़ लेते हैं। तुम भी पढ़ते तो महाबीर जी की पूजा-भर को तो पढ़ लेते।"

सिमरिखिया ने हँसते हुए कहा, "बूढ़ा तोता राम-राम!"

"भौजी, तुम और भैया भी अपने को बूढ़ी-बूढ़ा समझती हो। क्या तीस-पैंतालिस बरस में भी कोई बूढ़ा-बूढ़ी होता है!"

"तो मँगरू बबुआ, क्या जुआन मानने से जुआनी लौट आवेगी?"

"जुआनी कई कहाँ है भौजी?"

"नजर मत लगा देना।"

"देवर की नजर में हरज नहीं।"

"हरज क्यों नहीं, कहीं नेत बिगड़ जाए तब!"

रामलाल ने मुंगिया के लाए हुक्के को गुड़गुड़ाते हुए मुस्कराकर कहा, "अरे! देवर-भौजाई की नेत पर कौन शंका करता है। हनुमान चालीसा पढ़ने का मन तो करता है, मँगरू! हम लोगों को रात-बिरात रास्ता-कुरास्ता जाना पड़ता है। बारह बरस से हमारे हाथ में दोनों तबीजें बँधी हैं और एक दिन सिर भी नहीं दुखा। हमारे गुरु महाराज ने कह दिया है कि कहीं कुछ शंका हो तो तबीज तो मदद देगी, साथ ही महावीर जी का नाम ले लेना। महावीर जी के नाम पर मेरा बड़ा विश्वास है। एक दिन हम भोज खाने गए थे। बिरादरी का भोज था। चिखना-पियना का इन्तिजाम था। उस दिन दो चुक्कड़ बेसी हो गया था।..."

सिमरिखिया ने ताना मारते कहा, "उस दिन क्या, कब दो चुक्कड़ कम करते हो? जब कहीं भोज-भात हुआ कि तुम रात-भर हम लोगों को तंग कर डालते हो।"

"चुप रह...तुझको क्या मालूम? देवता की परसादी है कि? दो चुक्कड़ अधिक ही हो गया तो क्या हो गया?"

"हाँ, तुम्हारे लिए देवता की परसादी है, और घरवालों के लिए रात-भर की आफत।"

"फिर बकबक! औरत ही की बुद्धि है न? क्या समझेगी?"

"अच्छा, तुम्हीं कुछ समझो। लेकिन अब किसी दिन गिरते-पड़ते आए तो पूछूँगी।"

"जाने दो रामलाल भैया, भौजी की बात।"

"जाने क्या दें, तुमको न पीते देखकर तो और हमारे नाकों दम किये रहती है। कहती है मँगरू बबुआ तो नहीं पीते?..."

"तो क्या झूठ कहती हूँ? मँगरू बबुआ तुमसे कम हुसियार हैं? समूचे कोइलरी में जात-भाई की जहाँ भी मंडली बैठती है, उन्हीं की पूछ पहले होती है। देखते नहीं, कमाल बाबू उनको कितना मानते हैं?"

"तू भी तो बड़ा बखान देने लगी, लेकिन तेरे कहने से रामलाल देवता की परसादी छोड़ने को नहीं। 'मँगरू बबुआ', 'मँगरू बबुआ' जब देखो तब 'मँगरू बबुआ'। मँगरू बबुआ को खराब कौन कहता है और मँगरू बबुआ ने एक दिन भी क्या मुझको परसादी से मना किया? वह तो यही कहते हैं—रामलाल भैया, ज्यादा मत पिया करो। और इसकी तो मैं मानता ही हूँ।"

सिमरिखिया ने हाथ चमकाकर कहा, "खूब मानते हो! और कुछ कहवाओगे? जाती हूँ।"

"जा मर। मँगरू पर तेरा बड़ा प्रेम है तो कह कागज लिख दूँ, अब से तू मँगरू बहू बन जा।"

"देवर-भौजाई के लिए तुम्हारे कागज लिखने से क्या होता है। ठीक है न बबुआ?"

"और नहीं तो भौजी, देवर-भौजाई क्या दूसरे हैं?"

कमाल बाबू के व्याख्यान रंग लाए। बासे के कड़े किराये, पानी और पाखाना के कुप्रबन्ध, जरा-जरा-सी गलती पर झिड़क और नौकरी से अलग करना, सरदारों और बाबुओं की रिश्वतखोरी आदि-आदि के साथ मालिकों का ड्योढ़ा मुनाफा करके भी उसमें से मजदूरों को कुछ न देना—यह सारी बातें मजदूरों को खूब समझ में आ गई थीं। कमाल बाबू के नेतृत्व में उन्होंने अपना मजबूत संगठन किया। मँगरू उनका दाहिना हाथ था। कोइलरी में कोयला खोदनेवाले अधिकतर छोटी जात के लोग थे और मँगरू उनमें सबसे अधिक संख्यावाली चमार जात का चौधरी था। बाकी जातवाले भी उसको अपना मुखिया मानते थे। खान के मालिक समझ रहे थे कि मँगरू सबसे ज्यादा खतरनाक है; लेकिन, वे यह भी जानते थे कि मँगरू के निकालने पर कोई भी मजदूर चन्दवक के भीतर नहीं उतरेगा। उन्होंने रुपया-पैसा देकर बाहर से उस जाति के दो-एक मुखियों को बुलवा उनके भीतर फूट डालने की कोशिश की। जद्दूराम ने चमारों में और चुल्हाई मियाँ ने छोटी जाति के मुसलमानों में कहना शुरू किया, "बड़ी जातवाले यह सब झगड़ा फैला रहे हैं, कमाल बाबू हों चाहे बटुक महाराज। तनख्वाह बढ़ेगी तो जुमई-जोखू की नहीं बढ़ेगी, सब बड़ी जातवाले ले लेंगे। यदि मालिक ने निकाल दिया, तो हम किसी काम के न रहेंगे। दाना-दाना के लिए भूखा रहकर तो घर से भाग यहाँ आए हैं। गाँव में जानते ही हो, चारपाई पर बैठने की तो बात ही क्या, जूता पहनना भी भारी कसूर समझा जाता है। वहाँ ये लोग जैसी नेकी हमारे साथ करते हैं, सबको मालूम है। इनकी बातों में

मत पड़ो। टॉमी साहब ऐसा मालिक मिलना मुश्किल है। सब शिकायतें गढ़ी हुई हैं। साहब पानी-पाखाने का इन्तिजाम कर रहे हैं। वह तो कहते हैं, मालिक और मजदूर के भीतर तीसरे के दखल देने की क्या जरूरत—घर फूटा, गँवार लुटा।"

लेकिन, इन बातों का मजदूरों पर असर नहीं हुआ। उस वक्त कमाल बाबू और बटुक महाराज से भी ज्यादा मँगरू की बात का असर होता था। वह कहता था, "भाइयो इन भाड़े के टट्टुओं की बात मत मानो। कोयला कम्पनी को ड्योढ़ा नफा हो रहा है, यह बात सच है। क्या इस नफे में हमारा हक नहीं है? यह नफा हमारे जाँगर की कमाई है, इसलिए उस पर सोलहो आने हक हमारा है। आज तक काहे नहीं टॉमी साहब ने किराया घटाया और पानी-पाखाने का इन्तिजाम किया? आज जब हम लोग एक हो गए हैं, तब टॉमी साहब यह कहने का वचन दे रहे हैं। हम लोगों में फूट पैदा करने के लिए खूब पैसा खर्च करके बाहर से लोग बुलाए गए हैं। छोटी जात-बड़ी जात की बात उठाई गई है। बड़ी जातवाले हमारे ऊपर हजारों बरसों से अत्याचार करते आ रहे हैं, और उसी तरह धरम भी हमेशा हमारी दुर्गति करने को तैयार है। इसके लिए हमें उनसे लड़ना है। लेकिन, रोटी के सवाल में छोटी-जाति बड़ी-जात की कोई बात नहीं, सवाई मंजूरी होगी तो सबकी। बड़ी जातिवालों की मजदूरी बढ़ जाएगी और हमारी नहीं, यह बिलकुल झूठ है। मजदूरों में दो-तिहाई हमारे लोग हैं; इसलिए लड़ाई में हमें दो तिहाई ताकत लगानी चाहिए..."

खानवालों ने देखा कि मजदूरों में फूट नहीं डाली जा सकती। उन्होंने हड़ताल और उसके कारण नुकसान के डर से मजदूरों की प्राय: सभी शर्तें मानकर सुलह कर ली।

मँगरू मजदूर-सभा की कार्यकारिणी का सदस्य बनाया गया।

जेनी ब्राउन को ताता नगर के किसी मिस्टर डेवसन की चिट्ठी मिली, जिसमें लिखा था, मैं नये तजरबे में लगा हूँ, एक नये जीवन का अनुभव ले रहा हूँ। पत्र का उत्तर माँगने पर मिलना चाहिए।

अज्ञातवास समाप्त

मँगरू कोइलरी के लिए एक छोटा-मोटा नेता हो गया; लेकिन रामलाल के लिए वह वही पुराना मँगरू था, जिससे गया स्टेशन पर मुलाकात हुई थी। खाने-पीने का दाम देकर भी मँगरू को हर महीने अठारह-बीस बच जाते थे, लेकिन रामलाल ने उसे कभी मनीआर्डर भेजते नहीं देखा। चन्दवक से आकर मँगरू शाम को नहाता, फिर घर से बाहर चटाई बिछाकर जहाँ रामलाल बैठा होता, वहाँ बैठ जाता। मँगरू को कभी सिगरेट-बीड़ी पीते किसी ने नहीं देखा; लेकिन रामलाल के देने पर हुक्का की एक दम जरूर मार लेता था। रामलाल अच्छी तरह जानता था कि मँगरू यह खाली उसके खयाल से करता है।

आज कहीं बाहर जाने का काम न था। मँगरू रामलाल के साथ चटाई पर बैठ गया। दो-चार पड़ोसी भी आ गए। आज मरही के लिए सूअर चढ़ा था और सिमरिखिया, बिदनी मुंगिया—सब मांस पकाने में लगी हुई थीं। नमक में उबालकर अभी-अभी उसे छौंका गया था। बिदनी मसाला पीस चुकी थी। शाम बीतकर रात आ गई थी। चाँदनी चारों ओर छिटक रही थी। अभी खाना तैयार होने में देर थी और गरम मसाले में पकते मांस की मीठी सुगन्ध लेते बात करने में सबको आनन्द आ रहा था। रामलाल ने मुँह का धुआँ ऊपर फेंकते हुए कहा, "आज तम्बाकू बड़ा अच्छा है। कहाँ से लाए चेतू?"

"मैं नहीं लाया दादा, मँगरू काका ले आए।"

"वही तो कह रहा था। चेतू को भला ऐसा अच्छा तमाकू कहाँ से मिलने लगा?"

"आज चेतू को घर पर काम था, इसलिए मैं ही रमई की दूकान से लाया। गया का तम्बाकू है भैया।"

"बड़ा अच्छा है, थोड़ा मीठा है।"

"कहा तो था, थोड़ा कड़ुवा बना देना।..."

मुंगिया को बाहर निकली देखकर रामलाल की आँख उधर गई—"कहो बेटा, आधी रात तक पकवान बनेगा! भूख के मारे रहा नहीं जाता। दो-एक चुक्कड़ तब तक मनबहलाव करते, लेकिन तुम्हारी माँ पीछे पड़ गई।..."

"माँ क्या पीछे पड़ गई दादा! तुम माँ की बात मानते भी!"

"ठीक कहा बेटा। सब मँगरू की सोहबत का असर है। जब सबका रवैया दूसरा है, तो मैं ही घर में नक्कू बनने क्यों जाऊँ? अपनी माँ से कह दो कि भूख तेज होती जा रही है।"

"मांस तो पक गया दादा और भात भी चढ़ा दिया गया।"

"अच्छा, कोई जल्दी नहीं। और भूख लगेगी तो दो कौर ज्यादा ही खाएँगे। बँधा सूअर रहा है, फिर तुम्हारी माँ का हाथ। उस पर से मँगरू चुन-चुन करके मसाला लाए हैं। एक बार खाने से क्या वह मुँह से छूटेगा?"

मुंगिया घर के भीतर चली गई। रामलाल ने बात शुरू की, "मँगरू, सब रुपया तुम यहीं खरच कर डालते हो। हर तीसरे दिन कभी मछली तो कभी मांस, कुछ बचाते भी नहीं?"

"दो रुपया हर महीने डाकखाना में जमा करता हूँ, भैया।"

"अरे, दो रुपया महीना से क्या होता है?"

"बीमार-आराम के लिए अच्छा है, रामलाल भैया। और जमा करके क्या करूँगा?"

"अरे, एक बार मेहरी, लड़का, मर गए, तो क्या फिर घर बसाना नहीं होता?"

"नहीं भैया, अब फिर ब्याह नहीं करना है।"

जोखन ने रामलाल की बात का समर्थन करते कहा, "नहीं मँगरू भाई, आप को यह हठ छोड़ देना चाहिए। आप अपने मुँह से कहते हैं कि चालीस बरस, लेकिन, दूसरा कोई तीस से ज्यादा का न कहेगा। आदमी पर रोग-बीमारी पड़ती है। एक लोटा पानी देनेवाला कोई चाहिए न?"

"चैत में देखा नहीं? मैं कितना बीमार पड़ गया था। सिमरिखा भौजी ने जितनी सेवा-टहल की, घर की मेहर क्या उससे ज्यादा करेगी?

मँगरू की कृतज्ञता-गर्भित बात सुनकर रामलाल ने अधिक भावावेश में आ कहा, "सो ठीक है, मँगरू, यह सब तुम्हारा गुन है। मुझको क्या कभी मालूम होता है कि मँगरू मेरा सहोदर भाई नहीं है? लेकिन बुढ़ापा है, कहीं हमीं न रहे या साथ छूट गया तो वंशबरखा अच्छा होता है मँगरू!

"नहीं रामलाल भैया, मुझको वंशबरखा की चाह नहीं है। देखते नहीं—अतवरिया मेरी गोद में ज्यादा आती है कि चेतू की?"

"मिठाई और खिलौना रोज तुम ले आते हो; कन्धे पर चढ़ाकर रोज गली-गली घुमाते हो; फिर तुम्हारी गोद छोड़कर वह मेरी या चेतू की गोद कैसे आएगा?"

"अपना-पराया कोई चीज नहीं। जो ही लायक है, वही अपना है।"

जोखन ने बात को बहकती देखकर कहा, "नहीं मँगरू, हम सब की राय है कि तुम्हारी शादी हो जाए। तुम हमारी जात के चौधरी हो।"

भात का माँड़ पसाकर सिमरिखा भी वहाँ पहुँच गई। उसका आना ऐन मौके पर हुआ। उसने जोखन के प्रस्ताव का गर्मागर्म समर्थन किया—"हाँ मँगरू बबुआ, तुमको न सही, मुझको एक देवरानी की बड़ी जरूरत है।"

"हाँ, जिससे कि तुम्हारे हाथ का भोजन मेरे लिए दुर्लभ हो जाए।"

"दुर्लभ क्यों हो जाएगा?"

"दुनिया में देवरानी-जेठानी को देखा नहीं है क्या?"

"लेकिन, मैं अपने पसन्द की देवरानी लाऊँगी।"

"देवरानी बनने से पहले ही पसन्द आएगी।"

"नहीं मँगरू देवर, तुम क्या कहते हो? मैंने देवरानी चुन रक्खी है।"

"बतलाओ तो भला, वह कौन-सी है?"

"वही रोपन की बहू। रोपन बेचारे को मरे छै महीने हो गए।"

"अच्छा तो भौजी बिलासपुरिन को ढूँढ़ा है?"

"जाते-भाई हैं न?"

"हाँ, जात-भाई में कोई हरज नहीं..."

"तुम्हारी इच्छा-भर मालूम होने की देर थी, मँगरू देवर, सोनिया को मैं बहुत दिन से जानती हूँ। कभी किसी से झगड़ा नहीं करती और काम करने में मर्दों से कम नहीं है। तो मैं उससे कह दूँ न?"

"क्या कहोगी कि मँगरू ब्याह करना नहीं चाहता?"

"नहीं देवर, ऐसा मत कहो। मैंने तुमसे बिना पूछे ही उसे आशा दे दी है।"

"नहीं भौजी, मैं तुम्हारा चरन छूकर कहता हूँ, मुझे ब्याह नहीं करना है।"

मँगरू की बात को सुनकर सिमरिखा का उत्साह जाता रहा। इसी वक्त मुंगिया ने आकर खबर दी—भोजन परोसकर तैयार है। रामलाल, मँगरू, चेतू आँगन में बैठकर खाने लगे। रामलाल ने मांस की तारीफ करते कहा, "मुंगिया की माँ में बस इतना ही गुन है। जिस अन्न में हाथ लगाती है, वही अमरित बन जाता है।"

"भौजी के हाथ के भोजन की सब तारीफ करते हैं। मैंने कमाल बाबू के लिए एक कटोरी अलग रखवा दिया है।"

"अरे! कमाल बाबू भी करियवा का मांस खाते हैं।"

"तुम कमाल ही बाबू के फेर में हो? बटुक महराज तो उजरका से भी परहेज नहीं करते।"

"साँचे ही, भैया ये लोग धरम को नहीं मानते। यही बात खटकती है। नहीं तो आदमी हजार में से एक, अँगूठी के नगीने हैं।"

"लेकिन, रामलाल भैया, इतने दिन के सत्संग से मुझको तो यह समझ में आ गया कि धरम गरीबों के जी का जंजाल है। खूब शरीर से मेहनत करना, अपने

खाना और साथी-समाजी को खिलाना और तन, धन से जितना बन पड़े, उतना निर्बल, गरीब की सेवा करना। धरम की कुकुरचोंथ मुझे बिलकुल पसन्द नहीं।"

मँगरू हाट में घूम रहा था। वह बड़े मुर्गे की तलाश में था। आज बटुक और कमाल बाबू का खासतौर से न्योता था। उसने हाथ से उठाकर अन्दाज कर तीन मुर्गे खरीदे। जिस वक्त उनको वह उठा रहा था, उसी वक्त देखा उससे दस कदम दूर, दूसरी पाँती से गांधी टोपी, सफेद खद्दर का कुर्ता-पायजामा पहने एक नौजवान उसकी ओर बड़े गौर से देख रहा है। एक नजर ही में वह रामप्रसाद को पहचान गया। तीन साल पहले वह एम. ए. का विद्यार्थी था, और किसानों में काम करने की उसे बड़ी धुन थी। मँगरू ने देखा, वह उसे पहचान नहीं रहा है और सचमुच उस काली अधबहियाँ, घुटने तक की धोती और बड़ी-बड़ी मूँछों ने जो परिवर्तन पैदा किया था, उससे उसका पहचानना आसान न था। मँगरू ने सिर्फ एक नजर देखा और तुरन्त वहाँ से चल पड़ा। रात के वक्त जब बटुक और कमाल आए तो उसे डर लग रहा था कि रामप्रसाद कहीं इनके ही यहाँ ठहरा न हो उसने सारा भंडाफोड़ न दिया। लेकिन, जब उन्होंने सिर्फ इतना ही कहा कि आज मजदूरों का संगठन देखने के लिए पटना से एक साथी आए हैं, तो उसके दिल में कुछ धीरज बँधा।

दूसरे दिन, जब कि मँगरू अभी अपनी चारपाई से उठा भी न था, तभी उसने देखा कि कोई दरवाजा खटखटा रहा है। मँगरू ने चेतू को द्वार खोलने के लिए भेज दिया और चारपाई से उठते-उठते देखता है, कमाल और बटुक के साथ रामप्रसाद भी मुस्कराते हुए उसकी ओर बढ़ रहे हैं।

रामप्रसाद ने मँगरू के हाथ को अपने दोनों हाथों में लेते हुए कहा, "पालागी, मँगरू चौधरी!"

देवराज ने झेंपते हुए, "तुम कहाँ रामप्रसाद बाबू!" और साथ ही चेतू को वहाँ से हटाने के खयाल से कहा, "आज भौजी से कहो कि मछली-रोटी बने, तीनों बाबू यहीं खाएँगे। यह लो पैसा" कहकर उसने टेंट से रुपया निकालकर चेतू के हाथ पर रख दिया। उसे ठमकता देखकर "देर क्यों कर रहे हो? हमारे पुराने जान-पहचान के बाबू हैं।"

चेतू चला गया। अब की रामप्रसाद ने बात शुरू की—"साथी देवराज, आप दो साल से यहाँ छिपे हैं? और बटुक ने आपको क-ख सिखलाया? और साथी कमाल से क्या सीखा है?..."

"तुम्हारी जबान सरौते की तरह चलती ही जाएगी या रुकेगी भी?"

"रुकेगी क्यों? आप 1933 के शुरू से गायब हैं और यह 1935 की फरवरी जा रही है—दो साल! हम लोग ढूँढ़ते-ढूँढ़ते परेशान हो गए। यह तो अकस्मात् मँगरू चौधरी का दर्शन मुर्गा खरीदते हो गया। अब तो अज्ञातवास खतम करना होगा।"

"वह तो खतम हो गया, उसी वक्त, जब कि मैंने तुम्हारी मुस्कराती सूरत देखी।"

"कमाल बाबू से आपकी सब लीला मालूम हो गई। आज शाम को हम लोग मँगरू चौधरी के सभापतित्व में एक बड़ी सभा करने जा रहे हैं।"

"क्यों? मँगरू चौधरी ने क्या कसूर किया है?"

"कसूर की बात नहीं है। एक बड़े नेता का स्वागत करना है। इसलिए हम लोगों की सलाह है कि आज की सभा के सभापति साथी मँगरू बनाए जाएँ। मजदूर संघ की कार्यकारिणी के हरेक मेम्बर की इसमें स्वीकृति है, इसलिए आप इनकार नहीं कर सकते।"

"मैं भी तो मेम्बर हूँ।"

"एक वोट से होता क्या है?"

"देखो, रामप्रसाद, अब तुम लोग मुझे बनाओ मत।"

"अभी क्या बनाया है, दो साल से हम सभी लोग परेशान हैं। जेलवासियों से पूछा तो उन्होंने कहा कि वह 2 फरवरी (1933) को छूट गए।"

"तो, तुम मुझे सजा दोगे?"

"और क्या?"

"तो, आपके वह बड़े नेता सभा में पहुँचने ही नहीं पाएँगे, जिनका कि स्वागत मँगरू चौधरी के सभापतित्व में होनेवाला है।"

स्वागत-सभा के लिए देवराज को स्वीकृति देनी पड़ी और सभा के सभापति रामलाल बनाए गए। सब जगह विज्ञापन और डुग्गी द्वारा प्रचार किया गया। शाम के वक्त हाट के पास, मैदान में दस हजार आदमियों की भीड़ जमा हुई। कमाल बाबू ने साथी देवराज के कामों का परिचय कराया और उसके बाद जब मँगरू का हाथ पकड़कर उसे मंच पर खड़ा किया गया तो लोग दंग रह गए। रामलाल तो आँख फाड़-फाड़कर देख रहे थे। दो साल से जिसके साथ उनके रात-दिन के चौबीसों घंटे बीत रहे थे, उसी को देखते मालूम होता था कि रामलाल किसी नये आदमी को देख रहे हैं।

देवराज ने कृतज्ञता प्रकट करते हुए कुछ शब्द कहे और साथ ही यह भी कहा, "मजदूरों की तकलीफों के बारे में हम कर ही क्या सकते हैं, जबकि उन्हें अच्छी तरह हम जानते भी नहीं। मैंने कोइलरी में आकर स्वयं सब कठिनाइयों को देखा और इस अनुभव ने मुझे आपकी सेवा के लिए अधिक योग्य बनाया है।"

देवराज के आग्रह पर रामप्रसाद ने मान लिया और दोनों चुपचाप पटना पहुँचे। सरकार सत्याग्रह आन्दोलन को बलपूर्वक दबाकर सन्तोष की नींद सो रही थी। वह समझ रही थी, अब यह फिर सर उठाने का नहीं। बाहर से चारों ओर की हवा बन्द

मालूम होती थी, लेकिन उसका मतलब यह नहीं कि भीतर-ही-भीतर भारी भूकम्प की तैयारी नहीं हो रही थी। देवराज ने झरिया से ही हवाई डाक से एक पत्र जेनी को लिखा, जिसका उत्तर उसे पटना में मिला—

"... ...

"लन्दन, 7 मार्च, 1935

"डेवी, मेरे हृदय,

तुम्हारी चिट्ठियाँ समय-समय पर आती रहीं। लेकिन, आज दो बरस बाद फिर चिट्ठी लिखने की आजादी मिलने से मुझे बड़ा सन्तोष हुआ। सबसे पहली खबर तो मैं यह देना चाहती हूँ, कि गत दिसम्बर को पापा का देहान्त हो गया। यह हम दोनों के लिए कितनी बड़ी हानि है, इसके कहने की आवश्यकता नहीं। मैं तो उनका खून-मांस ठहरी, लेकिन तुम्हारे लिए उनका स्नेह और सद्भाव मुझसे कम न था। नये जीवन की अनुभव-सम्बन्धी चिट्ठियाँ तुम जब-जब झरिया से भेजते रहे, उन्हें वह बड़े चाव से पढ़ते थे। कहा करते थे—जेनी, मेरी दो सन्तानें हैं। वह एक ही हफ्ता बीमार रहे और मृत्यु के समय उनका होशहवाश दुरुस्त था। मामूली ज्वर था। और, किसी को भय नहीं था कि उनका अन्त इतना निकट है। बीमारी में भी वह तुम्हें बराबर याद किया करते थे। कहते थे—दुनिया के छठे हिस्से पर सफलता के साथ अट्ठारह बरस से साम्यवाद का झंडा गाड़कर आँखवालों के लिए साबित कर चुका कि साम्यवाद व्यावहारिक वस्तु है। पापा और मैं पिछले अगस्त में ही दो महीने रूस की यात्रा करके लौटे थे। इस यात्रा का उनके मन पर जबर्दस्त असर हुआ था। कह रहे थे, इंग्लैंड, फ्रांस या जर्मनी में साम्यवादी क्रान्ति होने पर उनके अनुभव उतने व्यापक और महत्त्वपूर्ण न होते जितने कि रूस में। बोल्शेविक क्रान्ति यूरोप से भी अधिक एशियाई भाग में हुई है। वह दोनों महाद्वीपों में व्यापक है। उसके प्रभाव से पचासों भिन्न-भिन्न जातियों के लोग रंग और भाषाओं के भेद को भूलकर आज एकता के सूत्र में बँध गए हैं। विषम समस्याओं का जो हल बोल्शेविक क्रान्ति ने पेश किया है, वह दुनिया के लिए बहुमूल्य चीज है। पंचवार्षिक योजनाओं के बारे में हमने पढ़ा तो बहुत था, लेकिन अब की बार दूसरी पंचवार्षिक योजना के तीसरे वर्ष तक के कामों को आँखों से देखने का मौका मिला। पूँजीवादी पत्र दुनिया की आँखों में धूल झोंकना चाहते हैं। लेकिन, रूस की आर्थिक सफलताएँ इतनी ठोस हैं, कि दुनिया कब तक उनसे इनकार करती रहेगी।...

"पापा के न रहने से मुझे कुछ सूना-सा मालूम होता है। मैं अपने कामों को वक्त पर ठीक से करती जाती हूँ। डेवी छात्रावास में रहता है। उसकी स्कूल की पढ़ाई इस साल खतम होनेवाली है। रूस-यात्रा में वह भी हमारे साथ था। पापा की

बड़ी इच्छा थी कि उसे रूस के सैनिक विद्यालय में दाखिल कराया जाए। खैर, समय कितना जल्दी बीत जाता है, क्या कभी खयाल होता है कि तुम्हें देखे चौदह साल हो गए। न जाने...क्यों, मन अधीर होता है, तुमसे मिलने के लिए। तुम्हारे सामने कौन-से काम हैं, यह मैं नहीं जानती। इसीलिए तुम्हें आने के लिए नहीं कहती। लेकिन, यदि पसन्द हो तो मैं चली आऊँ। हाँ, तुम्हारे आने से एक फायदा होगा—हम दोनों एक बार फिर सोवियत-भूमि देख आएँगे।...मैं जानती हूँ, तुम्हारे पास पैसा न होगा, लेकिन यहाँ जरूरत से ज्यादा पैसा मौजूद है, दो-दो घर, उनका किराया और बाईस हजार पौंड बैंक में। काम में मैंने खुलकर खर्च किया है, तो भी पापा का बीमा और दूसरा पैसा भी तो मिला है। आना हो तो मैं तार से रुपया भेज दूँ...

सालिंगन।

तुम्हारे दर्शनों के लिए अधीर

जेनी"

पुनर्मिलन

यही जाड़ों का मौसम था और यही सुबह का वक्त। यही नीचे समुद्र का नीला जल और ऊपर ऊँची-नीची पहाड़ी जमीन पर बने हुए विशाल घर। उस दिन भी सूर्य निरभ्र आकाश में चमक रहा था, और ठंडक के मारे स्त्री-पुरुष अपने ओवरकोट के कॉलर को उलटकर गले से बाँधे हुए थे। उस दिन भी अपने प्रेमियों और सम्बन्धियों के स्वागत में कितने ही नर-नारी लाल-पीली रूमालें हिला रहे थे; और आज भी वही दृश्य था। लेकिन बीस साल पहले कोई दूसरा ही खयाल था, जिसको लेकर सिपाही देवराज मार्सेई के बन्दर पर पहुँचा था। उस दिन किसी खयाल को वह गौर से नहीं देख रहा था और न दूरबीन लगाकर एक-एक स्त्री के चेहरे की जाँच कर रहा था। आज चौदह बरस बाद समुद्र-तट पर जेनी के चेहरे को देखने के लिए वह बेकरार था। एक बार सारी पाँती को वह देख गया और परिचित चेहरे को न पाकर उसे घोर निराशा हुई। रूमालें अभी भी हिल रही थीं। उसने फिर दूरबीन को आँख पर रक्खा और उसके आनन्द की सीमा न रही, जबकि जेनी को हाथों में गुलाबी रूमाल लिये हुए आते देखा। चौदह वर्षों का असर उस चेहरे पर होना जरूरी था, यद्यपि अब वह नवयौवन नहीं था, तो भी प्रौढ़पन जेनी से दूर था। पिता की मृत्यु और उसके बाद की एकान्तता ने उस पर अधिक असर डाला था।

जहाज धीरे-धीरे नजदीक पहुँचने लगा। जेनी बड़े गौर से यात्रियों की ओर देख रही थी। दोनों की आँखें चार हुईं। रूमालें खूब जोरों से हिलीं। यद्यपि जहाज को किनारे पहुँचने में कुछ ही मिनट लगे, लेकिन मालूम होता था, युग बीत गया।

देवराज ने अपने मुख्तसर से सामान को भरिया के जिम्मे लगाया और डेक पर आते-आते जेनी भी पहुँच गई। वह गले में हाथ डालकर देवराज से लिपट गई। देवराज ने परिचित ओठों को कई बार चूमा। जेनी की आँखें तर थीं। उसने रुँधे गले से कहा, "डेवी, मेरे डेवी, मेरी आँखों को विश्वास नहीं हो रहा है कि मैं तुमको देख रही हूँ।"

वह और कुछ न कह सकी। देवराज ने रूमाल से उसकी आँखों को पोंछा। दोनों हाथ मिलाए जहाज से निकले। कस्टम से जल्दी-जल्दी छुटकारा पाकर दोनों 'ओतेल-काँतिनाँ' में पहुँच गए।

जेनी ने एक अच्छा कमरा ले रक्खा था, जिसके साथ ही स्नानागार भी था। एक गोलमेज के किनारे चार कुर्सियाँ थीं। मेज पर लाल गुलाब का गुलदस्ता रक्खा था। जेनी ने घंटी दबाई और परिचारिका आ मौजूद हुई। परिचारिका ने आकर कहा, "क्या चाहिए, मदा-म्?

"प्रातराश मदमोजेल, सिल वू प्ली?"

"उई (हाँ) मदा-म!"

जेनी के देखने से क्या, देवराज की भूख ज्यादा बढ़ गई थी। उसने खाते हुए कहा, "यह प्रातराश है, इससे काम नहीं चलने का!"

"ठीक है। कोयले के खनक के लिए यह 'ऊँट के मुँह में जीरा' है?"

देवराज ने भोजन समाप्त करके कहा, "जेनी, आज कहीं जाने-वाने का मन नहीं करता।"

"चौदह साल बाद यह दिन आया है।"

"मुझे तो चौदह साल नहीं मालूम होते। जान पड़ता है, कल ही तुमसे अलग हुआ था।"

"लेकिन, मेरे सामने दूसरा डेवी जो था, उसकी तिल-तिलकी वृद्धि से मैं इन वर्षों को नापा करती थी और बार-बार उस दिन की स्मृति याद आ जाती थी जब कि विक्टोरिया स्टेशन से ट्रेन तुम्हें अन्धकार की ओर खींचती जा रही थी। उस दिन तुमने मुझे मार्सेई तक आने न दिया।"

"वियोग की घड़ियों को लम्बा करने से क्या फायदा? मिलने के लिए मैंने तुम्हें मार्सेई आने के लिए आखिर लिखा न?"

"कितनी ही बार, डेवी, मैं सोचा करती थी कि हम दोनों का साथ-साथ रहना क्या अच्छा न होता? ऐसा सोचने के लिए तुम्हारी उन बातों से भी प्रोत्साहन मिलता था, जिनमें तुम कहा करते थे कि भारत और इंग्लैंड के श्रमजीवियों का भाग्य एक सूत्र में बँधा है और दोनों ओर से कार्यकर्ताओं का आदान-प्रदान होना चाहिए।"

"लेकिन, तुम्हारे साथ रहने से, जेनी, क्या मैं इस तरह का जीवन बिता सकता था? क्या इस तरह गुमनाम रहकर कार्य कर सकता था? मुझे तुम्हारी याद न आती हो, सो बात नहीं; और याद आने पर दिल में कलक न होती हो, यह भी बात नहीं। दिल की वह मीठी टीस घंटों बेकरारी पैदा करती थी, लेकिन आदर्श के गुलाम हम लोगों की किस्मत में यही बदा है।" देवराज फिर जेनी की नीली आँखों की तरफ देख रहा था।

जेनी के गाल फिर लाल हो आए थे। उसने देवराज के हाथ को अपने दोनों हाथों में लेकर कहा, "आओ डेवी, हम इस बीच के चौदह सालों को भूल जाएँ।"

"उन्हें तो तुम्हारी इन आँखों को देखते ही मैं भूल गया। उसी तरह सुनहरे केशों से अलंकृत अपने सिर को मेरी गोद में रक्खो और हम फिर वही प्रेमी और प्रेमिका बनें।"

जेनी ने अपने सिर को देवराज की गोद में रक्खा। देवराज उसके केशों पर हाथ फेरते हुए कहा, "मेरी जेनी, आज मैं कितना सौभाग्यशाली हूँ। धूप का ताप ही छाया की कीमत जानता है। चौदह साल की आकांक्षाएँ आज पूरी हो रही हैं। मैंने कामों का पहाड़ अपने सिर पर ले रक्खा था और उनमें सब कुछ भूल जाने की कोशिश करता था। लेकिन, मैं ही जानता हूँ कि रात को कितनी ही घड़ियों नींद हराम हो जाती थी।"

जेनी ने देवराज के गले से लिपटकर लम्बी साँस लेते हुए कहा, "डेवी, हम आदर्श के पक्के गुलाम हैं। मृत्यु की रत्ती-भर भी हमें परवाह नहीं। लेकिन, आखिर हम भी आदमी हैं। हमारे भी सीने में हृदय है और उनमें भी प्रेम की प्यास है। पहले तो तुम्हारी स्मृति ही विकल करती थी, लेकिन पापा की मृत्यु के बाद तो मेरी हालत बुरी हो गई। सच कहती हूँ, यदि तुम न आते तो जेनी इस साल हिन्दुस्तान जरूर पहुँचती; चाहे मुझे इसके लिए तुम्हारी झिड़की खानी पड़ती।"

"उसके गालों को चूमते हुए देवराज ने कहा, "झिड़की खाने की जरूरत न होती, प्यारी जेनी, पत्रों के संयम से मत समझो कि मैं अपने ऊपर उतना संयम रख सकता था; और यदि अब तुम भारत चली आती तो कोई हरज नहीं था। मेरा भी अज्ञातवास बीत चुका था। गुमनाम काम करने का मौका भी खतम हो चुका था।"

"डेवी, कभी तुमने पार्वती को देखा?"

"सिर्फ एक बार छै साल हुए, चुपके से गया था। पार्वती ने मुश्किल से मुझे पहचाना।"

"अब तो सयानी हो गई?"

"दो लड़के, एक लड़की की माँ। चेहरे पर बुढ़ापा।"

"बुढ़ापा।"

हिन्दुस्तान के किसान का जीवन बहुत कठिन है। खाने-पीने के अभाव से भी बढ़कर चिन्ता की आग उन्हें जलाए देती है। वह बहुत देर तक रोती रही। मेरे भी आँसू बह रहे थे, लेकिन, उनमें से आधे माँ के लिए थे।"

"हिन्दुस्तान आने में मेरी यह भी एक इच्छा थी, कि एक बार पार्वती को देखती।"

"और हिन्दुस्तानी ननद को भावज के देखने की और भी बड़ी साध रहती है।"

"क्या वह मुझे जानती है?"

"खूब। वहाँ लोगों ने ब्याह की बात कर के मेरा नाकों दम कर दिया। मैंने कहा, "बाबा, मेरा ब्याह हो चुका है। डेवी के साथ का तुम्हारा फोटो मैं पार्वती को दे आया हूँ।"

जेनी ने आँखों को विस्फारित करके देवराज के मुँह की ओर देखते हुए कहा, "तो पार्वती जानती है कि उनकी एक भावज है।"

"और भतीजा भी। उसने कहा कि एक बार भाभी को बुला लो।"

"तो, तुमने क्या कहा?"

"क्या कहा? कह दिया कि भाभी अंग्रेज मेम हैं। आवेगी तो, तुम्हारा चौका-चूल्हा भ्रष्ट होगा। उसने कहा, 'नहीं भैया, भरस्ट क्या होगा। भौजी को एक गुलाबी साड़ी पहना देना। फिर मैं अपने साथ चौके में ले जाऊँगी।"

"तो, तुमने क्या कहा?"

"कह दिया, सात समुन्दर पार से तुम्हारी भौजी का आना मुश्किल है।"

"मुश्किल है! मैं तो आने के लिए तैयार थी। तुम नहीं चाहते थे कि मैं गुलाबी साड़ी पहनूँ।"

"नहीं, मेरी अप्सरा, तुम्हारे लिए गुलाबी साड़ी मैं साथ लेता आया हूँ।"

जेनी ने तरुणाई की चंचलता के साथ उत्तेजित होकर कहा, "कहाँ है, पहनकर देखूँ तो।"

देवराज ने सूटकेस से रेशमी साड़ी निकाली। उसकी किनारी बनारसी गोटे की थी। जेनी ने उल्लास के साथ साड़ी को हाथ में उठाया, लेकिन उसका पहनना आसान काम न था। देवराज ने अपने हाथों साड़ी पहनाई, ठीक बनारसी ढंग से आँचल को सिर पर रक्खा। फिर मुख को चूमते हुए बोल उठा :

"यह है मेरी मजदूरी।"

"नहीं, तुम्हें मजदूरी न मिलेगी। इसका दाम देना होगा।"

"दाम! दाम तो देवराज ने तुम्हारे हाथ में अपने ही को सौंप दिया है।"

"नहीं, डेवी, जरा तुम भी हिन्दी पोशाक पहनो तो।"

देवराज ने धोती-कुर्ता, चादर निकाली, दोनों भारतीय वेश में विशाल दर्पण के सामने खड़े हुए। जेनी को आलिंगन करते हुए देवराज ने कहा, "आदमी पुराना भले ही हो जावे, प्रेम पुराना नहीं होता।"

जेनी ने दर्पण में अपने प्रतिबिम्ब को देखकर कहा, "साड़ी कोई बुरा लिबास नहीं।"

"मालूम होती हो, सोनकेसी रानी।"

"सोनकेसी रानी क्या?"

"बूढ़ियाँ बच्चों को कहानी सुनाया करती हैं। उनमें एक सोनकेसी रानी की भी कहानी है।"

जेनी ने देवराज के कंठ में दाहिने हाथ को रखकर कहा, "सुनाओ तो डेवी, सोनकेसी रानी की कहानी।"

"एक राजकुमारी के केश सोने के थे और चेहरा दहकती आग-सा। वह गंगा

में नहाने गई। उसके घुटने तक लटकते केशों में से एक टूटकर निकल आया। राजकुमारी ने उस केश को एक सूखे पत्ते के दोने में रखकर गंगा में छोड़ दिया।"

"मैंने अपने केशों की उतनी कदर न की।"

"तुम्हें केश को दोना में बहाने की जरूरत भी नहीं।"

"अच्छा तो, दोना कहाँ गया?"

'सैकड़ों कोस बहता चला गया। एक राजकुमार गंगा नहाने आया था। उसने सूरज की रोशनी में बिजली की तरह चमकते केश को देखा और तैरकर बीच गंगा से निकाला। देखा, वह है सुन्दर, सुनहला लम्बा केश।"

"और फिर?"

जेनी के दोनों गालों को अपने हाथों में लेकर उसकी पुतलियों की ओर देखकर देवराज ने कहा, "उसने सोचा, जिसके केश इतने सुन्दर हैं, वह सुन्दरी कैसी होगी?"

जेनी ने देवराज को रुकते देखकर कहा, "तो फिर?"

"राजकुमार खाना-पीना छोड़कर चारपाई पर लेट गया। माता, पिता, बहिन बार-बार कहने लगे। लेकिन, उसने कहा कि तभी जीऊँगा जबकि उस सोनकेसी को पा लूँगा। कुछ कठिनाई तो हुई, लेकिन अन्त में राजकुमार ने उसे पा लिया।"

"बड़ी अच्छी कहानी है, डेवी।"

"क्योंकि तुम्हारी कहानी है।"

मार्सेई में ही देवराज और जेनी ने रूस जाने के बारे में तय कर लिंया था, तब तक छोटे डेवी की स्कूल की पढ़ाई भी खतम होनेवाली थी। फ्रांस और इंग्लैंड में उन चौदह वर्षों में कोई भारी परिवर्तन नहीं हुआ था। बेकारी के शिकार लाखों भूखे अब भी अपनी किस्मत ठोंक रहे थे। देवराज ने एक दिन लन्दन में, बात करते हुए कहा, "जेनी, इंग्लैंड में अनिवार्य शिक्षा है, कोई अनपढ़ नहीं है। लेकिन, जहाँ तक समझ का सम्बन्ध है, मैं यहाँ वालों को भी वैसा ही बेअक्ल देखता हूँ, जैसा कि हिन्दुस्तान का देहाती अनपढ़।"

"इसका क्या कारण समझते हो डेवी?"

छोटा डेवी भी बगल की कुर्सी पर बैठा माँ-बाप की बातचीत को बड़े गौर से सुन रहा था। उसने बीच में बोलते हुए कहा :

"डैडी, मैं बताऊँ?"

"कहो बच्चा!"

"मैं समझता हूँ, अक्षर और पुस्तक द्वारा जैसे ज्ञान का जल्दी प्रचार हो सकता है, उससे भी जल्दी अज्ञान का हो सकता है। हमारी पुस्तकों में ज्ञान की अपेक्षा अज्ञान ज्यादा होता है।"

देवराज ने लड़के के सिर पर हाथ फेरते हुए कहा, "ठीक कहा बेटे, यही तो मैं कहने जा रहा था। इंग्लैंड के अखबार धनियों के हाथ में हैं। पुस्तक प्रकाशन वही करते हैं। साधारण जनता को भ्रम में रखने के लिए उनके अखबार और उनके द्वारा प्रकाशित पुस्तकें कोई भी कसर उठा नहीं रखतीं।"

"मुझे तो डैडी, इसमें सन्देह नहीं रह गया, जब मैं पिछले साल रूस से लौटा। वहाँ के बारे में हमारे प्रतिष्ठित पत्र भी झूठ बोलते हैं—"रूस में लोग भूखों मर रहे हैं। पाव-भर रोटी के लिए सबेरे से शाम तक हजारों की पाँती खड़ी रहती है। मक्खन और मांस सपना। सफेद झूठ।"

देवराज ने कहा, "रूस तुम्हें कैसा लगा, डोव?"

"बहुत ही सुन्दर, डैडी, मैंने तीन किताबें रूसी की पढ़ ली थीं। इसलिए मुझे मम्मी और नाना से ज्यादा सुभीता था। मैं प्यूनिर (बालचर) कैम्प में तीन दिन ठहरा था। हरे देवदार और हरे जंगल के बीच में तम्बू लगे थे। वहाँ से लौटने पर तो यहाँ की सारी बातें मुझे फीकी लगने लगीं। वहाँ लोग कितने स्वच्छन्द हैं, कितने निश्चिन्त हैं!"

"अब तो डोव्, तुम्हारी स्कूल की पढ़ाई खतम हो गई, आगे क्या पढ़ना चाहते हो?"

"क्या और कहाँ दोनों कहता हूँ डैडी, मैं सैनिक बनना चाहता हूँ! स्काउटिंग, फौजी कवायद और चाँदमारी में मैं सारी कौंटी (जिले) में अव्वल रहा करता हूँ!"

"जेनी ने गर्व से कहा, "आखिर सिपाही का लड़का सिपाही!"

"हाँ मम्मी, सिपाही के लड़के को सिपाही होना चाहिए। वैसे गणित और साइंस में भी मैंने इनाम पाए हैं और मेरे अध्यापक की तो सलाह है, मैं कैम्ब्रिज में दाखिल हो जाऊँ और विज्ञान के लिए अपना जीवन अर्पण करूँ।"

देवराज ने पूछा, "तो क्या तुम इसे पसन्द नहीं करते?"

"पसन्द करता हूँ। लेकिन, वैसा वैज्ञानिक मैं नहीं बनना चाहता, जिसके आविष्कारों को खरीदकर या चुराकर कुछ मुट्ठी-भर लोग दुनिया-भर की गुलामी को और भी मजबूत करते जाएँ। मैं अपने जीवन को सेना-विज्ञान के लिए दूँगा। मैं उससे गुलामी की कड़ियों को तोड़ूँगा। अन्तिम फैसला सेना-विज्ञान ही के हाथ में है। मेरी रगों में भारत और इंग्लैंड दोनों का खून बह रहा है, इसलिए मेरी जिम्मेदारी दूनी है।"

देवराज ने प्रसन्नता के साथ कहा, "मुझे अभिमान है तुम पर डोव्, माँ-बाप के अपूर्ण आदर्श को पूरा करने का भार सन्तान के ऊपर होता है।"

यही नहीं, डैडी। नाना की बातें भी मुझे याद हैं। वह कहा करते थे, " 'डेवी, तुम सिर्फ किताब के कीड़े न बनना।' मैं सैनिक बनूँगा और मैं किसी सोवियत वायु-सैनिक विद्यालय में दाखिल होना चाहता हूँ।"

"मैं इससे बिलकुल सहमत हूँ, तुम्हारी मम्मी की क्या सलाह है?"

बिना पूछे ही जेनी ने कहा, "मेरी राय यद्यपि शुद्ध विज्ञान की ओर थी क्योंकि मैं समझती हूँ, डोव् उस क्षेत्र में अपने लिए एक विशेष स्थान बना लेगा; लेकिन, मैं जानती हूँ कि उनकी मनशा किधर जाने की है और उसमें मैं बाधा नहीं देना चाहती।"

उस दिन की बैठक में यह तय हुआ कि देवराज और जेनी डेवी के साथ रूस की यात्रा करेंगे।

बसन्त का मौसम था। इसी वक्त इंग्लैंड की भूमि सौन्दर्यमय हो उठती है। लन्दन से बाहर चारों ओर हरियाली का साम्राज्य दिखलाई पड़ता है। देवराज ने परिचित स्थानों को फिर से देखा। इंग्लैंड का राजनीतिक वायुमंडल कोई आशामय नहीं दिखलाई पड़ता था। मजदूर दल और उसके नेताओं की 'वही रफ्तार बेढंगी' थी। वे न कोई सजीव प्रोग्राम आगे रखना चाहते थे और न किसी बड़ी कुर्बानी के लिए ही तैयार थे; फिर, साधारण जनता में जान कहाँ से आवे? लेकिन देवराज को यह देखकर प्रसन्नता हुई कि नौजवानों का रुख बदल रहा है। मजदूर-दल के नेताओं से वे तंग आ गए हैं। वे बड़ी-बड़ी दिक्कतों और विरोधों के होते हुए भी अपने लिए रास्ता बना रहे हैं। यद्यपि जमात की संख्या अभी कम है, लेकिन प्रभाव संख्या से कहीं अधिक है।

बर्लिन और वार्सा को सरसरी तौर से देखते मई के अन्त में देवराज पत्नी और पुत्र-सहित मास्को पहुँचा। इसको इस बात का अफसोस रहा कि पहली मई को वह लाल राजधानी नहीं पहुँच सका। डोव् के रूसी ज्ञान से माँ-बाप को मालूम नहीं होता था, कि वे किसी अपरिचित भाषा बोलनेवाले स्थान में आ गए हैं। उन्होंने इन्तूरिस्त संख्या की मार्फत चार मास का यात्रा-प्रोग्राम बनाया। मास्को के लिए दो हफ्ता रक्खा था। होतल-मास्को में ठहरने का इन्तिजाम था। लेकिन, जेनी के परिचितों की संख्या भी काफी थी। देवराज ने अनेक राजनीतिक और सामाजिक, सांस्कृतिक और साहित्यिक संस्थाएँ देखीं। कार्यकर्ताओं से बातचीत की। लाल सेना के हेडक्वार्टर से उसके लिए खासतौर पर निमंत्रण आया था। उसके युद्ध के वक्त की सेवा और 'विक्टोरिया क्रॉस' ने परिचय देने में सहायता पहुँचाई—वह केवल राजनीतिज्ञ नहीं था। उसने सैनिक संग्रहालय और शिक्षणालय का विशेष रूप से अध्ययन किया। सैनिकों और सेनानायकों से खुलकर बातचीत की। इस सम्बन्ध में अपने भावों को उसने मार्शल कर्मियेफ के साथ की गई बातचीत में इस तरह प्रकट किया :

"सोवियत भूमि दुनिया-भर के श्रमजीवियों का अपना देश है। हम लोग जानते हैं कि संसार के षष्ठांश पर लाल झंडे के फहराने का क्या महत्त्व है। हम इस झंडे की छाया को एक अंगुल भी कम देखना पसन्द नहीं करते। इसीलिए जब शत्रुओं की संख्या, शक्ति और मनोभाव को देखते हैं, तो हमारा ध्यान बराबर लाल-सेना की ओर जाता है। लाल-सेना के पुराने कामों का मुझे थोड़ा-बहुत पता है। इधर,

शत्रुओं की तैयारी देखकर कभी-कभी चिन्ता हो जाती थी। लेकिन, मैंने यहाँ अपनी आँखों से जो देखा और जाना, उससे मुझे पूरा सन्तोष है।"

मार्शल कर्मियेफ ने मेज पर हाथ रखकर प्रसन्नता प्रकट करते हुए कहा, "साथी सिंह, हम लोग अच्छी तरह समझते हैं कि लाल-सेना केवल रूस या सोवियत प्रजातंत्र की ही सेना नहीं है, यह दुनिया के सभी श्रमजीवियों की सेना है। हम अपने शत्रुओं को भी जानते हैं और उसी के अनुसार हमारी तैयारी है।"

"साथी कर्मियेफ, दुनिया-भर के पूँजीवादी सारी शक्ति लगाकर सोवियत के खिलाफ झूठ फैला रहे हैं। लेकिन, निश्चय जानिए, हिन्दुस्तान का एक अनपढ़ गँवार भी इस भूमि को अपनी प्रिय भूमि समझता है। साथी स्तालिन की पंचवार्षिक योजनाओं के बारे में मैंने काफी पढ़ा था, लेकिन उन अरब-अरब रूबल की संख्याओं के पढ़ने से यह भाव दिल में थोड़ा ही आता है जो कि यहाँ मास्को की मीलों चली गई मकानों की नई पंक्तियों को देखने से?"

मार्शल कर्मियेफ से जेनी और देवराज की देर तक बातें होती रहीं और वही मार्शल ने डोव् का जिक्र करते हुए कहा, "पिछले साल मुझे प्रोफेसर ब्राउन से मिलने का सौभाग्य प्राप्त हुआ। उनका नाम पहिले ही से सोवियत जनता से अपरिचित नहीं था। उनकी कई पुस्तकों का अनुवाद रूसी भाषा में हो चुका है। प्रोफेसर ब्राउन जैसे नाना का नाती और जेनी ब्राउन और साथी सिंह जैसे माँ-बाप का पुत्र—यह बालक क्या बनने जा रहा है?"

जेनी ने हँसते हुए कहा, "आप इसी से पूछिए।"

मार्शल ने डोव् की तरफ दृष्टि डालते हुए कहा, "कहो देविश्का, तुम क्या बनना चाहते हो?"

डोव् ने बिना एक सेकंड ठहरे जबाब दिया, "सोल्दात (सिपाही)।"

"कौन-सी सेना का?"

"लाल-सेना का—हँसिया-हथौड़ावाले लाल झंडे का।"

मार्शल कर्मियेफ से डोव् की शिक्षा के बारे में बातचीत हुई। उन्होंने कहा, "आपकी सन्तान के लिए लाल-सेना का दरवाजा सदा खुला है। मेरी समझ में वायु सैनिक विद्यालय में दाखिल होने में कोई कठिनाई नहीं होगी। मैं परसों तक इसके बारे में निश्चित सूचना दे सकूँगा।"

देवराज को दूसरे ही दिन टेलीफोन पर मार्शल कर्मयेफ ने बतला दिया कि देविश्का के बारे में मैंने बातचीत कर ली है। कल उसकी स्वास्थ्य-परीक्षा आदि होनी चाहिए।

देवराज के मास्को छोड़ने से चार दिन पहले ही छोटे डेवी की पढ़ाई का सारा इन्तिजाम हो गया। देवराज के कहने पर यात्रा के अन्त—अफगानिस्तान की सीमा—तक उसे माँ-बाप के साथ रहने की इजाजत मिली। डेवी की प्रसन्नता

का ठिकना न रहा। उसने गर्व के साथ पिता से कहा, "डैडी, तुमने वीरता में 'विक्टोरिया क्रॉस' पाया था।..."

जेनी ने बीच में सुधारते हुए कहा, "पाया न था, न चाहनेवाले हाथों से जबर्दस्ती छीना था।"

"ठीक छीना था। और, मैं, मम्मी, सोवियत का सर्वोच्च पदक प्राप्त करूँगा। मैं वायु सेना कमांडर बनूँगा।"

देवराज ने छोटे डेवी के हर्षोल्लास में सम्मिलित होते हुए कहा, "नहीं डोव्, तुम सिर्फ कमांडर ही नहीं बनना। विज्ञान का दरवाजा तुम्हारे लिए बन्द नहीं है। तुम वायु सैनिक विज्ञान में मौलिक आविष्कार करना और सोवियत की लाल-वायुसेना को संसार की सभी वायु सेनाओं से बढ़-चढ़कर बनाने में सहायता करना।"

लेनिनग्राद, कजान आदि कितने ही महत्त्वपूर्ण नगरों को देखते वे मध्य एशिया में पहुँचे। बीस दिन उन्होंने किरगिज, उजबेक, तुर्कमान और ताजिक प्रजातंत्रों को देखने में लगाया। देवराज जैसा साम्यवाद में अटल विश्वास रखनेवाला आदमी भी अपनी आँखों देखने के कारण ही उन बातों पर विश्वास कर सकता था, जिन्हें कि वह अब यहाँ देख रहा था।

तिर्मिज में, आमू-दरिया के तट पर देवराज ने पुत्र और पत्नी से विदाई ली। जेनी और डेवी मास्को की ओर लौट गए।

देश-विदेश

अफगानिस्तान को मामूली तौर पर देखते देवराज नवम्बर (1935) में भारत पहुँचा। आमू की धार के बीच से वह जेनी की ओर बड़ी चिन्तित दृष्टि से देख रहा था। उसका मन कह रहा था कि शायद अब फिर वह उसे देख न सकेगा और इसलिए उसका दिल बहुत भारी था।

पंजाब और युक्त प्रान्त के मजदूरों, किसानों की प्रगति को देखते हुए देवराज फिर बिहार चला आया और अपने काम में जुट पड़ा। उसे यह देखकर प्रसन्नता हुई कि उसके साथी किसान और मजदूर संगठन में दत्तचित्त हैं। चीनी के मिल के मजदूर हों, या कोयले की खानों के, रेल के कुली हों या लोहे के कारखानों के सभी जगह आग सुलग रही थी। किसानों में असन्तोष और भी बढ़ा हुआ था। देवराज पर पुलिस की बड़ी कड़ी निगाह थी। वह जहाँ भी जाता, उसके पीछे खुफिया के आदमी लगे रहते। अपने साथियों से उसका कहना था, यह हमारे लिए तैयारी करने का समय है। साधारण जनता को कोई भी असफलता चिरकाल के लिए हतोत्साहित नहीं कर सकती। जरूरत है उनकी रोज-ब-रोज की आर्थिक कठिनाइयों और मानसिक चिन्ताओं का असली कारण बतलाकर भविष्य के जद्दोजहाद के लिए उन्हें तैयार करना।

1935-36 का जाड़ा खतम हुआ। गर्मी भी बीत गई। देवराज आज दरभंगा था तो कल जमशेदपुर। परसों आरा था तो चौथे दिन पूर्णिमा। नये सुधारों के मुताबिक धारा सभाओं का चुनाव होनेवाला था। देवराज उन आदमियों में था जो कहते थे कि चुनावों को लड़कर हमें अपनी ताकत ब्रिटिश सरकार को बतलानी चाहिए। उसे बड़ी खुशी हुई जबकि कांग्रेस ने धारा सभाओं में जाना स्वीकार कर लिया।

अगस्त-सितम्बर ही से सरकार के पिट्ठू और जमींदार अपनी-अपनी उम्मीदवारी के लिए लोगों में प्रचार करने लगे। देवराज और उसके साथियों ने साफ लफ्जों में लोगों को समझाना शुरू किया :

"ये खुशामदी धनी लोग कभी जनता के नहीं हो सकते। अपना स्वार्थ इनके लिए देश से भी ऊपर है। ये डरते हैं कि जनता के प्रतिनिधि धारा सभाओं में जाकर

उनके स्वार्थों को धक्का पहुँचाएँगे। इसीलिए अपनी सारी शक्ति लगाकर हमें गरीबों का खून चूसकर मोटे होनेवाले इन लोगों को सामने से हटाना है। हमें दिखला देना है कि न हम अंग्रेज सरकार को चाहते हैं, न उसके पिट्ठुओं इन धनियों और जमींदारों को।"

देवराज ने देखा कि कांग्रेस के पुराने नेता भीतर-ही-भीतर समझौता और धनियों के स्वार्थों की रक्षा की ओर प्रयत्नशील हैं। इसे वह कोई नई बात नहीं समझता था। वह जानता था कि चाहे कराँची कांग्रेस ने किसानों और मजदूरों के मौलिक अधिकारों को स्वीकार करने की उदारता दिखलाई हो, तो भी वह जनता के डर से किया गया था; और वक्त जाने पर कांग्रेस का नरम दल—जिन पर पूँजीपतियों का बड़ा प्रभाव है और जिनमें कुछ तो खुद पूँजीपति हैं—कभी उसे मानने को तैयार न होगा। उसने देखा, यद्यपि कांग्रेस निर्वाचन घोषणा में किसानों और मजदूरों के बारे में बड़ी-बड़ी बातें की गई हैं, तथापि धारासभाओं के लिए जिन-जिन आदमियों को खड़ा किया जा रहा है, उनमें भरसक किसान, मजदूर कर्मियों के न आने देने की कोशिश की गई है। उसके साथियों को बड़ा क्षोभ हुआ जबकि एक प्रभावशाली कार्यकर्ता को, सहकर्मियों की ओर से बहुत जोर देने पर भी कांग्रेस की ओर से खड़ा न होने दिया गया। सभी साथी बहुत उत्तेजित थे। लेकिन देवराज ने समझाया :

"मैं मानता हूँ कि कांग्रेस के नरम और गरम दल में पार्थक्य शुरू हो गया है। यह पार्थक्य आर्थिक प्रोग्राम के कारण है, इसलिए इसे स्थायी तौर पर मिटाया नहीं जा सकता। तो भी दो बातों का हमें खयाल रखना चाहिए। ब्रिटिश सरकार से हमारी लड़ाई अभी खतम नहीं हुई है। जबर्दस्त मोर्चे अभी आगे हैं। इसलिए हमें संयुक्त मोर्चे के साथ लड़ना है। दूसरे हम जिस आर्थिक क्रान्ति को लाना चाहते हैं, वह धारासभाओं से होनेवाली नहीं है। धारासभाएँ वर्तमान आर्थिक ढाँचे को पुष्ट करनेवाली हैं। हमारी क्रान्ति किसी असाधारण अन्तरराष्ट्रीय परिस्थिति की खोज में है।"

देवराज को यह भी मालूम हो रहा था कि गरम दल में भी सभी समाजवादी नहीं हैं; और समाजवादियों में ऊलजलूल सोचनेवालों की संख्या काफी है। उसका बराबर प्रयत्न था, कि कुछ ठोस कार्यकर्ताओं को तैयार किया जाए और आर्थिक समस्याओं को लेकर जनता को जागृत किया जाए।

चुनाव के परिणाम की घोषणा हुई। कोई महाराजा ढाई लाख रुपया खर्च करके भी चारों खाने चित्त हुए। कोई बाबू सत्तर हजार खोकर हारे। पुराने 'जी हुजूरों' के घरों में चिराग नहीं जल रहे थे। मुस्लिम निर्वाचन क्षेत्रों का परिणाम सन्तोषजनक न था। एक दिन इसी विषय पर साथियों में बात छिड़ गई। साथी लौटू सिंह ने कहा :

"मुसलमानों में राष्ट्रीय जागृति की कमी है। देखिए, अब भी धरम के नाम पर इन्हें अन्धा बनाया जा सकता है।"

साथी रामप्रसाद बोले, "लेकिन, इसमें दोष किसका? नई राष्ट्रीयता के जन्म के साथ किसने उन्हें खिलाफत के नाम पर अन्धा बनाया? धरम की ओर बढ़ती हुई उदासीनता को हटाकर फिर किसने उनमें धार्मिक भावों को जगाया?"

देवराज ने रामप्रसाद की बातों का समर्थन करते हुए कहा, "आज भी तो हमारे बड़े-बड़े कांग्रेसी नेता धर्म को राजनीति का अनिवार्य अंग बनाना चाहते हैं। फिर साम्प्रदायिक मुसलमान कांग्रेस को हिन्दू संस्था कहकर क्यों न लोगों को भड़काएँ? रोटी ही का सवाल ऐसा है, जो साम्प्रदायिकता को दूर कर सकता है; लेकिन कांग्रेस के ये नेता स्पष्ट रूप में इस प्रश्न को जनता के सामने आने देना नहीं चाहते।"

कमाल ने बड़े स्वर में कहा, "राष्ट्रीय एकता, राष्ट्रीय एकता की रट लगाई जाती है, जब तक देश में धर्म का मुँह काला नहीं किया जाता और सभी भारतीयों की रोटी-बेटी एक नहीं होती, तब तक क्या राष्ट्रीय एकता सम्भव है?"

बटुक ने कमाल की ताईद करते हुए कहा, "हमको तो ये लोग कह देते हैं—इनको पश्चिम की हवा लग गई है। क्या साफ सोचना पश्चिम की हवा है? धीरे-धीरे आखिर ये लोग भी उसी जगह पहुँचेंगे, जहाँ तक कि रोटी-बेटी की एकता का सवाल है। लेकिन, अभी हमको बदनाम करके क्रान्ति की गति मन्द करना चाहते हैं।"

यद्यपि कांग्रेसी नरम दल के व्यवहार से प्रगतिशील तरुण दल बहुत असन्तुष्ट था; लेकिन, तो भी प्रगति विरोधियों को पिछले चुनाव में जिस तरह हार खानी पड़ी, उसे देख उन्हें बहुत प्रसन्नता हुई। शहरों और गाँवों की बरसों सुस्ती अब काफूर हो गई थी। राष्ट्र-विरोधियों के मुँह पर हवाइयाँ उड़ रही थीं।

जनवरी (1937) में देवराज को जेनी का यह पत्र मिला—

...स्पेन

18 दिसम्बर, 1936

"प्राणों से प्यारे डेवी,

इतने वर्षों से कलम और जबान चलाती रही। इंग्लैंड के कितने ही अग्रगामी मजदूर नेताओं की कायरता को देखकर बड़ी शरम होती है। और, सचमुच इन्हीं की करतूतों से तो इंग्लैंड की जनता ने दो-दो बार टोरियों को जबर्दस्त बहुमत के साथ पार्लियामेंट में भेजा। टोरी मंत्रिमंडल भलीभाँति जानता है, कि पूँजावादियों में पारस्परिक शान्ति असम्भव है। लेकिन, साथ ही वह यह भी समझता है, कि किसी देश में पूँजीवाद के नाश का मतलब श्रमजीवियों के राज्य की स्थापना है। इसलिए वह कभी इटली को प्रसन्न करने की कोशिश करता है, कभी जर्मनी को। इंग्लैंड

की जनता को वास्तविकता से अनजान रक्खा जाता है। लेकिन, अनजानकारी खुद भी एक बड़ा अपराध है। उसके दंड से बचा नहीं जा सकता है। क्रान्ति—नई नींव पर नये समाज की भित्ति स्थापित करना—बड़ी लुभावनी चीज है। खासकर शिक्षित तरुण दिमाग के लिए। वह समय था, जबकि निम्न-मध्यम श्रेणी के शिक्षित तरुण ही नहीं, बल्कि उच्च समाज के भी कितने जवान समाजवाद की ओर आकर्षित होते थे और कितने ही आज भी समाजवादी होने का दावा कर रहे हैं। लेकिन, जिस वक्त उन्हें समाजवाद के जमीन पर उतरने का खयाल आता है, तो सोचते हैं—अरे, तब तो वर्तमान आर्थिक ढाँचा ही चकनाचूर हो जाएगा। हमारा अपना घर, बैंक में जमा रुपया, जमींदारी, व्यापार में लगा धन आदि सभी चीजें छिन जा सकती हैं। उस वक्त हम और बीबी-बच्चे गली के भिखारी बन जाएँगे। हमारी मान-प्रतिष्ठा हवा हो जाएगी और सूखे की तरह उड़ते फिरेंगे। यह डर है, जिसके कारण अपने को समाजवादी कहनेवाला शिक्षित मध्यमवर्ग समाजवाद का सबसे बड़ा दुश्मन बनता है। अपनी कमजोरियों को वह 'धीरे-धीरे क्रान्ति' लाने की आड़ में छिपाना चाहता है। यही भाव है जिनके कारण इंग्लैंड की जनता टोरियों के जबर्दस्त फन्दे में फँसी हुई है और उसका फल उसे भोगना पड़ेगा।

"हम कितने ही तरुण-तरुणियों ने अपने देश में जो काम किया, वह निष्फल नहीं रहा। चाहे गति मन्द हो और आसनन-भविष्य में आनेवाले संकट को टालने में हम समर्थ न हों, लेकिन, तो भी हम भविष्य के लिए निराश नहीं हैं।

"प्यारे डेवी, मुझसे खीझना मत, न उदास होना। मैं तुम्हें अपना एक निश्चय सुनाने जा रही हूँ। मैंने तुमसे राय लिये बिना ही एक भारी काम किया है, जिसे कि इस चिट्ठी के ऊपर स्टाम्प से ही तुमने समझ लिया होगा। सिर्फ कलम और जबान चलाने से मुझे सन्तोष नहीं हुआ और इसके लिए तुम मुझे अपराधी न ठहराओगे; क्योंकि इस अपराध के तुम खुद ही शिकार हो! बार्सिलोना, मुद्रिद के हवाई आक्रमणों तथा दूसरे युद्ध-क्षेत्रों के बारे में मैंने पत्रों में कुछ लेख भेजे जरूर हैं; लेकिन, मैं पत्रकार और संवाददाता बनकर यहाँ नहीं आई। मैं यहाँ आई कलम की जगह बन्दूक की नली पकड़ने, स्याही की जगह गोलियों और खून से अपने आदर्शों की रक्षा करने। साम्यवादी रूस का बहुत भारी आतंक है ही, इसलिए इंग्लैंड के धनिक शासक इतने नजदीक स्पेन में साम्यवाद की स्थापना फूटी आँखों भी देखना पसन्द नहीं करते। इटली और जर्मनी के फासिस्ट खुलेआम अस्त्र-शस्त्र और आदमियों से बागियों की मदद कर रहे हैं। सार्वजनिक चुनाव के बहुमत द्वारा स्थापित प्रजातंत्र पर पीछे से घात करने के लिए इंग्लैंड और उसके दबाव के कारण फ्रांस भी तैयार है। समय आएगा, जब कि इंग्लैंड और फ्रांस को इसके लिए पछताना पड़ेगा। तो भी स्पेन के शिशु समाजवादी प्रजातंत्र का इस प्रकार गला घोंटे जाते देखकर हम चुपचाप तमाशा नहीं देख सकते।

"स्पेन के नर-नारी सर्वस्व की बाजी लगाकर अपनी स्वतंत्रता की रक्षा के लिए तैयार हैं, इसे तुमने पत्रों में पढ़ लिया है। लेकिन, धनियों और उनके साथी पादरियों का घोर विश्वासघात स्मरणीय घटना रहेगी। स्पेन उन लोगों के लिए अच्छा जवाब है, जो कहते हैं कि निर्वाचन के बहुमत द्वारा हम समाजवाद की स्थापना कर सकते हैं। पार्लियामेंट के चुनाव में समाजवादियों का जबर्दस्त बहुमत रहा। जब उस बहुमत का उपयोग करके सरकार ने शिक्षा को पादरियों के हाथ से निकालकर अपने हाथ में लेना चाहा, किसानों और मजदूरों के लिए मामूली रियायतें करनी चाहीं, तो यहाँ के जमींदारों, पूँजीपतियों और पादरियों ने एक होकर विरोध करना शुरू किया। विरोध जबानी नहीं हथियार से। आखिर सैनिक और नागरिक अधिकारी प्राय: सभी और देशों के भाँति यहाँ भी धनिक श्रेणी के थे। जर्मनी और इटली फासिस्ट सरकार बागियों को खुले तौर से मदद कर रही है। इंग्लैंड की अर्द्धफासिस्ट सरकार भविष्य का कुछ भी खयाल किये बिना हस्तक्षेप की नीति द्वारा अप्रत्यक्ष रूपेण बागियों की सहायक बन रही है। स्पेन के बहादुर किसान-मजदूर आज फासिस्टों की वेदी पर बलि चढ़ाए जा रहे हैं। जनता के बहुमत द्वारा निर्वाचित समाजवाद आज जबर्दस्ती अधिकारच्युत किया जा रहा है। समाजवाद सुधार द्वारा स्थापित नहीं हो सकता, उसके लिए क्रान्ति चाहिए। सभी सरकारें अधिकारारूढ़ श्रेणी के स्वत्वों की रक्षा के लिए होती हैं। क्या कोई..."

"19 दिसम्बर

"कल पत्र को आगे नहीं लिख सकी। आसमान से फ्रैंकों की मदद के लिए आए जर्मन वायुयानों का हमला हुआ। दूर से गड़गड़ाहट सुनाई दी। छै हवाई जहाज एक के पीछे एक उड़ते जा रहे थे। हम 12 सिपाही देवदारों से ढकी एक पहाड़ी पर तैनात थे। मशीनगन दुश्मन की ओर मुँह किये लगी हुई थी। वायुयान-ध्वंसक तोप यहाँ हमारे पास नहीं है। अपनी तरफ आते देख हम लोग पहाड़ी के चारों ओर बिखरकर वृक्षों में छिप गए। शायद हमारी मोर्चाबन्दी को उन्होंने देख लिया, पाँच बम्ब गिराए गए। उसके फटने की भीषण आवाज से सारी पहाड़ी गूँज उठी। संयोग से बम्ब सौ गज आगे निकल जाने पर गिरने शुरू हुए, इसलिए हममें से कोई घायल नहीं हुआ।"

"डेवी, मेरे दिमाग में खयाल दौड़ रहा है, 20 वर्ष पहले तुम भी इसी तरह दुश्मन के धावे की प्रतीक्षा में किसी मोर्चाबन्दी पर तैनात रहे होगे। हाँ, तुम परदेशी शासकों की सहायता में गुमनाम मरने को तैयार थे—यही तुम्हारे अंग्रेजी अफसर समझते थे—और मैं अन्तरराष्ट्रीय ब्रिगेड की एक सम्माननीय सिपाही, खुलेआम अपने आदर्श के लिए यहाँ मरने आई हूँ। आदर्श के लिए ही दोनों युद्धपंक्ति में बैठे थे। मृत्यु! कितना भयंकर और अवांछनीय शब्द है!! लेकिन मेरे लिए उसमें वह भयंकरता नहीं। जीने के लिए हम मृत्यु का आलिंगन करते हैं। मृत्यु के लिए

तैयार हुए बिना जीना असम्भव है। मैं अन्तस्तल से जीना चाहती हूँ, उसी तरह जिस तरह कि हर क्षण तुम्हारे साथ गुजारना चाहती हूँ, लेकिन, जो जीना मृत्यु के मोल न मिलता हो, वह जीना किस काम का? जीने के लिए हमें भारी कीमत अदा करनी पड़ेगी।

"इंग्लैंड के हमारे मजदूर नेता जीने को कौड़ी के मोल खरीदना चाहते हैं, इसीलिए यहाँ मेकडानलों की कमी नहीं। आज क्या...

"युद्ध की खाई, स्पेन

24.12.36

"प्रिय मिस्टर सिंह,

"दूसरी कलम से लिखी इन पंक्तियों को देखकर आश्चर्य न करें। सखी जेनी ने अपूर्ण पत्र को तुम्हारे पास भेजने के लिए कहा था। जेनी ने जीने के लिए पूरा मूल्य चुकाया। कल शाम को दुश्मन के हवाई जहाजों का जबर्दस्त धावा हुआ। हम लोगों ने आड़ धरा, लेकिन एक बम्ब जेनी से दस कदम पर फटा। वह बहुत बुरी तरह घायल हुई। दाहिना हाथ उड़ गया। चेहरा झुलस गया। आधा घंटा जीवित रहीं। सिर्फ एक बार होश में आई थी। सिर्फ इतना ही बोलीं, 'एनी, चिट्ठी...।' मरने पर कोट के पाकेट में यह अपूर्ण चिट्ठी मिली। मिस्टर सिंह मुझे अब तक आपसे मिलने का सौभाग्य नहीं प्राप्त हुआ, लेकिन आपके बारे में जेनी ने बहुत-सी बातें मुझे बतलाई थीं। जेनी पत्नी ही नहीं आदर्श साथी भी थी, इसलिए आज आपके हृदय में भारी सूनापन अनुभव होगा। लेकिन, मैं क्या कहकर सान्त्वना दे सकती हूँ। अन्त में यही कहना चाहती हूँ, कि जेनी ने मृत्यु का उसी तरह खुशी साथ आलिंगन किया, जिस तरह के चिर-वियोगी प्रेमिका पुनर्मिलन के समय। जेनी ने तीन लड़ाइयों में असाधारण बहादुरी और कौशल का परिचय दिया था और आज कितने ही तमगों के साथ वह अन्तरराष्ट्रीय ब्रिगेड में कप्तान थी।

"आपके असह्य शोक की सहभागिनी—

एनी ब्लंट (अमेरिकन)"

पत्र पढ़कर देवराज का हृदय दो टूक हो गया। उसका मन निश्चेतन-सा मालूम होने लगा और सोचने-विचारने की अपेक्षा उस वक्त इसी अवस्था को वह अधिक पसन्द करता था। आमू-दरिया के तट पर खड़े छोटे मोटरबोट की ओर देखती वह लम्बी पतली शकल अभी बिलकुल ताजी उसके हृदय पर अंकित थी, वह तरुण चेहरा उसे भूला न था, जिसे बीस साल पहले अस्पताल में उसने पहले-पहल देखा था। उस हृदय का खयाल करके उसका दिल धैर्य खोने लगता था, तो उसके स्वप्नों

का सहभागी था। देवराज अपने को अपराधी समझता था, जबकि वह सोचता था कि जेनी भारत देखने के लिए कितनी उत्सुक थी, और उसकी इच्छा को न पूरा होने में वह खुद बाधक हुआ।

एसेम्बली के निर्वाचन में कांग्रेस का अनेक सूबों में बहुमत रहा। देश ने दिखला दिया कि अंग्रेज सरकार की सारी कोशिशें बेकार हुईं, वह जनता की आत्मा को कुचलने में सफल न हुई। देवराज के लिए यह स्वाभाविक बात थी। उसका कहना था—जनता को बड़े-से-बड़े अत्याचार भी आतंकित नहीं कर सकते, क्योंकि रात-दिन की भूख-प्यास के सामने से वह उसे शीघ्र ही भूल जाती है।

कौंसिलों पर अधिकार हो जाने पर पद-ग्रहण के सम्बन्ध में विवाद उठ खड़ा हुआ। कांग्रेस निरंकुश गवर्नरों के अधीन रहकर मंत्रिपरिषद ग्रहण करने के लिए तैयार न थी। अंग्रेजी सरकार जैसे हो तैसे मंत्रिमंडल बनाने के लिए उतारू थी। रामप्रसाद ने उस वक्त के मनोभाव के बारे में कहा :

"साथी देवराज, जमींदारों के मुँह पर हवाइयाँ उड़ रही हैं। उन्होंने आँखें मूँदकर दोनों हाथों रुपया लुटाए और हर तरह से जनता की आँखों में धूल झोंककर वोट लेना चाहा; किन्तु उसका सारा प्रयत्न निष्फल गया। आज जब कांग्रेस ने मंत्रि-पद से इनकार कर दिया, तो उनके मुँह से लार टपक रही है।"

"लेकिन प्रबुद्ध जनता को फिर थपकियाँ देकर सुलाया नहीं जा सकता। अंग्रेज, जमींदारों की मदद से कुछ दिन तक सरकार चला सकते हैं, लेकिन अन्तरराष्ट्रीय परिस्थिति जिस प्रकार उनके प्रतिकूल होती जा रही है, उन्हें देखते अंग्रेजों की विपदा दूर नहीं है।"

"किन्तु, साथी देवराज, जिस प्रकार अंग्रेजी जर्मनी को खुश करना चाहते हैं, क्या उससे युद्ध टाला जा सकता है?"

"अंग्रेज तो युद्ध को टालते जा रहे हैं। वस्तुतः युद्ध जो अब तक नहीं हुआ, उसका कारण था, अंग्रेजों को पीछे हटाना। लेकिन सवाल है—'अंग्रेज कहाँ तक पीछे हट सकते हैं। फ्रांस और जर्मनी की मैत्री असम्भव है। अंग्रेजों ने हिटलर के सामने मित्रता का हाथ बढ़ाकर फ्रांस को शंकित बना दिया। फ्रांस ने इटली के साथ मुरव्वत दिखलानी चाही। परिणाम हुआ अबीसीनिया पर मुसोलिनी का अधिकार। मित्रों में दाव-पेंच! हाँ, अंग्रेज राजनीतिज्ञों की राजनीतिक सूझ आजकल ऐसी ही है।"

"तो क्या जर्मनी को अंग्रेज किसी तरह अपने अनुकूल नहीं बना सकते?"

"अंग्रेज, इटली, जापान और जर्मनी तीनों को अपने अनुकूल बना सकते हैं, लेकिन इसके लिए उन्हें आधा राजपाट देना होगा। आस्ट्रेलिया जापान की भेंट हो

दक्षिणी अफ्रीका जर्मनी को और मिस्र सूडान इटली को। बस, तीनों अनुकूल हुए हवाए हैं।"

"बड़ी कड़वी घूँट?"

"नहीं तो इटली और जर्मनी को अफ्रीका में फ्रांस के साथ मनमाना करने दें, जर्मनी के पुराने उपनिवेश लौटा दिये जाएँ, जिसमें वह वहाँ अपने जहाजी बेड़ों, और हवाई जहाजों के अड्डों को मजबूत करने में समर्थ हो। चीन ही नहीं, जावा-सुमात्रा को भी जापान के हाथ में जाने दें, जिसमें कि वह पेट्रोल और मिट्टी के तेल से ही मालामाल न हो जावे, बल्कि आस्ट्रेलिया और हिन्दुस्तान के सम्बन्ध को इच्छानुसार विच्छिन्न कर सके। इस प्रकार भी इंग्लैंड तीनों फासिस्ट शक्तियों से मैत्री स्थापित कर सकता है।"

"कितने दिनों के लिए?"

"दो-तीन सौ दिनों के लिए या इससे कुछ अधिक के लिए भी?"

"लेकिन फ्रांस जैसे मित्रों को बलिदान चढ़ाकर ही तो?"

"मित्रों को बलिदान तो चढ़ाया ही जाता है। खासकर इंग्लैंड के वर्तमान राजनीतिज्ञ सब कुछ करने के लिए तैयार हैं; वह फकत इतना ही चाहते हैं कि उनकी वर्तमान पूँजीवादी व्यवस्था जैसे भी हो कायम रहे। लेकिन, इंग्लैंड निश्चय ही फासिस्टों को अन्त में खुश न कर सकेगा। पूँजीवादियों के स्वार्थ हमेशा परस्पर विरोधी हैं, उनमें स्थायी दोस्ती सम्भव नहीं। जब तक चौथाई धरातल पर फैला इंग्लैंड का साम्राज्य, दूसरे पूँजीवादियों के व्यापार के प्रसार में भारी रुकावट बना हुआ है, तब तक शान्ति हो कैसे सकती है? इंग्लैंड शान्तिवादी बना हुआ है, क्यों? क्योंकि उसके पेट में और हजम करने की शक्ति नहीं है। वह घबड़ाता है, कहीं वमन-विरेचन की नौबत न आवे!"

इंग्लैंड के लिए बचने का कोई रास्ता नहीं है?"

"जब तक उसके साम्राज्य में सूर्य अस्त नहीं होता, तब तक कोई रास्ता नहीं। भारत के लिए यह सबसे सुन्दर अवसर है। युद्ध ही भारत के लिए वरदान होगा। इंग्लैंड बस उसी दिन से घबड़ा रहा है। हमें उसी दिन के लिए तैयारी करनी है। अंग्रेज खुशामदियों का मंत्रिमंडल भले ही बना ले", लेकिन जनमत को वे समझ गए हैं, वे बहुत दिनों तक उसकी अवहेलना नहीं कर सकते।"

"जनता ही के हाथ में वस्तुतः हमारे भाग्य का फैसला है।"

"लेकिन, मैं तो समझता हूँ, हमें बाहरी शत्रुओं की अपेक्षा भीतरी शत्रुओं से अधिक सजग रहना चाहिए। कांग्रेस ने जनता के मौलिक अधिकार कराँची में कबूल किये, किन्तु बड़े-बड़े चोटी के नेता उसे दिल से कबूल करने के लिए तैयार न थे। निर्वाचन-घोषणा में भी कांग्रेस ने किसानों और मजदूरों के हितों की बात बड़े लम्बे-चौड़े शब्दों में पेश की है, लेकिन मुझे विश्वास है, यह भी हमारे

नेताओं के हलक के नीचे उतरने वाली चीज नहीं है। जनता को सजग रखने की जरूरत है।"

तीन महीने का अन्तर्वर्ती मंत्रिमंडल खतम हुआ। कुछ आश्वासन के बाद कांग्रेस ने मंत्रिपद स्वीकार किया। नये मंत्रियों ने धुआँधार व्याख्यानों द्वारा जनता को खुश करना चाहा। इधर जमींदार भी पाँसा पलटते देख मंत्रियों के दरबारों में हाजिरी देने लगे। राजा-महाराजाओं के साथ हाथ मिलाने से 'रंक को राज-सम्पत्ति पाने का' आनन्द मिलने लगा। मंत्रियों ने उनके हितों की रक्षा के लिए आश्वासन-पर-आश्वासन देने शुरू किये। देवराज और उसके साथियों का माथा ठनका।

"जिन जमींदारों ने कांग्रेसी उम्मीदवारों को हटाने में कोई कसर उठा न रक्खी, आज उन्हीं के हकों की रक्षा की बीड़ा ये कांग्रेसी मंत्री उठा रहे हैं!! आश्चर्य!!" —उत्तेजित होकर कमाल ने कहा।

"आश्चर्य की कोई बात नहीं" समाधान करते हुए देवराज ने कहा, "जब तक पद स्वीकार नहीं हुआ था, तभी तक गोलमोल बात रह सकती थी। अब अधिक दिनों तक बात छिपी नहीं रह सकती। यह साफ है, हमारे मंत्री, जमींदारी-प्रथा और पूँजीवाद के उठाने लिए वहाँ नहीं गए हैं।

"उतना अधिकार भी तो नहीं है।"—रामप्रसाद ने कहा।

"जमींदारी प्रथा को उठाने का भले ही सीधा अधिकार न हो, किन्तु अपनी कार्रवाइयों द्वारा जनता को वह उत्साह प्रदान कर सकते हैं, जिसके कारण जमींदारी खुद कौड़ी की तीन हो सकती है, किन्तु वह यह भी पसन्द न करेंगे। लेकिन, एक बात निश्चित है, जनता अब पीछे हटनेवाली नहीं है।"

"लेकिन साथी देवराज, मुझे ताज्जुब होता है, मंत्रियों के व्यवहार पर।—कमाल ने कहा।

"ताज्जुब की जरूरत नहीं। दुनिया में हर जगह ऐसा देखा गया है। जिस सीढ़ी के सहारे कोठे पर चढ़ते हैं, उसे फेंक देने में न आनाकानी करनेवाले बहुतेरे आपको मिलेंगे। मेक्डानेल ने क्या किया?"

बटुक ने उत्तेजित होकर कहा, "विश्वासघात! भाई देवराज, यह सरासर विश्वासघात है। और मैं समझता हूँ, आखिर मंत्री खुद भी तो जमींदार हैं, दस हजार वाले को अपनी जमींदारी से उतना ही प्रेम है, जितना कि दस लाखवाले को अपनी से।"

"ऐसा कहने से कोई फायदा नहीं, हमें सिर्फ यह खयाल है कि अभी मंजिल बहुत दूर है। कल के हमारे साथी आज हमारे विरोधी बनते जा रहे हैं। लेकिन, क्रान्ति के अग्रदूत नेता नहीं होते, उसका स्रोत जनता है।"

अवसान

"इतनी उम्मीद न थी। वादों को भूल जाने की ही बात नहीं, बल्कि यह उल्टी छूरी से गला रेतना है। क्या 'सत्य-अहिंसा' का पालन इसी तरह होता है?"—हरनन्दन ने कांग्रेसी मंत्रिमंडल के सवा साल के कार्यों पर टिप्पणी करते हुए कहा।

"सत्य और अहिंसा!! क्या देख नहीं रहे हो, कैसी-कैसी सूरतें अब तिरंगे झंडे के नीचे खड़ी हो रही हैं?" कमाल ने बात को आगे बढ़ाते हुए कहा, "रायबहादुर केशव सिंह सरकारी वकील बनाए गए हैं।"

"अजी जनाब, अमन-सभा की सेवाओं का भी तो सरकार को खयाल करना चाहिए था। कितने पुराने दोस्तों और साथियों को जेल का रास्ता दिखलाने के लिए कुछ पारितोषिक मिलना चाहिए!"—बटुक ने बालों को पीछे की ओर सहलाते हुए कहा।

"भाई, यह गद्दी का महातम है, जो उस पर बैठता है, वही ऐसा हो जाता है!"

"नहीं, साथी रामप्रसाद घबड़ाने की बात नहीं, इस अवस्था से भी पार होना पड़ता है। आखिर खरे-खोटे की परख कैसे होगी?" निर्मल ने कहा।

"सो तो ठीक है, निर्मल, लेकिन देख-देखकर कुफ्त होती है। जो मूर्तियाँ आज झंडे के नीचे इकट्ठा हो रही हैं, वह हृदय परिवर्तित करके नहीं आई हैं, इसीलिए नहीं कि 'झंडा ऊँचा रहे हमारा।' आज कांग्रेस में कैसी गन्दगी है। ऐसे-ऐसे लोगों ने खद्दर पहनना शुरू किया है और ऐसे अभिप्राय से कि 'लम्बा टीका मधुरी बानी दगाबाज की यही निशानी' याद आती है। आखिर हम जा कहाँ रहे हैं?"

"साथी रामप्रसाद, जा कहाँ रहे हैं, क्या यह भी मालूम नहीं? जमीन गोल है, कांग्रेस अमन-सभा बनने जा रही है। हरिपुरा के लिए प्रतिनिधियों का चुनाव कैसे हुआ, क्या याद नहीं? धनी और जमींदार जानते हैं कि कांग्रेस एक शक्ति है, इसलिए वह उस पर कब्जा करना चाहते हैं, रुपयों के तोड़े खोलकर हजारों झूठे कांग्रेस सदस्य बनाए जा रहे हैं, झूठे वोटर तैयार किये जा रहे हैं। उस पर भी सफलता की आशा नहीं रहती, तो बैलेट-बाक्स तोड़ दिये जाते हैं। यह है सत्य और अहिंसा।"

"साथी कमाल, चारों ओर गन्दगी। पुलिस सहम गई थी, जिस वक्त कांग्रेस ने मंत्रिपद स्वीकार किया था, कचहरियों के अमले डर गए थे, और रिश्वत बन्द-सी हो गई थी, लेकिन अब!"

"अब तो पहले से भी दूने उत्साह से पुलिस और कचहरियों में रिश्वत चल रही है। लोग दंग हैं, क्या यही स्वराज्य है।"

"भाई, हमारे साथियों को हिम्मत नहीं होती कि इन बुराइयों के पीछे पड़ें। 'आए थे हरिभजन को ओटन लगे कपास'। भारत-कानून को तोड़ने के लिए आए थे और अब गद्दी के मोह में पड़ गए, कम-से-कम हमारे प्रान्त में तो यह बात बिलकुल सच उतरती है।"

हरनन्दन ने कमाल की बातों का समर्थन करते हुए कहा, "हमारी आँखों के सामने कांग्रेस की मिट्टी पलीद की जा रही है। गाँवों के किसान कांग्रेस को स्वार्थियों का अड्डा समझ रहे हैं। डिस्ट्रिक्ट बोर्ड और म्युनिसिपैलिटी के प्रबन्ध को देखकर तो कभी-कभी चित्त निराश होने लगता है।"

"लेकिन साथी हरनन्दन", रामप्रसाद ने कहा, "इसमें न निराश होने की जरूरत है, न ताज्जुब करने की। पहले भी ठीकेदार अधिक-से-अधिक नफा उठाना चाहते थे, लेकिन काम मजबूत करके। आज काम भी खराब करना चाहते हैं और साथ ही अस्सी फीसदी रुपया अपने पॉकेट में रखना चाहते हैं। भारतीय संस्कृति और सभ्यता पर आधुनिकता की कलई जो ठहरी। मैं तो समझता हूँ, भारतीय पूँजीवाद की बदतर सत्ता इसका कारण है। इंग्लैंड में चाहे कुछ दिनों के लिए पूँजीवाद को सह्य माना भी जावे, किन्तु उसका भारतीय संस्करण तो एक क्षण के लिए भी सहने योग्य नहीं है।"

"भारतीय सभ्यता और संस्कृति", कमाल ने कहा, "को सुनते-सुनते कुफ्त हो गया है। क्या है भारतीय सभ्यता और संस्कृति? बदन खोलकर अर्धनग्न पड़े रहो। पाखाने की सफाई पर एक पैसा भी खर्च करना पाप समझो...गाँव हो तो पास के खेत पाखाने की खाली जगहें बनी ही हैं। किताब और अखबार...जहाँ तक हो उनका काम माँग-जाँचकर चला लो। कपड़े धोबी के यहाँ जल्दी-जल्दी जाकर फट न जावें। बिरादरी, धर्म के नाम पर, ब्याह, श्राद्ध, तीरथ, व्रत के लिए कर्ज निकाल-निकालकर खर्च करते जाओ। औचित्य को मानते हुए भी समाज के डर से थर-थर काँपते रहो। धर्म और सदाचार में 'हाथी के दाँत खाने के और दिखाने के और' की नीति को अक्षरशः पालन करते रहो। दुनिया दो सौ साल आगे बढ़ जावे, तब भी तुम अँगड़ाई न लो।"

"आत्मवंचना और परवंचना की जितनी हद्द कर दो, उतनी ही भारतीय सभ्यता और संस्कृति को पराकाष्ठा तक पहुँची समझो।" हरिनन्दन ने उपसंहार करते हुए कहा।

कमाल गम्भीरता लाते हुए बोला, "मेरी समझ में हमारे मंत्री लोग गलत समझ रहे हैं, यदि उनका खयाल है कि वे किसानों और मजदूरों के हितों को कुचलते हुए भी कागजी घोड़ों और गांधी की दुहाई देकर फिर जनता को धोखा दे सकेंगे। आज हमारे मंत्री बड़ी संजीदगी के साथ कहते हैं, 'जमींदारी-प्रथा उठा देने पर भी किसानों की गरीबी दूर न होगी।' मानो यह दलील जमींदारी-प्रथा को अजर-अमर रखने के लिए पर्याप्त है। जमींदारी-प्रथा के उठाने से आदमी पीछे आठ आना मासिक की आमदनी बढ़ जानी कम नहीं है, साथ ही जब हम विचार करते हैं कि जमींदार गाँवों में कितने सामाजिक अत्याचारों की जड़ हैं, वे खुद झूठे मुकदमे, मारपीट, फूट और बिलगाव द्वारा गरीबों पर कितने जुल्म के पहाड़ ढाते हैं; तो और भी उनका अस्तित्व असह्य मालूम होता है।"

"दूसरी तरफ हमारे मंत्री यह भी तो कहते हैं, 'जमींदारी-प्रथा उठाने का हमारा अधिकार नहीं।' "

"जी हाँ! उठाने का अधिकार नहीं, लेकिन सारी शक्ति लगाकर उसकी रक्षा करने का काम तो कांग्रेस ने आपके जिम्मे सौंपा है न! आप लोग सभी जमींदारों की हिफाजत में पहुँच क्यों जाते हैं? आप यदि सच्चे अर्थों में तटस्थ रह जावें, तो किसान जमींदारी को नरक बना सकते हैं। आपकी मदद पर भी वह नरक बनती चली जा रही है। जमींदारी का कोई खरीदार नहीं मिल रहा है। जिस जमींदारी को कुछ ही सालों पहले, रुपया लगाने का सबसे अधिक सुरक्षित स्थान समझा जाता था, उसी के नीलाम में कोई बोली बोलनेवाला नहीं मिलता। साथी रामप्रसाद, कम्बख्त जमींदारी गए बिना नहीं रहेगी, लेकिन 'दमड़ी की हँड़िया गई, कुत्ते की जात पहचानी गई..."

इसी समय कमरे के भीतर दो और शकलें दाखिल हुईं, उनमें से एक के बदन पर गाढ़े की लुंगी, कुर्ता और सिर पर दुपलिया टोपी थी, दूसरा चौड़े पाजामे और कुर्ते के साथ मखमली किश्तीनुमा टोपी पहने हुए था। तरुणों ने खड़े होकर हाथ बढ़ाते हुए एक साथ कहा :

"आओ साथी जंगली, आओ साथी अनवर हुसेन। तुम लोग तो दूज के चाँद हो गए। इतने दिनों तक पटना तुम्हारे दीदार के लिए तरसता रहा।"

"पटना नहीं यार, अजीमाबाद कहो।" जंगली मियाँ ने कहा, "क्या काफिराना नाम ले रहे हो।"

"गुस्ताखी माफ", कमाल ने अदब के साथ कहा, "अजीमाबाद इन दोनों सूरतों के लिए तरस रहा था। कहो तो हजरत कहाँ गायब रहे! गूलर के फूल हो गए थे?"

"फिर काफिरों का मुहाविरा?" अब की बार अनवर की बारी थी।

"अरे तुम इस्लाम को डुबोकर रखोगे। क्या कोई इस्लामी मुहाविरा नहीं है—कहो 'अंका हो गए थे'।"

"इरशाद सर आँखों पर। आकायान् कहाँ अंका हो गए थे? साथी जंगली..."

"साथी जंगली नहीं", अनवर ने बीच में रोककर कहा, "यह भी काफिराना नाम है, साथी वह शिउल्ला कहो।"

"क्या खूब सुबहानल्ला", कमाल ने ठहाका मारते हुए कहा, "जंगली मियाँ से वह शिउल्ला।"

"अरे भाई", जंगली मियाँ ने मुस्कराते हुए कहा, "अनवर के नाम चुनने का काम अपने जिम्मे ले लिया था और क्या पूछते हो पिछले छै महीने की कैफियत? हम दरभंगा से देहली तक का चक्कर काटते रहे।"

"चक्कर!" बटुक ने पेशानी में सिकुड़न लाते हुए कहा, "और हममें से किसी को ले जाने की जरूरत नहीं समझी।"

"अभी मौका हाथ से गया नहीं है।" अनवर ने टोपी को मेज पर पटकते हुए कहा।

दोस्तों ने देखा, अनवर की चाँद पर बालों को काटकर तिकोना मैदान बनाया गया है। रामप्रसाद ने टिप्पणी करते हुए कहा :

"और यह चाँद चटियल कैसे पड़ गई, उस्ताद?"

"बोलने की तमीज भी रखते हो, यह लखनवी तर्ज है। गर्मी के दिनों में इससे सर में तरावट रहती है।"

"अच्छा तरावट ही सही। फरमाइए तो अपनी सर्गुजश्त।"—कमाल ने कहा।

"सर गुजश्त अनवर से पूछिए, पुश्तगुजश्त पूछनी हो तो मैं बतलाने को तैयार हूँ।" जंगली ने कहा।

"क्या यह भी बात है!"—हरनन्दन ने कहा।

"मजहब के छत्ते में उँगली डालें और सुरगुजश्त-पुश्तगुजश्त की भी नौबत न आवे? खानपुर के नवाब की जमींदारी है रसूलपूर में। 400 एकड़ बकाश्त। जोतते हैं किसान मगर मनमानी मालगुजारी लेने के खयाल से खेत पर रैयतों का हक होने नहीं देते थे। रसूलपुर में आधे हैं हिन्दू और आधे मुसलमान। मुसलमानों में 90 फीसदी हैं मोमिन जुलाहे। बकाश्त में भी 60 फीसदी मोमिनों की जोत है। नवाब साहब ने बकरीद के मौके पर दो मौलवी रसूलपुर भेजे—कुर्बानी जरूर होनी चाहिए। हिन्दू भी नवाब साहब के यहाँ फरियाद करने पहुँचे। नवाब ने कहा, "हमारी सात पीढ़ी हिन्दुओं के मजहबी एहसास (भावों) का खयाल करती आ रही है, यह इन रजल कौमों की बदमाशी है। हमें दरभंगा में इसकी खबर लगी। सोचने लगे—क्या करना चाहिए। बेढब सवाल था...।"

कमाल ने झुंझलाकर कहा, "अनवर, फजूल वक्त बर्बाद न करो।"

"वक्त बर्बाद कर रहा हूँ? अच्छा किस्माकोताह, बनारसी शर्मा भी संयोग से उसी दिन दरभंगा में पहुँचा।"

"अच्छा तीन दीवाने? और फिर?"

"हमें पता लग गया—" नवाब हिन्दू-मुस्लिम झगड़ा 400 एकड़ बकाश्त को अपने हाथ में करना चाहता है। शर्मा तिलक चन्दन लगाकर एक दिन पहले रसूलपुर पहुँचा और जंगली मियाँ मौलवी रहमतुल्ला के साथ एक दिन बाद?"

"मौलवी रहमतुल्ला कौन भाई?"

"फैजाबाद के बड़े भारी आलिम हाजी।" अनवर ने हँसी रोककर कहा।

"देवबन्द के तालीमयाफ्ता।" जंगली मियाँ ने भोली-भाली सूरत के साथ कहा।

"मेरा घनिष्ठ परिचय है, मौलाना रहमतुल्ला से, आप लोगों को उनके बारे में पीछे बतलाऊँगा। आगे फिर?" बटुक ने कहा।

"रसूलपुर की मसजिद में डेरा। नवाब के भेजे मौलवी दो दिन पहले चले गए थे। उन्होंने समझा था, महीने-भर रहकर वह अपना काम खतम कर चुके हैं। गाँव वालों को पता लगा—एक बड़े मौलवी एक मोमिन चौधरी के साथ तशरीफ लाए हैं।"

"फिर, फिर!"

"मौलाना ने रोज बाज उपदेश देना शुरू किया। इस्लाम की बरकत, गाय की कुर्बानी का जवाब, मोमिनों की जिल्लत-भरी जिन्दगी का कारण। दिन बीतते गए और मौलाना ने नवाब जैसे शरीफों के इस्लाम को नंगा करके रख दिया। शर्मा ने उधर आधे गाँव में महाबीरी झंडा निकालने की तैयारी शुरू की। नवाब के आदमी दोनों ओर के धार्मिक नेताओं को सहायता पहुँचाने लगे। बकरीद नजदीक पहुँच रही थी। तनातनी सीमा पार करना चाहती थी। मौलाना ने कहा, "भाइयो, मोतिनो, मजहब के सामने हमारे सर की कोई कीमत नहीं। हाँ, यह खयाल रखना चाहिए, कि हम शैतान के बहकावे में पड़कर वैसा न करें। आजकल शरीफ लोग हर जगह चाल चल रहे हैं। मैं भी मोमिन माँ-बाप का लड़का हूँ, मौलवी हुआ तो क्या हुआ। नवाब साहब का क्या रुख है।"

एक मोमिन ने कहा, "नवाब साहेब तन-मन-धन से हमारी सहायता करना चाहते हैं।"

"खुलकर?"

"मौका पड़ने पर खुलकर भी।"

"तो तन से कहना गलत। धन की मदद कितनी दी है?"

"10 रुपया लगाकर मस्जिद की सफेदी और कुछ चटाइयाँ मोल ले दी हैं।"

"बड़ा सस्ता सौदा। अच्छा हिन्दू क्या कहते हैं?"

"कहते हैं; यहाँ कभी गोकशी नहीं हुई।"

"क्या सचमुच यहाँ गोकशी नहीं हुई?"

बूढ़े जुमराती ने सिर खुजलाते हुए कहा, "मौलवी साहेब, इमान की बात पूछिए, तो यहाँ कुर्बानी कभी नहीं हुई थी।"

"और कभी हिन्दू-मुसलमानों का झगड़ा?"

"वह भी सुनने में नहीं आया। लेकिन हम बूढ़े लोग गाँव के रहनेवाले थे, पढ़ना-लिखना नहीं जानते थे, सही-गलत नमाज किसी तरह पढ़ लिया करते थे।"

मौलाना ने अंगुल-भर की लम्बी दाढ़ी पर हाथ फेरते कहा, "न जानने की वजह से यदि गाय जबह करने का सबाब तुम न दे सके तो उससे क्या? अंग्रेज बहादुर के राज में मजहबी आजादी सबको हासिल है। लेकिन मैं जानना चाहता हूँ, नवाब साहब का असामियों से कोई झगड़ा तो नहीं है।"

काने रहीम ने सफेद दाढ़ी हिलाते हुए कहा, "हम लोगों के साथ झगड़ा नहीं है। हिन्दुओं के साथ कुछ सुनने में आता है?"

"सो क्या?"

"नवाब साहेब बकाश्त लौटा देना चाहते हैं।"

"और हिन्दू!"

"कोई-कोई डट गए हैं।"

"और मोमिन भी बकाश्त में कुछ जोतते हैं?"

"अधिकतर तो हमारी ही जोत में हैं।"

"नवाब साहब उसे निकालना चाहते हैं?"

"इसकी बात ही नहीं चली।"

"तुम्हें रसीद देते हैं?"

"नहीं, रसीद का रिवाज नहीं!"

"तुम समझते हो, हिन्दुओं से बकाश्त निकाल लेने पर तुम्हारी रहने देंगे?"

"नवाब साहब के कार-पर्दाज तो ऐसा ही करते हैं।"

"मुझे विश्वास नहीं।" जंगली मियाँ ने कहा, "बकरीद के झगड़े में भी दोनों तरह के कुछ आदमी घायल जरूर होंगे। और गिरफ्तार तो गाँव भर के मजबूत आदमी होंगे। रहीम भाई, उस समय नवाब साहब यदि चाहेंगे चारों सौ एकड़ पर कब्जा कर लेने को, तो उन्हें रोकने के लिए गाँव में कौन रह जाएगा?"

"लेकिन नवाब साहब ऐसा न करेंगे। बड़े दीनदार आदमी हैं। सब तरह से हम लोगों की मदद के लिए तैयार हैं।"

करीम ने रहीम की बात पर सन्देह प्रकट करते हुए कहा, "नहीं रहीम भाई, नवाब साहब हजार दीनदार हों, रुपया उनको भी नहीं काटता। नसीबन बेचारी बेवा ने कितनी मुश्किल के साथ लकड़ी-खपड़ा जमा करके घर बनाया। हम लोग मिन्नत करते ही रह गए, लेकिन दस रुपया सलामी न देने पर घर गिरवाने के लिए तैयार हो गए थे। 120 एकड़ जमीन थोड़ी नहीं है! मुझे भनक मिली है, नवाब साहब मोटरवाला हम मँगवा रहे हैं। एक दिन उनके अमले के साथ खेती विभाग का ओवरसियर आया था, वह देख रहा था, कहाँ पानी की कल बैठाने से सब जगह पानी पहुँचेगा।"

जंगली मियाँ ने गम्भीर मुद्रा धारण करते हुए कहा, "मोमिन भाइयो, पीढ़ियों से तुम बेवकूफ ही रहे। शरीफ कौम के मुसलमान हमें कितनी हिकारत की नजर से देखते हैं, यह तुमसे छिपा नहीं है। कुर्बानी और बाजा लेकर जब झगड़ा होता है, तो हमीं आगे बढ़ाए जाते हैं—'लड़ो भतीजे! पीछे हटो पूतो!' वाली कहावत है। कम-से-कम रोटी के सम्बन्ध के साथ जहाँ मजहब शामिल किया जावे, वहाँ सजग रहने की जरूरत है। कहिए मौलवी साहेब आपकी राय इस बारे में क्या है?"

"आपसे बिलकुल मुत्तफिक (सहमत) हूँ। खासकर जबसे जाँगर चलाने वाले अपने हक पर डटते जा रहे हैं, तब से मजहब की दुहाई ज्यादा दी जा रही है। हिन्दुओं से तो शुर्फा (शरीफ) लोग कौंसिल, एसेम्बली, नौकरी-चाकरी सभी जगह अपना हिस्सा बँटाना चाहते हैं, किन्तु जब हम अपना हिस्सा माँगते हैं, तो कहा जाता है, अभी उसके लायक बनो। अरे भाई, इस्लाम के नाम पर गला फाड़नेवाले शुर्फा क्या हमारे साथ अछूतों से बेहतर सलूक करते हैं?"

"मोमिनों को अब नवाब और उनके दोनों मौलवियों की बातों में सन्देह मालूम होने लगा। उन्होंने बतलाया कि एक पंडित भी हिन्दुओं को महावीरी झंडा निकालने के लिए उकसा रहा है।"

करीम ने कहा, "उकसा तो रहा है; लेकिन साथ ही यह भी कह रहा है, अगर मुसलमान कुर्बानी के लिए जिद न करें, तो तुम भी झंडे का इरादा छोड़ दो। नवाब साहब की नीयत पर भी उसने भारी सन्देह प्रकट किया है।"

मैंने कहा, "क्यों न दोनों तरफ के लोगों से मिल लिया जावे?"

सभी मोमिन भाइयों ने कहा, "मिलने में क्या हर्ज है, खासकर जबकि नवाब साहब की नीयत भी हमें साफ नहीं मालूम होती।"

"बनारसी शर्मा हिन्दुओं के नेता के तौर पर हम दोनों मुसलमान नेताओं से मिला।"

"दोनों मुसलमान नेता! क्या खूब?" बटुक ने भौंवें तानकर गौर से दोनों की ओर देखते हुए कहा।

"और क्या? फैजाबादी मौलाना और मियाँ वहशी से बढ़कर लायक नेता कौन हो सकता है?" रामप्रसाद ने उत्तर दिया, "फिर नेताओं ने क्या तय किया?"

"नेताओं में एकाध बार गर्मागर्म भी छिड़ गई। मालूम होता था, झंडा और कुर्बानी का झगड़ा तो आगे-पीछे होता रहेगा, यह तो इसी वक्त निपटारा कर लेना चाहते हैं। लेकिन अन्त में नवाब की भीतरी साजिशों का भंडाफोड़ होने लगा। दोनों तरफ के नेताओं ने हिन्दू-मुसलमानों की सम्मिलित सभा बुलाई। बनारसी शर्मा हिन्दुओं को तैयार करके लाया था। उसने कहा, "हिन्दू भाइयो, अपने बाल-बच्चों की ओर तो देखो। नवाब साहब उन्हें दाने-दाने के लिए मुहताज करना चाहते हैं। मैं तो कहूँगा—एक गाय की कुर्बानी के लिए तुम इतनी जानों की कुर्बानी मत कराओ।

अगर तुम्हारी राय हो तो मैं मुसलमान भाइयों को कह दूँ, 'आज तक कुर्बानी चाहे भले ही न हुई हो, किन्तु यदि आज तुम चाहते हो तो बेरोक-टोक कुर्बानी कर सकते हो।' हिन्दुओं में दो-एक को छोड़कर सब ने कहा—हम तैयार हैं। उन दो आदमियों के बारे में वहीं मालूम हो गया कि वे नवाब के आदमी हैं।"

"फिर मुसलमानों की ओर से क्या जवाब दिया गया?" कमाल ने पूछा।

अनवर ने कहा, "मोमिनो की ओर से मुझे जवाब देने को कहा गया। मैंने कहा, 'भाई खुदा को गाय के गोश्त की कोई खास जिद्द नहीं है। हिन्दू भाइयों ने अपनी ओर से जिस उदारता का परिचय दिया है, इसका बदला हम यह करके चुका सकते हैं—कि हम न गाय की कुर्बानी करेंगे और न बाजे के खिलाफ आवाज उठाएँगे।" इस पर वहशी ने कहा, 'मोमिन भाइयों की ओर से मैं यह भी कहूँगा कि हिन्दू-मुसलमान दोनों एक होकर चार सौ एकड़ खेत को, जिन्हें कि हमारे ही काश्तों को नीलाम करा-कराकर नवाब ने इकट्ठा किये हैं—किसानों के हाथ से निकलने न दें।' "

"और किसानों की जय के साथ रसूलपुर की 400 एकड़ बकाश्त में नवाब साहब की दाल गलने न पाई।"

1938 के सारे साल-भर देवराज और उसके साथियों को जमींदारों से कई मोर्चे लेने पड़े। हर वक्त उनका एक पैर जेल में था। साल-भर के भीतर देवराज को तीन बार जेल की हवा खानी पड़ी। अक्टूबर-नवम्बर का महीना था, जबकि मीनापुर के किसानों ने अपने दुखों की गाथा देवराज के कानों तक पहुँचाई—मीनापुर के जमींदार रायबहादुर कन्हाई सिंह अपने जुल्मों के लिए काफ़ी बदनाम थे। मीनापुर के किसानों की गाय-भैसें, साग-भाजी, फल-फूल ही नहीं, उनकी इज्जत भी कन्हाई सिंह के पैरों के नीचे थी। दूध उनसे बचने पर गाय-भैंसवालों को मिलता था। तरकारी उनके लिए अनावश्यक होने पर बाजार या घर में जाती थी। मीनापुर का कोई किसान न था, जिसके अँगूठे के निशानवाले सादे दो-चार कागज कन्हाई सिंह के पास न हों। चम्पारन जिले की हवा बदली देखकर कन्हाई सिंह को कुछ चिन्ता हुई, किन्तु उन्हें विश्वास था कि कर्ज की नालिश के डर के मारे किसकी हिम्मत होगी उनके खिलाफ जाने की। सचमुच मीनापुर के किसानों की हिम्मत भी ऐसा करने की न थी, किन्तु जान पर आ पड़ने पर चींटी भी काट खाने से बाज नहीं आती। कन्हाई सिंह ने लोगों की काश्तों को नीलाम कराकर उन्हीं को जोतने को दे दिया था। अब उन्हें मालूम हुआ कि जोत रहने पर उन्हीं का हक हो जावेगा।

कन्हाई सिंह ने चाहा कि जिन पर विश्वास नहीं है, उनसे खेत निकाल लिया जावे। किसान इस प्रकार जीव से भी बढ़कर अपनी प्यारी जीविका को छिनते देख

अधीर हो गए। उनकी आँखों के सामने दाने-दाने के लिए बिलबिलाते अपने बच्चों की सूरतें घूमने लगीं, आगम अन्धकार मालूम होने लगा। वे देवराज के पास दौड़े। देवराज ने मीनापुर में जाकर खुद जाँच की। किसानों की दयनीय दशा को देखकर उनके धैर्य पर उसे आश्चर्य होता था। उसने कन्हाई सिंह से विनय की, लेकिन वहाँ पसीजनेवाला दिल न था। रायबहादुर कन्हाई सिंह असहयोग और सत्याग्रह में चम्पारन की अमन-सभा के प्रधान स्तम्भ थे। लगुनी में जब पुलिस ने गोली चलाई थी, तो गोली चलाकर थके हुए सिपाहियों के लिए मोटर भरकर वह ताजी पूड़ी ले गए थे। जिले और प्रान्त के बड़े-बड़े हाकिम उन्हें मानते थे। पुलिस से उनकी गहरी मित्रता थी। उनका बड़ा लड़का दस साल से अवैतनिक खुफिया का काम करता था। कोई राजनीतिक मुकदमा न था, जिसमें उसने गवाही न दी हो। वह अभिमान से कहता था, कि मैंने इतनों को फाँसी पर चढ़वाया, इतनों को डामिल कराया। जिले के बड़े-बड़े चोर रायबहादुर कन्हाई सिंह के खरीदे-दास जैसे थे। उनमें से यदि कोई जेल से बाहर था, तो कन्हाई सिंह की भेंट-पूजा करने के कारण और जो जेल में थे वह कन्हाई सिंह के नाराज होने के कारण। कन्हाई सिंह को इस मद से खासी आमदनी होती थी और उसमें वह पुलिस को भी शामिल रखते थे।

देवराज सिंह ने यह भी देखा था, कि 'जनता की सरकार' उसके कामों से बहुत नाराज है; ऐसी हालत में मीनापुर के किसानों का पक्ष लेना बड़े जोखिम का काम था, वह भली प्रकार जानता था। लेकिन देवराज के जीवन में एक बात जो सबसे स्पष्ट थी—उसकी निर्भयता। जब कन्हाई सिंह ने उसकी बात को ठुकरा दिया, तो उसने मजिस्ट्रेट और जिला के कलक्टर के दरबार में मीनापुर के किसानों की दुख भरी गाथा सुनाई। लेकिन चिर-राजभक्त रायबहादुर कन्हाई सिंह के खिलाफ कोई अंग्रेज अफसर जा ही कैसे सकता था।

देवराज को मीनापुर की सरहद के भीतर जाने की मनाही हो गई। देवराज ने गाँव-गाँव में घूम-घूमकर मीनापुर के जमींदारों के जुल्मों को लोगों के सामने रखना शुरू किया। जहाँ सभी न्यायालयों के दरवाजे बन्द हो जाते हैं, वहाँ जनता की अदालत से ही न्याय पाने का भरोसा रहता है। लोग—अच्छे-बुरे सभी—कन्हाई सिंह से आजिज आ गए थे। जिले के इस दूसरे क .टर ने उन्हें इतना तंग कर रक्खा था कि वे इस मौके को बेकार जाने देना नहीं चाहते थे। हजारों स्वयंसेवक भर्ती होने लगे। थाने में अनाज और रुपया जमा होने लगा। मीनापुर के किसानों ने खेत छोड़ने से इनकार कर दिया। अदालत ने रायबहादुर के पक्ष में फैसला किया। कानून की अवहेलना देखकर पुलिस कैसे चुप रहती? मीनापुर के सभी किसान-घर वयस्क आदमियों से शून्य हो गए। जिले के दूसरे स्थानों के सैकड़ों आदमी भी उनके साथ जेल चले गए। देवराज को मीनापुर में न आते देख, थाने में जाने की मनाही की गई और आज्ञा के न मानने पर उसे जेल में डाल दिया गया।

घर के पुरुषों के चले जाने पर किसान-स्त्रियों ने बगावत का लाल झंडा उठाया। पुरानी गीतों की जगह अब वह क्रान्ति की गीतें गाती फिरती थीं। सैकड़ों वर्षों तक सुधारकों ने उपदेश देकर जो काम नहीं कर पाया, वह इस छोटे-से आन्दोलन ने चन्द्र महीनों में कर दिखाया। वह अब मुक्त थीं और अपने पतियों की तरह अपने खेतों पर डटी हुई थीं। पुलिस ने ईमानदारी को ताक पर रख दिया था। और तो और उन पर बुरे-से-बुरे लांछन लगाने में वह बाज न आती थी। और 'जनता सरकार' से उसे प्रोत्साहन मिल रहा था।

अकेले मीनापुर से कन्हाई सिंह को दबते न देखकर उनकी जमींदारी के सभी गाँवों के किसानों ने जमींदार के साथ असहयोग शुरू किया। उनके नौकरों-चाकरों पर बिरादरी का दबाव पड़ने लगा और वे भागने लगे। नौ मास बीतते-बीतते कन्हाई सिंह ने देखा, कि वह अपने किसी नौकर-चाकर पर विश्वास नहीं कर सकते। पुलिस, जिलाधिकारी और सरकार की मदद होने पर भी उनकी इज्जत जनता की आँखों में खाक में मिल चुकी थी।

कलेक्टर बीच में पड़े। कन्हाई सिंह ने मामला पंचायत के हवाले किया। किसानों को उनकी जमीन मिली।

मीनापुर में सर्वत्र खुशी मनाई जाती थी, लेकिन रायबहादुर के घर पर नहूसत छाई हुई थी। सुलह के बाद दो बार देवराज की रायबहादुर से मुलाकात हुई, और उसने कोशिश की, कि रायबहादुर के दिल की कदूरत निकल जावे। रायबहादुर के कहने से भी मालूम होता था, कि अब वह 'बीती ताहि बिसारि दे' का अनुसरण कर रहे हैं, किन्तु देवराज के साथी उसे सावधान कर रहे थे—मीनापुर के किसानों को भले ही जमीन मिल गई है, लेकिन रायबहादुर तुम्हें क्षमा करने के लिए तैयार नहीं है। लेकिन देवराज की निर्भयता उसे मानने के लिए तैयार न थी।

24 फरवरी (1939) को दस बजे दिन का समय था। देवराज अकेला मीनापुर की ओर जा रहा था। आज शाम को मीनापुर के किसान उसका अभिनन्दन करना चाहते थे और अपने स्वभाव के अनुसार अपने समय और मार्ग की सूचना दिये बगैर वह अकेला कदम बढ़ाए गाँव की ओर जा रहा था। सड़क छोड़कर उसने पगडंडी का रास्ता लिया। एक सूखी नदी की अँगनाई में उतरा। उसे क्या मालूम था, कि करार की आड़ से मृत्यु उसकी ओर झाँक रही है। जिस वक्त उसके पैर करार से नीचे की ओर बढ़े, उसी वक्त दोनों तरफ से दो लाठियाँ उसके पैरों पर पड़ीं। वह वहीं मुँह के बल गिर गया। एक पैर की हड्डी चूर हो चुकी थी। बात-की-बात में दस आदमी चारों ओर से उस पर टूट पड़े, और चन्द मिनटों में वहाँ देवराज का निर्जीव शरीर पड़ा था।